KB073318

검혼여초 1

劍魂如初

Copyright ⓒ Huai Guan, 2018
All rights reserved.
Korean translation copyright ⓒ RH KOREA CO.

Korean language edition arranged
with Huai Guan c/o Ailbert Cultural Company Limited through
Eric Yang Agency Inc.

이 책의 한국어판 저작권은 에릭양 에이전시를 통한
Huai Guan c/o Ailbert Cultural Company Limited와의 독점계약으로
한국어 판권을 알에이치코리아㈜가 소유합니다.
저작권법에 의하여 한국 내에서 보호를 받는 저작물이므로 무단전재와 복제를 금합니다.

검혼여초 1

劍魂如初

화이관 지음
차혜정 옮김

처음처럼 넋을 잃다

RHK
알에이치코리아

천년의 약속

"가끔 꿈을 꾸는데 불가사의할 정도로 생생하다."

눈에 닿는 것은 온통 암흑이다. 매캐한 연기를 풍기며 가마 안에는 장작이 타닥타닥 소리를 내며 타고 있다. 주위가 점점 밝아지며 낯선 환경이 눈앞에 펼쳐진다. 내가 있는 곳은 넓은 초가집이다. 한쪽 모퉁이에는 자갈을 부어 만든 작은 연못이 있다. 대나무관을 연결하여 산에서 내려오는 물을 끌어왔다. 연못과 마주보는 쪽에는 벽돌 가마가 있고, 그 안에는 푸른 화염이 요동치고 있다.

"정신을 집중하여 오로지 두 손을 이용해 마음속 무형의 관념으로 형태가 있는 물건을 빚어내야 한다."

유군(襦裙, 중국 전통 치마저고리 – 역주)을 입은 소녀가 문을 열고 집안으로 들어온다. 삼베로 된 끈으로 소매를 묶더니 가마에서 반투명하게 달궈진 장검을 꺼낸다. 망치를 들고 몇 차례 치더니 검을 빠르게 작은 연못으로 집어넣었다. 순식간에 수증기가 뿌옇게 올라와 물안개를 이루더니 바람을 타고 바깥쪽을 향했다. 이번에는 반쯤 열린 사립문 밖으로 사라지는가 싶더니 두 눈을 감은 남자의 환영으로 변한다.

"아프지 않다. 두렵지도 않다."

바람이 살짝 불어오고 소녀가 검을 들었다. 떨어지던 머리카락이 칼날에 닿는 순간 두 동강이 났다. 소녀는 칼날을 부드럽게 어루만졌다. 잠깐 딴생각을 하는 사이 칼에 베이고 말았다. 검신(劍身)은 서서히 차디찬 빛을 발했다.

"어느 순간 모든 것이 갑자기 고요해졌다."

차례

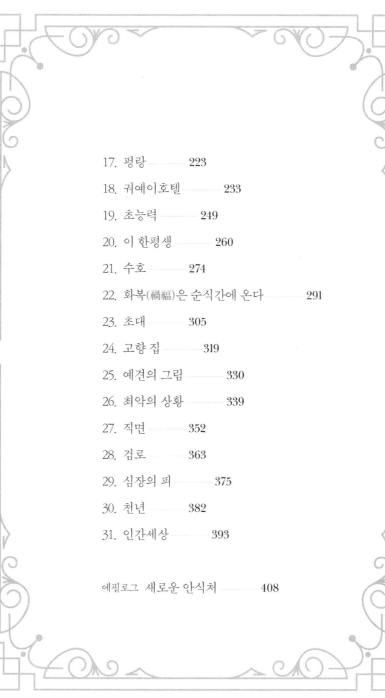

1
면접

여름도 막바지에 이른 어느 날 새벽, 구름 몇 가닥이 반투명한 푸른 하늘에 걸려있다. 태양이 열기를 내뿜기에는 이른 시간이지만 골목 끝 단층집 유리창 안쪽을 환하게 비추고 있었다. 책상 위에는 수십 개의 숫돌들이 햇빛을 받아 반짝거렸다. 벽에는 각양각색의 줄(file)과 용접 건, 망치 등 공구들이 질서정연하게 걸려있다. 이런 풍경들로 고대 병기를 전문적으로 복원하는 이 작업실은 마치 옛날식 공방의 느낌을 풍겼다. 잡다한 물건이 많지만 결코 어지럽지 않으며, 요란하면서도 단조로워 보였다.

잉루추(應如初)가 반쯤 낡은 자전거를 타고 천천히 모퉁이를 돌아 골목 안으로 들어왔다. 그녀는 평범한 외모의 소유자였다. 그러나 동그랗고 큰 두 눈은 웃을 때마다 물기를 머금고 반짝거리며 그녀를 빛내주었다. 두 눈에는 고집스러움도 감추고 있었다.

오늘 루추의 얼굴에는 웃음기가 전혀 없었고, 몸은 긴장으로 굳어 있었다. 그녀가 작업실로 들어와 앞치마를 걸쳤다. 어깨까지 내려오는 머리를 하나로 묶은 후 작업대 앞으로 걸어왔다. 특별히 제작한 밀봉된 긴 상자 안에서 칼집이 없는 고검(古劍) 한 자루를 꺼냈다. 그녀는 칼을 어깨 높이로 들더니 고개를 기울이며 자세히 관찰하기 시작했다.

검은 1미터 정도 길이였는데, 처음 수리를 맡길 때만 해도 상태가 심각했다. 검신 전체에 녹이 심하게 슬고 상처가 많았다. 그녀는 반년이나 걸려서 칼의 모양을 잡은 다음 녹을 제거했다. 거친 숫돌과 고운 숫돌을 번갈아 사용하며 복원에 힘쓴 결과 지금은 검신이 매끄럽게 반짝였다. 가까이 가면 삼엄한 한기가 몰려오며 두 뺨에 얼얼한 통증까지 느껴졌다.

전장(戰場)을 경험한 고검은 스스로 살기를 품고 있다. 루추는 이런 것이 습관이 되어 당연하게 받아들였다. 그녀는 장검을 들고 평소와 다름없이 작은 목소리로 말을 걸었다.

"안녕!"

인사에 화답이라도 하듯 장검이 허공에서 낮은 울림소리를 냈다. 전에 없던 일에 당황한 루추가 검을 향해 다시 말을 걸었다.

"헬로!"

검은 이번에는 아무 반응도 없었다. 문득 정신이 든 루추는 사방을 둘러보았다. 도대체 무슨 생각을 했는지 모르겠다. 다행히 실내에는 그녀 외에 아무도 없었기에 바보 같은 짓을 들키지 않을 수 있었다. 루추는 놀란 가슴을 진정하고 컴퓨터 의자를 끌어당겨 앉은 후 고대 유물을 복원하는 작업을 시작했다.

처음에는 마음이 안정되지 않아 작업에 몰입하기 어려웠다. 그래서 먼저 책상 위의 물건을 정리하기 시작했다. 차차 마음이 안정된 후 그녀는 비로소 엄지손가락만 한 그라인더를 집어든 후 고검을 들고 연마작업에 돌입했다. 태양이 서서히 높은 하늘을 향해 움직이고 있었다. 그녀는 고개를 숙이고 자세를 유지한 채 손목만 움직였다. 급하지도 느리지도 않게 동일한 동작을 리듬감 있게 반복했다.

아침 9시 30분이 되자 문밖은 오가는 행인과 차소리로 시끄러워졌다. 핸드폰에서는 그녀가 가장 좋아하는 옛날 노래가 나왔다. 그러나 루추의 귀에는 아무것도 들어오지 않았다.

이런 일은 집중하다 보면 말을 해서도 안 되며 자신을 잊고 오직 작업하는 대상만이 존재한다. 시간은 어느새 천년을 단위로 영겁을 향해 끝없이 이어진다. 두 시간 이상을 집중하자 검신에 나있던 작은 상처가 점점 옅어지더니 마침내 흔적도 없이 사라졌다. 그제야 일손을 멈춘 루추의 귀에 노크 소리가 들렸다. 그녀의 아빠 잉정(錚打)이었다. 50세 초반의 약간 마른 편인 그는 문을 열고 밖에 선 채 물었다.

"뭐하러 이렇게 일찍 나왔어? 아침은 먹었고?"

관심과 배려가 배어나는 말투였다. 루추는 아빠가 묻는 말에는 대답하지 않고 검을 들어 올렸다.

"아빠, 이것 보세요. 거의 완성되었어요."

그녀의 목소리에 만족감이 묻어났다. 그러나 자세히 살펴보고 평가를 해주던 평소 아빠의 모습과는 달리 잉정은 장검을 힐끗 쳐다보기만 했다.

"밤새 생각해 봤는데 거긴 너무 멀어."

루추가 '위링문물보호공사(雨令文物保護公司)'라는 회사의 영상 면접을 보기로 한 후 아빠가 보인 첫 반응이었다. 루추는 얼떨떨해 있다가 검을 내려놓고 말했다.

"비행기로 두 시간이면 도착하는 곳이에요. 그 정도면 가까운 편 아니에요?"

"문제는 산 설고 물선 곳이라는 거지."

아빠의 말도 일리는 있다. 그러나 이것저것 다 따지다가는 인생의 가장 큰 기회를 놓치고 평생 제자리만 맴돌아야 한다.

루추는 아빠와 이런 일로 얼굴을 붉히고 싶지 않았다. 그래서 조심스럽게 설득했다.

"아빠 말이 맞아요. 그런데 항저우나 상하이에서 일하는 학교 선배들 말을 들으면 한두 사람만 알아두면 지내기가 수월하다고 하던데요. 좋은 회사 동료와 상사를 만나는 것이 중요하대요."

"요즘 외지에 나가서 일하는 사람이 많니?"

"꽤 많아요. 게다가……."

루추가 말을 멈추더니 더는 못 참고 말했다.

"게다가 전 아직 면접도 보기 전이라고요!"

"어차피 합격할 거잖아. 혹시 이번에 안 되더라도 다음엔 되겠지."

잉정은 당연하다는 표정이었다. 루추는 아빠의 이런 성격을 평소 좋아하지만 오후에 면접이 예정된 상황이라서 편하게 응대하기가 어려웠다. 그래서 쓴웃음을 지으며 고개를 끄덕일 뿐 아무 대꾸도 하지 않았다.

딸의 미소를 오해한 잉정은 그것 보라는 듯 턱을 어루만졌다.

"내가 일거리를 더 맡아서 당분간 은퇴를 늦추는 건 어떠니?"

당연히 안 될 일이었다. 루추는 생각할 것도 없다는 듯 고개를 가로저었다.

"아빠는 작업실에 계시는 시간이 네 시간 이상 넘어가면 안 된다고 의사가 경고했어요. 잠깐만 밖에 계시다 오세요. 공기청정기를 틀어놓을게요."

그녀가 일어나 구석으로 뛰어가더니 사람 키의 절반까지 오는 공기청정기를 켰다. 잉정이 한숨을 쉬더니 특별 제작한 마스크를 쓴 후 그제야 실내로 들어왔다. 그는 긴 탁자 위에 놓인 청(淸)대의 유엽도(柳葉刀, 칼날이 버들잎처럼 구부러진 칼―역주)를 들고 손가락으로 칼날을 말없이 쓰다듬었다. 몇 분 후 잉정은 본격적으로 작업을 시작했다. 일에 집중하는 날카로운 눈빛은 세상 돌아가는 일과 무관한 듯 보였다. 그는 날을 갈 때 결코 장갑을 끼지 않았다. 세월이 지나면서 손은 상처와 흉터로 엉망이었지만 여전히 맨손을 고집했다. 아빠의 모습을 지켜보던 루추가 자신의 손을 내려다보았다. 자신은 아빠처럼 할 수 없었다. 이윽고 그녀는 그라인더를 검신에 난 균열 부위에 댔다.

그 후 두 시간 동안 부녀는 말 한마디 하지 않고 각자의 일에 집중했다. 같은 공간에 있으면서도 마치 다른 곳에 있는 사람들 같았다. 12시가 되자 두 사람은 일손을 놓았다. 루추가 아직 장갑도 벗기 전에 오토바이 소리가 가까워지더니 문 앞에서 멈췄다. 뽀얀 피부에 키가 작은 루추의 엄마가 문을 열고 들어오며 말을 걸었다.

"준비는 다 끝났니?"

루추는 쓴웃음을 지으며 고개를 가로저었고, 엄마는 어깨를 으쓱하더니 말했다.

"지금이라도 준비를 해야지. 자전거는 여기 두고 나하고 집에 가서 옷이라도 갈아입자."

"옷까지 갈아입으려고?"

잉정이 짐짓 놀랍다는 듯 물었고, 모녀는 동시에 입을 다물었다. 이윽고 루추가 신음처럼 한마디 내뱉었다.

"아빠, 이건 회사 면접이에요."

"그럴수록 평소 일하는 모습 그대로 면접에 임해야지. 면접관이 전문가라면 금세 알아볼 거다."

잉정의 말도 일리가 있었지만 그대로 따를 수는 없는 노릇이었다. 고개를 숙여 녹이 잔뜩 묻은 카키색 바지를 내려다보며 말했다.

"그래도 이런 차림으로 면접에 임하는 사람은 없어요."

"그렇다면 할 수 없지. 굳이 모험을 할 필요는 없으니."

잉정이 딸의 말에 수긍했다.

지난 22년간 루추는 이 말을 셀 수 없이 많이 들어왔다. 그녀는 평소처럼 "알았어요"라고 대답하고 밖으로 나왔다. 고개를 들어 유난히 파란 하늘을 바라보았다.

오후 2시, 루추는 부모님 침실의 낡은 화장대 앞에 앉았다. 엄마의 도움을 받아 자꾸만 밖으로 뻗치는 머리카락을 머리핀 안으로 집어넣기 위해 애를 썼다. 마지막 한 가닥까지 모아 하나로 틀어 올림으로써 머리손질은 끝났다. 엄마는 손뼉을 치며 득의에 차서 말했다.

"예쁘구나. 이 정도면 스튜어디스 시험에 가도 되겠다."

"이렇게 거창하게 할 필요 없어요. 선배 말로는 이 회사는 실력을 중시하지 다른 건 신경도 안 쓴대요."

루추가 거울을 보며 중얼거렸다. 거울 속 그녀는 크림색 시폰 블라우스에 짙은 청색 정장 바지를 입었다. 옅은 화장에 올림머리로 우아하면서도 깔끔한 인상을 풍기는 모습은 평소의 그녀와는 딴판이었다.

"실력을 중시한다니 다행이구나. 어쨌든 면접부터 보고 얘기하자."

엄마는 화장대 옆에 앉아 손으로 턱을 괴고 있다가 문득 궁금해졌다.

"혹시 문제 있는 회사는 아닌지 잘 알아봤니?"

"제가 알아봤는데, 정도를 걷는 건실한 회사예요. 광고를 하지 않으니 매체에서 볼 수 없을 뿐이죠."

루추는 공연히 말을 덧붙였다. 사실 매체에 노출하지 않는 회사는 아니었다. 다만 사진으로 본 회사 경영진들이 너무 젊고 잘 생겼다. 미디어 관련 회사도 아닌 고대 유물복원회사에 나이 든 사람이 없다는 것이 의아하기는 했다. 의아한 부분은 일단 접어두기로 하고, 업무를 설명하는 부분에서 루추 자신이 평소 원하던 일이라서 응모하게 되었다. 어쩌면 자신들의 이미지를 위해 기자와의 인터뷰에 외모가 가장 뛰어난 사람들을 내보낸 것일 수도 있다. 아니, 틀림없이 그랬을 것이다.

루추는 오토바이 열쇠를 들고 집을 나와 작업실로 향했다. 전화벨이 두시 반에 정확히 울렸고, 루추가 통화버튼을 누르자 노트북 컴퓨터 화면에 40세를 전후한 잘생긴 남자가 등장했다. 커다란 사무실용 책상 앞에 앉아 있는 그는 체형이 군인보다 더 건장했다. 루추는 전신이 미세하게 떨리는 것을 느꼈다. 두 손을 가지런히 무릎 위에 놓고 상대를 향해 인사했다.

"안녕하십니까? 저는 잉루추라고 합니다."

"반갑습니다. 위링의 복원실 주임 두창펑(杜長風)입니다. 3분 동안 간단한 자기소개를 부탁합니다."

간결하면서도 힘 있는 말투에 완벽한 표준어를 구사하는 그의 말이 정확하게 들렸다. 루추는 가볍게 숨을 들이마신 후 자기소개를 시작했다. 그 사이 두창펑은 책상 위의 이력서를 이따금 들여다보았다. 루추의 말이 끝나자마자 질문이 이어졌다.

"대학 3학년 때 하버드대학교 박물관에서 해외 실습을 했나요?"

그녀의 이력서에서 가장 눈에 띄는 경력이었다. 루추가 그렇다고 하자 다음 질문이 이어졌다.

"어떤 일을 했습니까?"

"하버드대학교의 보호기술연구센터에는 세계적으로 가장 완벽한 안료를 소장하고 있었습니다. 그곳에서 주로 공부한 것은 야외의 청동상이 부식되어 표층이 탈색하고 떨어져나갈 때 이를 처리하고 복원하는 문제였습니다. 그리고 가장 중요한 것으로는 빈티지 처리와 색을 입히는 것……."

질문을 예상하고 미리 답변을 준비한 터라 루추는 막힘없이 말을 이어갔다. 자신이 생각해도 조리 있는 답변이었다. 그러나 한동안 듣고 있던 두창펑은 의자 등받이 쪽으로 몸을 젖히며 물었다.

"그 동상이 '몇 살'쯤 되었던가요?"

"음…… 수십 년에서 일, 이백 년까지 있었습니다."

"겨우 일, 이백 년이군요. 혹시 청동에 관한 다른 경험은 없습니까?"

하찮게 생각한다는 말투였다. 루추는 거짓말을 하지 않기로 다짐하고 입을 열었다.

"있습니다. 대학교 4학년 때 루이 15세 시대의 샹들리에를 다뤄본 적이 있습니다. 청동과 크리스털 유리로 제작한 것입니다. 물론 메인 복원사는 제가 아니었습니다. 그밖에 19세기의 독일제 다리가 긴 고블릿(Goblet) 잔 등등, 아차! 그건 황동인데……."

이마에 땀이 배어나왔다. 루추는 면접을 망쳤다는 것을 알았지만 만회할 방법이 생각나지 않았다. 화면 맞은편의 두창펑은 이미 다음 사람의 자료를 뒤적거리며, 그녀의 말이 끝나는 대로 면접을 마치겠다는 표정을 하고 있었다. 다급해진 루추는 두 주먹을 꼭 쥐었다. 갑자기 화면 뒤쪽에서 문을 노크하는 소리가 들려왔다.

"잠시만 기다려주세요."

두창평이 화면에서 사라지더니 곧이어 문을 여닫고 누군가와 말하는 소리가 들려왔다. 그는 재빨리 자리로 되돌아와 루추에게 해명했다.

"월왕검이 출토되어 우리 감정사가 감정을 끝내고 막 돌아온 참이어서요. 어디까지 말했죠?

"청동입니다."

루추의 눈길이 앞에 있는 책상을 훑었다. 불현듯 대담한 생각이 뇌리를 스쳤다. 그녀는 손을 뻗어 봉인한 상자를 가져와 화면에 대고 말했다.

"청동에 관한 다른 경험은 없습니다. 하지만 지난 반년 동안 이 한검(漢劍)을 복원하고 있습니다."

"음, 어떤 검인가요?"

두창평이 몸을 앞으로 기울이며 흥미를 보였다. 루추는 장검을 꺼낸 후 화면을 향해 받쳐 들었다.

"사면한검(四面漢劍)입니다. 제가 조사한 자료에 의하면 대략 동한시대 후기에 제작된 것으로 방패와 함께 사용하는 병기입니다. 역사상 가장 마지막으로 전쟁터에서 사용된 검일 가능성이 큽니다."

"철기이군요."

두창평이 장검을 바라보더니 말을 이었다.

"그걸 어떻게 수리했는지 들어볼까요?"

루추는 다급히 핸드폰에 저장된 사진을 찾아 화면 쪽으로 보여줬다.

"이건 장검을 처음 작업실에 가져왔을 때의 사진입니다. 녹이 심하게 나있었는데, 출토한 후 오랫동안 내버려둬서 생긴 것입니다. 어떤 부위는 돌출변형까지 생겨서 마치 악성종양이 난 것처럼 보였습니다."

그녀는 다음 사진으로 넘겨서 설명을 계속했다.

"저는 이것을 일단 이온수에 담가두었습니다. 그러나 겉에 묻은 흙녹만 제거했을 뿐입니다. 그래서 바늘과 수술칼, 물사포 등으로 시도했으나 부분적인 녹을 제거하는 데 그쳤습니다."

직접 시도해본 순서대로 설명하다 보니 루추는 자신이 어느새 침착해지는 것을 느꼈다. 마음이 편안해지니 말에도 리듬이 되살아나 장인의 전문성과 초심자의 조심스러움이 번갈아 배어났다.

"고대 병기는 저마다 생명이 있으며 독특한 무늬가 있습니다. 이 검을 위한 연마방식을 설계하기 위해 저는 관련된 역사를 공부했습니다. 그 결과 한검은 진정한 살인무기라는 사실을 발견했으며……."

화면 너머에서 웃음소리가 들려왔다. 자신과 마주앉은 두창평의 소리는 분명 아니었다.

그 바람에 루추는 어디까지 말했는지를 잊어버렸다. 두창평이 고개를 들어 앞쪽을 한 번 쳐다보더니 말했다.

"아무 일도 아닙니다. 우리 감정사가 잉루추 씨의 말이 음……, 아주 재미있나 봅니다."

'제가 말실수를 해서 웃은 것이 정말 아니라는 겁니까?' 루추는 반문하고 싶었지만 애써 참으며 화면을 향해 억지로 미소를 지으며 대답했다.

"고맙습니다."

"별말씀을요."

팽팽한 줄을 퉁기는 듯한 젊은 남자의 웃음 띤 목소리가 대답을 해왔다.

"처리를 잘하셨습니다. 제가 그 검 대신 감사를 드리고 싶군요."

남자의 목소리가 진지한 것이 농담 같지는 않았다. 상대가 감정사라는 데 생각이 미치자 루추는 저도 모르게 질문이 나왔다.

"감정사 님은 이 검의 내력을 판단할 수 있는 방법을 알고 계십니까?"

"사진을 회사 메일로 보내주면 살펴보겠습니다."

상대가 이렇게 대답했고, 옆에서 두창펑이 "지금 보내주시겠습니까?"라고 물었다.

루추는 바로 사진을 첨부해서 보냈고, 1분이 지나자 감정사의 맑은 목소리가 들려왔다.

"이건 남양(南陽)군 철관(鐵官)에서 일괄 주조한 제품으로, 무기를 살 형편이 안 되거나 강제로 징집된 말단 병사들에게 지급된 것이군요."

한마디로 대량으로 제조한 싸구려 무기이므로 생각한 것보다 가치가 없다는 의미였다.

"하지만 아주 잘 만들어졌잖아요."

"나도 그렇게 생각합니다."

한마디씩 주고받은 후 두 사람은 입을 다물었다. 루추는 자신이 아직 면접에 임하는 중이며, 자기 말이 주제에서 한참 벗어났음을 깨달았다. 그녀는 불안한 마음으로 화면을 응시했다. 두창평이 턱을 만지며 말했다.

"대단히 흥미롭군요."

"고맙습니다."

루추가 화면을 향해 겸연쩍게 웃어보였다.

"이제부터는 우리 위렁이 어떤 회사인지 들어보시겠어요?"

생각지도 않은 두창평의 말에 루추는 잠시 멈칫했으나 금세 정신이 번쩍 나서 연신 고개를 끄덕였다.

"네, 물론이죠. 부탁드립니다."

이어지는 10분 동안 두창평은 회사의 경영방침에 대해 설명했다. 그들은 복원에 아무리 시간이 걸려도 상관하지 않으며, 시간에 쫓겨 품질에 문제가 생기는 것을 절대 용납하지 않았다. 설사 육안으로 보이지 않는 결함이라도 근본적인 복원을 추구한다는 것이었다.

마지막으로 두창평이 말했다.

"채용 여부는 우리가 의논해서 곧 결정을 내릴 것입니다. 채용통지서를 받은 후 3일 내에 출근 여부를 답변해줄 수 있습니까?"

"네, 가능합니다."

"회사에 대해 질문 있나요?"

"방금 제가 알고 싶었던 것을 모두 말씀해주셨습니다."

그녀의 양볼이 살짝 붉어졌으나 태도는 매우 솔직했다. 두창평은 루추에 대한 인상이 처음보다 훨씬 좋아진 듯했다. 그는 웃으며 말했다.

"궁금한 것이 생각나면 언제든지 메일로 연락을 주고받읍시다."

"예, 알겠습니다. 감사합니다."

루추와 통화를 끝낸 두창펑이 노트북을 닫더니 눈을 위로 치켜 떴다.

"한검의 설명 중 어떤 부분이 그렇게 웃겼어?"

나이가 스물여섯 일곱쯤 되는 날카로운 눈매의 미남형 남자가 마주보는 소파에 앉아 있었다. 그는 조금 전에 받은 핸드폰 속 한 검의 사진을 들여다보고 있다가 두창펑이 묻는 말에 고개를 들더 니 생각에 잠긴 듯 대답했다.

"진짜 사람을 죽이는 무기에요."

조금 전 루추가 했던 말이었다. 두창펑은 다리를 꼬고 개의치 않다는 듯이 말했다.

"알고 보니 그래서 웃었던 거네. 아가씨가 경험이 적은 것은 중 요하지 않아. 단정한 마음가짐이 가장 중요하지."

"아니에요. 그 아가씨 말에 동의해요. 한검은 정말 전쟁터에서 썼으니까요."

남자가 핸드폰을 내려놓고 평온하게 말했다.

"내가 보졸(步卒)로 있던 처음 2년간 사용한 게 바로 이런 검이 었어요."

오래 전의 일이어서 그들은 더 말할 흥미를 잃었다. 두창펑이 책상 위의 이력서를 가리키며 말했다.

"13층의 딩딩(鼎鼎)에게 살펴보라고 해. 별말 없으면 바로 채용통지서를 발송하겠네. 대충 뽑지 말고 엄격히 하자는 말은 그만해. 인원이 계속 부족한 상태로 버티는 것도 한계가 있으니 말이야."

젊은 남자가 고개를 까딱하더니 청바지를 입은 긴 다리를 펴며 일어섰다. 그는 책상 앞으로 가서 서류철을 들고 말없이 사무실을 나갔다.

창밖의 하늘은 씻은 듯 파랬다. 세월이 지나면 방금 전의 흥분도 구름이 흩어지듯 사라질 것이다. 태양 아래 새로운 일은 아무것도 없다. 그는 텅 빈 도로를 망연히 내려다보다가 엘리베이터로 성큼성큼 걸어갔다.

2
첫인상

올해는 가을이 늦게 시작되었다. 9월 하순인데도 해는 여전히 불같은 열기를 내뿜었다. 루추는 낡은 홑겹 외투를 손에 들고 끈으로 단단히 묶은 여행가방 두 개를 끌고 엄마 아빠와 함께 공항으로 향했다.

엄마는 딸과의 이별에 앞서 많은 말을 했지만 요지는 단 하나, "상황이 여의치 않으면 즉시 집으로 돌아올 것"이었다. 아빠는 말을 많이 하지 않았으나 결국 의미는 같았다. 루추는 부모님이 당부할 때마다 알겠다고 대답하고 비행기에 올랐다. 영화를 한편 감상하고 이어폰을 빼다가 갑자기 엄마의 '여의치 않으면'이라는 모호한 말이 떠올랐다. 그녀의 성격이라면 끝까지 버티는 것이 맞지 않을까? 모르겠다. 어차피 출발했으니 마음을 편히 갖기로 했다.

기내 방송에서는 비행기가 곧 하강을 시작하니 좌석으로 돌아가라는 기장의 목소리가 흘러나왔다. 목적지인 쓰팡(四方)시에는 오후 두 시 반쯤 도착한다고 예고했다. 루추는 기대와 약간의 불안감을 안고 창밖을 내다보았다. 산들이 끊임없이 펼쳐지며 내륙에서 해안선까지 이어졌다. 그녀의 바로 아래에 커다란 다리 하나가 보였다. 마치 한 마리의 용처럼 해안선에서 시작되어 푸른 파도 위를 가로지르고 있었다. 이곳이 바로 그녀가 앞으로 일할 곳이었다.

출발 전에 루추는 자료를 찾아보았다. 쓰팡시는 대륙의 동남연해에 자리 잡은 도시로, 울창한 산을 끼고 있으며 강을 마주보고 있는 산과 구릉이 많은 지형이었다. 9개의 행정구를 관할하며 총 면적 17,000제곱킬로미터, 시가지 면적도 5,000제곱킬로미터에 달하며 상주인구 1,000만에 육박하는 대도시였다. 그녀의 핸드폰에는 이 도시에 관한 더 많은 정보가 수록되어 있었다. 그러나 통계 숫자들은 그녀가 느낀 멋진 첫인상에 비하면 아무것도 아니었다.

여정은 순조로웠다. 택시기사는 깊숙한 골목 어귀에 그녀를 내려주었다. 루추는 짐을 끌고 한걸음 한걸음 나무 그늘이 우거진 오솔길을 걸어갔다. 길 양측에는 구식 양옥집들이 늘어서 있었으며 늦여름 매미들이 요란하게 우는 소리가 조용한 공간과 대비되었다. 회사에서 마련해준 호텔은 길이 끝나는 곳에 있었다. 조각 문양이 새겨진 큰 철문을 지나 정원으로 들어서자 5층 높이의 프랑스풍 건물이 갑자기 눈에 들어왔다.

정면은 반원형으로 되어 있었으며 들쭉날쭉한 발코니들은 석양 빛과 늘어진 나무그림자로 인해 운치를 더했다. 아름다운 호텔은 현실과는 동떨어져 보였다. 루추는 눈도 돌리지 않고 앞으로 걸어 갔다. 가까이서 본 호텔의 모습은 환상적인 겉모습과는 달랐다. 벽은 빗물의 흔적으로 얼룩졌으며 기와 조각들이 떨어져 그 틈새에 넝쿨식물과 잡초가 자라고 있었다. 페인트 얼룩이 보이는 문은 활짝 열려 있었지만 안쪽에 불을 켜놓지도 않았다. 건물 앞에는 주차된 차량이 한 대도 없고 어디에도 사람의 그림자가 보이지 않았다. 이곳에서 과연 숙박을 할 수 있는 곳인가 싶었다.

그녀는 그 자리에서 걸음을 멈춰버렸다. 이때 헐렁한 티셔츠를 입은 남자 하나가 어두운 곳에서 어슬렁거리며 다가왔다. 그녀를 보더니 쓰고 있던 야구모자를 벗으면서 허리를 굽혔다.

"국가를 세워 다스리니 사람의 왕래가 끊이지 않는다는 '궈예이(國野驛)호텔'에 오신 것을 환영합니다. 잉루추 씨죠?"

그의 등장방식이 너무 과장되어서 루추는 습관적으로 고개를 끄덕였지만 여전히 그 자리에 선 채 어찌할 바를 몰랐다. 이목구비가 뚜렷한 이 남자는 이를 드러내고 웃더니 선뜻 양손에 가방 하나씩을 받아들고 말했다.

"그렇게 서있지만 말고 들어가시죠. 저는 볜중(邊鐘)이라고 합니다. 미스터 볜이라고 부르세요.

"미스터 볜, 안녕하세요."

짐은 공항에서 쟀을 때 20킬로그램이 족히 되었는데 볜중은 조금도 힘들이지 않고 가볍게 들었다. 루추는 그의 뒤를 따라 계단을 통해 안으로 들어갔다. 방금 전 놀란 가슴이 진정되기도 전에 새로운 주위 환경이 그녀의 주의를 끌었다.

로비는 무척 으리으리하게 꾸며져 있었다. 민국(民國) 초 외국인 거주지의 이국적인 분위기가 물씬 풍겼다. 천장은 상당히 높았으며, 화려하고 정교한 대형 크리스털 샹들리에가 달려 있었다. 아치형의 높고 긴 창에는 두꺼운 선홍색 벨벳 커튼이 드리워졌으며, 그 옆에는 고전적 디자인의 소파가 있었다. 전체적으로 중세시대 서양의 대저택을 연상케 하는 조용하고 안락한 분위기였다.

유일한 단점이라면 벽의 어떤 부분은 절반만 칠이 되어 있고 상단부는 칠이 떨어지거나 갈라져서 안쪽의 붉은 벽돌이 노출되어 있다는 점이었다. 마치 완공이 안 된 건물처럼 눈에 거슬리는 것이 무슨 이유로 저렇게 내버려두는지 알 수 없었다.

그러나 루추는 숙소에 대해 별로 기대하지 않았기에 환경이 깨끗하면 그만이었다. 그녀는 볜중을 따라 허리 높이의 고풍스러운 자단목으로 된 안내 데스크까지 왔다. 볜중은 가방을 내려놓더니 손을 짚고 데스크 안쪽으로 훌쩍 넘어갔다. 그러더니 서랍에서 패블릿 컴퓨터와 터치펜을 꺼냈다.

"우리 호텔에 처음 오셨으니 소개를 해드리겠습니다."

"네, 감사합니다."

루추는 볜중의 남다른 운동신경에 신경을 쓰지 않으려고 노력하며 그의 말을 열심히 들었다. 볜중은 펜으로 위층을 가리키며 태연하게 입을 열었다.

"우리 호텔의 객실은 총 4개 층으로 되어 있고 천(天), 지(地), 현(玄), 황(黃), 우(宇), 주(宙), 홍(洪), 황(荒)의 8개 등급이 있습니다. 천(天), 지(地), 우(宇), 주(宙)는 일반 손님에게는 개방하지 않으며,

현(玄), 황(黃) 등급은 추가 요금을 내야 합니다. 하룻밤 숙박에는 500위안입니다. 홍(洪) 객실은 현재 리모델링 중입니다. 위링 회사에서 제공하는 객실은 가장 저렴한 황(荒)실이며, 조식은 포함하지 않습니다. 등급을 업그레이드하시겠습니까?"

그의 목소리는 교회당의 종소리와 비슷한 음색으로 넓은 로비에 울려 퍼져 상당히 듣기 좋았다. 루추는 그의 말에 고개를 들고 한 바퀴를 돌아보았다. 눈에 닿는 각 층의 장식은 거의 비슷했다. 그녀가 물었다.

"업그레이드하면 어떤 차이가 있나요?"

"한 층 덜 올라가는 거죠 뭐."

벤중이 어깨를 으쓱하더니 "엘리베이터가 없어서요."라고 덧붙였다.

그것뿐이란 말인가?

사방을 둘러봐도 이상하다는 느낌이 들 뿐 루추는 갈피를 잡을 수가 없었다. 결국 루추가 과감하게 결정을 내렸다.

"그렇다면 됐습니다."

"알겠습니다."

벤중은 터치펜으로 화면에 몇 가지를 체크하더니 말했다.

"객실은 3호실입니다. 계단을 올라가 바로 오른쪽 첫 번째 방입니다. 여기 사인해주시고 필요한 것이 있으면 안내 데스크에서 저를 찾아주세요."

그는 터치펜과 태블릿, 방키를 루추에게 넘겨준 후 이번에도 훌쩍 뛰어서 안내데스크 밖으로 나왔다. 그러더니 한쪽 구석에 놓인 그랜드피아노 쪽으로 걸어갔다. 잠시 후 로비에 음악이 흘러나왔다. 1940년대의 사랑 노래였는데 벤중의 재즈 스타일 창법과 반주로 재탄생하여 우아하면서도 묘한 감성을 자아냈다. 피아노 옆에는 작은 나무재질의 아치형 문이 있었다. 흰 요리사복 차림의 사람 몇 명이 안에서 나왔다. 손에는 식자재를 들고 있었다. 루추는 그제서야 이 호텔의 내부공간이 꽤 크며 그 안쪽에 부설 레스토랑이 있다는 것을 알았다. 그녀는 호기심어린 눈빛으로 그 사람들을 바라보다가 태블릿 화면에 사인한 후 가방을 들고 계단 쪽으로 걸어갔다.

　2층으로 향하는 계단은 완만한 곡선으로 돌아서 올라갈 수 있게 설계되어 전혀 힘들지 않았다. 3층에 도착해 문을 열고 방에 들어서자 지금껏 보지 못한 실내가 눈앞에 펼쳐졌다. 실내에는 침대와 탁자, 의자, 붙박이 옷장 외에 어떤 장식품도 없었다. 그 흔한 물 끓이는 주전자와 티백 포장의 차도 보이지 않았다. 작은 욕실에는 두루마리 휴지 한 개만 달랑 있었고, 흰색 침대보와 베개커버는 먼지 하나 없는 자단목 바닥과 대비를 이뤘다. 방 전체가 텅 빈 느낌이면서도 청량하며 적막감이 감돌았다. 그녀에게 상당히 어울리는 방이었다.
　루추는 짐가방을 열고 가져온 옷들을 수납한 후 집에 전화해서 무사히 도착했음을 알렸다. 짐 정리가 끝나자 그녀는 이 방안에 단한 개밖에 없는 의자를 창쪽으로 끌어당겨 석양이 정원의 부서진 벽돌에 비추는 모습을 바라보았다. 그녀는 여기서 어떤 사람을 만나게 되고 어떤 삶을 살게 될까? 아직 결론을 내리기에는 성급하지만 낯선 도시에서의 첫날, 이렇게 마음에 드는 곳을 찾았다는 생각에 루추는 조용히 앉아 움직일 생각도 하지 않았다.

초저녁이 되어 여기저기 불이 켜지자 루추는 밖으로 나가 저녁을 사 먹었다. 호텔로 돌아와서는 교통노선을 알아보기에 분주했다. 앞으로 이틀간 계획을 세우느라 자정이 넘어서야 침대에 누워 자기도 모르게 깊이 잠이 들어버렸다.

이튿날 새벽, 창밖의 새들이 지저귀는 소리에 루추는 잠에서 깼다. 회사에서 제공하는 호텔 숙박은 3일간이었다. 48시간 내에 거처할 곳을 찾아야만 했으므로 시간이 촉박했다. 루추는 자리에서 일어나 서둘러 씻고 숙소를 나왔다. 골목 어귀에서 아침 식사용으로 만두 몇 개를 사 먹고 하루 일과를 시작했다.

미리 생각해둔 아파트가 몇 개 있어서 집주인과 연락을 해두었다. 그녀는 계획대로 한 집씩 차례차례 방문했다. 그러나 좀처럼 적당한 집을 찾기 어려웠다. 값이 싼 집은 너무 지저분하거나 허름하고 마음에 드는 집은 값이 너무 비쌌다. 조건에 적당한 집이 딱한 집 있었지만 한발 늦어버렸다. 이미 다른 사람이 와서 10분 전에 계약을 끝냈다는 것이다.

황혼 무렵까지 목마르고 피곤한데 아직 적당한 집을 못 구한 루추는 낯선 도시에서 그만 버스 정거장을 잘못 알고 내리는 바람에 구시가지의 오래된 거리까지 오게 되었다. 쓰팡시는 옛날 정취가 그대로 남아있는 고성으로 주(周)나라 때부터 역사에 기록되어 있는 곳이었다. 그토록 긴 세월 동안 여러 왕조가 바뀌는 중요한 시기에도 별다른 활약을 하지 않았다. 바로 이 점 때문에 이 도시는 전쟁의 화를 피해갈 수 있었고 문화재와 고적들을 고스란히 보전할 수 있었다. 바닥에 청석(靑石)이 깔린 천 년이나 된 이 거리도 그중 하나였다.

아직 관광지로 개발되지 않아서 거리 입구에는 나무로 만든 이정표 하나만 서있을 뿐 상점도 별로 없고 지나다니는 행인도 거의 없었다. 오가는 사람들은 대부분 이곳에 거주하는 사람들이었다. 참새들이 처마밑을 날아오르는 것 말고는 정적이 감돌았다.

한 잡화점 입구에 건어물을 내놓고 말리고 있었다. 루추는 그곳에서 물 한 병을 사서는 한 번에 거의 절반을 마셨다. 그러고는 옛날 우물 옆으로 걸어갔다. 길 건너에는 한 노인이 목화솜을 틀고 있었다. 목화솜은 소리에 맞춰 위로 올라갔다가는 떨어졌다. 겨울이 되려면 아직 멀었지만 고시의 한 대목 "인생이 이르는 것이 무엇과 같은지 아는가, 날아가는 기러기가 눈의 흙탕을 밟는 것과 같다네(人生到處知何似, 恰似飛鴻踏雪泥, 인생도처지하사, 흡사비홍답설니)"가 저절로 떠오르는 풍경이었다.

남은 한 모금의 물까지 다 마신 그녀는 원래 계획을 포기하고 거리를 걷기 시작했다.

수십 대에 걸쳐 무수한 개조를 한 끝에 이 거리는 기이한 시공의 교차를 보여주고 있었다. 머리 위를 가로지르는 커다란 돌문과 넓게 펼쳐진 길은 당송(唐宋)시대의 정취를 그대로 담고 있으며, 길 양쪽에 늘어선 목조주택들은 푸른 벽돌에 검은 기와를 얹어 명청(明清) 양식을 간직한 강남 소도시의 전형적인 건축양식을 드러냈다.

큰길을 따라 계속 걷던 루추가 어느 순간 걸음을 멈췄다. 갑자기 주변이 기괴하게 바뀌며 현실감을 잃은 것이다. 자신이 현재와 과거, 미래 중 어디에 있는지, 심지어 자신이 여전히 존재하는지조차 확신할 수 없었다.

이런 상황은 과거에도 때때로 겪었지만 그것은 오랫동안 고검을 복원하는 데 집중할 때만 생기는 현상이었다. 그녀는 옆에 있는 돌기둥을 붙잡고 심호흡을 깊게 했다. 고개를 들어보니 갑자기 전방 몇 미터 앞에 20대 남자 한 명이 벽에 기대어 고개를 숙인 채 클라리넷을 불고 있었다.

그늘 속에 있어서 생김새는 잘 보이지 않았지만 칼날처럼 반듯하고 날카로운 측면 윤곽과 날렵하게 움직이는 길다란 손가락만 보였다. 연주소리는 은은히 퍼지며 아름다운 시절부터 가슴 뛰는 순간까지 많은 이야기를 담고 있는 듯했다.

시간 감각이 다시 희미해졌다. 루추는 아예 기둥에 기대어 그의 연주를 들었다. 한곡이 끝나자 아직 여운이 가시기도 전에 악사는 악기를 수습하며 떠날 채비를 했다. 그녀 말고는 주위에 청중이 아무도 없었다. 바닥에는 반쯤 열린 악기케이스가 놓여 있었다. 루추는 갖고 있던 모든 동전을 꺼내 성큼 앞으로 가서 케이스 안에 집어넣었다.

"정말 아름다운 연주군요."

두 사람의 시선이 마주쳤다. 루추의 심장이 갑자기 세차게 뛰기 시작했다. 예술품처럼 준수한 외모에 위엄까지 갖춘 남자가 눈을 깜박거리며 그녀를 쳐다보았다.

"고맙습니다."

한마디를 하고 잠시 뜸을 들인 후 물었다.

"여기는 무슨 일로 오셨어요?"

"길을 잃어서요……."

말을 해놓고 보니 상대방이 말하는 '여기'는 이 구시가지가 아니라는 것이 직감적으로 느껴졌다. 루추는 입술을 한 번 깨물고는 물었다.

"혹시 우리 전에 알던 사이였나요?"

남자가 한참 생각하더니 갑자기 고개를 가로저었다.

"글쎄요."

"어떻게 그럴 수가 있겠어요?"

루추가 얼떨떨해하자 남자는 뭔가 알겠다는 듯이 눈길을 돌리더니 말했다.

"살다보면 이 세상 사람이나 사물이 낯선 듯하나 그렇지 않다는 것을 알게 될 겁니다. 아무 이유도 없이 말이에요."

말이 끝날 무렵 그의 목소리가 어둡게 가라앉았다. 루추의 호기심이 발동했다.

"이런 식으로 전에 알던 사이 같은 상황이 자주 있나요?"

그가 잠시 머뭇거리다가 대답했다.

"사람은 처음이에요."

"그렇다면 됐네요."

진심을 말해버린 루추는 민망해서 빠르게 말했다.

"저도 처음이에요. 댁을 본 적이 없는데 아는 사이 같기도 해요. 그러니……, 다시 만나 반가워요 별일 없으시죠?"

그녀는 이렇게 말하고 그에게 손을 흔들어 인사했다. 남자가 소리를 내서 웃었다.

"그렇다면 난 어떻게 말해야 하나? 오랜만이네요. 만나서 반가워요."

그의 대답은 정말 멋졌다. 루추는 기분 좋게 고개를 끄덕였다. 그가 허리를 숙여 케이스를 집어 들었다.

"다시 한 번 감사드릴게요. 이게 오늘 유일한 수입이거든요."

남자는 귀족적인 분위기를 풍겼다. 검은 셔츠와 검은 바지는 그의 우아함을 더해주었다. 루추는 그제야 이 남자가 돈을 벌기 위해 연주하는 거리의 악사가 아닐 거라는 생각이 들었다. 얼굴이 갑자기 붉어지며 말까지 더듬거렸다.

"저는…… 그저 습관이 되어서……."

"좋은 습관입니다. 한 곡 더 들으실래요?"

그가 웃으며 이렇게 물었다.

"물론이에요."

태양이 이미 지평선을 넘어갔으나 완연한 어둠이 깔리기 전이라 하늘은 여전히 밝았다. 남자가 클라리넷을 들고 연주를 시작하기 직전이었다. 이때 루추가 낮게 탄식했다.

"무슨 일이에요?"

그가 손을 멈추고 물었다.

"여기 버스는 시간에 맞게 오나요?"

루추가 핸드폰으로 시간을 확인하며 얼굴을 찡그렸다.

"그런 편이에요."

"제가 탈 버스가 몇 분 후면 도착해요."

그녀가 어깨를 늘어뜨리자 남자는 미소를 머금고 말했다.

"지금 버스정류장으로 가면 아직 탈 수 있어요."

"여기 다시 오실 건가요?"

그녀가 기대에 차서 남자를 바라보았다.

"꼭 그렇지는 않지만 제가 사전에 알려드릴까요?"

그는 휴대폰을 꺼냈다.

"물론이에요!"

두 사람은 재빨리 전화번호를 교환했고, 루추가 어색하게 손을 내밀었다.

"우리 다음에 보는 거죠?"

"그럼요."

남자는 예의바르게 그녀의 손을 살짝 쥐었다가 놓았다. 루추는 그의 단단하면서도 차가운 손의 감촉에 깜짝 놀랐다. 그를 향해 손을 흔들고는 고개를 돌려 버스정류장 표시가 있는 방향으로 달려갔다. 몇 걸음을 떼지 않았는데 뒤쪽에서 클라리넷 소리가 들려왔다. 애절한 분위기의 첫 곡과는 달리 경쾌한 리듬의 기쁨을 표현하는 곡이었다.

버스 안에는 사람이 많지 않아서 절반 이상의 자리가 비어있었다. 앉아서 창밖 풍경을 내다보며 핸드폰을 만지던 루추는 서로 이름도 물어보지 않았다는 생각이 났다. 정말 어이없는 행동이었지만 해결책은 있다. 그녀는 즉시 저장된 번호에 문자를 보냈다.

"제 이름은 잉루추라고 해요."

10분 후에 '저는 샤오롄(蕭練)이라고 합니다.'라고 적힌 문자가 도착했다.

궈예이호텔은 버스정류장에서 꽤 떨어진 곳에 있었다. 버스에서 내린 루추는 경쾌한 걸음으로 호텔로 들어갔다. 갑자기 어제저녁 느꼈던 쇠잔한 느낌과는 뭔가 달라졌음을 느꼈다. 정원은 생기를 내뿜고 있었다. 아마도 그녀가 나가있는 동안 대청소를 한 것 같았다. 볜중이 안내데스크에 앉아 태블릿으로 드라마에 빠져있었다. 루추는 유쾌하게 인사를 건넸다.

"미스터 볜, 안녕하세요!"

볜중은 느릿느릿 태블릿을 내려놓고 서랍을 열었다. 그는 루추의 방 열쇠를 안내데스크 위에 올려놓고 투각이 되어 있는 금색 공을 건넸다.

"이런 물건도 고장 나면 고칠 수 있나요?"

"저는 유물 복원사지 기계 엔지니어가 아닌데……."

루추가 당황하며 금색 공을 받았다. 말이 끝나기도 전에 목소리가 기어들어갔다.

그녀는 금속으로 투각한 공을 들고 한동안 관찰한 후 불가사의한 말투로 물었다.

"미스터 벤, 이 공은 어디서 났어요?"

세공이 정교한 것이 한눈에 수작업으로 만든 것임을 알 수 있었다. 그녀가 취업원서를 넣었던 박물관에도 당나라 때의 유금화조은향훈구(鎏金花鳥銀香薰球)를 소장하고 있는데, 그 형태와 크기가 비슷했지만 세공솜씨는 이것만 못했다. 물론 요즘에는 좋은 공구도 많아서 장인들이 시간과 노력을 들이면 더욱 정교한 물건도 만들 수 있을 것이다. 그러나…….

표면이 옅은 아금(啞金, matted gold)색으로 빚어진 훈구(薰球, 원 모양에 투조하여 가운데에 향을 피우게 되어 있는 공모양의 향로 - 역주)를 바라보며 혼란스러워졌다. 이 광택은 결코 전기도금으로는 낼 수 없는 것이다. 춘추시대에 유행한 유금(鎏金)이라는 도금방식이다. 과연 누가 이토록 복잡하고 까다롭게 세월의 흔적까지 흉내를 낸단 말인가?

"어디서 났는지는 알 거 없고 수리할 수 있는지만 말해주면 됩니다."

벤중이 짐짓 거드름을 피우며 대답했다. 루추는 의혹의 눈길로 한참을 살핀 후 말했다.

"결쇠가 망가졌네요. 공구와 재료만 있으면 수리할 수 있을 것 같아요."

벤중이 무심히 손을 저으며 말했다.

"위링에 가면 공구와 재료는 얼마든지 있을 겁니다. 수리가 다되면 그때 갖다주세요."

루추는 그 훈구를 받아들고 조심스럽게 물었다.

"만약 수리가 제대로 안 되면요?"

"사용할 수 있게 해주면 되니 너무 애쓰지 말아요. 이것도 못 고치면 이런 일에 뛰어들 생각을 말아야겠죠."

차갑게 말을 마친 벤중은 안으로 들어가더니 무선 이어폰을 끼고 다리를 꼬고 앉아 유유자적했다. 고등학생 정도의 키와 어려 보이는 얼굴만 아니라면 마치 평생 다니던 직장에서 퇴직한 후 여생을 즐기는 노인을 방불케 하는 모습이었다.

루추는 훈구와 벤중을 한 번씩 번갈아가며 본 후, 결국 이를 깨물며 말했다.

"그렇다면 한 번 해볼게요."

벤중은 "네"라고만 대답했다.

루추는 코를 만지며 훈구를 들고 방 열쇠를 찾아 계단을 올라갔다.

이튿날도 그녀는 일찌감치 밖으로 나와 집을 보러 다녔으나 아무 소득이 없었다. 이곳저곳을 다니다보니 어느새 해질 무렵이었다. 루추는 교통은 불편하지만 환경이 조용하고 깨끗한 오래된 지역으로 와서 방을 알아봤다. 마침 광고지를 붙이고 있던 쫭밍(莊茗)과 마주쳤다.

쫭밍은 루추보다 한 살이 많았으며, 한국 스타일의 짧은 단발을 한 아가씨였다. 부모님은 산골에서 관광차농원을 경영하고 있다고 했다. 부모님이 방 세 개짜리 작은 아파트값의 일부를 부담하고 있는데, 지난 반년간 쫭밍이 혼자서 살다가 대출금 부담이 커서 룸메이트를 구하는 중이라고 했다. 때마침 그때 루추를 만난 것이다.

두 사람은 깔끔한 것을 좋아하고 꽃무늬보다는 체크무늬 커튼을 좋아했다. 주방에 기름냄새를 덜 풍기는 채식을 좋아하는 것도 비슷했다. 한 시간 정도 이야기를 나눈 끝에 루추는 그 집에 들어가기로 했고, 두 사람은 꽤 친해졌다. 쫭밍은 루추에게 근처 지리도 익힐 겸 주변을 돌아보자고 했다. 도중에 먹을 것을 파는 거리가 있어서 루추는 적당한 식당을 추천해달라고 했다.

"마침 잘됐네요. 고기를 구워 맥주를 마실 곳이 있어요."

쫭밍이 루추를 이끌고 길을 건너 야외 불고기집으로 갔다.

음식을 주문하고 루추는 차를, 쫭밍은 술을 마셨다. 두 사람은 동시에 저녁 바람을 즐겼다. 자리가 끝날 무렵 취기가 오른 쫭밍이 턱을 괴고 물었다.

"루추 씨 회사는 어디에요?"

루추가 주소를 말해주었다. 이때 종업원이 후식을 가져왔다. 쫭밍은 아이스크림을 먹으면서 몽롱한 눈빛으로 말했다.

"구시가지는 과거 한때 번화했지만 그후 쇠락했죠. 몇 년 전 리

모델링을 한다고 하더니 언제 할지 모르겠어요."

"그게 언제를 말하는 거죠?"

"언제냐 하면…… 태평군(太平軍)이 성을 포위한 후부터는 몰락의 길을 걷게 되었어요. 그 전만 해도 상당히 번성했거든요. 비단상점, 금은방, 그리고 골동품점과 무슨무슨 각(閣)이 있었죠. 이상하다. 루추 씨 회사 이름이랑 비슷한 것 같은데 내 기억이 잘못됐나?"

쫭밍은 볼을 꼬집으며 기억해내려고 애썼다. 루추가 잠시 후 물었다.

"100년 전의 일인데 어떻게 그리 잘 알아요?"

"난 시내의 역사박물관에서 일하고 있어요. 지방잡지에도 실린 내용인걸요."

쫭밍이 루추를 향해 맥주잔을 들었다.

"자 건배해요, 우리의 땅과 민족, 우리의 고향을 위해!"

그녀는 루추가 잔을 들기도 전에 벌컥벌컥 술을 마셨다. 그러더니 거침없이 루추에게 물었다.

"루추 씨는 남자친구 자주 만나요?"

"남자친구 없어요."

루추의 대답에 쫭밍이 어리둥절한 얼굴로 머리를 흔들더니 물었다.

"졸업할 때 헤어졌어요?"

그녀의 질문이 웃겨서 루추가 피식 웃음을 터뜨렸다.

"졸업하기 전에도 없었어요."

창밍이 그녀의 얼굴을 한참 동안 멍하니 바라보다가 갑자기 진지하게 물었다.

"괜찮은 사람을 만나지 못하면 평생 혼자 살 생각을 해본 적은 없어요?"

그런 생각을 한 적은 있지만 화제를 왜 갑자기 그런 방향으로 돌렸을까? 루추의 의혹은 금세 풀렸다. 창밍은 남자친구와 얼마 전에 헤어졌다고 했다. 견딜 수 없는 정도는 아니지만 사랑과 인생, 결혼에 대한 회의를 느끼는 중이었다. 두 여자는 저녁을 다 먹고 커피숍에 들어가서 한참을 더 이야기하다가 헤어졌다.

이튿날 아침 루추는 짐을 챙겨 호텔에서 나왔다. 세면용품을 사들고 아파트로 들어가 짐을 풀고 앞으로 3개월간 지낼 거처에서의 생활을 시작했다. 이틀 후 아침 7시, 그녀는 면접 때와 같은 셔츠와 바지 차림에 굽이 낮은 신발을 신고 버스정류장으로 향했다. 그곳에서 그녀 인생의 첫 직장인 위링문물보호공사로 향하는 버스를 기다렸다.

3
첫 임무

버스는 가다 서기를 반복한 끝에 사방이 공사장인 신흥상업지역에 루추를 내려주었다. 그녀는 혹시 내릴 정류장을 놓칠까 봐 절반쯤 와서는 아예 출입문 근처에서 기다렸다. 버스에서 내린 그녀는 심호흡부터 한 후 자신처럼 출근 복장을 한 다른 3명의 여성들과 길을 건너 10층 정도 높이의 건물 앞에 섰다.

건물의 최상층은 전면이 유리로 되어 있었고, 아래층은 회색벽돌과 창문이 번갈아 있었다. 외벽에는 눈에 잘 띄지 않는 검은색으로 '광샤(廣廈)'라는 두 글자가 적혀 있었다. 건물 전체는 소박하고 화려한 맛은 없으나 사람을 편안하게 해주는 느낌이었다. 루추는 고개를 들어 건물을 바라보고는 보폭을 크게 하면서 안으로 들어갔다. 엘리베이터를 타고 위링문물보호공사가 있는 2층의 일반 사무구역으로 들어갔다.

이 공간은 반 개방식으로 배치되었다. 유백색의 사무집기가 연회색의 벽과 어울려 간결하면서도 깔끔한 분위기를 풍겼다. 안내데스크는 탕비실과 연결되어 있고, 중간에 키가 큰 연록색 대나무 분재를 놓아두었다. 루추는 한눈에 두창평을 알아보았다. 그는 야상점퍼를 입고 팔짱을 낀 채 분재 옆에 앉아 있고, 대여섯 명의 사람들이 그를 둘러싸고 아침 보고를 하고 있었다.

그는 화면으로 보았던 것보다 훨씬 젊어 보였으나 그때보다 강한 카리스마를 풍기고 있었다. 루추는 그 옆에 서서 회의가 끝나기를 기다렸다가 다가가 인사를 했다. 두창평은 처음에는 그녀를 알아보지 못했지만 몇 초 생각하더니 그제야 인사말을 건넸다.

"마침 잘 왔어요. 병 하나가 깨져서 수리가 필요했거든요. 수속을 마치고 내 사무실로 오세요."

회사에 인력이 부족해서 베테랑 복원사를 채용하기 전까지는 특별한 소속 없이 필요한 일은 다해야 한다고 미리 얘기를 들은 터였다. 그래서 루추도 별말 없이 주임특보 쑹웨란(宋悅然)을 따라 개방식 사무구역으로 들어가서 정식 도착보고를 하고 환경을 익혔다.

10시 30분에 루추는 두창평의 사무실로 갔다. 그는 루추를 위아래로 훑어보더니 따라오라는 한마디와 함께 앞장서서 사무실을 나갔다. 두창평의 보폭이 커서 루추는 거의 뛰다시피 따라가야 했다. 두 사람은 엘리베이터를 타고 꼭대기 층인 15층에서 내렸다. 도중에 두 사람은 한마디도 하지 않고 두창평이 ID카드를 대고 문을 열자 루추도 뒤따라 복원실에 들어섰다. 그녀는 입을 쩍 벌려 "와!"하며 탄성을 질렀다.

이곳은 그저 '빛'이라는 말로 형용할 수밖에 없었다. 훌쩍 높은 천장은 유리로 마감했고 삼면 역시 유리창으로 둘러싸여 있었다. 이 커다란 복원실은 마치 거대한 온실처럼 햇빛이 사면팔방에서 들어왔다. 모든 유리에는 자동으로 여닫는 장치가 장착되어 방향을 조정함으로써, 복원사가 광원을 충분히 조정할 수 있게 되어 있었다.

"고대 유물 복원에서 가장 중요한 공구는 바로 빛입니다. 그래서 특별히 이 분야의 전문가를 초빙해서 설계했죠."

두창평의 목소리가 뒤에서 들렸다. 루추는 비로소 자신이 어느새 몇 걸음이나 앞서 있다는 것을 깨달았다. 루추가 돌아보니 두창평은 이 정도야 보통이라는 듯 무심한 표정이었지만 절대로 평범한 일이 아니었다. 그녀가 하버드대학교에서 실습하면서 지냈던 연구센터가 이런 콘셉트로 설계되었는데 완공 후 '빛의 기적'이라며 찬사를 받은 바 있다. 작은 민영기업이 세계적인 예술품 복원시설을 갖춘 이유가 무엇일까? 루추는 궁금한 나머지 물어보려고 입을 반쯤 벌렸다가 다물고 조용히 두창평의 뒤를 따랐다. 두창평이 설명을 이어갔다.

"우리 회사는 유물을 크게 세 종류로 분류했어요. 그래서 칸막이로 복원실을 세 구역으로 나눴지만 위쪽은 서로 통하게 되어 있습니다."

위쪽 공간이 뚫려서인지 유난히 넓어 보였다. 루추가 잠시 생각하더니 질문했다.

"공간 운용의 유연성을 위해 일부러 이렇게 설계한 건가요?"

두창펑이 동의하는 표정으로 그녀를 한 번 쳐다본 후 말을 이었다.

"이곳에 간혹 아주 큰 분이……, 그러니까 특대형 유물을 수리해야 할 때가 있어요. 이럴 때는 이동식 칸막이로 필요한 공간을 확보하게 됩니다. 지난달만 해도 대형 양탄자가 들어와서 공간의 거의 절반을 차지하고 있으니까요."

그가 여기까지 말했을 때 두 사람은 때마침 칸막이 앞까지 걸어갔다. 나무 팻말에는 '희귀도서, 서화, 방직물 복원구역'이라고 쓰여 있었다. 두창펑은 걸음을 멈추고 루추에게 물었다.

"자, 여기서 퀴즈 하나 낼게요. 양탄자가 너무 커서 중간부분에 손이 미치지 않을 때는 어떻게 복원해야 할까요?"

루추는 양탄자를 복원해본 경험이 없었다.

"밟으면 안 되는 거죠?"

"말도 안 되죠. 어렵사리 출토한 허톈(和田) 양탄자를 감히 밟다니, 재로 만들 일 있어요? 생각해봐요."

"잘 모르겠는데요."

진귀한 유물을 앞에 놓고 루추는 퀴즈나 맞추고 있을 여유가 없었다.

두창펑이 미소 띤 얼굴로 문을 두드리며 말했다.

"다리를 놓으면 돼요."

그가 문을 열자 커다란 장방형의 적갈색 양탄자가 모습을 드러냈다. 직조가 대단히 정교하고 네 귀퉁이에는 기다란 술이 달려있었다. 중간에는 단풍잎 도안이 여러 개 있었는데 비록 손상되었지만 색감이 매우 화려했다. 그러나 루추의 흥미를 끈 것은 양탄자 자체가 아니었다. 양탄자 위쪽으로 10센티미터 위치에 사람 어깨 너비 정도의 대나무 다리 두 개가 양탄자를 가로질러 걸려 있었던 것이다. 두 명의 복원사가 그 다리 위에 엎드려 파손된 부분을 열심히 깁고 있었다. 이런 방법을 고안해내다니 정말 기발하다는 생각이 들었다.

루추가 두 사람에게 허리를 숙여 인사했다.

"선배님들 처음 뵙겠습니다. 저는 잉루추라고 합니다."

중간쯤에 엎드려 있는 사람은 서른 살쯤 되었으며 정직하고 무던한 인상이었다. 그는 고개를 들어 루추에게 활짝 웃으며 자신은 쉬팡(徐方)이라고 소개했다. 오른쪽에 있는 대나무 다리에서 머리가 희끗희끗한 노년의 복원사가 천천히 내려왔다. 그는 루추 쪽은 쳐다보지도 않고 두 다리가 땅에 닿자마자 두창평에게 말했다.

"담배 한 대 피우고 하겠소."

"쉬엄쉬엄하세요."

두창평이 양탄자를 가리키며 말했다.

"좡(莊) 사부, 이분 연세가 어떻게 되는지 루추 씨에게 말해주세요."

"동한 때 태어나셨으니 올해로 1,850세가 되었군요."

좡 사부가 담배를 꺼내며 대답했다.

루추는 어리둥절해서 양탄자를 바라보며 믿지 못하겠다는 듯이 말했다.

"그런데 색이 바래지 않았네요?"

"광식물(礦植物)로 염색한 데다 묘실의 밀폐상태가 좋아서 그래요. 안타깝게도 직조방법은 전해 내려오지 않습니다."

창 사부가 담배를 물고 문밖으로 나갔다.

"그럼 더 방해하지 않고 이만 가볼게요."

두창평이 말을 마치고 돌아섰고 루추는 그의 뒤를 따라나왔다. 문을 닫고 나와서도 놀라움이 가시지 않았다.

그녀는 두창평에게 물었다.

"저분들이 직접 다리를 제작했어요?"

"아니에요. 저분들은 건축 전문이 아니라 유물 복원사니까요. 우리는 모든 과정에 전문성을 추구하고 있어요. 이 도시에서 가장 실력 있는 건축 전문가를 초빙해서 제작한 거라 그나마 가장 튼튼해요."

출근 첫날부터 루추는 많은 것을 알게 되었다. 그녀가 질문을 계속했다.

"저렇게 좋은 방법이 생각나지 않으면 어떻게 하죠?"

"최선을 다 해보고 그 다음엔 하늘의 명에 따르는 수밖에요."

두창평이 침착한 태도로 말했다. 그들은 다른 칸막이 옆을 지나가고 있었는데 위에는 '무차별 응급센터'라는 팻말이 붙어 있었다.

대학교 4학년 때 루추는 10여 개의 복원실을 견학한 적이 있었다. 복원실에 들어오는 유물의 종류에 따라 분류방식이 달랐다. 그러나 대체적으로 크게 '유기'와 '무기'의 두 종류로 분류한 후 세부

항목으로 나뉘는 식이었다. 이렇게 유기, 무기와 상관없는 분류방식은 처음 보는 것이다.

"여기는 어떤 곳인가요?"

"나중에 말해줄게요."

루추가 팻말을 가리키며 묻자 두창펑이 앞서 나가며 말했다. 루추는 나무 팻말을 한 번 더 쳐다본 후 세 번째 구역인 '옥석, 도자및 금속유물 복원구역'으로 따라 들어갔다. 문을 열자 먼저 눈에 들어오는 것은 탁자 두 개씩을 이어 붙인 6개의 긴 탁자였다. 캐비닛과 물품보관함이 벽을 따라서 있고, 그중 한곳에 그녀의 명패가 벌써 붙어 있었다.

두창펑이 책상 앞으로 가더니 루추에게 신중하게 말했다.

"복원실 수칙 제1조이자 가장 중요한 덕목은 함부로 움직이지 않는 겁니다."

루추가 미소를 지었다. 속으로 결코 이 수칙을 어길 일은 없을 것이라고 생각했다.

"이곳에 정리해야 할 기물이 너무 많아요. 연식이 몇 천 년은 기본이라 성격도 각각 다릅니다. 그러니 복원과 조사는 물론이고 더 럽혀진 기물의 재를 털어내는 것조차도 내게 먼저 물어봐야 해요. 알겠습니까?"

"알겠습니다."

루추가 또랑또랑한 목소리로 대답했다. 두창펑은 그녀를 신중하게 바라보며 말을 이었다.

"제2조, 마음을 가라앉힌다. 시작했으면 끝을 볼 것."

앞부분은 알겠는데 시작은 뭐고 끝은 뭐죠?"

"사람마다 달라요. 업무를 대하는 태도를 말하는 거니 스스로 생각해보세요."

두 주임은 그녀에게 다음 질문을 할 기회를 주지 않고 말을 계속했다.

"제3조는 비교적 기니까 잘 들어야 해요. 흔히 복원사를 유물을 고치는 의사라고 하죠. 의사와 환자 사이는 관계가 분명해야 해요. 절대로 개인적인 편애나 감정으로 진단과 치료에 영향을 미쳐서는 안 됩니다. 지킬 수 있겠어요?"

루추는 이 조항이 가장 간단하다고 생각해서 고개를 힘주어 끄덕였다.

"지킬 수 있습니다."

"그렇다면 됐습니다. 지금 말한 것은 반드시 기억해야 합니다. 이제부터 업무를 시작하세요."

말을 마친 두창평이 몸을 돌렸고 루추는 그를 따라 긴 탁자로 다가갔다.

앞의 두 줄에 진열된 기기는 대부분 익숙한 것들이었다. 그중에는 고고학 전용의 금속 현미경, 출토한 청동기의 오염을 제거하기 위한 모래분사기 등이 있었다. 어느 정도 파악이 끝났다고 생각하는 순간, 두창평은 앞의 두 탁자를 지나쳐 세 번째 탁자로 향했다.

이 탁자 위에는 기기가 없고 중앙부에 약 80센티미터 높이의 흰 매병(梅瓶)이 놓여 있었다. 병의 형태는 단아하고 아름다웠으며, 무늬가 없이 소박하고 우아했다. 유약의 색상인 유색(釉色)은

투명하면서도 풍부했다. 다만 안타깝게도 병의 배 부분에 큰 구멍이 나있었으며, 병의 왼쪽에는 20~30개의 파편들이 그대로 배열되어 있었다. 설마 그녀의 첫 임무가 이 매병을 복원하는 거란 말인가?

자기를 복원한 경험이 많지 않은 루추는 갑자기 긴장이 되었다. 두창핑이 탁자 앞으로 오더니 자기 매병을 가리키며 말했다.

"자, 뭘 봤는지 말해볼래요?"

루추는 용기내서 앞으로 나갔다. 자세히 관찰해보니 점점 눈이 크게 떠졌다. 몇 분 후 그녀는 이해할 수 없다는 표정으로 더듬더듬 입을 뗐다.

"송자(宋瓷)…… 무문(無紋)…… 여요(汝窯)?"

여요라면 송나라 5대 관요 중 으뜸가는 곳으로, 중국 자기제조사상 최고봉에 이른 역작이 아니던가!

그녀는 눈을 의심했다. 그러나 두창핑은 그녀를 향해 고개를 끄덕였다.

"비가 그치고 맑게 개면 구름이 물러가듯이 이 안색 또한 그러하리라[황제 휘종(徽宗)이 여요에 비갠 뒤 하늘빛 같은 색(雨過天靑, 우과천청)의 자기 제조를 명한 데서 나온 말 – 역주]."

"하지만, 이건…… 그럴 리 없어요."

"왜죠?"

루추의 즉각적인 반응에 두창핑의 말투는 평온했으나 표정을 종잡을 수 없었다.

"이 기물은 키가 너무 높습니다."

제 딴에는 실마리를 찾았다고 여긴 루추가 매병을 가리켰다.

"지금까지 남아있는 여요 자기는 30센티미터가 넘는 것이 없습니다. 그래서 소장가들 사이에 '여요에는 대물이 없다'는 말이 있을 정도로······."

순간 그녀는 말을 계속할 수가 없었다. 태양빛을 받아 매병이 온화한 빛을 은은하게 발하고 있었던 것이다. 색깔은 푸르면서도 하늘색에 가까운 것이 마치 맑은 호수처럼 선명하고 윤기가 흘렀다. 루추는 모방품을 본적이 있지만 그것은 건륭황제가 전국적으로 모방 제작한 자기여서 이토록 오묘한 빛까지 표현하지는 못했다.

"그만 보고 하나 물어볼게요. 지금 남아있는 여요가 몇 점이나 될까요?"

"100건도 채 안 됩니다."

루추가 대답했다.

"당시 여요를 연 지 20여 년 동안 총을 몇 점이나 구워냈을까요?"

이 숫자는 역사서에는 나와 있지 않다. 루추는 마음속으로 계산해보았다. 하루에 한 점만 구워내도 20년이면 1만 점의 자기를 구워냈을 것이다. 더구나 여요는 북송 황제의 어용자기를 굽는 관요였으니 규모가 작을 수 없었을 터, 이렇게 추산하니······.

"몇 만 점, 아니 몇 십만 점 정도 되었을까요?"

"100만 점이 훨씬 넘어요."

두창평이 이렇게 대답하고는 또 물었다.

"지금 남아있는 100점도 안 되는 '생존자'들을 보며 당시 100만 점도 넘는 자기의 크기와 두께, 품성과 모양을 다 짐작해낼 수 있을까요?"

"불가능합니다."

루추가 주저 없이 대답했다.

"바로 그겁니다."

두창평이 정색하고 말했다.

"명심하세요. 자신의 잣대로 고대 유물을 평가해서는 안 됩니다."

"알겠습니다."

루추가 예의를 갖춰 대답하자 두창평은 이것저것을 설명했다. 그녀가 할 일은 우선 매병에 대한 연구였다. 어느 정도 자신이 생겼을 때 세척을 시작해야 한다. 이어서 각각의 파편을 정리하고 파일로 기록해 복원 시 참고한다. 이 모든 것은 인내심이 요구되는 기본 작업이었다. 루추는 일러주는 대로 필기를 하고, 자신이 적어놓은 작업항목을 모두 두창평에게 보여주어 빠진 것이 없나 확인을 받았다. 모든 것이 끝나자 그녀는 머리를 하나로 묶고 사물함에서 작업복을 꺼내 갈아입었다. 마치 모든 준비를 마치고 출격을 기다리는 투사처럼 투지로 넘쳤다.

두창평이 밖으로 나가다가 몇 걸음을 뗀 후 고개를 돌려 말했다.

"위링은 위조품은 취급하지 않아요. 이건 협상의 여지가 없는 원칙의 문제입니다."

"저는 그런 의미가 아니었는데……."

루추의 양볼이 순식간에 빨개졌다.

"루추 씨가 그렇게 생각하는 것도 무리는 아니죠."

두창평이 손을 가로저었다.

"하지만 우리 회사에 들어온 이상 여기가 어떤 곳인지 알고는 있어야 할 것 같아서요."

말을 마친 두창평이 밖으로 나갔다. 루추는 소박하면서도 단아한 매병을 바라보았다. 파편의 가장자리에 전혀 흙이 묻어있지 않고 날카로운 파편도 있는 것으로 봐서는 최근에 깨진 듯했다. 누가 이렇게 조심성이 없었는지 괘씸하다는 생각이 들었다. 그녀는 고개를 저으며 의자에 앉아 현미경을 꺼내들고 유색 아래 드물게 있는 기포를 연구하기 시작했다.

4
적의(敵意)

출근 첫날 점심시간이 되자 루추는 쑹웨란으로부터 출입카드를 받아들고 지하 1층의 직원식당으로 갔다. 크지 않은 식당에는 좌석의 7할 정도가 차있었다. 아침에 2층에서 인사를 나눈 동료들이 그녀를 기억하고 그쪽으로 오라는 손짓을 했다. 루추는 긴 식탁의 구석자리에 앉아 동료들이 인기 영화와 드라마 이야기, 휴가를 어떻게 보낼 것인지 의논하는 소리를 들었다.

이 회사는 직원들 나이가 20~30대로 젊은 사람이 많았다. 그들은 청춘답게 활력이 넘치고 자기 의견을 말하는 데 거침이 없었다. 루추가 앉은 지 얼마 지나지 않아 왼쪽에 앉은 남자 직원이 말을 걸었다. 그는 골동품 시장이 점점 발달하고 국제화되고 있으니 국내에서 2년 정도 경력을 쌓고 해외로 눈을 돌릴 것이라고 했다.

"루추 씨는 이 직업을 왜 선택했어요?"

"다른 일은 생각해본 적이 없어서요."

남자직원의 질문에 루추가 솔직히 대답했다. 상대방은 이해할수 없다는 듯한 눈으로 그녀를 바라보았다. 루추는 이해시킬 필요가 없다는 생각에 그저 웃어준 뒤 묵묵히 밥을 먹었다. 두 입을 채먹기도 전에 이번에는 쑹웨란이 팔꿈치로 그녀를 툭 치며 목소리를 낮춰 말했다.

"'복지' 님들 입장하십니다."

루추가 고개를 들고 바라보니 서른 살 정도 돼 보이는 남자 둘이 식당으로 들어왔다. 두 사람 다 키가 크고 날씬한 몸매였으며, 한 사람은 영국풍의 베이지 그레이의 잔 체크무늬 양복을 입고 가는 테 안경을 쓴 것이 전형적인 직장 엘리트 스타일이었다. 다른한 명은 뒤로 넘겨 땋은 머리에 검정, 노랑이 뒤섞인 패션으로 여피(yuppie)족 분위기를 물씬 풍겼다. 한눈에 봐도 웬만한 모델보다세련된 외모였다.

"안경 쓴 분은 감정팀의 인한광(殷含光) 팀장님이고, 그 옆은 동생 인청잉(殷承影) 씨인데 당송시대 서화 감정에 일가견이 있어요. 잘생겼죠?"

쑹웨란이 루추 곁에 바짝 붙어서 설명해주었다.

두 사람의 외모가 확실히 매력적이어서 루추는 고개를 끄덕였다. 쑹웨란도 그것 보라는 듯 득의만만해서 말했다.

"일하다 지쳤을 때 옆에 저렇게 멋진 남자가 지나가면 업무 스트레스가 다 날아간다니까요. 루추 씨도 곧 알게 될 거예요."

그런 장면을 상상하니 저도 모르게 웃음이 나왔다.

"복지라고 할 만하네요."

잠시 후 인한광과 인청잉이 식판을 들고 그들 쪽으로 다가왔다. 인한광은 걸음을 멈추고 사람들과 인사만 나누고는 옆에 있는 다른 식탁에 앉았다. 인청잉은 사교성이 좋은지 많은 사람이 그와 앞다퉈 대화를 나눴다. 그는 일일이 응해준 후 갑자기 루추에게 말을 걸었다.

"복원실에 새로 온 분이죠?"

루추는 예상 밖의 질문에 당황해서 얼떨결에 대답했다.

"네. 잉루추라고 합니다."

인청잉이 눈을 가늘게 뜨더니 물었다.

"집안에서 고대 병기 복원을 하신다고요?"

"그렇습니다."

"상호가 뭐죠?"

"부왕자이(不忘齋)입니다."

"초심을 잊지 않아야 일이 원만하게 이뤄진다?"

'부왕자이'라는 말에 이런 반응을 보인 사람이 처음이었기에 루추는 눈을 반짝거리며 뭔가 말하려고 했다. 그런데 인청잉은 고개를 갸웃거렸다.

"들어본 적이 없습니다."

여직원 몇 명이 까르르 웃었고, 루추는 앉은 자세를 바로 하며 말했다.

"저희 집안의 작업실은 아주 소규모입니다."

"연 지 얼마나 되었죠?"

"20여 년입니다."

루추는 잠시 뜸을 들이다 설명을 덧붙였다.

"집안 대대로 대장간을 하셨는데 아버지 대에 와서 지금의 작업실로 형태를 바꾸셨어요."

인청잉이 꼬치꼬치 캐묻는 이유를 알 수 없었지만 아버지의 작업실 '부왕자이'를 자랑스럽게 생각하는 루추로서는 숨길 이유가 없었다. 조금 전 웃던 여직원들은 '대장간'이라는 말을 듣고 눈가에 조롱하는 빛이 더욱 역력했다. 그러나 인청잉은 오히려 그와 반대였다.

그는 루추에게 고개를 숙여 신사의 풍모가 넘치게 말했다.

"그랬군요. 계속 노력해주세요."

지나친 반전이 아닐 수 없었다. 루추는 잠시 멍해 있다가 대답했다.

"감사합니다. 선배님."

인청잉이 식판을 들고 나간 후 쑹웨란이 루추에게 말했다.

"루추 씨에게 관심이 많은가 보네요. 그러니 저렇게 많이 물어보지."

말은 그렇게 했지만 그녀를 바라보는 쑹웨란의 눈빛에 동정이 담겨 있었다. 루추가 잠시 생각하다가 대답했다.

"나도 그렇게 느꼈어요."

인청잉이 당돌하기는 했지만 루추는 그에게서 어떤 악의도 느끼지 못했다. 그는 순수한 호기심에서 물었을 것이다. 그렇다면 뭐가 그렇게 궁금할까?

도중에 잡음이 있었지만 대체적으로 오늘 점심식사 분위기는 우호적이라고 할 수 있었다. 식사를 마친 루추가 식당을 나가려고 일어나는데 양탄자 복원실에서 만났던 두 사람이 음료수를 들고 지나갔다. 쉬팡이 그녀를 보고 미소 지었고, 챵 사부는 곁눈질 한 번 않는 것이 그녀를 완전히 없는 사람 취급하는 태도였다. 자신과 는 태생적으로 맞지 않는 사람이라는 생각을 하며 잠시 걸음을 멈 췄다가 다시 걷기 시작했다.

다음 날 그녀는 전문가용 초음파 스케일러를 꺼내 자기 파편들 을 세척했다. 이온수를 받아서 복원실을 오가는 도중에 몇 번이나 챵 사부와 마주쳤다. 그는 루추를 평가하는 눈빛으로 한 번 훑어보 는 것이 못 믿겠다는 표정이 역력했다. 루추는 그럴수록 실력으로 증명하리라 결심했다. 신출내기인 그녀가 대선배의 눈에 자격미달 로 비쳐지는 것은 무리가 아니다. 그녀는 단기간에 그의 편견을 돌 려놓는 것을 단념하고 예의를 갖추기로 했다.

출근 사흘째 되던 날 점심시간, 식당은 사람으로 가득했다. 루추 가 자리를 찾아 헤매는데 쑹웨란이 그녀를 향해 손을 흔들었다. 얼 른 그쪽으로 가서 앉으려는데 하필이면 챵 사부, 쉬팡과 같은 식탁 이었다. 식판의 음식이 그대로인 것을 보니 이제 막 앉은 모양이었 다. 굳이 찾자면 다른 쪽에 빈자리가 있겠지만 그러면 자신이 그들 을 피하는 모양새가 되어버린다. 루추는 속으로 한숨을 쉬며 그들 의 맞은편에 앉아 쑹웨란이 사람들과 대화를 나누는 소리를 들으 면서 식사를 했다.

그동안 관찰한 결과 쑹웨란이 겉으로는 털털하지만 일처리가 꽤 꼼꼼하며 자신의 본분을 지키는 사람임을 알 수 있었다. 다만 주변의 가십거리에 관심이 많은 것 같았다.

그녀가 막 그렇게 생각하고 있을 때 쑹웨란이 갑자기 고개를 들고 두 눈이 형형하게 쉬팡에게 물었다.

"그후 경찰이 쉬팡 씨의 그 실종된 여자 후배를 찾았어요?"

"아니, 나까지 조사를 받으러 갔는데 아무것도 알아내지 못했어."

대답을 한 사람은 창 사부였다. 말투에 무쇠가 강철로 되지 못한 안타까움이 가득 담겨 있었다.

어색한 분위기 속에서 루추는 눈을 밑으로 향하고 식사에만 집중하는 척하면서도 귀를 쫑긋 세웠다. 대화 내용은 대략 이러했다. 쉬팡의 학교 여자 후배가 시내의 한 박물관에서 일하는데 며칠 전 박물관 서고에 정밀한 보안시스템을 뚫고 도둑이 들었다. 다행히 경비가 현장에 도착했는데 없어진 물품은 없었다. 박물관 외벽의 경보기는 손상이 없었기 때문에 경찰은 조사결과 내부 소행을 의심하고 있다고 한다. CCTV 기록을 조사해보니 그날 밤 마지막으로 서고에 들어간 사람은 바로 그 후배였다. 그런데 사고 발생 후 그녀가 흔적도 없이 사라져버렸다. 경찰은 그녀의 생활권을 조사했고, 쉬팡도 덩달아 조사를 받게 되었다는 것이다.

"경찰이 아무 증거도 없는 상태였어. 후배는 단순한 사람이라 이쪽으로 조사해도 소용없으니 유물 밀수 범죄조직 쪽을 알아보라고 말했지. 그런데 내 말은 아랑곳하지도 않더라고."

쉬팡이 분기탱천하여 말하고 있는데 창 사부가 젓가락을 내려놓더니 고개를 가로저었다.

"입을 다물고 있으려니 좀이 쑤시는군."

그는 찻잔을 들고 한 모금 마시더니 루추를 향해 말했다.

"나는 평생 유물을 복원해왔지만 한 번도 소유해본 적이 없어. 골동품 시장에도 가본 적이 없지. 사람이란 조금이라도 사심이 개입되면 걷잡을 수 없게 된다네."

그의 태도가 거칠기는 했지만 어딘지 귀에 익은 논조였다. 루추가 참지 못하고 되물었다.

"그게 이쪽 업계의 규칙이라고 보세요?"

"물론이지. 내 스승님은 늘 규칙을 지켜야 한다고 말씀하셨지. 규칙을 어기면 일을 제대로 할 수 없다고 말이네. 그런데 지금은 그걸 따지는 사람이 점점 없어지고 있으니……."

지난 일을 이야기할 때 좡 사부는 마치 수도꼭지를 틀어놓은 양 말이 끊이지 않았다. 쑹웨란은 턱을 괴고 무료하다는 표정으로 듣고 있었지만 루추는 점점 그의 이야기에 빠져들었다. 마치 흥미진진한 옛날이야기를 듣는 것 같았다. 오후에 그녀가 복원실에서 좡 사부와 마주쳤을 때 그의 태도에 변화가 생긴 것을 알았다. 호감까지는 아니지만 적어도 없는 사람 취급은 하지 않았다.

옆에서 방해만 하지 않으면 루추는 개의치 않는 스타일이었다. 그녀는 정신을 집중해 일에 몰두했다. 3일 동안 파편을 모두 세척했다. 두창펑은 결과에 상당히 만족하며 다음 단계를 지시했다. 모양과 무늬, 색깔에 따라 조각을 일일이 맞추는 일이었다.

이 단계가 가장 인내를 요하는 작업이었다. 병의 몸체에 무늬가 없으므로 루추는 조각의 두께와 구부러진 각도, 형상을 기록하고, 그 특징에 따라서 조각을 맞춰나갔다. 그녀는 열심히 노력했지만 좀처럼 진도가 나가지 않았다. 가까스로 몇 개의 조각을 맞춰놓아도 각도가 달라지면 원래 자리가 아님을 발견하여 다시 흐트러뜨렸다가 맞추기를 반복했다.

금요일 정오가 되자 루추는 마침내 손바닥 만한 크기로 조각을 다 맞췄다. 탁자 주변을 돌며 여러 방향에서 제대로 맞춰졌는지를 확인했다. 그때 노크 소리와 함께 쫭 사부가 고개를 내밀었다.

"밥 먹고 해. 마음이 급하면 일이 더 안 풀리는 법이야."

루추가 어리둥절하며 탁자에 놓아둔 핸드폰 시계를 확인했다.

"벌써 한시에요?"

"우린 아까 다 먹었다네. 식당은 30분 후에 문을 닫으니 지금 가지 않으면 밥도 없을 거야."

쫭 사부 말이 맞았다. 루추가 식당에 들어가자 밥은 서너 명 분만 남아 있었으며, 10명 정도가 드문드문 앉아 있었다. 서둘러 밥을 타고 카드를 찍자 핸드폰 문자 수신음이 울렸다. 루추는 가장 가까운 자리에 식판을 내려놓고 선 채로 핸드폰을 꺼냈다. 샤오렌이 두 통의 문자를 보낸 것이다.

"이번 주말 같은 시간, 같은 장소. 곡목은 미정입니다."

두 번째 문자에는 "돈은 필요 없어요"라고 쓰여 있었다.

루추는 자기도 모르게 소리 내서 웃었다. 무심결에 위쪽을 보니 대각선 방향에 한 사람이 등을 보이고 앉아서 핸드폰을 내려놓는 것이 보였다. 그는 검은 진바지에 짙은 블루 대님 셔츠를 입고 소매를 팔꿈치까지 걷었다. 넓은 어깨와 매끈한 측면을 자랑하는 얼굴에 곧고 높은 콧대는 마치 조각상을 보는 듯 준수한 외모였다. 전에 만난 그 남자였다. 이런 우연이라니, 믿을 수가 없었다.

이성적으로는 그렇게 생각하면서도 심장은 걷잡을 수 없이 요동쳤다. 루추가 식판을 들고 그를 향해 천천히 다가갔다. 자신의 걸음소리가 작다고 생각했는데 상대는 누군가 다가오는 것을 느끼고 이쪽으로 고개를 돌렸다. 두 사람의 눈이 마주치자 그녀는 자기도 모르게 활짝 웃었다.

"어! 정말 맞네요."

"…… 잉루추 씨?"

샤오롄도 놀란 것은 마찬가지였지만 별로 반가워하지 않았다. 얼음장처럼 차가운 그의 동공 깊은 곳에 푸른빛이 번뜩 지나갔다. 그는 재빨리 눈을 내리깔더니 그녀를 쳐다보지 않았다.

영문을 모르는 루추는 자신이 사람을 잘못 보았거나 샤오롄이 뭔가 오해하고 있다고 생각했다. 그녀는 황급히 앞으로 다가가 자신의 가슴에 찬 직원카드를 들어보였다.

"이번에 보조 복원사로 새로 들어왔어요. 이 회사 직원이셨어요?"

그제야 그녀는 샤오롄도 직원카드를 목에 걸고 있는 것을 보았다. '감정사'라는 직함이 박혀있었다. 갑자기 그녀의 뇌리를 스치는 기억이 있었다. 루추는 흥분하여 다시 물었다.

"혹시 면접 때 저와 이야기 나눴던 감정사가 바로……?"

"맞아요. 나였어요."

샤오렌의 눈길이 맞은편 빈자리로 향하더니 무미건조한 목소리로 말했다.

"앉으세요."

상황이 묘하게 돌아가고 있었다. 루추는 어찌할 바를 모르고 자리에 앉았다. 어찌된 일인지 알 수 없었다.

샤오렌은 여전히 그녀 쪽을 바라보지 않았다. 사실 그녀가 다가간 순간부터 지금까지 그들은 몇 초간 짧게 눈을 마주쳤을 뿐이다. 그는 줄곧 고개를 숙이고 있거나 눈을 반쯤 밑을 향하고 있어서 그녀와의 조우가 무척 불편한 것처럼 보였다.

그가 앉은 자리에는 식판은 없고 찻잔만 덩그러니 있었다. 혼자 있고 싶은 사람을 방해한 꼴이 되어버렸다. 루추는 젓가락을 들었다가 내려놓고 불안한 심정으로 말했다.

"그냥 인사한 것뿐이에요. 불편하다면 내가 다른 자리로 갈게요."

"그럴 필요 없어요."

샤오렌이 그녀의 말을 막았다. 눈길은 여전히 찻잔을 향한 채 낮게 말했다.

"나는 그저 뜻밖이라……."

그는 말을 하다가 말았고, 루추는 다음 말을 기다리다가 샤오렌이 더 말할 기색이 없자 다시 젓가락을 들었다.

"그럼 먼저 먹을게요."

"천천히 드세요."

샤오렌이 미간을 찡그리며 건성으로 대답했다.

루추는 젓가락으로 반찬을 집으며 식사를 하면서도 그의 모습을 힐끗 훔쳐보았다. 정신을 팔다가 젓가락으로 식판 위의 종이컵을 툭 쳤다. 안에 든 녹차가 음식으로 다 쏟아질 판이었다. 이때 샤오렌이 재빨리 팔을 뻗어 잔을 잡았다.

"고맙습니다……"

두 사람의 눈이 다시 마주쳤다. 루추는 샤오렌의 검은 눈동자에서 요동치는 푸른 화염을 분명히 보았다. 자기도 모르게 몸서리가 쳐졌다. 갑자기 샤오렌이 일어나더니 성큼성큼 나가버렸다. 루추는 그 자리에 그대로 굳어버렸다. 머릿속이 하얗게 되었다가 몇 분이 지나서야 정신이 돌아왔다. 방금 무슨 일이 있었던 거지? 그는 왜 갑자기 떠나버렸을까?

머릿속에 수많은 물음표가 떠다녔다. 더 신경이 쓰이는 일은 샤오렌이 자리를 뜰 때 안색이 너무 좋지 않았다는 것이다. 그는 두 주먹을 꼭 쥐고 양팔의 근육이 경직된 것이 극심한 고통을 참고 있는 듯했다.

어디 몸이라도 불편한가? 잠시 주저하다 루추는 샤오렌에게 문자를 보냈다.

"어떻게 된 거예요? 괜찮으세요?"

그에게서는 답이 없었다. 점심시간이 끝나가자 그녀는 서둘러 음식을 마저 먹고 복원실로 돌아와 작업에만 몰두했다.

오늘은 아무런 진전이 없이 지나갈 것이 분명하다. 오후에 두 주임이 복원실에 한 시간 정도 머물렀으나 핸드폰으로 문자를 주고받다가 이따금 그녀 쪽으로 와서 작업진도를 체크하는 것이 고작이었다. 시선이 어쩌다 그녀 쪽에 머물렀다. 상사가 뒤쪽에서 지켜보고 있는데 작업진도는 지지부진하니 루추는 조바심이 났다.

그녀는 정상 근무시간보다 30분 늦게 퇴근했다. 한참을 기다려도 엘리베이터가 오지 않자 계단을 이용하기로 했다. 걷다 보니 힘이 빠져서 몇 층인지 보지도 않고 고개를 숙인 채 내려갔다. 계단 끝까지 와서야 그녀는 자신이 주차장이 있는 지하 2층까지 내려왔음을 깨달았다. 마음대로 안 풀리는 일이 너무 많다보니 이 정도는 그러려니 하면서 무거운 다리를 끌고 다시 올라가려고 했다. 그 순간 바깥쪽에서 놀라며 말하는 소리가 이쪽을 향하고 있었다.

"전승자(傳承者)라니, 이번에 입사한 그 여직원이라고?"

인청잉의 목소리였다. 루추는 올해 입사한 직원이 몇 명인지 몰랐지만 일단 걸음을 멈췄다. 이어서 샤오롄의 무기력한 목소리가 들렸다.

"그 여자에요."

"어떻게 그럴 수 있지? 얼마 전에 봤을 때만 해도 꽤 정상적이던데."

인청잉이 중얼거렸다.

"너 괜찮니?"

"오늘 점심때 그 여자 맞은편에 5분간 앉아있었는데 하마터면 자제력을 잃을 뻔했어요."

샤오롄이 침울하게 말을 이었다.

"한 공간에서는 같이 있을 수가 없겠더라고요."

틀림없이 자신의 이야기를 하고 있었다. 루추는 난간을 힘주어 잡고 튀어나가 영문을 묻고 싶은 마음을 꼭 붙들었다.

그가 병이라도 난 줄 알고 오후 내내 걱정했는데, 그 이유가 자기와 한 공간에 있을 수 없어서라니 충격이었다. 벽 하나를 사이에 두고 대화는 계속 이어졌다. 인청잉이 걱정하는 목소리로 말했다.

"골치 아프게 되었구나. 하지만 이제 막 입사했는데 앞으로 어느 단계까지 성장할지 모르는 거잖아. 두 주임하고 의논해서 내보내야 하나?"

그들이 나를 회사에서 내보낸다고? 루추가 화들짝 놀랐다. 곧이어 샤오롄의 목소리가 들려왔다.

"내가 알아서 처리할 테니 그냥 둬요."

"네가 어떻게 처리한다는 거야?"

"오늘 저녁에 고향에 다녀와야겠어요. 정 안 되면 내가 회사를 그만두면 되니까요."

"칼집으로 들어간다고? 그것도 괜찮은 방법이다. 그런 방법이 있다는 것을 잊고 있었네. 그렇다면 잘해 봐."

인청잉은 안됐다는 듯 샤오롄의 어깨를 토닥거렸다. 샤오롄이 목소리를 낮춰 말했다.

"일단 큰형한테는 알리지 마요."

"숨길 게 뭐가 있어? 어차피 알게 될 텐데."

"그 여자를 내보내자고 할 게 틀림없어요. 그건 내가 원치 않으니……."

발자국 소리와 함께 목소리가 점점 멀어져서 그 다음 말은 들리지 않았다. 그녀는 그 자리에서 움직일 수가 없었다. 가슴이 방망이질하며 자신도 모르게 두 주먹을 꼭 쥐었다.

도대체 왜일까? 겨우 두 번 만났을 뿐인데 나를 내보내지 않으면 자신이 회사를 떠나야 하는 이유가 뭘까? 내가 무슨 잘못을 했길래 샤오렌이 그토록 자신을 증오하게 되었을까? 가슴이 먹먹해지면서 눈이 시큰해졌다. 하지만 이까짓 일로 마음이 약해져서는 안 된다. 내일부터 저쪽에서 모질게 대하면 이쪽도 지지 않으리라 다짐했다. 하지만 그 이유가 그저 함께 있을 수 없어서라면 자신이 떠나는 수밖에 없다. 이렇게 결정하자 루추는 고개를 들고 계단을 힘차게 밟으며 한 층씩 올라갔다.

5
변화

　유물을 복원하는 과정은 마음을 수련하는 것과 같아서 느린 것
은 허용이 되나 실수는 결코 용서가 되지 않는다. 따라서 이 직업
에는 수많은 금기가 있다. 빛이 적절치 않거나 마음이 편치 않거나
정서적으로 안정이 되지 않으면 무조건 손을 멈추고 일을 쉬어야
한다. 한순간의 실수로 돌이킬 수 없는 결과를 초래할 수 있기 때
문이다.

　식당에서 샤오롄을 마주친 다음 날 아침, 루추는 제시간에 복원
실로 출근했지만 자신이 일할 상태가 아님을 깨닫고 아예 옆방으
로 갔다. 큰 양탄자 옆에 쭈그리고 앉아 두 사람의 작업을 지켜보
았다. 쉬팡은 끊어진 실을 하나하나 바로잡아 색깔과 두께에 따라
분류해 배열하였다. 쟝 사부는 머리카락 굵기의 실을 들고 보수하

는 중이었는데, 정신을 집중하고 동작은 갓난아이를 다루듯 부드러웠다. 반나절은 씨름한 끝에 겨우 한 줄의 보수가 끝났다. 그의 몸 아래에는 여러 가닥으로 엉킨 실들이 그의 손길을 기다리고 있었다.

루추는 마음을 추스르며 이젠 일을 할 수 있다고 생각했다. 안정된 발걸음으로 자신의 복원실로 돌아온 그녀는 장갑을 끼고 자기 조각을 맞추기 시작했다. 시간이 지나면서 그녀는 몸 전체가 온화한 채색 속에 빠져들어 잠시 현실세계를 떠나있는 듯했다. 순간 그녀는 놀랍게도 눈앞의 자기 조각들이 변화를 일으키는 것을 보았다.

자기는 요에 넣고 구울 때 인력의 작용으로 인해 유약이 약간씩 흘러내리며 아래쪽이 좀 더 진하게 보이는 것이 정상이다. 이 매병도 예외가 아니었다. 다만 이토록 세밀한 색의 차이가 육안으로는 구분하기 어렵다는 것이다. 그런데 이 순간에는 그녀의 눈에 그 차이가 보이는 것이 아닌가!

혹시 햇빛이 너무 좋아서는 아닐까? 그녀는 고개를 들어 유리창을 바라보며 이 기회를 놓치지 않고 조각을 많이 맞춰놓아야겠다고 생각했다. 색의 차이를 지표로 삼으니 조각을 맞추는 작업의 난이도가 크게 줄어들었다. 두창평이 퇴근 무렵 복원실로 들어오더니 많이 진전된 상황을 보며 루추에게 엄지를 들어올렸다. 루추는 기뻐서 소리를 내고 웃었다. 내일도 햇빛이 오늘처럼 찬란하기를 속으로 기도했다. 이날 그녀는 온종일 샤오롄의 모습을 볼 수 없었다. 사람들이 자신을 대하는 태도에도 달라진 점이 없었다. 안도의 한숨을 쉬면서도 루추는 뭔가 잃어버린 듯 허전했다.

다음 날은 온종일 비가 내렸다. 루추가 회사에 도착하니 창 사부는 이미 일손을 내려놓고 다리를 꼬고 앉아 자료를 읽고 있었다. 그녀는 복원실로 들어가 조명등을 켰다. 뜻밖에도 자기 파편들의 색깔 차이가 어제보다 더 뚜렷하게 보였다. 햇빛과는 상관없다면 어떤 이유로 변화가 생겼을까?

그녀는 온종일 조각을 맞춰 작업에도 꽤 진전이 있었지만 마음 한구석이 편치 않았다. 퇴근해서 집에 돌아오니 창밍이 소파에서 불고기를 먹으며 텔레비전을 보고 있었다. 루추는 그녀 옆에 앉아 한 손을 들어 왼쪽 눈을 가리고 텔레비전의 자막을 바라보았다.

"눈이 어떻게 된 거예요?"

"시력이 나빠진 것 같아요."

창밍의 물음에 루추가 왼손을 내려놓고 이번에는 오른손을 들었다.

"괜찮아요?"

창밍이 걱정이 되어 텔레비전에서 눈을 떼고 루추를 바라보았다.

"정상인 것 같긴 한데……."

눈에서 손을 뗀 루추의 안색이 어두워졌다.

그녀의 좌우시력은 모두 0.8로 평소 텔레비전 자막을 볼 때에도 약간 흐리게 보였다. 지금도 전과 달라진 것은 없었다. 그녀는 계속 한쪽 눈을 번갈아 가리며 창밖의 간판을 쳐다보았다가 벽에 붙은 달력을 보기도 하며 이곳저곳을 번갈아 보았다.

창밍이 안되겠다는 듯이 테이블 위의 핸드폰을 들고 뭔가를 찾더니 말했다.

"내가 아는 안과 의사가 있어요. 어릴 때부터 검사는 잘해주는데 말이 좀 많은 게 흠이기는 해요. 그분 주소랑 전화번호를 보내줄게요."

"고마워요."

루추가 여전히 한 손을 눈에 댄 채 쫭밍을 바라보았다.

"이제 그만해요. 내가 다 이상해지네."

쫭밍이 그녀의 손을 잡아서 눈에서 떼어냈다.

"금요일 저녁에 훠궈 먹기로 한 거 잊지 않았죠?"

"아! 하마터면 잊을 뻔했어요. 방금 가게를 지나오면서 이걸 사왔는데 요리할 줄 알아요?"

루추가 배낭에서 비닐봉지를 꺼냈다. 두 여자는 계화산매탕(桂花酸梅湯, 매실, 계화 등을 넣고 만들어 여름철 더위를 식히는 중국의 전통 청량음료-역주)을 어떻게 만들지 의논하느라 시력 문제는 잠시 잊어버렸다.

며칠 후 루추는 시간을 내서 시력을 검사하러 갔다. 10분도 안 되어서 의사는 그녀가 업무상 눈을 혹사하여 안구건조증이 생겼지만 심각한 것은 아니라고 말했다. 인공누액을 처방해주며 될 수 있는 한 텔레비전 시청을 줄이고 충분한 수면을 유지하며, 비타민 A, C, E가 풍부한 음식을 많이 먹어야 한다고 당부했다. 의사는 아직 결혼을 하지 않은 조카를 소개해주겠다며, 쉬는 날 만나면 기분을 전환하고 체력단련에도 도움이 될 것이라고 했다. 그러더니 토마토를 많이 먹어야 한다고 했다가 갑자기 스트레칭이 만병을 치료한다고 하는가 하면 경락마사지로 화제를 전환하기도 했다.

'저 의사선생님은 무슨 말이 저렇게 많을까?' 병원을 나서는 루추에게 가장 큰 의혹은 이것이었다. 시력에 관해서는 의사가 눈에 문제가 없다고 했기 때문에 더 이상 신경이 쓰이지 않았다.

훠궈를 먹기로 한 날이 되었다. 도자기 조각은 대부분 맞췄지만 남은 부분은 면적이 작아서 색깔로는 식별이 어려웠다. 그래서 일의 진도가 다시 늦어지기 시작했다. 그러나 이 정도만 해도 루추는 상당히 만족스러웠다. 그녀는 아직 제 위치를 찾지 못한 자기 파편들을 탁자에 늘어놓고 푸른빛과 하늘색이 도는 조각들을 감상하고 있었다. 이때 갑자기 엄지 손톱만한 크기의 조각에서 영롱한 빛이 뿜어져 나왔다.

루추가 숨을 멈추고 그 조각을 집어 이미 맞춰놓은 부분으로 향했다. 각도를 재가며 맞춰보니 완벽하게 들어맞았다. 두창평이 옆자리에서 핸드폰을 하고 있다가 다른 기미를 눈치채고 다가왔다.

루추의 눈에 그 작은 조각의 빛은 다른 조각과는 분명히 달랐다. 그러나 두창평은 이상한 점을 눈치채지 못하고 한참을 바라보더니 말했다.

"예상보다 진전이 빠르네요."

루추가 침을 꿀꺽 삼켰다.

"잘못된 곳은 없나요?"

"아주 좋아요. 너무 무리하지 말고 건강도 챙겨요."

두창평이 말을 마치고 복원실을 나갔다. 루추는 눈으로 전송한 후 자리로 되돌아왔다. 작은 자기조각은 그 사이에 원래의 모양으로 돌아갔다. 그녀는 손가락을 천천히 펴서 그것을 만져보았으나 자기 조각은 움직이지 않았다. 마치 방금 본 것이 모두 환상인 듯했다.

그럴 리가 없다. 그녀는 결코 잘못 본 것이 아니었다. 루추는 컴퓨터 의자를 뒤로 밀어놓고 두 손으로 의자의 가장자리를 꼭 쥐고 자기 조각을 뚫어지게 바라보았다. 1분, 2분, 3분……, 눈이 시려올 때까지 뚫어지게 쳐다봤지만 아무런 변화도 일어나지 않았다. 하는 수 없이 의자를 원위치로 돌려놓고 작은 핀셋으로 파편 하나를 들고 이리저리 보며 방향을 찾았다.

조금 전 같은 현상은 다시 나타나지 않았다. 겨우 몇 조각을 맞추고는 상사에게 보고해야 되나 망설이고 있을 때 전화벨이 울렸다. 좡밍이었다. 그녀는 자신의 남동생 좡자무(莊嘉木)가 오늘 집에 와서 함께 훠궈를 먹기로 했다며, 오는 길에 루추를 태워오겠다고 했다.

"고마워요. 하지만 동생 학교는 다른 방향인데 그러면 길을 돌아가야 하지 않아요?"

좡밍의 동생은 공부벌레로, 명문대학에서 물리학을 전공하고 있었다. 지금 4학년에 재학중이며 누나와는 사이가 좋다고 했다. 루추는 좡밍으로부터 그에 관한 이야기를 많이 들어서 알고 있었다.

"오늘은 학교로 가지 않고 박물관에서 유물 주변의 정보들을 측정하는 것을 도우러 갔어요. 지금 엘리베이터 타는 중이니 나중에 봐요."

전화가 갑자기 끊기고 루추는 전화기를 바라보며 망연히 서있

었다. 뭔가 빠뜨린 것 같은데 도무지 생각이 나지 않았다. 결국 생
각하기를 단념하고 일을 계속했다.

❦

오후 다섯 시 반, 그녀가 퇴근해 엘리베이터에서 막 내리는데
20대 초반의 준수한 외모의 남자가 그녀 앞을 막아섰다.

"잉루추 씨?"

"네. 그쪽은 좡자무 씨?"

남자가 웃었다. 양볼에 보조개가 움푹 파였다.

"말씀 많이 들었어요. 반가워요."

그가 손을 내밀며 이렇게 말했다. 좡자무는 활기에 차 있었으며,
마치 산속 공기처럼 청량했다. 루추도 손을 내밀어 그와 악수를 나
눴다.

"그 말은 내가 해야 맞는 것 같은데요. 좡밍이 자주 동생 이야기
를 하더라고요."

"누나도 참, 무슨 이야기를 하던가요?"

좡자무가 재미있다는 표정을 지었다.

좡밍은 동생을 자랑스러워했지만 짓궂게 흉도 보았다. 루추가
헛기침을 한 번 하고는 천천히 말했다.

"똑똑해서 한 번 읽은 책은 절대 잊어버리는 법이 없고, 체력도
강하고……"

마지막 말이 미묘하여 그녀는 눈을 깜박이며 좡자무를 바라보

았다. 그는 별것 아니라는 듯 대꾸했다.

"저의 가장 큰 장점을 누나가 말하지 않았나 보네요. 그건 교통 규칙을 준수하는 거랍니다."

루추가 어떻게 반응할지 몰라 우물쭈물하는 사이에 자무가 머리를 움켜쥐었다.

"제 농담이 너무 썰렁했죠? 사실은 이 근처에 공터가 많지만 차를 좀 멀리 떨어진 주차장에 세웠거든요. 그래서 묻는 건데, 같이 걸어갈까요, 아니면 여기서 기다리시고 제가 차를 가져올까요?"

그의 우스개가 썰렁한 것은 분명했지만 사람 자체는 따뜻한 것 같았다. 루추가 웃으며 오른발을 들어 올려 굽이 없는 단화임을 보여주었다.

"OK, Go!"

자무가 손을 들어 앞을 가리켰다.

그의 과장된 행동에 루추는 웃음이 나왔다. 로비를 나온 후 자무는 그녀 쪽을 돌아보더니 목소리를 낮춰 말했다.

"이 회사 경비원은 무술고수임에 틀림없어요."

"왜 그렇게 생각하죠?"

"동작을 보면 발바닥이 안정되어 있는데도 발뒤꿈치는 아주 유연해요. 발을 들어서 걷는 것이 아니라 발끝을 먼저 내밀어 디딜 곳을 확보한 후에 몸을 끌어오는 식이에요."

자무가 다리를 들어 시범을 보였다.

"이렇게 걸으면 몸의 무게중심이 일직선으로 이동하기 때문에 적의 공격에 빠르게 반격할 수 있답니다."

운동신경이 둔한 루추의 눈에는 무게중심이 어떻게 이동하는지 보이지 않았다. 그러나 얌전해 보이는 쩡자무가 갑자기 늠름하고 씩씩한 자태로 걷는 모습에 탄성을 지르며 감탄했다.

"대단해요. 무술을 배웠어요?"

"이 정도는 기본 동작이에요. 이 회사 경비원에 비하면 아직 한참 뒤떨어지는걸요."

그녀의 촉촉한 두 눈을 바라보며 자무의 귀가 빨개졌다. 서둘러 눈을 다른 데로 돌리며 마치 아무 일도 없다는 듯 말했다.

"어릴 때부터 허약해서 이웃에 사는 사부님에게 몇 년간 권법을 배웠어요. 체력증진 차원이었죠. 도중에 한동안 손을 뗐다가 대학에 들어와서 다시 시작했어요."

루추는 그의 표정변화를 살피지 못하고 권법 수련으로 체력을 단련하고 있다는 말에 감탄했다.

"그러면 언제 나도……, 아니네. 쩡밍에게 배우면 되겠네요."

그녀가 무심히 말했는데 뜻밖에도 자무의 눈빛이 빛났다.

"우리 누나는 어릴 때 피아노를 배웠어요."

"그랬다는 말은 못 들었어요."

루추가 뜻밖이라는 반응을 보였다. 쩡밍의 아파트에는 피아노도 악보도 없었기 때문이다.

"누나의 '흑역사'죠. 배운 지 두 달이 넘도록 '작은별'도 못 치니까, 선생님이 나중에는 강습료를 돌려주며 제발 그만 오라고 했답니다. 나한테 들었다고 하지 마세요."

"하하하! 알았어요. 꼭 들었다고 할게요!"

루추는 한껏 소리를 내서 웃었다. 모든 걱정과 근심이 이 상쾌한 저녁에 모두 사라지는 것을 느꼈다.

즐겁게 웃고 떠드느라 그들은 주차장을 지나쳤다가 뒤늦게 발견하고는 웃으며 되돌아갔다. 집으로 돌아온 후 분위기는 더욱 화기애애했다. 자무는 박물관 근처에서 유명한 위터우훠궈(魚頭火鍋, 생선대가리를 넣고 만든 훠궈용 육수–역주)를 사왔다. 유백색의 육수가 솥 안에서 펄펄 끓자 파와 생강, 차조기와 고추를 집어넣었다. 몇 분 후 생선 육수의 향이 코를 자극했다. 세 사람은 거실 테이블의 전기냄비를 중심으로 둘러앉았다. 그리고 직접 만든 귀화산매탕을 들고 요리의 대성공을 축하하며 먹기 시작했다.

냄비 안에는 간수로 굳힌 두부가 약한 불에 끓고 있었다. 생선살의 부드러운 맛을 흡수한 두부는 한입 베어 물으니 향기로운 즙이 입안에 퍼졌다. 여기에 국물에 살짝 데친 배추와 쫄깃한 식감의 수제 어묵까지 곁들이니 힐링 효과가 그만이었다. 루추는 먹는 데만 열중하고, 쾅밍은 먹으면서 핸드폰을 했다. 쾅자무는 몇 입을 먹더니 텔레비전을 켜고 한가롭게 축구 재방송을 시청했다.

미드필드에서 호각 소리가 울리는 찰나, 자무의 핸드폰도 동시에 울렸다. 그가 전화를 받아 몇 마디 주고받더니 벌떡 일어났다.

"박물관에 일이 생겨서 당장 가봐야겠어."

'박물관'과 '일이 생겼다'는 말이 연결되면서 루추는 쉬팡의 후배 실종사건이 떠올랐다. 그녀는 그릇을 내려놓고 자무를 바라보았고, 쾅밍도 의아한 표정이었다.

"무슨 일인데?"

"강도가 들어서 경비원 두 명이 다쳤대요."

"그런데 네가 왜 가!"

쫭밍이 다급하게 전화기를 내려놓고 살벌한 기세로 동생을 노려보았다.

자무는 두 손을 들고 항복하는 자세를 취했다.

"강도는 벌써 달아나고 경찰에서 조사도 끝났대. 연구센터의 박사후 연구원이 기기 점검하는 것을 도우러 가야 해. 얼마나 망가졌나 조사해서 학교에 보고해야 하니까."

"그렇다면 가봐야겠네."

쫭밍이 긴장을 풀었지만 그래도 의심스럽게 물었다.

"그 박물관은 왜 그렇게 사고가 잦은 거야? 며칠 전에는 내부의 소행이라더니 이번에는 강도가 침입하다니. 혹시 같은 일당 아니야? 미리 염탐해 보안시스템을 망가뜨려서 나중에 같은 일당이 침입하기 좋게 하려는 것 같은데?"

"그게 가능해요?"

루추가 끼어들었다.

"우리 누나 말은 듣지 말아요. 어릴 때부터 소설 쓰는데 일가견이 있는 사람이니까."

쫭자무가 현관으로 가서 신발을 신었다. 루추는 지금은 쉬팡을 위한 정보를 알아볼 때가 아니라고 생각해서 작별인사만 했다.

"그럼 조심해요."

"별일 없을 겁니다. 물건은 이미 훔쳐갔고, 돈도 안 되는 나를 해칠 사람도 없을 거고요."

자무가 이렇게 말하는데 양볼에 또 보조개가 나타났다.

"우리 다음에 만나는 거죠?"

"물론이에요."

자무의 물음에 루추가 대답했다. 깨끗하고 순수한 그의 웃음은 사람을 기분 좋게 한다.

"다음에는 백김치 고기완자탕 해먹어요. 내가 고기완자를 만들 줄 알아요. 우리 엄마의 비법요리니까 맛은 보장해요."

루추의 말에 쨩자무가 활짝 웃으며 루추가 음식을 잘할 줄은 몰랐다고 했다. 쨩밍은 루추의 볼을 살짝 꼬집으며 말했다.

"아니 이렇게 잘하면서 그동안 나한테는 해주지 않았죠?"

두 여자가 한데 엉켜 깔깔거리는 동안 쨩자무는 문을 닫고 빠르게 떠났다.

차에 오른 쨩자무는 회신버튼을 눌러 상대방과 통화를 했다. "데이비드(David), 박물관 쪽 상황은 어때요?"

"심각한 편은 아니고 두 동강 난 고검 하나만 없어졌어. 그런데 교수님이 그 검에 관심이 많아서 관련 자료를 수집하라고 해서."

"검이 없어졌는데 자료를 어디서 수집하죠?"

"이전 기록을 찾아봐야지. 박물관 내에 이미지 파일을 보관해 놓았어. 지금 보내줄 테니 나중에 얘기하자고."

전화를 끊고 몇 분이 지나자 쨩자무의 핸드폰으로 '정보필드연구센터 저우쓰위안(周思遠)'이 보낸 사진 몇 장이 왔다. 도난당한 고검을 정면과 측면 등 각종 각도로 촬영한 것이었다. 검신은 곧고 깔끔했으며 8면으로 나눠 연마했다. 검의 머리와 자루 등 부위에는 양지백옥(羊脂白玉, 양의 기름처럼 희고 부드러운 옥-역주)으로 조각이 되어있었으며, 각 부분은 소전체(小篆體)로 '팔복(八服)'이라는 글자가 새겨있었다. 칼 콧등에는 구름 속에 보일락말락하는 교룡 문양이 있었으나 칼집 끝에 씌운 장식물은 보이지 않았다.

이 사진을 루추가 보면 틀림없이 알아봤을 것이다. 그 검은 옥구검(玉具劍)으로 한검 중에서도 가장 고귀하여 소지자는 이 검으로 사람의 신분을 과시했다. 송대 최대 유서(類書, 내용을 분류하여 편집한 책-역주)인《태평어람太平御覽》병부 기록에 이렇게 적혀있다. "무제(武帝) 철(徹)이 54년간 재위했으며, 원광(元光) 5년 을사(乙巳)로 팔검(八劍)을 주조했다. 각 길이는 3척(尺) 6촌(寸)이며 소전서(小篆書)로 '팔복(八服)'을 새겨 오악(五嶽, 5대 명산)에 묻었다."

6
사고

시간은 빠르게 흘러 루추가 스팡시에 온 지도 한 달이 지났다. 그녀는 일에만 전념하느라 밖에는 돌아다니지 않았지만 이 도시에 빠르게 적응했다. 각지에서 온 사람들의 사투리에도 점차 익숙해졌으며, 더우화(豆花, 연두부 위에 달콤한 시럽과 고명을 얹은 것 - 역주) 위에 팥과 녹두 외에 옥수수까지 얹어 먹기도 했다. 은행잎은 점점 물이 들며 도시 전체가 황금색으로 변해갔다.

샤오렌에 관한 생각만 아니라면 마음이 편하고 세상이 평화로웠다. 목요일 오후 4시 30분, 루추는 맞추기를 끝낸 도기 파편 옆에 서서 두창평의 마지막 점검을 기다렸다. 수십 개의 파편에는 번호를 매기고 상세한 무게, 크기, 대응하는 위치 등 정보를 표시한 '이력표'와 다양한 각도에서 찍은 사진까지 부착했다. 두창평은 탁자를 크게 한 바퀴 돌아보고 만족한다는 듯이 고개를 끄덕이더니 서류에 사인을 해서 루추에게 넘겼다.

"13층에 있는 제품부 샤(夏) 경리에게 이걸 갖다주고 사인을 받아서 다시 가져오면 임무는 끝납니다.

"13층 말인가요?"

루추는 무의식적으로 반문했다.

그녀가 너무 놀란 말투로 질문하자 두창평은 그녀를 한 번 더 쳐다온 후 그제야 대답했다.

"회사의 작업 프로세스는 수리가 끝나면 모두 샤 경리에게 보고하게 되어있어요. 첫날 쑹웨란 씨가 설명해주지 않던가요?"

"설명해주었습니다."

자신이 무례했다는 것을 알고 루추가 급히 말소리를 낮췄다.

쑹웨란의 설명에 의하면 회사의 경영진과 감정사의 사무실은 모두 13층에 있다고 했다. 지금 그녀는 샤오롄이 이 회사의 감정사로 있는지 알 수 없었다. 설사 알더라도 그가 자신에 대해 아직도 그토록 큰 적의를 품고 있는지도 알 수 없었다.

"그럼 됐네요. 13층 커피가 맛있으니 오는 길에 부탁해요. 컵은 내 캐비닛에 있어요."

루추의 심정을 알 리 없는 두창평은 서류를 넘겨주며 이렇게 말했다. 그러더니 주머니에서 캐비닛 열쇠를 꺼내주고 유유히 사라졌다. 몇 분 후, 루추는 왼손에는 서류, 오른손에는 커다란 텀블러를 들고 엘리베이터를 탔다.

13층에는 금세 도착했다. 루추는 엘리베이터에서 내리자마자 몸을 떨기 시작했다. 에어컨을 너무 세게 틀어놔서 공기가 차갑고 건조했다. 골동품을 보관하는 창고와 다를 바 없었다. 그녀는 팔을 손으로 비비며 얼굴이 비칠 정도로 반들반들한 검은 대리석 바닥 위를 걸어 데스크 쪽으로 갔다. 데스크에는 20대 초반의 여자가 마치 사극에서 튀어나온 듯한 전통차림으로 앉아있었다. 검은 생머리를 길게 늘어뜨리고 눈이 유난히 반짝이는 그녀의 모습에 루추는 전에 교과서에서 읽었던 노래하는 여인을 묘사한 "두 눈은 보석 같고, 흰 수은 속에서 빛나는 검은 수은 같다"는 부분이 생각났다.

그녀는 가을 호수처럼 차가운 눈으로 루추를 바라보더니 금세 따뜻한 웃음을 띠며 일어났다. 손을 내밀며 애교 섞인 목소리로 인사했다.

"새로 오신 '작은 사부' 맞죠? 징충환(鏡重環)이라고 해요."

'작은 사부'라는 타이틀이 어디서 왔는지 알 수 없었지만 루추는 자신도 손을 내밀었다.

"안녕하세요, 잉루추라고 합니다. 샤 경리님 결재 맡으러 왔어요."

징충환의 작은 손은 13층 공기보다 차가웠으나 마음은 따뜻했다. 그녀는 인터폰으로 샤 경리에게 알린 후 방문자 명단에 루추의 사원번호를 적었다. 기다리는 동안 사무실의 위치를 알려주었다. "딩딩(鼎鼎)언니, 그러니까 샤 경리님 사무실은 들어가자마자 오른쪽 첫 번째 방이고 인한광은 그 옆방, 인청잉은 인한광 맞은편 방, 샤오렌은 제일 안쪽 방이에요. 두 주임 텀블러랑 비슷한 거네요.

커피 좋아하세요?"

루추가 뭐라고 말하기도 전에 징충환이 반색했다.

"잘 됐네요. 매일 와요. 어차피 난 한가하니까 커피는 내가 끓여 놓을게요."

이 회사에 들어온 후 한가하다는 소리는 처음 듣는다. 그녀는 어떻게 대꾸할지 몰라서 어색하게 웃기만 했다. 징충환이 방문록을 닫더니 신이 나서 말했다.

"듣자하니 루추 님은 수제비누를 잘 만든다면서요?"

그건 사실이었으나 루추는 확실히 해둘 필요가 있다고 느꼈다.

"유물 세척용으로 만드는 거랍니다. 이온이 포함된 세제는 청동 기를 상하게 할 수 있으니까요."

"잘됐네요. 앞으로도 계속 만들 거죠?"

루추의 말에 대꾸하는 징충환의 눈빛은 기대에 차있었다. 루추 가 고개를 끄덕이자 징충환이 말을 이었다.

"어떤 수제비누는 거의 중성으로 만들 수 있다고 하더군요. 거 품이 많지 않고 세척력도 좋다고 들었어요. 제가 결벽증이 있어서 요. 아시다시피 비누는 품질이 중요하잖아요."

주제는 비누인데 징충환은 말을 할수록 부끄러워하며 애교를 부렸다. 루추는 영문을 알 수 없었지만 상대방의 오해를 사지 않기 위해 계속 설명했다.

"내가 만드는 건 세제용 비누라 세수나 목욕에는 사용할 수 없 어요."

"괜찮아요. 그럼 기다릴게요."

징충환은 만족하며 고개를 끄덕였고, 자동문을 가리키며 루추에게 손을 흔들었다.

"이제 들어가세요. 당당한 딩딩 언니가 기다립니다."

"고마워요."

징충환은 신뢰감은 주지 않았지만 그녀의 행동은 파급력이 컸는지, 루추는 자신도 모르게 그녀를 따라 손을 흔들어 주고는 안으로 들어갔다.

자동문 안쪽의 공기는 바깥쪽보다 더 차가웠으며 인테리어는 전체적으로 통일감이 있었다. 검은색 바닥에 흰색 벽으로 색을 배치하고 벽에는 작은 문양을 새긴 격자창이 달려있었다. 현대적 설계와 고풍적인 요소가 잘 어우러져 공간 전체가 더욱 정갈해 보였다. 루추는 '업무 경리 샤딩딩(夏鼎鼎)'이라는 팻말이 달린 사무실 앞에 섰다. 막 노크를 하려는 데 안에서 자신감 넘치는 목소리가 들려왔다.

"들어와요!"

문을 밀고 들어가니 보기 드문 미인이 반겨주었다. 귀까지 오는 짧은 단발에 린넨 정장을 입었는데 재킷 단추를 풀어헤쳐 몸에 딱 붙는 탱크탑이 눈에 들어왔다. 그녀는 만면에 웃음을 띠며 큰 사무실 책상을 앞에 두고 앉아있었다.

샤딩딩은 나이가 30대 후반에서 40대 초반 정도로 보였으며, 젊은 나이의 서투름이 가시고 능숙함과 전문성이 외모에도 묻어났다. 당당하다는 표현이 어울리는 여성상으로 사회 초년생들의 로망이 될 법한 모습이었다.

루추가 서류를 내밀며 정중하게 인사했다.

"샤 경리님 안녕하십니까! 저는 잉루추라고 합니다."

"그렇게 깍듯이 할 필요 없어요. 그냥 편하게 '딩딩 언니'라고 부르면 돼요."

샤딩딩은 가져온 서류를 대충 넘겨보더니 고개를 들어 루추에게 물었다.

"깨진 조각은 모두 정리했나 보네요?"

"네. 다 맞췄습니다."

"잘됐네요. 병이 깨지자마자 내가 빗자루로 잘 담아두었죠. 그 매병은 원래 한 쌍인데 지금 거실에 하나만 덩그러니 있는 걸 보면 마음이 아팠거든요."

"그 매병이 샤 경리님 거였어요?"

루추의 눈이 커졌다.

"집안 물품이에요."

샤딩딩이 펜을 들어 사인을 한 후 서류를 돌려주었다. 루추의 손에 들린 텀블러를 보더니 샤딩딩이 입가에 미소를 지었다.

"이 텀블러 두 주임 거죠?"

루추는 이제야 또 하나의 임무가 생각났다.

"커피머신은 어디 있나요?"

"충환 씨가 도와줄 거예요. 어차피 한가해서 오래 앉아있기도 지겨울 테니까."

샤 경리가 인터폰을 눌러 징충환을 불렀고, 한걸음에 달려온 징충환은 마침내 할 일이 생겨 기뻐죽겠다는 표정이었다. 샤 경리와 징충환이 잠시 자리를 뜨고 넓은 사무실에 루추 홀로 남았다.

실내에는 장식품 없이 벽 전체를 서가로 만들어 선장본(線裝本)부터 외국책, 일본만화까지 가득 꽂혀있었다. 호기심이 발동한 루추가 살펴보려고 서가 쪽으로 가다가 맨 앞에 그림 한 장이 걸려있는 것을 보았다. 한 남자가 고개를 숙이고 손에는 둘로 쪼개진 장검을 들고 있었다.

남자는 네모진 얼굴형에 왼쪽 눈 아래에 눈물점이 나있었으며, 그림은 매우 정교하게 표현되었다. 루추는 가까이서 한동안 바라보고 있는데 문 열리는 소리가 나며 징충환이 컵을 들고 걸어왔다. 그녀는 컵을 루추에게 건네며 자신은 머그잔에 든 커피를 한 모금 마시며 그림을 가리켰다.

"칼이 저렇게 두 동강 났는데도 복원할 수 있어요?"

"물론 가능해요. 전에 아버지는 저보다 더 심각한 상태도 복원한 적이 있는걸요. 하지만 직접 눈으로 보기 전에는 단정하기 어렵네요."

루추가 진지하게 대답했다.

"그래도 희망이 있다니 다행이네요."

징충환이 안도의 한숨을 쉬었다.

"복원하려면 큰 대가를 치러야 하겠죠?"

"대가요?"

루추가 어리둥절해서 반문했다.

"네. 병기류는 거칠거든요. 복원에 대해 잘 모르기는 하지만 간장(幹將)과 막야(莫邪)의 경우를 보면 무슨 말인지 알 거예요."

징충환은 당연하다는 표정이었다. 오(吳)나라 왕 합려(闔閭)의 명을 받아 명검을 만든 도장공(刀匠工) 간장과 막야가 몸을 희생하여 명검이 탄생했다는 유명한 이야기는 익히 알고 있다. 그러나 그게 복원과 무슨 관계란 말인가?

"그 사람들은 칼을 만드는 도장공이었어요."

"무슨 차이가 있죠?"

루추를 바라보는 징충환의 표정은 순진무구했으나 이미 세상 풍상을 겪은 눈빛이었다.

"도장공이 검에 생명력을 주고 자신을 희생했듯이 두 동강이 난 검을 루추 씨가 복원하면 생명을 부여한 것과 같잖아요. 그러니 필연적으로 도장공과 같은 대가를 치러야 한다는……, 운명적으로 그렇다는 거예요."

루추가 그 말에 몰입하며 자기도 모르게 고개를 끄덕였다. 징충환이 연민의 눈빛으로 그림을 쳐다보았다.

"이렇게 오랫동안 기다렸으니 평랑(封狼)은 거의 미칠 지경일 거야."

"평랑이 누구예요?"

"저 사람이에요."

징충환이 태연자약하게 그림 속 남자를 가리켰다.

샤딩딩의 사무실을 나설 때 루추는 머릿속이 어지러우면서도 중요한 단서 하나를 잡은 느낌이었다. 그것이 무엇인지는 확실치 않았다.

엘리베이터 앞에 서니 바닥에 거꾸로 비치는 자신의 모습을 보고 멍해져 있었다. 이때 뒤쪽에서 인기척이 났다.

"어?"

루추는 화들짝 놀라 돌아보다가 하마터면 커피를 쏟을 뻔했다. 두 걸음쯤 뒤에 샤오렌이 서있었던 것이다.

"나 때문에 놀랐군요. 미안해요."

그의 표정은 평온해보이는 것이 구시가지에서 처음 만났던 때로 돌아간 듯했다. 그러나 루추의 심정은 이제 그때로 돌아갈 수 없었다.

그녀는 신경을 곤두세우고 그를 노려보며 차갑게 입을 열었다.

"죄송한데 저에게 무슨 볼 일이라도 있나요?"

샤오렌이 그녀의 시선을 마주보았다.

"식당에서의 일은 미안하게 됐습니다."

그의 동공은 보통 사람보다 유난히 까맸다. 그 외에는 별다른 점이 없었으며 눈빛은 무척 진실해 보였다.

"괜찮아요."

그의 눈빛에 이끌려 루추는 자기도 모르게 이렇게 대답해버리고 말았다. 하지만 이내 가볍게 지나갈 일이 아니라는 생각이 들어 서둘러 표정을 수습했다.

"그날은 어떻게 된 거죠?"

샤오렌이 잠시 머뭇거리다 어렵게 입을 뗐다.

"그날은 갑자기 일이 생겨서 그랬어요. 지금은 다 해결이 되었어요."

"그래서요?"

"자세한 건 말씀드릴 수 없습니다."

"말할 수 없다는 건가요, 말하기 싫다는 건가요?"

"음……, 둘 다요."

샤오렌이 쓴웃음을 지으며 이렇게 대답하자 루추는 화가 치밀어 고개를 획 돌려버렸다. 샤오렌이 그녀의 옆얼굴을 보며 해명했다.

"다시는 그런 일 없게 할게요. 상처주지 않을 테니 믿어주세요."

루추는 여전히 그를 외면한 채였지만 마음은 동요하기 시작했다. 따지자면 그렇게 대단한 일도 아니었다. 게다가 저렇게까지 미안하다고 하지 않는가! 누구에게나 어려움은 있다는 생각에 이제 그만 마음을 풀어야겠다고 결심했다. 그러나 생각은 생각이고 여전히 마음속에는 응어리가 있었다. 루추는 엘리베이터 문을 바라보며 가시 돋친 말투로 말했다.

"좋아요. 믿어드릴게요. 그럼 이제부터는 어떻게 할래요? 계속 나와 거리를 둬서 안전을 기하겠다는 건가요?"

마지막 말을 할 때쯤에는 자신이 화를 내는 중임을 잊어버리고 몸을 돌려 상대를 쳐다보았다. 샤오렌이 그녀를 보며 웃었다.

"아니에요. 며칠 동안 조금씩 가깝게 다가가는 실험을 해봤는데 아무 일이 없더라고요."

어쩐지 지난 며칠 동안 그녀는 샤오렌의 모습을 언뜻 본 것도 같았다. 그런데 그의 말은 무슨 말일까? 자신과 가까워지면 어떻게 된다는 말일까?

엘리베이터 문이 '딩동' 소리와 함께 열렸다. 그들은 앞서거니 뒤서거니 안으로 들어갔고, 샤오렌이 숫자 2를 눌렀다.

"루추 씨도 2층 가죠?"

루추가 고개를 끄덕였다. 그러나 그의 말을 어떻게 받을지 몰라 가만히 있었다. 분위기는 갑자기 어색해졌다. 오늘따라 엘리베이터가 유난히 느리게 움직였다. 두 사람은 어깨를 나란히 하고 있었다. 샤오렌은 한손을 바지 주머니에 넣고 할 말을 생각하는 눈치였다.

"루추 씨 집안도 복원작업실을 경영한다고 했죠? 도검 복원도 한다고 들었는데, 왜 아버지 일을 돕지 않고 이렇게 나와 있어요?"

"아버지 건강이 좋지 않아요. 내가 집에 있으면 일을 그만두지 않으실 듯해서요."

루추가 목소리를 낮춰서 대답했다. 샤오렌이 놀라서 물었다.

"혹시 아버님도 알레르기가 있어요?"

"어떻게 알았어요?"

루추가 눈을 동그랗게 떴다.

"청동 복원사의 직업병이죠. 주변에서 많이 봤어요."

갑자기 무슨 생각이 떠올랐는지 그의 얼굴에 아련함이 스치더니 말을 이었다.

"아버님 건강에 주의하도록 하세요. 루추 씨도 작업할 때 조심하고요."

루추가 고개를 끄덕였다.

"고마워요. 조심할게요……, 앗!"

갑자기 엘리베이터가 크게 흔들리다 멈춰버렸다. 루추는 그 자리에 못이 박힌 듯 꼼짝하지 않고 작은 소리로 물었다.

"무슨 일이죠?"

"엘리베이터가 고장인가 보네요."

아무 일도 없다는 듯 평상시와 다름없는 말투였다. 루추는 그렇게 침착하게 대처할 수 없었다.

"여기 엘리베이터는 고장이 잦아요?"

그녀가 숨을 몰아쉬며 묻자 샤오롄이 고개를 저었다.

"나도 처음 당하는 일이에요."

루추의 몸이 떨려왔다.

"빨리 관리실에 연락해야죠."

샤오롄이 당황한 기색 없이 고개를 끄덕였고, 루추가 재빨리 옆에 있는 비상통화버튼을 눌렀다. 아직 손을 떼기도 전에 엘리베이터가 다시 흔들리기 시작했고, 그 순간 불이 완전히 꺼졌다. 루추가 놀라 손에 든 서류를 떨어뜨리고 난간을 붙잡았다. 다행히 곧바로 비상등이 켜졌다. 서류는 바닥에 여기저기 흩어져 있었고, 샤오롄의 셔츠에는 커피 자국이 크게 나있었다. 그녀 손에 든 커피의 절반을 쏟은 것이다.

"미안해요."

그녀가 울듯이 말했다.

"괜찮아요. 루추 씨는 아무 일 없어요?"

루추가 고개를 가로저으며 다시 층수 버튼이 있는 곳으로 돌아갔다. 선홍색 긴급호출버튼을 힘껏 눌렀다. 그제야 그녀는 그동안 샤오렌이 한자리에서 자세 한 번 흐트리지 않고 서있었다는 사실을 알았다.

사고를 당할 때 침착함을 유지하는 것이 생존의 관건이다. 루추는 자신의 떨리는 손을 바라보며 그와 함께 있다는 사실에 안도감을 느꼈다.

통화 스피커에서 잡음에 섞여 무슨 소리가 들리기 시작했다. 처음에는 잘 들리지 않았으나 귀를 기울여 들어보니 한 중년 남자의 짜증 섞인 소리였다.

"사람은요? 안에 누구 있어요?"

그녀가 다급하게 대답했다.

"저는 잉루추입니다. 위링 직원이에요. 어떻게 된……?"

"케이블이 걸렸어요. 당황하지 마세요. 함부로 움직이지 말고 침착하게 기다리세요. 우리가 방금 메인전원을 껐다가 지금 재가동했어요."

그 사람은 무뚝뚝하게 그녀의 말을 가로막았다. 말투는 몹시 위압적이었다. 그러나 그의 말이 끝난 후 엘리베이터는 또 흔들리기 시작했다.

"조심해요!"

샤오렌의 말이 들리고 이어서 쿵 소리와 함께 엘리베이터가 갑자기 기울었다. 루추는 난간을 꼭 붙들었으나 바닥으로 굴러 떨어졌다.

그녀가 일어나려고 기를 쓰고 있는데 샤오렌은 조금의 동요도 없이 정중앙에 그대로 서서 위쪽을 바라보고 있었다. 위에 뭐가 있는 건가? 엘리베이터가 또 한 번 미세하게 흔들렸다. 그와 동시에 줄이 끊어지는 소리가 희미하게 들렸다. 케이블이 끊어진 건가? 루추의 귀가 웅하고 계속 울렸다. 그녀는 정신을 집중해 엘리베이터가 추락할 때 스스로 보호하는 방법을 생각해내려 애썼지만 그런 방법은 어디에서도 본 적이 없었다.

여기서 이대로 죽는가 싶었다. 극강의 공포감이 그녀를 사로잡았다. 샤오렌을 바라보는데 그의 입술이 작게 움직였다. 마치 "무서워하지 말아요" 하는 것 같았다.

루추는 눈을 크게 떴다. 그 순간 샤오렌이 그녀 쪽으로 성큼 다가오더니 한손으로 그녀의 허리를 붙잡았다. 다른 한손으로는 벽을 잡고 몸을 날려 천장을 발로 찼다. 그의 발차기에 엘리베이터 천장의 덮개가 뚫렸다. 샤오렌은 공중에서 한 바퀴를 돌아 가장자리에 안정적으로 섰다.

상황은 바뀌었으나 더 좋아진 것은 없었다. 루추는 숨을 헐떡이며 주위를 관찰했다. 엘리베이터 천장은 거친 콘크리트 벽이었으며 빠져나가기 위한 사다리 같은 것은 보이지 않았다. 6개의 케이블 중 4개는 끊어졌으며, 남은 두 개의 줄에 엘리베이터가 위태롭게 매달린 형국이었다. 그 와중에도 뿌직하는 소리가 또 들렸다.

"샤오렌 씨 여기 케이블……."

그녀는 몸을 움직일 엄두를 내지 못했으며, 목소리도 아주 작아졌다.

"알고 있어요."

이 지경에도 그의 목소리는 침착했다. 마치 아무 걱정 없다는 말투였다. 이때 그들과의 거리가 5~6층이나 떨어진 곳에 있는 엘리베이터 문이 갑자기 열리며 누군가 고개를 내밀었다. 그러더니 나른한 목소리로 말했다.

"셋째야, 도움이 필요하니?"

"필요 없어요."

샤오렌이 이렇게 대답했고, 이와 동시에 남은 두 줄마저 찢어지는 소리와 함께 끊어지고 있었다. 그 순간 루추의 두 발이 허공에 떴다. 샤오렌이 귀에 대고 말했다.

"눈 감아요."

루추는 그의 말대로 눈을 감으려고 했으나 몸이 말을 듣지 않았다. 어쩔 수 없이 엘리베이터가 아래로 떨어지는 모습이 눈에 들어왔다. 먼지가 일며 사방에서 나사못이 터져 올라왔다.

샤오렌의 발밑에 갑자기 긴 칼 하나가 나타났다. 검은색의 지극히 소박한 장검이었다. 곧 이어 눈앞의 모든 것이 마치 슬로우 비디오처럼 루추의 눈앞에서 펼쳐졌다. 샤오렌이 두 발로 검신에 올라타자 장검이 공중에서 360도를 회전하며 위로 오르더니 우아하게 그들을 열린 엘리베이터 구멍으로 데려갔다. 인청잉이 그녀를 받아 바닥에 내려놓았다.

무슨 이유인지 루추는 그때까지도 텀블러를 꼭 쥐고 놓지 않았다. 단단한 13층의 바닥에 앉아 '이제 살았다'고 생각하는 순간 손에 힘이 빠졌다. 텀블러는 두 바퀴를 구른 후 엘리베이터 속으로 떨어졌고, 몇 초가 지난 후에 아래쪽에서 둔탁한 소리가 났다. 이 소리는 루추를 크게 자극했다. 그녀는 고개를 돌려 엘리베이터 구멍을 노려보았다. 몇 초가 지난 후 쉰 목소리로 물었다.

"샤오렌 씨는요?"

"샤오렌은 무사해요. 자, 차를 한 모금 마시고 진정해요."

샤딩딩이 따뜻한 차를 그녀의 손에 쥐어주며 부드러운 목소리로 말했다. 주변에 온통 사람들로 둘러싸여 있었지만 아무도 놀란 것 같지 않았다. 루추가 거듭 물었다.

"샤오렌 씨는요?"

인청잉이 코를 만지며 한 발 뒤로 물러났다. 그제야 유리문을 향하고 있는 샤오렌의 모습이 보였다. 사무실로 들어가려는 모양이었다. 셔츠 한쪽이 커피로 얼룩진 것 말고는 멀쩡한 모습이었다. 조금 전 엘리베이터 추락사고를 겪은 사람처럼은 보이지 않았다.

그는 어떻게 올라왔으며, 언제 올라왔을까? 인청잉이 담요를 가져와 그녀의 어깨를 덮어주었고, 인한광은 창에 기대 태연하게 밖을 내다보고 있었다. 징충환은 루추의 옆에 쭈그리고 앉아 핸드폰을 만지고 있었다. 샤딩딩이 그녀의 어깨를 두드리며 불분명한 발음으로 계속 말했다.

"괜찮아요."

어째서 아무도 샤오렌에게 가보지 않지? 루추의 생각이 다시 샤오렌에 미쳤다.

"방금……"

"천만다행이에요."

샤딩딩이 말을 받았고, 징충환이 힘을 주어 고개를 끄덕였다. 루추가 말하려는 건 그게 아니었다. 그래서 다시 입을 열었다.

"마치⋯⋯"

"아직 진정이 안 됐군요. 샤오렌 솜씨가 대단하긴 해요."

샤딩딩이 다시 말을 가로막았다.

"네 대단하죠. 하지만⋯⋯"

그녀가 모든 사람들을 번갈아 바라보는데 사람들의 얼굴이 흐리게 보이기 시작했다.

"방금 그 칼 못 봤어요?"

징충환이 갑자기 벌떡 일어났다. 얼굴이 흥분으로 가득했다. 샤딩딩은 입을 달싹하다가 재빨리 다물었다. 인한광과 인청잉은 눈빛을 교환했다. 인청잉이 무슨 말을 하려 했으나 인한광은 그를 향해 고개를 가로저었다.

샤오렌이 갑자기 저쪽으로 걸어가며 순식간에 그녀의 시야에서 사라졌다. 무슨 일일까? 루추가 찻잔을 내려놓고 손으로 바닥을 짚고 자신의 힘으로 일어나려고 할 때였다. 인한광이 갑자기 창문을 열어젖혔다. 아래쪽에서 요란한 사이렌 소리가 들려왔다.

"구급차 도착했어요."

인한광이 루추 쪽을 돌아보며 예의를 갖추면서도 단호한 말투로 말했다.

"병원에 가서 검사를 받아야죠.

7
후회한 적이 없다

루추는 구급대원을 따라 아래층으로 내려가 구급차를 탔다. 뚱뚱한 간호사가 그녀에게 목을 고정하는 보호구를 채워주더니 링거를 주사했다. 숙련된 솜씨로 빠르게 처리하며 다른 얘기를 할 여지를 주지 않았다.

"정말 아무렇지도 않다니까요."

"주사를 무서워하시는구나. 이걸 받으세요."

거듭 괜찮다는 루추에게 간호사는 호스 형태의 플라스틱 병을 건넸는데 유아용의 포도당액이었다. 말문이 막힌 루추가 입을 다물었다. 차 안에는 두창펑이 동행했는데, 그는 차에 오르자마자 핸드폰으로 문자를 주고받으며 이따금 한숨을 쉬었다. 뭔가 일이 잘 안 풀리는 듯했다.

"샤오롄 씨도 다른 구급차를 탔겠죠?"

"아니요."

루추의 물음에 두창펑은 귀찮다는 듯 한마디를 뱉었다. 엘리베이터 안에서 칼을 타고 날던 모습이 눈앞을 스쳤다. 루추는 몸서리치면서 팔의 여기저기에 껍질이 벗겨지고 긁힌 자국을 바라보았다. 당시 샤오롄이 자기 몸으로 자신을 보호해주던 생각이 나서 앞으로 몸을 숙여 두창펑에게 급히 말했다.

"그분 상처가 나보다 더 심할 텐데 이 차를 돌려서 데려올 수 없을까요?"

두창펑이 이해할 수 없다는 듯 반문했다.

"그분이 루추 씨를 엘리베이터에서 꺼내준 것뿐인데 어딜 다쳤다고 그래요?"

엘리베이터가 추락할 때 샤오롄도 있었다는 사실을 설마 두창펑이 모른단 말인가! 루추는 어안이 벙벙했다. 옆에 있던 간호사가 갑자기 끼어들었다.

"지금 누구 이야기 하시는 거예요?"

두 사람은 잠시 주춤하다가 루추가 하는 수 없이 대답했다.

"회사 동료 이야기예요."

"무슨 사이길래 그렇게 관심이 많죠?"

간호사가 계속 물었다. 아래로 처진 눈이 궁금해 죽겠다는 눈빛으로 번뜩였다.

"팔꿈치가 이렇게 까졌는데 응급처치도 안 해줍니까?"

두창펑이 볼멘 소리를 했다. 간호사의 근무태도에 불만을 제기하는 말투였다. 간호사가 그를 흘겨보더니 루추에게 말했다.

"크게 놀란 후에는 정서가 불안하기 쉬우니 진정제라도 한 알 드릴까요?"

마치 땅콩이라도 권하는 말투였다. 루추는 고맙지만 됐다고 하고 의자에 등을 기댔다. 두 눈을 허공의 한 곳에 집중하고 13층에서 마지막으로 봤던 샤오롄의 모습을 떠올렸다. 그는 머리카락 한 올 흐트러지지 않은 모습이었다. 그렇다면 정말 다치지 않았을 수도 있다. 그게 가능한 일인가? 그를 다시 만날 수는 있을까?

핸드폰에는 아직 샤오롄의 전화번호가 저장되어 있었다. 그러나 주변에 사람이 있으니 전화를 해볼 수도 없는 일이었다. 모든 일이 생각과는 다르게 흘러가고 있었다. 병원에 들어서자 그녀는 아예 입을 닫고 얌전히 병원의 지시에 따랐다. 받으라는 검사를 다 받았으며, 다 죽어가는 표정으로 큰 사고에서 요행히 살아남아 정신적 충격이 큰 사람답게 행동했다. 모든 검사가 끝난 후에도 그녀는 침묵을 지켰으며, X-레이 검사결과 정상이며 골절의 징후도 없다는 의사의 말을 경청했다.

"집에 돌아가서 72시간 내에 두통이나 구토, 말이 어눌해지는 증상이 있으면 즉시 내원해야 합니다. 뇌진탕일 가능성이 크니까요."

팔자수염을 기른 의사도 그녀에게 별 이상이 없다는 것을 알아서 가벼운 말투였다. 모든 절차가 끝나자 간호사가 트레이를 들고 왔다. 위에는 색이 각각 다른 세 알의 약이 있었다. 루추가 눈살을 찌푸리며 물었다.

"아직도 약을 먹어야 돼요?"

"예방을 위해서입니다. 영양보충도 되고요."

간호사의 설명에 루추는 뭘 예방하느냐고 묻지 않고 순순히 약을 입에 털어 넣고 물을 마셨다. 간호사가 돌아서기를 기다려 그녀는 입안에 머금고 있던 약을 전부 손바닥에 뱉었다. 호의에서 비롯된 것은 알지만 그녀에게는 진정제가 필요하지 않았다. 최소한 지금은 그랬다. 그녀의 협조적인 태도가 효과를 일으켰는지, 두창평은 의사와 이야기를 나누더니 안도하며 그녀에게 푹 쉬라고 당부한 후 병원을 떠났다. 루추는 병상에서 30분을 누워있었고, 간호사가 다가와 퇴원수속을 해도 된다고 했다.

"여기 서명하고 3일치 약을 타가세요. 돈은 회사에서 모두 지급했습니다."

간호사가 이렇게 말하며 링거 바늘을 뺐다.

"알겠습니다."

루추는 천천히 침대에서 일어나 앉았다.

병실을 나서자마자 핸드폰을 켰다. 엄청난 양의 문자 메시지가 와있었다. 회사의 거의 모든 직원이 걱정하는 내용이었다. 그러나 샤오렌으로부터 온 문자는 없었다. 루추는 몇 개만 읽어보고 핸드폰을 집어넣은 후 약을 타서 병원 로비로 나갔다. 날은 이미 완전히 저물어서 등불이 켜질 시간이었다. 자동차가 많은 거리는 조명으로 실내보다 환했다. 소지품을 회사에 두고 왔기 때문에 회사에 들러야 할지, 아니면 택시를 타고 집으로 가서 창밍에게 택시비를 빌릴지 고민했다. 그러나 병원이 집에서 그다지 멀지 않은 곳이라 그냥 걸어가기로 했다. 더운 물에 목욕을 하고 따뜻한 차를 한 잔 마시고 싶었다. 울고 싶기도 했고, 불현듯 부모님이 그리워졌다.

객지에 홀로 지내는 설움이 순간 몰려왔다. 루추는 벽을 붙잡고 심호흡을 계속하며 마음을 안정시켰다. 바로 그때 누군가 그녀 앞에서 멈춰 섰다. 고개를 드니 샤오렌이 터틀넥 티셔츠와 진바지 차림에 서류봉투를 들고 있었다. 말끔한 그의 모습은 엘리베이터 사고와 전혀 무관해보였다.

그가 서류봉투를 루추에게 건넸다.

"딩딩 누나가 징충환을 시켜 루추 씨 물건을 챙겨줬어요."

그 안에는 루추가 회사에 두고 온 지갑과 입술보호제, 그리고 자잘한 개인물품이 가지런히 들어있었다. 봉투를 가슴에 안은 루추가 복잡한 심정으로 고개를 들어 잠긴 목소리로 말했다.

"고마워요."

"몸이 많이 불편해요?"

샤오렌이 다가와 이마를 만지며 걱정스레 물었다. 때로는 작은 따뜻함이 마음의 경계를 무너뜨릴 때가 있다. 루추는 고개를 저으며 속으로 1부터 10까지 셌다. 그래도 못 참고 결국 입을 열었다.

"날 구해준 거 후회하세요?"

샤오렌이 멈칫하더니 대답했다.

"후회야 많이 하죠. 유일하게 후회하지 않은 일이 있다면 사람을 구한 거예요. 왜 그렇게 생각하죠?"

그의 말투는 상당히 진지했지만 루추가 원하는 대답은 그게 아니었다. 그녀가 고개를 들어 그의 눈을 바라보았다.

"다른 사람은 관심 없어요. 나는 '당신'이 '나'를 구한 걸 후회하지 않느냐고 물었어요?"

'당신'과 '나'라는 말에 특히 강조하며 말한 그녀는 자신이 지나치다는 생각이 들었지만 반드시 대답을 듣고 싶었다.

두 사람의 시선이 마주쳤다. 샤오렌은 주저 없이 고개를 가로저었다.

"전혀 아니에요."

맑은 그의 눈빛에 당혹감이 드러났다. 그녀가 묻는 의도를 모르는 것 같았다. 루추는 갑자기 코끝이 시큰해졌다.

"후회하지 않는다면서 왜 엘리베이터에서 나와서는 나를 못 본 체했어요?"

"내가 언제⋯⋯."

샤오렌이 이제야 깨달았다는 듯 어쩔 줄 모르는 표정을 보였다.

"커피를 싫어해서요."

루추가 눈을 크게 뜨며 머리를 빠르게 회전했다.

"그러니까 사무실로 급히 들어간 것이 그저 옷을 갈아입기 위해서였다고요?

샤오렌이 부자연스럽게 고개를 끄덕였다.

"그래요. 사실 나한테는 엘리베이터 추락보다 커피가 튄 것이 더 불편해서요."

어떻게 생각해도 설득력이 없는 변명이었지만 무엇 때문인지 루추는 그의 말을 믿었다. 가슴에 걸려있던 돌덩이가 이제야 내려가는 느낌이었다.

긴장이 풀린 탓인지 눈물이 갑자기 쏟아졌다. 그녀는 샤오렌의 팔을 잡고 고개를 숙인 채 눈물을 흘렸고, 대리석 바닥으로 눈물이 뚝뚝 떨어졌다.

"고마워요⋯⋯."

샤오렌은 서 있는 채로 한동안 움직이지 않았고 눈 속의 푸른 불꽃이 몇 번이나 올라왔다가는 사그라들었다. 마지막에 그는 들리지 않게 한숨을 쉬고 손을 뻗어 루추를 품에 안았다.

사람들이 두 사람을 힐끔힐끔 쳐다보았다. 루추가 황급히 눈물을 닦고는 샤오렌의 팔을 잡고 그 자리를 떠났다. 병원 문을 나설 때 그가 말했다.

"두 주임 전달사항이에요. 산업재해로 3일 유급휴가를 쓸 수 있고, 조금이라도 불편하면 절대 참지 말고 응급실로 가라고 하네요."

루추는 금세 기분이 좋아져서 활짝 웃었다.

"난 아무렇지도 않아요. 샤오렌 씨가 잘 알 거예요."

"공식기록으로는 루추 씨 혼자 엘리베이터에 있던 걸로 되어있어요."

샤오렌이 그녀를 바라보며 평온한 표정으로 말했다.

"루추 씨 자신도 아예 그렇게 생각하세요."

그의 말투는 온화했으나 분명했다. 순간 갑자기 나타난 검은 장검이 루추의 눈앞에 어른거렸다. 걸음을 멈추고 진지하게 물었다.

"질문 세 개만 할게요."

"대답할 수 없어요."

그의 얼굴에 곤혹감이 스쳤다.

"일단 들어봐요."

서류봉투를 여전히 가슴에 끼고 루추가 천천히 입을 열었다.

"첫째, 복원실의 여요 매병 파편이 스스로 빛나면서 마치 어떻게 맞춰져야 하는지 가르쳐주는 것 같았다면 믿을 수 있어요?"

"믿어요."

그가 즉각 대답했으나 매우 신중했다. 전혀 놀리거나 가볍게 응수하는 기색이 없었다. 루추가 입술을 한 번 깨물고 두 번째 질문을 했다.

"전승자가 뭐죠?"

샤오렌이 갑자기 걸음을 멈추고 알 수 없는 눈빛으로 그녀를 응시했다. 이윽고 생각에 잠긴 듯 말했다.

"나보다 더 잘 알고 있는 줄 알았는데요."

"난 잘 모른다고요!"

소리를 지르고 나니 짚이는 것이 있었다.

"자기 파편과 관계가 있어요?"

샤오렌이 "음" 하며 긍정도 부정도 아닌 반응을 보이더니 갑자기 물었다.

"이게 세 번째 질문이에요?"

"아니에요."

루추가 눈을 내리깔고 자신의 발끝을 바라보았다.

"세 번째 질문은, 우리 지금…… 친구된 거 맞아요?"

그는 말을 하려다가 말고 그녀를 한동안 바라보다가 낮은 목소리로 말했다.

"나랑 친구하면 당신에게 좋을 것이 없어요."

"친구를 사귀는 데 유리한 걸 따진 적은 없어요!"

루추가 이렇게 항변하며 샤오롄의 검은 눈동자를 바라보았다. 깊이를 가늠할 수 없는 소용돌이를 숨긴 밤바다를 연상케 하는 눈이었다. 그녀는 그의 눈빛을 언제까지나 읽어낼 수 없을 것 같았다.

샤오롄이 갑자기 물었다.

"어디 살아요?"

"네?"

"데려다 줄게요."

친구하기 싫다면서 집에는 데려다 준다고? 루추는 눈을 껌벅거리며 전방을 자신 없이 가리켰다.

"아마 이 부근일 거예요. 걸어가려던 참이거든요."

"함께 걸어요."

그가 앞장서서 루추가 가리킨 방향을 향해 걸음을 옮겼다.

밤바람을 맞으며 두 사람은 나란히 걸었다. 그림자는 거의 붙어 있어서 틈이 보이지 않았다. 여자의 경쾌한 목소리가 끊임없이 들렸다.

"어……, 방금 우회전했어야 하는 것 같은데."

"이 근처는 길이 다 비슷한데 못 느꼈어요?"

"여기까지 왔으니 뭐라도 사 먹고 길을 찾아보는 게 어때요?"

"찾을 필요 없어요. 주소를 알려주면 핸드폰으로 위치를 찾아볼게요."

　그는 어쩔 수 없이 이렇게 말했으나 그렇다고 귀찮아하는 말투
는 아니었다.

8
검의 혼

그날 밤 두 사람은 길을 찾아 헤매다가 도중에 멈춰서 먹을 것을 사고, 작은 공원을 산책도 하고, 담 밖으로 고개를 내민 우담화가 꽃망울을 머금고 막 터뜨리려는 모습을 감상하기도 했다. 그러다보니 병원에서 집까지 가는 데 두 시간이 넘게 걸렸다.

두 사람이 이야기를 나눌 때 샤오롄은 말을 하기보다는 듣는 편이었다. 게다가 과거 이야기는 절대로 하지 않았기 때문에 루추는 그의 사적인 영역은 건드리지 않으려고 조심했다. 그러다 고등학교 때 교복으로 흰 상의에 검은 치마를 입었다는 이야기를 하다가 무심코 물었다.

"샤오롄 씨는 고등학교 때 어떤 교복을 입었어요?"

"고등학교 안 다녔는데요."

불쾌한 표정은 아니었지만 루추는 질문이 잘못된 것을 느꼈다. 당황하며 만회하기 위해 다시 질문했다.

"그러니까, 제복은 입어봤죠?"

더 바보 같은 질문이 되어버려 루추는 후회막급이었다. 뜻밖에도 샤오렌은 진지하게 생각해보더니 고개를 끄덕였다.

"군대 있을 때 입어봤어요."

"군인이었어요?"

"옛날 일이랍니다."

이 말을 하는 그의 표정은 말할 수 없는 쓸쓸함으로 가득했다.

집으로 돌아온 루추는 몸과 마음이 지쳤지만 잠을 제대로 자지 못했다. 밤새 꿈에 시달리며 머릿속에서는 여러 가지 소리가 끊임없이 울렸다. 샘물이 졸졸 흐르고, 쇠를 담금질하는 소리가 탕탕 울렸다. 어린 여자아이가 혀 짧은 말로 이것저것 묻는 소리와 참을성 있게 대답해주는 아버지의 대답소리가 들렸다.

"전승은 어떻게 해야 할 수 있어요? 날마다 담금질을 하고 정성을 다하면 생사의 갈림길에서 깨달음을 얻을 수 있단다. 이것만이 유일한 길이지. 자, 아버지가 문제를 내보마. 청동의 배합은 여섯 가지가 있지, 큰 칼날은······."

"루추 씨 어서 일어나요. 루추 씨 회사가 뉴스에 나와요!"

"뭐라고요?"

놀란 루추가 몸을 뒤집다가 바닥으로 굴러떨어졌다. 그녀는 부딪친 이마를 문지르며 거실 소파에 앉아 좡밍과 함께 텔레비전을 봤다.

기자는 사고현장에서 엘리베이터 케이블을 가리키며 말했다.

"전문가의 진단결과 하청업체의 부실시공 혐의를 포착했습니다. 그러나 관계자는 아직까지 연락이 되지 않고 있습니다. 13층에서 엘리베이터가 추락할 때 한 여성이 갇혔다가 병원으로 이송되었으며 다행히 생명에는 지장이 없다고 합니다."

"업체가 공무원과 결탁한 것이 틀림없어요."

좡밍은 단정적으로 말하며 루추 쪽을 돌아보았다.

"병원에서는 언제 오래요?"

"의사가 특별한 증상이 없으면 오지 않아도 된다고 했어요. 재료 사다가 음식이나 만들어야겠어요. 저녁에 맛있게 먹어요."

루추가 이렇게 말하며 냉장고를 열어 식재료를 살펴보았다. 좡밍도 욕실로 가서 세수를 하더니 얼굴을 내밀고 말했다.

"우리 고향에서는 이런 일을 당하면 액운을 쫓는 음식을 먹는 풍습이 있는데, 루추 씨 고향에도 있어요?"

"물론 있어요."

이 말에 루추는 생각나는 음식이 있었다.

"돼지족발국수를 끓이면 먹을래요?"

"당연히 먹어야죠. 잠깐만요. 수제국수면을 잘하는 집이 있는데 자무더러 사오라고 할게요."

좡밍이 핸드폰으로 전화를 걸고 루추는 냉장고 문을 닫는 거실과 주방 사이에 잠시 서 있다가 머리를 질끈 묶고 방으로 들어 갔다. 잠시 후 작은 종이상자 하나를 들고 나오더니 비커, 온도계, 전자저울을 꺼내 탁자에 놓았다.

챵밍이 내다보고 깜짝 놀랐다.

"설마 집에다 실험실을 꾸밀 작정은 아니죠?"

"수제비누를 만들려고요. 유명한 마르세유 비누 만드는 법을 찾 아보니 청동기 세척에도 쓸 수 있을 것 같더라고요."

루추가 손가락을 꼽아가며 시간을 계산했다.

"비누를 다 만들고 난 후 재료를 사다 저녁준비를 하면 챵밍 씨 퇴근시간에 맞출 수 있겠네요."

"오늘도 바쁘게 보낼 참이에요? 다친 데가 없어도 이 기회에 푹 쉬지 그래요."

챵밍의 걱정하는 말에 루추가 고개를 저으며 쓴웃음을 지었다.

"지금 내게 필요한 것은 할 일을 찾아 주의력을 분산시키는 거 예요. 이런 거라도 하지 않으면 심란해서 못 견디겠어요."

"걱정하지 말아요. 큰 사고를 겪고 구사일생으로 살아왔으니 이 제 행운이 따를 거예요."

챵밍이 그녀의 어깨를 토닥여주고 출근을 했다. 텅 빈 아파트에 혼자 남은 루추는 마치 롤러코스터를 탔을 때처럼 울렁대는 심장 을 주체할 수 없었다.

어제는 충격이 컸는데도 정작 별 느낌 없이 모든 것이 당연하게 흘러갔다. 그런데 오늘 아침 일어나서 시간만 나면 엘리베이터에 서 발생한 모든 것이 눈앞에 떠올랐다. 갑자기 나타난 검은 칼, 샤오렌이 한 발로 엘리베이터 천장을 차던 모습, 그리고 자신을 안았을 때 무의식중에 닿았던 그의 차디찬 뺨…….

루추는 고개를 가로저으며 이런 생각을 떨치고 비누 만들 일을 생각했다. 정신집중이 필요한 단순반복 작업을 하면서 잡념을 잊을 수 있을 것이다. 그녀는 장갑과 마스크를 착용하고 가성소다를 조심스럽게 덜어내 저울에 쟀다. 재료를 혼합한 후 젓기 시작했다. 손이 시큰거리면 다른 손으로 바꾸면서 30분마다 10분씩 휴식을 취했다. 유백색의 비누액을 몰드에 부을 때쯤에는 팔이 떨어져나갈 것 같았다. 몇 시간 동안 일을 하고 나니 머릿속이 텅 비고 가슴이 꽉 차는 느낌이 뭔지 알 것 같았다. 그런데 그게 뭐였는지 생각을 집중하면 순식간에 아무것도 없이 흩어져버렸다.

루추는 더 이상 생각을 하지 않기로 하고, 계획대로 앞치마를 벗어놓고 문을 나섰다. 한 시간 후, 그녀는 음식재료가 든 큰 봉지를 들고 돌아왔다. 멀리서 봐도 눈에 익은 그림자가 택배용 종이상자를 들고 아래층 입구에 서있었다.

"자무 씨?"

루추가 반색하며 손을 흔들었다. 쾅자무가 성큼성큼 다가오더니 그녀를 위아래로 살피며 걱정스럽게 물었다.

"괜찮은 거예요?"

"아무렇지도 않아요. 그런데 국수면을 그렇게 많이 사왔어요?"

그의 종이상자를 보고 루추가 놀라서 물었다.

"국수는 백팩에 있고 이건 루추 씨 거예요. 방금 택배 배달원이 왔길래 내가 대신 서명하고 받아놓았어요. 뭐가 들었기에 이렇게 무겁죠?"

자무는 과장되게 무거워서 들 수 없다는 몸짓을 했다. 그녀가 어젯밤 주문한 책들이었다. 이렇게 일찍 도착할 줄은 몰랐다. 두 사람은 간단하게 이야기를 나누고 집으로 들어갔다. 루추가 먼저 주방으로 들어가 재료를 다듬고, 자무는 거실 바닥에서 그녀 대신 택배상자 포장을 뜯었다. 포장을 뜯으면서 그녀에게 박물관 도난사건에 대해 알려줬다. 박물관 도난사건은 교착상태에 빠졌으며, 경찰은 더 많은 증거를 찾지 못했다고 했다. 하지만 박물관 직원이 말해줬는데 폐쇄회로에 기이한 화면이 찍혔다는 것이다.

"실종된 직원이 마지막으로 창고에 들어와서는 일부러 고개를 들고 카메라를 향해 머리를 매만지며 씩 웃었다고 해요. 본 사람들은 그 장면이 마치 귀신들린 것처럼 괴이했다고 말하더라고요."

"정말요?"

루추가 이렇게 묻고는 비로소 전에 하려던 말을 꺼냈다.

"말한 적 있는지 모르겠지만 실종된 박물관 직원이 우리 회사 동료의 후배예요."

그녀가 자연스럽게 말을 꺼냈으나 자무는 포장을 풀던 손을 멈추고 바삐 움직이는 그녀의 뒷모습을 바라보았다.

"처음 듣는 말이에요. 나한테 회사 이야기는 거의 하지 않고 고향 집에 있는 고양이 이야기만 해줬잖아요."

자무의 표정에 뭔가 스쳤지만 루추는 그와 등지고 있어서 보지 못했다. 그녀는 잘게 썬 파를 깨끗한 그릇에 담으며 무심히 대꾸했다.

"맞아요. 그렇게 말하니 우리 황상(黃上)이가 보고 싶네요."

자무가 빙그레 웃었다.

"회사 동료에게 이 사실을 말할 거예요?"

쉬팡은 그 여자후배를 많이 챙기는 것 같았다. 루추는 잠시 주저하다가 대답했다.

"중요한 단서도 아니니 말하지 않는 게 좋겠죠? 아무래도 들으면 마음이 좋지 않을 것 같으니까요."

"나는 말해야 한다고 생각해요. 아마도 그는 그것 때문에 무언가를 떠올릴 수 있을지도 몰라요. 후배를 찾는 것도 도움이 될 거예요."

자무는 루추를 쳐다보다가 또 덧붙였다.

"내 생각은 좀 달라요. 나는 설사 죽을 만큼 괴롭더라도 진상을 알아야 하는 스타일이거든요."

자무는 평소와는 달리 일부러 강한 어감의 단어를 사용했다.

루추가 고개를 휙 돌려 그를 쳐다보았다.

"그렇군요."

잠시 뜸을 들이던 그녀가 혼잣말처럼 한마디를 덧붙였다.

"나도 그래요."

육수는 아까부터 펄펄 끓고 있었다. 루추는 불을 가장 약하게 조절하며 냄새를 맡아보았다. 향내가 적당히 풍기자 이제 됐다는 듯이 만족하며 손을 깨끗이 씻고 뒷정리를 했다. 주방에서 나오니 자무가 바닥에 앉아 포장을 뜯은 종이상자를 이상하다는 듯 바라보고 있었다.

"이 책들을 직접 읽으려고 샀어요?"

루추가 그렇다고 하며 그의 맞은편에 앉아 책을 한 권씩 꺼내 바닥에 놓았다. 그녀가 책을 꺼낼 때마다 자무가 책 제목을 소리 내서 읽었다.

"《개인 비행기의 원리》,《금속재료학》,《자기부상 보드 : 초저공 비행의 개념》,《하상주夏商周 청동기의 비밀》,《촉산검협전蜀山劍俠傳》……. 대학원 시험이라도 준비하시나 봐요. 학습서를 사는 김에 소설책도 사서 틈틈이 보려고요?"

"학생들한테 이런 책을 보라고 하는 대학원이 어디 있어요?"

루추가 눈이 동그래져서 반문하자 자무의 눈빛이 잠시 흔들렸다.

"우리 연구센터에서는 그러는걸요."

"네?"

믿을 수 없다는 루추의 반응에 자무가 학교 측 대변인이라도 된 듯 변호에 나섰다.

"입학시험이야 당연히 정규과목으로 치르죠. 다만 지도교수님이 과목을 개설했는데 필독도서 목록에 이와 비슷한 책들이 있어요. 그런데 정말 읽을려고요?"

루추가 고개를 저으며 입술을 잘근잘근 깨물더니 입을 열었다.

"놀리지 않을 거죠?"

"놀리지 않는다고 맹세할게요."

자무가 오른 손을 번쩍 들었다.

루추는 반신반의하며 소설책 하나를 펼치더니 속표지의 만화로 된 삽화를 가리켰다.

"나는 칼이 허공을 나는 원리를 알고 싶어요. 이 그림처럼 말이에요."

그림에는 옛날 협객이 검을 타고 달빛 아래 우아한 자태로 날고 있었다. 자무가 그림을 보더니 "어검술(禦劍術)인가요?"라고 물었다. 루추가 그의 얼굴을 빤히 쳐다보자 자무는 다시 손을 번쩍 들어올렸다."

"놀리지 않아요. '어검술'은 도가(道家)에서 비롯된 말로 수천 년 전부터 있던 겁니다."

"정말요? 그걸 어떻게 알았어요?"

루추는 그 말이 믿기지 않았다.

"책에서 봤어요. 도가에서는 많은 고서를 남겼는데 이번 학기 필독도서라서 읽어보았죠. 그들의 주장에 의하면 장인이 유성, 즉 옛 낱말로 운성(隕星)을 이용해서 주조한 검에는 혼백이 서려 있는데, 특정 조건만 충족되면 사람 모양으로 변신할 수 있답니다."

그의 표정이 자연스러운 것이 거짓말로 사람을 속이는 것 같지는 않았다. 루추는 머뭇거리다가 물었다.

"이런 주장이 비과학적이라고 생각하지 않아요?"

"그렇지 않아요. 금속의 생명은 지난 30년간 줄곧 과학계가 주목하는 주제였죠. 지난 학기부터 이 주제를 다루는데 고서의 자료만 찾아봐도 머리가 아플 정도라니까요."

그가 머리를 툭툭 치면서 그녀를 향해 햇살같이 환한 미소를 보였다. 루추도 그 미소에 화답하듯 한 번 웃어보이고는 조심스럽게 물었다.

"이런 일에 참고할 수 있는 고서가 있나요?"

"우리 센터에 소장하고 있는 희귀본이 있는데 내용이 《천공개물 天工開物》[명나라 과학자 송응성(宋應星)이 편찬한 종합과학기술서 – 역주]과 비슷해요. 하지만 범위가 더 좁아서 전승에 관한 것과 병기의 제조, 복원을…… 조심해요!"

자무가 전승에 관해 말했을 때 루추의 손이 미끄러지며 무거운 양장본 책이 그녀의 복사뼈에 맞아 떨어졌다. 그녀는 아프면서도 문지를 틈도 없이 다급히 물었다.

"계속 말해봐요. 전승이 뭐죠?"

자무가 망연하게 답했다.

"일반적인 정의로는 옛날부터 전해 내려오는 지식과 경험을 가리키고, 특별한 것은 없어요. 음…… 어검술이 특별하긴 하네요."

"그게 뭔데요?"

"고대 장인들은 어떤 방법을 연구해서 인간의 모습으로 화한 검을 통제할 수 있다고 해요. 하지만 관련 문헌들이 사라져서 이 책에도 개념만 제시했을 뿐 자세한 설명이 없어요."

자무가 여기까지 말한 후 표정이 어두워졌다. 루추는 다 이해할 수 없으면서도 좋지 않은 예감이 들었다.

"어떻게 통제하는데요?"

"마치 주인이 노예에게 낙인을 찍듯 검혼에 금제(禁制)를 씌운

답니다."

복잡한 생각이 머릿속을 떠다녔다. 루추의 안색이 창백해지며 중얼거리듯 물었다.

"전승이나 검혼을 믿으세요?"

"루추 씨는 세상에 귀신이나 신이 있다고 믿으세요?"

"믿어요."

그의 반문에 루추가 주저하지 않고 대답했다.

"나도 믿어요. 그렇다면 다른 현상들도 가능성이 있지 않을까요?"

자무가 시원스럽게 말했다. 루추는 어릴 때부터 귀신을 믿었지만 관념적으로 연결해서 생각한 적은 없었다. 그녀가 길게 한숨을 쉬더니 대답했다.

"맞아요. 무한한 가능성이 있죠."

자무가 큰 소리로 웃었다. 루추는 고개를 갸우뚱하고 그를 바라보다가 입을 뗐다.

"책을 좀 빌릴 수 있을까요?"

그녀의 표정에 약한 모습이 드러났다. 평소 독립적이고 강한 그녀답지 않은 표정이었다. 자무는 그녀의 다른 면을 느끼고는 일부러 과장되게 말했다.

"책 전체가 고문(古文)이고 문장부호도 없는데 괜찮겠어요?"

"궁금해서 그래요."

루추가 자신의 손에 든 소설책을 자무 앞에 놓고 "교환할까요?"라고 하자 자무가 웃음을 지었다.

"좋아요. 하지만 조건이 있어요."

교환조건은 이러했다. 자무가 소설책을 가져가고 내일 아침에 고서 한 권을 가져오기로 했으며, 루추는 고서의 한 챕터마다 개요와 독후감을 써서 자무의 지도교수가 내준 숙제를 대신 해주기로 했다.

다음 날 아침 루추는 자무로부터 책을 받고 가슴을 두근거리며 읽기 시작했다. 예상과 달리 이 책은 허무맹랑한 내용이 없었으며, 고대 장인 여러 명의 작업기록을 엮어놓은 것이었다. 행간에는 구시대의 진지하고 세심한 작업에 대한 열정으로 넘쳤으며 그림도 다양하게 들어있었다. 주로 손상된 도검의 수리와 복원에 필요한 공구, 작업순서, 온도조절 등이 소개되었으며, 각 장의 후기 부분에 장인들이 작업할 때 느끼는 심정과 전해오는 이야기들이 혼재되어 있었다.

직업과 관련된 내용이라 루추는 어느새 흥미진진하게 읽어내려가 휴가 둘째 날도 이렇게 지나갔다. 저녁식사 후 그녀는 머리를 감고 욕실을 나왔다. 방으로 들어가려는 데 챵밍이 불러 세웠다.

"루추 씨 회사 쑹웨란이라는 분이 전화했는데 이렇게 전해달래요. 회사 규정에 따라 산업재해보상금을 은행계좌로 송금하기 전에 우선 가족에게 통보해야 한다고요."

"난 가족이 없는데요."

미혼인 루추는 결혼한 가족을 말하는 줄 알고 이렇게 대답했다. 챵밍이 동정어린 표정으로 그녀를 바라보았다.

"나도 그렇게 말했는데 그쪽에서는 부모님이 가족이라고 하더라고요."

"그러니까 우리 엄마 아빠가 내가 엘리베이터 사고를 당한 사실을 알게 된다는 말인가요?"

루추는 너무 놀라 입을 다물지 못했다.

"루추 씨 부모님은 이미 알고 계실 거예요."

'이미'라는 두 글자에 힘주어 말하고는 좡밍이 물었다.

"부모님께 아직 말씀드리지 않았어요?"

"큰일 났다! 핸드폰! 핸드폰 어디 있지?"

루추가 방으로 뛰어가 이곳저곳을 뒤졌다. 한참을 헤맨 후에야 핸드폰이 식탁 위에 얌전히 있는 것을 발견했다. 배터리가 방전되어 핸드폰은 저절로 전원이 꺼진 채였다. 황급히 전원을 연결하여 전화기를 켰더니 부재중 전화가 10여 통 와 있었다. 모두 같은 번호였다. 엄마 아빠가 얼마나 놀랐을지 짐작이 되었다. 루추는 애써 태연함을 가장하며 집에 전화를 걸었다. 과연 그녀의 엄마는 대뜸 "당장 집으로 와라!"라는 말부터 했다.

"저 괜찮아요. 이 정도로 회사를 그만둘 수는 없잖아요."

"누가 회사 그만두라고 했니? 여기서 치료를 받으라는 말이잖아!"

엄마는 루추의 말을 가로막고 자신의 말을 이어갔다.

"서양의사들이 뭐라고 하든 중의가 괜찮다고 해야 안심할 수 있다. 아직 젊어서 지금은 괜찮지만 추락 후유증이 몇 년 후에 나타나니 예방이 상책이야."

"저 추락 안 했어요. 바닥에 살짝 긁힌 것뿐인걸요."

"정말이야?"

"그럼요. 아무 일 없으니 걱정 마세요. 아빠는 뭐하세요? 황상은요?"

루추는 엄마에게 생각할 틈을 주지 않고 화제를 빠르게 돌렸다. 엄마가 고양이를 안고 와서 오동통한 앞발을 루추를 향해 흔들었다. 아빠 잉정도 화면 앞에 모습을 보이고는 한검의 복원을 거의 끝냈다고 했다. 지금 어떤 수집가가 비싼 돈을 줄 테니 한검을 복원할 실력자를 찾고 있다는 말도 덧붙였다.

"아빠 이제 일 그만두신다고 했잖아요."

"그래서 일을 안 받았다. 놀라기는……."

루추가 한마디 하자 아빠 잉정이 딸을 진정시켰다. 이때 고양이를 안은 엄마가 화면에 고개를 내밀었다.

"추추(初初, 루추의 아명 – 역주)야, 혹시 밤에 잠잘 때 악몽을 꾸지는 않니?"

루추가 눈을 깜박이다가 우물쭈물 대답했다.

"안 꾸는 편이에요."

"놀랐으니 틀림없이 몸에 영향이 있을 거야."

엄마가 말을 마친 후 고개를 갸웃하며 그녀를 관찰했다.

"아무래도 얼굴색이 좋지 않구나. 요즘 운동 안 하지?"

"회사일로 바빠서요."

"일이 바빠도 운동은 해야지. 앞으로는 한 정류장 미리 내려서 걸어가렴."

"악몽을 꾼다고 하면 운동하지 말라고 하실 거예요?"

"어쩌면 그렇게 게으르니?"

"엄마가 낳았잖아요."

모녀의 유쾌한 대화가 30분이나 계속되었고, 잉정은 이따금 잠견하며 딸과 아내에게 돌아가며 잔소리를 하다가 두 사람으로부터 협공을 받기도 했다.

다음 날 루추는 하루종일 집에 들어앉아 고서를 몇 번이고 반복하여 읽었다. 그 이튿날 아침 일찍 잠에서 깨서 고서를 들고 한참을 생각하던 그녀는 회사에 전화를 걸어 미리 복귀하겠다는 의사를 표시했다.

9
육중한 기물

오전 10시 30분, 루추가 광샤빌딩에 들어섰다. 엘리베이터는 이미 수리가 끝났지만 그녀는 계단으로 올라갔다. 사고 당시의 충격에서 벗어날 때까지 당분간은 그렇게 하기로 했다. 계단을 돌아 오르는데 뜻밖에도 쑹웨란이 벽에 기대 핸드폰을 보고 있었다. 눈 주위가 빨간 것이 아무래도 운 것 같았다.

루추를 보자 그녀는 급히 핸드폰을 집어넣고 억지로 미소를 지어보였다.

"안녕하세요."

"안녕하세요."

루추가 위층으로 몇 걸음 올라가다가 되돌아와서 물었다.

"웨란 씨, 쉬팡 선배와 입사동기라고 들었는데, 맞아요?"

쑹웨란이 고개를 끄덕이더니 회상하는 얼굴로 말했다.

"4년도 더 지난 일이네요. 그때는 전 직원이 10여 명 밖에 되지 않아서 점심식사도 식탁 두개를 붙여놓고 모두 모여서 먹었어요. 음……, 샤오렌만 빼고요. 그때나 지금이나 괴팍해서……. 그런데 그건 왜 묻죠? 쉬팡에게 무슨 일이라도 생겼나요?

쑹웨란의 감정이 격해졌고, 루추는 자무로부터 들은 쉬팡의 학교 후배에 관한 단서를 말해주었다. 그리고 그 소식을 쉬팡에게 알려야 할지 물었다.

"당연히 알려야죠."

쑹웨란이 단호하게 대답하고 나서 말을 이었다.

"쉬팡은 무던한 것 같아도 사람 보는 눈은 정확해요. 그 여자 후배라면 나도 본적이 있는데 마음이 여려서 남한테 속았을 가능성은 있어도 스스로 나쁜 짓을 할 사람은 아니에요."

"그렇군요."

루추는 쑹웨란을 다시 쳐다보다가 기습적으로 제안을 했다.

"그렇다면 직접 좀 전해줄래요?"

"왜…… 내가 전해야 하죠?"

"아무래도 쉬팡 선배와 친하니까요. 웨란 씨와 마주치지 않았으면 그냥 말하지 않고 지나가려고 했어요."

루추가 잠시 멈췄다가 말을 이었다.

"게다가 방금 나한테 했던 말도 쉬팡 선배에게 해주면 좋을 것 같아요. 아시겠지만 창 사부가 이 일로 그 여자후배를 못마땅하게 생각하는데, 웨란 씨 말을 듣고 나면 쉬팡 선배 마음이 조금이라도 편해질 것 같아요.

마지막 말이 쑹웨란의 마음을 움직였는지 잠시 침묵을 지키던 그녀가 이윽고 승낙했다.

"그러죠 뭐. 짬을 내서 쉬팡에게 말해줄게요……, 하지만 순전히 그가 불쌍해서 기운을 내게 해주려는 것뿐이에요."

"그렇고말고요."

루추가 힘주어 고개를 끄덕이며 이해한다는 몸짓을 했다.

쑹웨란이 피식 웃으며 세 계단 정도를 팔짝거리며 올라가다가 아직 그 자리에 서있는 루추를 내려다보며 말했다.

"고마워요."

루추가 손으로 V자를 만들어 보였고, 쑹웨란은 그녀에게 손을 흔들어주었다.

"보답으로 회사 내에서 가장 핫한 스캔들 하나 알려줄게요……."

루추도 계단을 올라가 쑹웨란의 옆에 바짝 붙어 섰다. 두 여자는 재잘거리며 계단을 올라갔다. 2층에 도착하자 쑹웨란은 루추를 향해 생긋 웃으며 사무실로 들어갔다. 루추는 계단에서 한참을 멍하니 서있다가 어두운 얼굴로 샤오롄에게 문자를 보냈다. 마지막 부분에 느낌표 세 개를 찍었다. 그러고는 계단을 계속 올라갔다.

15층에 들어서니 칸막이 구조가 약간 변해서 '옥석, 도자 및 금속유물 복원구역'의 범위가 더 커져 있었다. 루추는 호기심을 안고 복원실로 들어갔다. 놀랍게도 그녀의 키보다 큰 청동방정(方鼎)이 방안 정중앙에 버티고 있었고, 두창핑이 그 옆에서 솥을 응시하고 있었다. 두창핑은 부드러운 눈빛으로 집중하느라 그녀가 들어오는 것을 못 본 듯했다.

이 솥은 육중하면서 단아하고 위엄 있는 자태를 자랑하며 복부는 장방형으로 되어있었다. 상단에는 두 개의 귀가 수직으로 달렸고, 네 개의 다리가 몸통을 받치고 있었다. 전신에는 각양각색의 부조가 새겨졌으며 조금도 녹이나 얼룩이 없었다. 상태가 상당히 좋아서 수리할 부위가 어디인지 알 수 없었다.

루추가 목청을 가다듬으며 인사를 했다.

"주임님, 안녕하세요."

"안녕하세요."

두창핑이 담담하게 인사를 하더니 눈길을 다시 솥 쪽으로 돌렸다. 루추는 그의 옆에 서서 솥을 가리키며 물었다.

"새로운 임무인가요?"

"그래요. 이분을 도울 방도를 같이 연구해봅시다."

두창핑의 말투는 평소와 다름이 없었다. 루추는 작업복으로 갈아입고 그의 곁으로 와서 까치발을 하고 솥 안쪽을 살폈다.

청동솥의 배 부분에는 내벽에 동물 문양이 새겨졌는데 용의 머리에 봉황의 날개, 표범의 몸뚱이를 하고 있으며, 몸 끝에는 비늘이 덮인 긴 꼬리가 달려있었다. 이는 용의 아홉 아들 중 하나인 조풍(嘲風)으로 높은 곳에서 멀리 내려다보는 것을 좋아하며, 봉황의 날개와 비슷하다고 한다. 루추는 책에서 이와 비슷한 토템(totem)

을 본 적이 있지만 청동기에 새겨진 완전한 동물모양으로는 처음
보는 것이었다.

"이 솥은 황제가 제사를 지낼 때 쓰던 예기(禮器)였나요?"

"천하의 중기이며 제왕의 천하통일 대업이지요."

두창평이 담담하게 대답했다. 그의 말이 맞다. 그녀는 고대의 솥
을 복원한 적이 없었지만 귀가 달린 다리 긴 술잔을 복원한 적이
있었다. 기물의 형태가 유사하다면 손상된 부분도 같지 않을까 하
는 생각이 들었다.

루추가 다시 까치발을 하고 솥 안으로 고개를 내밀어 자세히 관
찰했다. 조금씩 이동하며 반 바퀴쯤 돌아 솥의 오른쪽 귀 부분에서
멈춘 그녀가 복잡한 표정으로 두창평을 바라보았다.

"무슨 일이죠?"

두창평이 미간을 찌푸리며 물었다.

"이쪽 귀가 전에 떨어졌다가 다시 붙인 적이 있나요?"

루추가 수직으로 된 귀를 가리키며 물었다.

두창평이 그렇다고 하자 루추가 말을 이었다.

"용접할 때 제대로 처리하지 않아 균형이 깨진 것 같아요. 시간
이 지나면서 균열이 생긴 것이라는 의심이……."

"어떻게 찾아냈죠?"

두창평이 그녀의 말을 자르며 물었다. 미간의 주름이 더 깊어
졌다.

"찾아낸 것이 아니라 느낌이……."

"그렇다면 아직 손대지 말고 좀 더 느낌이 오면 그때 말해요."

두창평이 그녀를 바라보며 무거운 목소리로 말을 이었다.

"복원에도 때로는 인연이 중요해요. 인연이 있으면 일이 쉽게 풀리지만 인연이 없으면 아무리 노력해도 헛수고로 끝나죠. 일단 복원을 서두르지 말고 저분과 잘 지내면서 서로 호흡을 맞출 방안을 연구해봅시다."

이런 말을 전에도 들은 적이 있다. 그러나 무슨 이유인지 눈앞에 있는 이 솥은 그녀에게 한 번 시도하고 싶다는 충동을 느끼게 했다. 그녀는 알았다고 대답하고는 아예 장갑을 벗어놓고 솥의 오른쪽 가장자리 근처에 손을 대고 아무것도 생각하지 않았다. 그저 끝없이 이어지는 구름과 천둥 무늬가 섞인 '운뢰문(雲雷紋)'에 눈길을 고정하고 두근거림을 느꼈다. 시간이 1분 1초 흐를수록 루추의 느낌은 점점 확실해졌다. 그녀가 조금 전에 한 판단은 결코 추측에서 비롯된 것이 아니라 무수한 청동솥의 기억이 뇌리에 응집되어 한 번만 봐도 오른쪽 귀의 정황을 판단할 수 있었던 것이다.

그러나 그녀가 어떻게 해서 이러한 복원의 기억을 갖고 있을까? 그녀는 놀라서 손을 거둬들이고 숨을 몰아쉬며 두창평에게 말했다.

"오른쪽 귀에 균열이 하나 있습니다. 부위가 넓지는 않으나 상처가 깊어 보입니다. 그렇지 않나요?"

두창평이 탐색하는 눈빛으로 그녀를 한참 동안 뚫어지게 바라보더니 아무것도 묻지 않고 솥 앞으로 다가갔다.

"그 상처가 생긴 지 꽤 오래되었죠. 우리는 각종 용접방식을 시도해보았지만 임시방편에 그쳤어요."

그의 반응에 루추는 안도의 한숨을 내쉰 후 정신을 가다듬어서 질문했다.

"왜 직접 용접을 했나요? 먼저 금속조직을 분석하고 재료에 맞는 방법을 찾는 게 순서 아닐까요?"

원료의 재질 속 각종 원소의 비율을 분석하고 유사한 재질로 보강하는 것은 복원의 표준 공법이다. 이를 모를 리 없는 두 주임이 왜 그렇게 하지 않았을까?

"그게 통하지 않았어요. 재질이 너무 특수해서 다른 재질과 어울리지 않았다니까요."

두창평의 대답에 루추는 더욱 알쏭달쏭했다. 청동솥의 재질이 특수하면 얼마나 특수할 수 있을까? 문득 운성으로 검을 제조한다던 고서의 내용이 떠올랐다. 그녀가 흠칫하고 있는데 두창평이 말했다.

"루추 씨라면 어떻게 하겠어요?"

"저라면……"

루추가 고서의 설명을 떠올리며 대답했다.

"전부 떼어내고 다시 붙일 것 같아요."

"그 이유는?"

"이 귀가 지금 비뚤어졌잖아요."

그녀가 정신을 집중하여 설명을 계속했다.

"비뚤어진 채로 균열이 생기면 부식이 쉽게 생깁니다. 겉으로는 보이지 않지만 안에는 아마 깊은 곳까지 부식이 생겼을 겁니다. 원재료를 구하는 것과는 별도로 떼어내서 다시 붙여야 근본적인 복원이 가능할 거라고 봅니다."

"그렇다면 대수술이 필요하겠군요!"

두창평이 한숨을 쉬었다. 루추는 이런 반응이 이해가 가지 않았다. 청동솥의 한쪽 귀를 복원하는 것뿐이다. 박물관에서 복원실에 의뢰하는 청동기는 상태가 이보다 심각한 것이 대부분이다. 심지어 어떤 기물은 몇 개로 조각이 나서 고증을 거쳐야 완전한 형태를 확인할 수 있다. 경험 많은 두창평이 이러는 이유는 무엇일까?

"괜찮을 겁니다."

루추가 작은 소리로 말하자 두창평이 그녀를 힐끗 바라보았다.

"자신 있어요?"

루추가 아무 대답을 하지 않자 두창평이 마음을 추슬렀다.

"그럼 작업 시작합시다. 일단 자료파일부터 만들고 다른 건 나중에 의논해요."

그가 작업지시와 함께 핸드폰을 꺼내며 문을 나갔다. 벽 하나를 사이에 두고 두창평이 통화하는 목소리가 들려왔다.

"딩딩(鼎鼎), 해결방법을 찾은 것 같아요……, 맞아요. 난 그쪽 분들과 다르니 이 방면의 직감이 아무래도 떨어지죠. 그래도 결국은 좋은 소식을……."

두창평의 말소리가 점점 멀어지고 루추는 노트북 컴퓨터를 켜고 업무를 처리하기 시작했다.

얼마 지나지 않아 두창평이 돌아왔다. 때마침 루추는 궁금한 것이 생겼던 참이다.

"이 솥의 품목에는 뭐라고 적을까요?"

"형주정(荊州鼎)이라고 쓰세요."

두창평이 서둘러 장갑을 끼며 돌아보지도 않고 대답했다. 루추가 그대로 입력하다가 문득 뭔가 떠올랐다.

"9대 정 중 하나라는 형주정이라고요?"

하, 상, 주 3대에 걸친 국보이며 황권의 궁극의 상징이라는 그 형주정이란 말인가?

"맞아요."

두창평이 정전기 브러시로 솥의 표면을 조심스럽게 닦으며 담담하게 말했다.

"당시 우임금이 아홉 개의 솥을 제작해 천하를 안정시켰으며, 이 분은 형주를 지키는 중책을 맡았죠."

너무나 자연스러운 설명에 루추는 뭘 더 물어야 할지 몰라서 벌떡 일어나 솥으로 다가갔다. 이 솥은 위부터 아래까지 전신에 부조로 장식되어 있었으며, 부조는 저마다 하나의 완전체를 이뤄 중복되는 것이 없었다. 어떤 부분은 지도 문양이고, 어떤 부분은 한 편의 문장이었다. 어떤 부분은 명문(銘文) 안에 고우[高郵, 장쑤성 가오유(高郵)를 말하며, 이곳에서 출토된 도자기에 적힌 고우문이 갑골문보다 먼저 생겼다고 한다 – 역주] 도문(陶紋)의 숫자가 섞여있었다. 그 기법이 오늘날의 모자이크 예술처럼 상당한 조화를 이루는 것이 동일시대의 작품임이 분명했다.

제사용 청동솥은 문양의 대칭을 추구하므로 이 솥처럼 양쪽에 각각 문양이 있는 것은 중요한 단서가 될 것이다. 루추는 숫자와 명문이 있는 낙관 부위의 작은 토템 문양을 바라보며, 어디서 이와 유사한 족휘(族徽) 문양을 본 적이 있는지 기어해내려고 애썼다.
이때 두창평이 브러시 작업을 하면서 이쪽으로 다가왔다. 그는 브
러시를 가볍게 털더니 거꾸로 들고 첫 번째 줄을 가리키며 한 자
씩 읽어 내려갔다.

"무우삼년, 도양성, 형주전하중, 부상하, 공우, 모, 치, 혁, 금삼품
(戎禹三年, 都陽城, 荊州田下中, 賦上下, 貢羽, 毛, 齒, 革, 金三品)' 그러
니까 우임금의 재위 3년째 되는 해에 형주에서 바친 공물의 수를
열거한 거네요. 당시 짐승의 이빨이나 새의 깃털은 화폐로 사용할
수 있었죠."

"그 뜻을 아세요?"

루추가 두창평을 돌아보며 물었다.

"물론이죠. 청동기를 복원하려면 금문(金文)을 알아야 해요. 루
추 씨도 틈틈이 공부해두세요."

맞는 말이다. 그러나 루추는 의혹을 떨치기 어려웠다.

"고고학에서 우임금은 전설 속 인물이라고 알고 있는데, 아닌
가요?"

"실제로 계셨던 분입니다."

두창평이 확신에 차서 대답했다. 루추가 잠자코 있다가 다시 물
었다.

"아홉 개의 솥도 전설일 뿐이죠?"

"누가 그런 헛소리를 해요?"

두창평이 실소를 했다.

"최소한 눈앞에 있는 이분만 해도 내가 잘 아는 분입니다. 루추

씨도 알 텐데……. 먼지를 다 털고 나면 물로 씻어야 하니까 준비하세요."

"알겠습니다. 물을 받아올게요."

갑자기 많은 정보가 쏟아지니 한 번에 소화시키기 힘들었다. 루추는 기계적으로 대답한 후 물통을 들고 수조로 향했다.

금속제품은 산과 염기에 가장 취약하기 때문에 모든 세척용품은 완벽한 중성이 되어야 한다. 그녀는 어제 만들어서 한 달은 건조해야 쓸 수 있는 비누가 떠올랐다. 그래서 자신도 모르게 불쑥 말했다.

"안타깝게도 이 솥이 너무 일찍 왔네요."

"무슨 말이죠?"

두창평이 영문을 모르고 물었다.

"어제 마르세유 비누를 만들었는데 다음 달에나 사용할 수 있어서요."

"그러면 다음 달에 세척합시다. 저분은 마르세유 비누를 좋아해요."

두창평은 루추의 뒤에서 진지한 말투로 말했다.

루추가 통을 내려놓고는 갑자기 두 다리가 얼어붙은 듯 그 자리에 서 있었다. 두창평은 줄곧 고대 유물에 대해 의인화하는 말투를 고수하여 상당히 정감 있게 들렸다. 그녀는 이것이 그저 두창평의 습관이라고 여겼던 터다. 그런데 이제 보니 습관만은 아닌 것 같다. 만약……, 그녀는 두창평을 바라볼 엄두를 내지 못하고 솥이 있는 곳에 시선을 두며 말을 더듬거렸다.

"서분은 지금까지 실면서 많은 역대 왕조를 겪고 많은 영웅들을 만났겠죠?"

"영웅은 몰라도 제왕 가문은 많이 봤죠. 그 사람들은 가장 인정이 메마른 사람들이에요."

두창펑이 자연스럽게 그녀의 말을 받더니 정전기 브러시를 그녀에게 건넸다.

"남은 부분은 루추 씨가 하세요. 손발에 힘을 빼고 조심스럽게 해야 합니다. 튼튼하게 생겼다고 막 대하지 말고요. 보기보다 아픈 걸 못 참거든요."

"알겠습니다. 조심할게요."

루추는 그의 당부대로 조심스럽게 먼지를 털었다. 한 시간 이상을 작업하면서 중간에 가끔 손을 멈췄는데 그때마다 뭔가 말이라도 해야 할 것 같았다. 솥에 대고 자기소개라도 할까 싶다가도 바보 같다는 생각이 들었다.

낮 12시가 되자 그녀는 계단을 이용해 식당으로 향했다. 계단을 이용하는 사람들은 루추 말고도 꽤 있었다. 엘리베이터 사고가 많은 사람들에게 심리적 불안감을 심어준 듯했다. 아래층으로 내려갈수록 사람들이 많아졌다. 사람들이 삼삼오오 짝을 지어 계단을 내려갔다. 2층과 3층 사이에서 루추와 멀지 않은 아래쪽에 수를 놓은 정장을 입은 여자가 보였다. 그 여자는 손을 뻗어 어깨를 계속 두드리고 있었다. 옆에 있는 사람들이 어쩐 일이냐며 마사지사를 소개해주겠다고 했고, 그녀는 별 효과가 없다며 사양하는 것이었다.

루추의 걸음이 갑자기 빨라졌다. 그 여자 뒤로 바짝 다가가 등 뒤의 수 문양을 뚫어지게 바라보았다. 용의 머리와 봉황의 날개, 표범의 몸에 긴 꼬리 모양이 형주정에 새겨진 조풍이라는 동물과 완전히 같은 것이 아닌가!

"루추 씨?"

그 여자가 웃는 얼굴로 돌아보았다.

"하루 더 쉬지 않고 왜 나왔어요? 두 주임이 눈치라도 줬어요? 그렇다면 말해요. 내가 두 주임을 혼내줄 테니."

장난스러웠으나 정감 넘치는 말투였다. 루추가 잠긴 목소리로 물었다.

"샤 경리님, 오른쪽 어깨가 불편하세요?"

샤딩딩이 한숨을 쉬었다.

"오래된 병이에요. 힘을 줄 수가 없네요. 조금만 움직이면 통증이 심해요."

상처 부위가 작지만 깊다. 응력을 받아 부식한다. 완전히 치료하려면……. 다시 주조해야 하나?

순간 루추는 다리에 힘이 풀려 계단에 주저앉았다.

10
수술

오후 시간을 어떻게 보냈는지 루추는 기억이 나지 않았다. 먹을 것을 먹고 할 일도 했다. 심지어 동료들과 웃고 대화도 나누며 겉으로는 아무 일도 없는 것처럼 보냈다. 그러나 얼굴에는 때때로 두려움이 스쳤다가 사라지곤 했다.

사실 그녀는 사고로 인한 트라우마에 시달리고 있었다. 머릿속이 텅 비어 아무 생각도 나지 않고 기계적으로만 반응할 뿐이었다. 퇴근시간이 되자 그녀는 계단을 내려갔다. 한 층, 두 층 이렇게 계속 내려가 회사 정문을 나갔고, 왼쪽으로 돌아 계속 걸었다. 한 블록, 두 블록……. 걷다보니 갑자기 어디인지 알 수 없었다.

정신을 차려보니 낯선 상점 앞이었다. 큰 쟁반 위에 있는 고기찜이 뜨거운 김을 모락모락 내뿜고 있었다. 한 바퀴를 돌아나가니 멀지 않은 곳에 버스정류장이 보였다. 정류장을 지나쳐서 낯선 곳까지 온 것이다. 이곳은 가옥들이 낡았지만 생활편의가 잘 갖춰진 편이었다. 즐비하게 서있는 상점들은 대부분 먹을 것을 파는 식료품점이다. 커피숍이 슈퍼마켓과 편의점 사이에 끼어있기도 했다. 루추는 버스정류장 쪽으로 몸을 돌렸다. 도중에 주변을 이리저리 둘러보며 근처 가게에서 저녁식사를 해결하고 버스를 탈까 생각했다. 그러다가 비좁은 막다른 골목 어귀를 지나는 중인데 그 안에서 '야옹' 소리가 미약하게 들렸다.

가던 길을 되돌아와 골목으로 들어가자 시궁창 냄새가 코를 찔렀다. 고양이 우는 소리가 또 들려왔다. 루추는 숨을 죽이고 쓰레기통 근처를 돌아보니 세 번째 쓰레기통 뒷편에 손바닥 만한 새끼 고양이 한 마리가 있었다. 자세히 살펴보니 새끼 고양이는 오른쪽 뒷다리가 부어있고 피와 고름이 계속 배어나왔다. 혀를 내밀고 숨을 헐떡거리는 모양이 무척 고통스러워 보였다. 루추는 조심스럽게 새끼 고양이를 안고 골목을 재빨리 나왔다. 너무 서두른 나머지 마주 오는 사람과 부딪칠 뻔했다.

그녀가 발걸음을 급히 멈췄다.

"여기는 어쩐 일로……?"

두 사람이 동시에 입을 열었다. 부딪칠 뻔한 행인은 뜻밖에도 샤오렌이었다.

"집이 이 부근이에요."

샤오렌이 이렇게 대답했고, 루추는 다행이다 싶어서 다급히 물었다.

"이 근처에 동물병원 아는 데 없어요?"

"못 본 것 같아요."

"그렇다면……, 어디에 가야 있을까요?"

"시내에 나가야 할걸요."

루추의 거듭된 물음에 샤오렌이 마지못해 대답했다. 루추가 새끼 고양이를 쓰다듬었다. 너무 말라서 뼈만 만져졌다. 시내에는 몇 번 가본 일이 없는데 병원을 어떻게 찾는단 말인가? 그녀는 샤오렌을 바라보며 어느새 애원하는 눈빛이 되었다.

그가 다가와서 숙련된 손길로 고양이의 뒷다리와 주둥이를 살펴보았다.

"오른쪽 뒷다리가 찢어져서 상처에 화농이 생겼네요. 게다가 영양실조까지 온 것 같아요."

"그걸 어떻게 알아요?"

루추의 두 눈이 순간 반짝거렸다. 그녀의 뜨거운 눈길이 불편한 샤오렌은 살짝 외면하며 낮은 소리로 말했다.

"전에 군대에 있을 때 말을 수술한 적이 있어요."

"군대에서 수의사로 있었어요?"

"그건 아니에요."

루추가 놀라 묻자 샤오렌은 재빨리 부인하더니 어색하게 한마디를 덧붙였다.

"나는 면허증이 없어요."

루추는 무슨 상황인지 모르면서도 물었다.

"병원을 좀 추천해줄 수 있어요?"

샤오렌이 고개를 저었다.

"동물병원은 아는 데가 없어요. 게다가 고양이가 너무 허약해서 치료를 하더라도 풀어놓으면 얼마 못살 것 같네요."

"풀어놓긴요. 치료해주고 내가 키울 거예요."

"고양이를 키울 줄 알아요?"

루추가 고개를 힘주어 끄덕이고는 말을 이었다.

"고향 집에도 고양이를 키워요. 나보다 다섯 살이 어린데 어릴 때부터 내 베개 위에서 잠을 자곤 했어요. 발을 계속 핥으면서 수염을 곤추세우는 모습이 얼마나 당당한지 몰라요. 그래서 엄마가 이름을 지어줬는데 황상이라고……, 암컷이에요."

다 듣고 난 샤오렌이 웃음을 참지 못했다. 이윽고 루추가 고개를 숙여 새끼 고양이를 바라보다가 작은 목소리로 말했다.

"얘가 고향 집에 있는 황상과 많이 닮았어요. 이제 어쩌죠?"

"내가 생각해볼게요."

샤오렌이 그녀와 함께 병원에 가야 하나 주저하고 있을 때 길가의 가로등이 모두 켜졌다. 날은 아직 완전히 저물지 않았으나 가로등과 석양이 동시에 루추의 얼굴을 비추자 그녀의 불안한 표정이 고스란히 드러났다. 그가 기억하는 어떤 얼굴과 겹쳐지며 혼란스러웠다. 그날의 그녀와 지금의 그녀, 그날의 석양과 지금의 석양, 어떤 것이 진짜인지 분간할 수 없었다.

그는 자신도 모르게 주먹을 꼭 쥐었다. 눈동자 속의 푸른 불꽃이 이글거리기 시작했다. 바로 이때 루추가 그를 마주보았다. 커다란 두 눈은 순진무구하여 그에 대한 신뢰로 가득 차있었다. 그녀는

'그녀'가 아니다. 샤오렌의 눈동지가 빠르게 원래대로 돌아왔다. 그는 눈을 루추에게서 떼더니 근처의 오래된 아파트를 가리켰다.

"내가 사는 곳이에요. 집안에 약이 있어서 고양이 상처를 우선 치료할 수 있을 거예요. 하지만……."

"아무에게도 말하지 않겠다고 맹세할게요!"

루추가 오른손을 들고 황급히 그의 말을 잘랐다. 이 반응은 기억속의 그녀와는 전혀 다른 것이었다. 샤오렌이 눈썹을 치켜뜨고 그녀를 바라보았다.

"사람들에게 말하는 게 어때서요?"

"음……, 샤오렌 씨 성가시게 될까 봐서요."

루추가 자신 없게 한마디를 덧붙였다.

"무면허 의료행위라서?"

"맞네요. 그 사실을 깜박하고 있었네요."

샤오렌이 미소를 지으며 입고 있던 겉옷을 벗었다. 몸에 붙는 티셔츠가 드러났고, 루추가 영문을 모르겠다는 듯 물었다.

"뭐하려고요?"

"고양이 보온조치를 해줘야 해요."

루추가 그제야 깨닫고 재빨리 옷을 벗어 고양이를 감쌌다.

"그러고는 어떻게 하죠?"

"무면허 의료행위로 날 신고할 기회를 드리죠."

말을 마친 샤오렌이 성큼성큼 앞장섰다.

네 블록을 지나 샤오렌의 아파트가 있었다. 두 사람은 2층 샤오렌의 집으로 들어갔다. 그의 집은 20평 정도의 복식 아파트였다. 거실과 주방은 아래층에 있고 곡선으로 된 계단을 올라가면 침실이었다. 원목 바닥에 한쪽 면은 붉은 벽돌로 되어있었고, 나머지 3면은 흰색 석회벽이었다. 어울리는 가구를 들여놓으면 상당히 우아한 복고풍 분위기를 연출할 수 있을 것이다.

그러나 거실에는 검은 가죽소파 하나만 덜렁 있을 뿐 개방식 주방은 텅 비어있었다. 붉은 타일의 멋진 붙박이 식탁이 있지만 옆에는 의자 하나도 없었으며, 취사용 렌지가 새것처럼 반짝이는 것으로 보아 집주인이 집에서 요리를 하지 않고 외식으로 때운다는 것을 알 수 있었다.

샤오렌은 집안으로 들어오자마자 주방으로 달려갔다. 루추가 아직 현관에서 신발을 벗고 있을 때, 그는 벌써 서랍을 열고 비닐 식탁보 세 장을 꺼내 식탁을 꼼꼼하게 덮었다. 여기에 희석한 알코올을 부어 간단한 소독을 마침으로써 그럴듯한 수술대의 모습을 갖췄다.

"고양이 이리 줘요."

그가 손을 내밀며 이렇게 말하자 루추는 재빨리 고양이를 넘겨주었다. 샤오렌은 한 손으로 고양이를 잡고 다른 손으로는 거실을 가리키며 "스탠드!"라고 외쳤다. 그녀는 그제야 소파 옆에 스탠드 램프가 있는 것을 발견하고 얼른 가져다가 식탁 옆에 세워두었다.

샤오렌이 고양이를 테이블 위에 놓고 말했다.

"옆에서 잘 달래고 있어요. 난 마취를 준비할게요."

그가 주방 수납장에서 반짝이는 쟁반을 꺼냈다. 그 위에는 주사 바늘, 주사기, 마취제와 알코올 솜 등이 놓여 있었다. 루추는 계속 고양이의 턱을 긁어주며 샤오렌이 유리병에 있는 액체를 추출해 고양이의 체내에 주사하는 모습을 지켜보았다.

마취약은 금세 효과를 발휘했고, 새끼 고양이의 호흡이 평온해 졌다. 루추는 오히려 긴장하여 작은 목소리로 물었다.

"나는 뭘 할까요?"

"좀 떨어진 곳에 서있어요. 빛 가리지 말고."

전혀 질책하는 말투가 아닌데도 루추는 공연히 민망해져서 몇 걸음이나 뒷걸음 친 뒤, 개수대에서 소독용 알코올로 손을 소독 했다.

그녀가 등을 돌리자마자 검은 장검이 허공에 나타나 식탁 바로 위에 떠올랐다. 샤오렌이 왼팔을 들더니 약지와 중지를 모아서 펴 고 검신을 툭툭 쳤다. 장검은 순식간에 사라지고 10센티미터 가량 의 검은색 단도가 허공에서 흔들거렸다. 가장자리에서 은은한 푸 른빛이 번뜩였다. 색은 샤오렌 눈동자의 푸른 불꽃보다 더 짙었으 나 그 이글거림은 똑같았다.

샤오렌이 단검을 쥐고 새끼 고양이를 수술하기 시작했다. 루추 가 수도꼭지를 잠그고 몸을 돌렸을 때는 그의 넓은 어깨와 몰두하 는 옆얼굴만 보였다. 샤오렌은 콧날이 오똑하고 턱선은 칼에 벨 듯 날렵하여 남자다우면서도 우아한 모습이었다. 루추는 그가 잘생겼다는 것을 알고 있었지만 이렇게 가까운 거리에서 관찰한 것은 처음이었다. 계속 보고 있으니 그의 모습은 정교하게 깎아놓은 예술품처럼 완벽해 보였다.

"끝났어요."

샤오롄의 말에 루추는 자신이 딴 생각을 하고 있었음을 깨달았다. 선불리 다가갈 생각을 못하고 그 자리에서 움직이지 않고 물었다.

"이제 가도 돼요?"

"와도 돼요."

샤오롄이 수술도를 솜과 마취제가 놓인 쟁반에 놓고 말했다.

"스탠드를 좀 더 가까이 두세요. 그래야 따뜻하니까요."

"수술은 성공했어요?"

루추가 그의 맞은편에서 피가 묻은 칼날을 바라보며 작은 소리로 물었다.

"물론입니다. 가까이 와서 봐도 돼요."

루추가 천천히 허리를 굽혀 살펴보았다. 마취가 아직 풀리지 않아서 새끼 고양이는 눈을 꼭감은 채였으며, 복슬복슬한 배가 얕은 호흡에 따라 오르내리며 편안해 보였다. 샤오롄은 그녀가 고양이를 들여다보는 사이에 쟁반에 든 것들을 쓰레기통에 쏟아버렸다. 칼이 쟁반에서 미끄러져 나와 모로 서더니 순식간에 환영이 되어 사라졌다. 주사바늘과 약병 등이 쓰레기통에 쏟아지는 소리가 우당탕 났다.

루추가 고개를 돌려 황급히 말했다.

"내가 힐게요."

그녀는 쓰레기를 비닐봉지 두 겹으로 싸서 묶었다. 정리를 마치고 허리를 펴는데 새끼 고양이가 작은 발을 움찔거렸다.

"깨어난 건가요?"

"아직 멀었어요."

샤오렌은 링거 주머니를 들고 실내를 한 번 돌아보더니 스탠드에다 그것을 걸고 위치를 조정한 후 말했다.

"링거액이 절반 정도 들어가면 슬슬 깨어날 거예요. 하지만 마취가 완전히 깨야 데려갈 수 있어요."

"다행이네요. 고마워요……. 어머나! 상처는 안 꿰매요?"

고양이의 상처는 꿰매지 않았을 뿐 아니라 붕대도 감지 않고 그대로 노출되어 있었던 것이다. 그녀가 너무 놀라는 바람에 샤오렌도 덩달아 놀랐다가 부자연스럽게 말했다.

"꿰맬 필요 없어요. 이미 아물기 시작했거든요."

방금 수술한 상처가 벌써 아문다는 말이 너무 황당해서 루추가 따지려고 했다. 그러나 마음 한켠에서는 샤오렌이 목숨을 가지고 장난칠 사람은 아니라는 생각이 들었다. 비록 상대가 새끼 고양이라 할지라도 말이다.

그녀는 입술을 지그시 깨물면서 퉁퉁 붓고 고름이 흐르던 고양이의 뒷다리를 뚫어지게 쳐다보았다. 수술의 흔적은 여전히 있었지만 상처에서는 이미 피가 멈췄으며 상처부위가 작아져 있었다. 2~3분이 더 지나자 상처는 육안으로도 느껴질 만큼 빠른 속도로 응결되면서 커피색의 딱지가 생겼다.

"정말이네요……."

그녀가 중얼거리며 샤오렌을 쳐다보았다. 눈에는 온통 기쁨과 믿기 어렵다는 경탄으로 가득했다. 샤오렌이 그녀의 눈길을 피하듯이 벽으로 시선을 돌리더니 말했다.

"길 건너에 작은 슈퍼마켓이 있으니 고양이 먹이를 좀 사오세요. 간 김에 루추 씨 먹을 것도 사오고요."

"샤오렌 씨는요?"

"이 녀석 돌보고 있을게요."

샤오렌이 새끼 고양이를 가리켰다.

그렇게 하는 것이 당연한데도 무슨 까닭인지 루추는 마음이 놓이지 않았다. 현관으로 가서 문고리를 잡으니 금속의 차가운 감촉에 손이 떨렸다. 고개를 들어보니 샤오렌이 테이블에 놓인 악기함을 열어 검은 클라리넷을 꺼내고 있었다.

그의 손가락은 가늘고 길며 마디가 분명했다. 루추는 나가려던 걸음을 멈추고 그의 연주를 기대했다. 그러나 샤오렌은 음을 몇 개 불어보고는 케이스 안에서 천을 꺼내 클라리넷의 몸통을 닦기 시작했다. 스탠드를 주방으로 옮겨놓아 거실조명은 천장의 작은 등 하나에만 의존해 있었다. 흐릿한 불빛이 그의 몸 주변을 동그랗게 비추는 정경이 마치 울타리를 쳐놓은 듯했다. 그는 밖으로 나오지 않고 다른 사람들은 안으로 들어갈 수 없는 경계선처럼 보였다. 루추는 갑자기 그 장면이 견딜 수 없어져서 그에게 말을 걸었다.

"먹고 싶은 거 있으면 말해요. 올 때 사올게요."

"필요 없어요. 루추 씨 먹을 거나 사오세요."

샤오렌이 클라리넷 닦는 것을 계속하며 고개도 들어보지 않았다.

"그럼 마실 것으로 사올게요. 홍차, 녹차, 생수?"

그녀도 단념하지 않았다. 그제야 그가 고개를 들고 알 수 없는 표정으로 대답했다.

"아무거나 사오세요."

"알았어요. 내가 알아서 사올 테니 무조건 마셔야 해요."

그녀가 가벼운 마음으로 문을 나섰다. 계단을 내려오는데 2층에서 몇 개의 음이 들렸으나 멜로디는 아니었다. 아마도 악기 청소가 잘 되었는지 불어보는 듯했다.

슈퍼마켓은 물건이 다양하지 않았다. 루추는 캔에 든 새끼 고양이용 먹이와 고양이 모래, 구두통 크기의 종이상자를 골라 빠르게 계산을 마쳤다. 그리고 옆에 있는 음료수 전문점에서 밀크티 두 개를 샀다. 길을 건너려는데 어디선가 고소한 냄새에 섞인 물푸레나무 꽃향기가 코끝에 느껴졌다. 꿀을 넣고 볶은 군밤 냄새다.

이 군밤은 그녀가 가장 좋아하는 군것질 거리로, 고향에서는 9월부터 이듬해 봄까지 계속 먹었다. 그녀가 알기로는 주변에 군밤을 싫어하는 사람은 없었다. 루추는 향기를 따라 군밤 파는 곳을 찾아냈다. 군밤장수는 수건을 목에 두르고 크기가 큰 밤과 작은 밤 중에서 어떤 것을 고르겠냐고 물었다. 작은 것은 육질이 부드럽고 큰 것은 껍질을 벗기기가 쉽다는 설명도 덧붙였다. 군밤장수는 맛을 보라고 한 개를 건네더니 남은 군밤이 많지 않으니 원래 한 근에 26위안인데 남은 군밤은 네 근이 훨씬 넘지만 다 사면 100위안에 주겠다고 했다.

은은한 클라리넷 소리가 머리 위에서 울려 퍼지고 있었다. 귀에
익으면서도 멀리 느껴지는 것이 마치 자신이 타향에 있으면서 집
이 어느 방향인지 모르는 느낌이었다. 아파트 문 앞에 오니 클라리
넷 소리가 그쳤다. 루추는 양손에 잔뜩 물건을 들고 있어서 어깨로
벨을 눌렀다. 샤오렌이 문을 열어주자 그녀는 손에 든 것을 들어보
이며 들뜬 목소리로 말했다.

"군밤을 거의 다섯 근이나 사왔어요. 밀크티하고 먹어요."

샤오렌이 핸드폰을 들고 대답했다.

"회사에서 전화가 왔는데 출장을 가라고 하네요."

루추가 실망하며 물었다.

"언제 출발해요?"

"지금이요."

샤오렌이 곤란한 얼굴로 대답했다. 핸드폰 저편에서 인한광의
목소리가 들렸다.

"셋째야, 옆에 누구 있니?"

루추가 눈을 찡그리며 목소리를 낮춰서 물었다.

"인 팀장님은 금요일 밤 8시 반에 전화해서 갑자기 출장을 보낸
다고요?"

샤오렌이 눈을 반짝거리며 역시 목소리를 낮춰서 대답했다.

"게다가 한두 번이 아니에요."

"너무 하셨네."

"누가 아니래요."

핸드폰 너머에서 인한광이 물었다.

"누구야?"

루추는 갑자기 충동적으로 크게 말했다.

"인 팀장님 안녕하세요. 저는 잉루추입니다. 군밤 드시겠어요?"

인한광은 아무 말이 없었다. 잠시 후 샤오롄이 갑자기 웃음을 터뜨렸다. 한참을 큰 소리로 웃던 그가 전화기를 들고 루추에게 말했다.

"전화 끊었는데요."

11
병불혈인(兵不血刃)

샤오렌이 윗층으로 올라가 짐을 챙기는 사이에 루추는 홀로 식탁 위에 누워있는 새끼 고양이를 심란한 마음으로 바라보았다. 스탠드 불빛 아래 고양이의 몸이 꿈틀대는 것이 마취약 기운에서 서서히 깨어나고 있는 듯했다. 다만 아직 다리에 기운이 없어서 계속 누워있을 수밖에 없었다. 녀석은 커다란 두 눈으로 이쪽저쪽을 살피며 조금도 낯설어하는 기색이 없었다. 마취가 완전히 풀리지 않은 상태에서 고양이를 옮길 수는 없는 일이다. 그런데 집주인은 지금 나가야 하는 상황이라 어떻게 할지 걱정이었다.

루추가 식탁 근처로 가서 약지로 고양이의 턱을 살살 긁어주었다. 잠시 후 샤오렌이 기내용 가방을 들고 계단을 내려왔다.

"여기 남아서 고양이를 보살필 거죠?"

그의 말에 루추는 잠시 멍해졌다가 얼른 고개를 힘주어 끄덕였다. 샤오렌이 열쇠를 건네주었다.

"마취 기운은 앞으로 30분 정도 지나야 완전히 없어질 거예요. 아니면 아예 오늘밤은 여기서 지내던가요. 이층에 침대가 있어요.

"그래도 돼요?"

루추가 눈을 크게 떴다.

"불편해서 그래요?"

"아니요. 괜찮아요. 그저⋯⋯."

루추가 열쇠를 받으며 말을 이었다.

"폐를 끼치는 것 같아서 그래요."

"그렇지 않아요."

샤오렌이 웃으면서 말했다. 그는 기분이 좋아보였으며, 아까보다 태도도 훨씬 자연스러워졌다. 루추는 그런 그를 기분 좋게 바라보면서도 자신이 조금 전 너무 당돌하지 않았나 하고 걱정이 되었다.

"인 팀장님 화났는지 걱정되지 않아요?"

"전혀요."

이렇게 대답하며 샤오렌의 입가가 살짝 올라갔다.

"큰형이 다른 사람 말 한마디에 말문이 막힌 모습을 처음 봤어요. 정말 대단했어요."

인 팀장이 그의 큰형이란 말인가? 의구심이 다시 머리를 들었다. 루추는 입술을 잘근 깨물고 눈을 내리깔았다.

"그리고 오늘 아침에 전달한 문자 내용 말인데⋯⋯, 그냥 무시

할 수 있겠어요?"

"그래요. 하지만 회사에 무슨 소문이 퍼졌기에 루추 씨가 곤란하다는 건지 궁금해요."

생각지도 않은 말에 루추는 반박부터 했다.

"언제 곤란하다고 했어요? 샤오렌 씨가 날 구해줬는데 내가 샤오렌 씨 옷에 커피를 쏟았다고 사람들 사이에 소문이 나서……."

소문의 뒷부분은 물론 두 사람 사이를 의심하는 내용이었다. 샤오렌이 잠시 생각하더니 정색하며 말했다.

"구해준 것도, 커피를 쏟은 것도 사실인데 뭐가 문제죠?"

"내가 배은망덕한 사람이 되니……."

여기까지 말하고 나서 루추는 갑자기 깨닫는 게 있었다.

"잠깐만요, 두 사건은 전혀 인과관계가 없는데 억지로 꿰맞추다니 이상하지 않아요?"

"그럴 리가 있나요. 하지만 오락적 가치는 있네요. 안 그래요?"

샤오렌이 이렇게 말하며 눈을 꿈벅했다. 루추는 뜻밖의 반응에 기가 막혀서 눈을 크게 뜨고 쳐다봤다. 그의 유머감각이 이렇게 형편없다는 사실을 미처 몰랐다.

"좋아요. 그만 놀릴게요. 내 경험상 소문은 물 위에 쓴 글씨와 같아서 바람이 불면 사라져버려요. 그러니 걱정할 필요 없어요."

그가 루추의 오른쪽 볼을 손으로 살짝 건드렸다. 갈망이 드러난 눈빛으로 말했다.

"모처럼 좋은 시간이었어요. 소문이 사실이 되었으면 좋겠어요."

두 사람이 가까이 다가섰다. 루추의 심장이 미친 듯이 뛰기 시작했다. 그러나 샤오렌은 곧 손을 거두고 여행가방을 내려놓더니 식탁 위의 새끼 고양이 쪽을 바라보며 말했다.

"가기 전에 한 번 더 살펴봐야겠어요."

그가 성큼성큼 고양이 쪽으로 갔고 루추는 그 자리에 그대로 있었다. 오늘따라 기분이 왜 롤러코스터처럼 오르락내리락하는지 알 수 없었다.

고양이를 살피고 있는데 샤오렌의 전화벨이 울렸다. 그가 전화기를 어깨와 얼굴 사이에 끼워놓고 통화를 했다.

"그래요. 내가 현장사진을 보았는데……, 단칼에 치명상을 입혔더라고요. 하지만 칼 쓰는 법이 평량은 아니었어요……, 있어요. 방금 비행기 티켓을 받았어요. 그녀를 돕는다고 일을 그르치는 것도 아닌데 뭐가 잘못됐다고 그래요? 알았어요. 바로 갈게요."

그가 통화를 끝내고 손을 닦은 다음 루추에게 말했다.

"경과가 좋네요. 어떻게 돌보는지는 알죠?"

"걱정하지 말아요. 우리 집에 있는 황상도 수술을 두 번이나 했는데 그때마다 내가 돌봤는걸요."

루추는 자신도 모르게 손을 내밀어 그의 소매를 잡으려고 했다. 절반쯤 손을 뻗다가 아무래도 어색해서 손을 거두고 그를 바라보았다.

"그럼 기다릴게요."

샤오렌이 그녀를 말없이 응시하다가 이윽고 말했다.

"그래요. 고양이 잘 돌봐요. 그리고 루추 씨도 그동안 잘 지내요."

"걱정 말아요."

루추는 배웅하러 문까지 나왔다가 아까 사온 밀크티를 발견하고는 하나를 건넸다.

"가면서 마실래요?"

샤오렌이 밀크티를 받아들고 한 모금을 마셨다. 루추는 기분이 좋아져서 물었다.

"언제 돌아와요?"

"금방 올 거예요. 일이 순조롭게 풀리면 내일 올 수도 있어요."

"그럼 바이바이!'

루추가 그에게 손을 흔들었다. 샤오렌은 이런 식의 작별이 어색한지 "네"라고만 대답하고 차고로 향했다. 그의 뒷모습이 보이지 않자 루추는 문을 닫고 고양이의 곁으로 돌아왔다.

고양이 사진을 두세 장 찍어서 쾅밍에게 보내면서 "이 녀석 돌보느라 오늘은 집에 못 가요"라고 문자를 보냈다. 몇 분 후 쾅밍이 전화를 걸어왔고, 두 사람은 루추와 고양이 입양에 관해 의논했다. 고양이 이름 짓기부터 시작해서 산책시키는 일까지 둘은 한참 이야기를 나눴다. 통화를 끝낸 후 루추는 텔레비전 채널을 바꿔가며 시청했다. 눈은 화면을 향하고 있었지만 머릿속은 샤오렌이 뭔가 말하려다 그만둘 때의 표정과 고양이를 수술할 때 몰두하던 모습, 그리고 특이한 수술도가 계속 떠올랐다. 수술도는 짙은 검은색으로 일반적인 수술도보다 두께가 얇고 폭이 넓었다. 가장 이상한 것은 손잡이가 없는데다 어디선가 본 듯한 눈에 익은 모습이었다.

예능프로그램이 떠들썩하게 진행되고 있었다. 루추는 갑자기 벌떡 일어나 가방에서 고서를 꺼내 한 장 한 장 빠르게 넘겼다. 책의 3분의 2 정도 넘겼을 때 손을 멈추고 그림을 한참 동안 들여다보다 눈을 감았다. 과연 자신의 기억은 정확했다. 샤오롄이 수술도로 사용한 것은 검의 날이었다. 루추는 천천히 책을 앞으로 넘겼다. 그림이 소개된 챕터의 표제는 '상천자삼검(商天子三劍)'이었다. 이 장은 국가의 개국을 묘사했으며, 그 내용은 다음과 같다.

상(商)왕조 개국 초기에 밤에 유성이 떨어져 불빛이 하늘을 비췄고, 지상에는 2미터 깊이의 큰 구덩이가 생겼다. 불길은 며칠을 타다가 차츰 사그라졌으며 반년 후에는 온도가 내려갔다. 사람들이 다가가니 사람 머리보다 큰 운석이 금빛과 은빛 광택으로 반짝이고 있었다. 이 운석이 너무 무거워서 상나라 천자는 열 마리의 소가 끄는 운반용 수레를 특별히 제작해 병기 주조를 관장하는 대사공(大司空)에게 가져다주었다. 대사공은 검을 만드는 장인을 찾아갔고, 그들은 60년이라는 시간을 들여 3대 사공을 거쳐 마침내 운성을 제련하여 세 자루의 검을 만들었다.

여기까지 읽은 루추는 가슴이 심하게 뛰었으나 애써 진정시키며 계속 읽어 내려갔다.

상왕(商王) 무을(武乙)은 이 세 자루의 검을 각각 '함광(含光), 승영(承影), 소련(宵練)'으로 명명하고, 이 세 자루의 검이 상나라 군의 이민족 토벌을 도와준 보검이었다. 훗날 상 주왕(紂王)이 잔인하고 포악하여 주(周) 무왕(武王)에 의해 멸망하고 3자루의 검은 이때부터 행방이 묘연하다.

고서는 세 자루의 검에 대한 묘사가 적지 않았으며, 소련검에 대해서는 특히 "물건에 닿으면 베어지고 벤 자리는 합해지며, 아픔을 느끼지만 칼날에 피가 묻지 않는다[기촉물야, 오연이과, 수과수합, 각질이불혈인언(其觸物也, 驚然而過, 隨過隨合, 覺疾而不血刃焉)]"라고 되어 있었다. 현대식으로 해석하자면 "날카로운 칼이 사람의 몸을 벤 후 상처가 즉시 봉합되어 흉터가 남지 않으며, 검신에도 피가 묻지 않는다"라는 뜻이다. 이것이 바로 사자성어 '병불혈인(兵不血刃)'의 유래다.

샤오렌이 이 검을 갖고 있다는 말인가? 혹시 그 검이 인간으로 화하여 지금까지 살아있다는 말인가? 루추는 책을 덮고 혼란스러움에 고개를 가로저었다.

"야옹, 야옹!"

고양이가 그녀에게 고개를 갸우뚱하며 울었다. 루추는 아까 사온 사료를 물에 개어 고양이에게 한 숟가락을 먹였다. 고양이는 두세 번 만에 다 핥아먹고는 더 달라고 울어댔다. 루추는 아예 통조림 한 통을 부어주었다. 고양이가 할짝할짝 먹는 모습을 바라보며 복슬복슬한 머리를 만지며 말했다.

"네가 운이 좋아서 그 사람을 만났구나."

고양이는 사료를 다 먹더니 만족스럽게 머리를 계속 끄덕거리며 발을 핥기 시작했다. 그러다 스르르 잠이 들었다. 작은 몸뚱이에서 코고는 소리가 우렁차게 났다. 루추는 샤오렌의 웃옷으로 고양이 몸을 감싸 종이상자에 넣은 후 스탠드를 계속 켜두어 고양이 몸을 따뜻하게 했다. 그러고는 거실과 주방 사이에 서서 잠시 머뭇거리다 계단을 올라 윗층으로 갔다.

침실은 아래층과 비슷한 분위기로 침대 하나만 있을 뿐 다른 가구는 없었다. 미드나이트 블루(midnight blue)색의 침구가 점포에 진열된 전시품보다 더 빳빳하게 구김 하나 없었다. 그곳에서 잠을 잔 흔적도 없었으며, 침대 발치에 누렇게 바랜 악보와 침대 머리맡에 아무렇게나 놓인 클라리넷 함이 눈에 들어왔다.

침실은 사람이 생활한 흔적이 없는데도 불구하고 주인의 강한 존재감을 발산하고 있었다. 루추는 침대에 앉아서 악보와 악기함을 번갈아 만져보다가 담요와 베개만 들고 아래층으로 내려왔다. 소파에서 잠을 청할 생각이었다. 어차피 고양이도 사람의 보살핌이 필요한데다 침대를 어지럽히고 싶지 않았다.

그날 밤 그녀는 잠을 못자고 고양이가 골골 소리를 내며 자는 모습을 뜬눈으로 지켜보았다.

이튿날 아침, 루추는 고양이가 든 종이상자를 안고 큰길가에 나와 승용차 한 대를 향해 손을 흔들었다. 차가 그녀 앞에서 멈추고 창자무가 고개를 내밀었다.

"안녕하세요! 차오바(喬巴)는 좀 어때요?"

'차오바'는 어젯밤 창밍과 그녀가 지은 고양이 이름이다. 루추가 조수석에 오른 후 말했다.

"잠을 나보다 잘 자고 먹는 것도 나보다 잘 먹고, 유연성은 나보다 백배는 나아요."

"고양이의 유연성을 어떻게 이겨요?"

자무가 이렇게 대꾸하며 루추를 쳐다봤다. 그러더니 뭔가 탐색하는 말투로 물었다.

"동료분은 어제 밤 내내 없었어요?"

"네, 출장을 떠났어요. 일이 아주 힘드나 봐요."

루추가 고양이 머리를 쓰다듬다가 갑자기 물었다.

"책에 있는 상천자삼검이 정말 사람으로 변신해서 고대 시대부터 지금까지 살아있다면 어떤 상황일까요?"

루추는 나오는 대로 한 말인데 자무는 뜻밖에 표정이 굳으며 엄숙하게 대답했다.

"정말 그런 일이 있다면 생명에 대해 어떤 태도를 갖고 있는지 그들에게 묻고 싶어요."

"그게 무슨 뜻이죠?"

루추가 고개를 돌려 그를 봤다.

"생각해보세요. 그 물건들이 재료일 때부터 주변 사람의 생명을 앗아갔어요. 운성이 떨어질 때 사람이 죽었고, 칼로 만들어진 후에도 살인용으로 사용되었어요. 정말 사람으로 화해서 겉모습이 사람과 같다면 그 속은 어떨까요? 그들이 사람 목숨을 귀하게 생각할까요?"

자무가 한 말은 전부 고서에 있는 내용이었다. 루추가 그에게 들려준 부분도 있었으므로 반박할 수 없었다. 그래서 겨우 한마디를 했다.

"그래도 '물건'이라는 말은 듣기가 거북하네요."

"'기물'이라고 하면 좀 덜할까요?" 자무가 이렇게 말하고 나서 어깨를 한 번 으쓱하며 "내가 듣기에는 다 비슷해요"라고 했다.

오늘따라 그의 말투는 도전적이었다. 루추는 싸울 마음이 없어 창문을 열고 경치를 보는 척하며 아무 말 하지 않았다.

바깥을 계속 내다보던 그녀가 갑자기 두 눈을 비비며 말했다.

"방금 분명히 쾅밍을 본 것 같은데……."

"어디요 어디?"

자무가 사방을 둘러보았다.

루추가 전방에서 약간 벗어난 쪽을 가리키자 자무는 귀신이라도 본 듯한 표정이었다.

"우리 누나 맞네요. 그리고 우리 센터의 박사후 연구원도 함께 있어요."

자무의 말에 루추는 한 남자가 쾅밍과 함께 걷고 있는 것이 눈에 들어왔다. 건장한 체구에 역삼각형의 근육질 상체의 남자는 가냘픈 몸매의 쾅밍과 함께 있으니 귀엽다는 느낌이 들었다.

"우리 그냥 못 본 체 할까요?"

"그럴까요?"

루추의 말에 자무는 이렇게 대답하면서도 차를 이미 길가에 대고 있었다. 잠에 빠져있던 고양이 차오바도 변화를 느끼고는 고개를 길게 빼고 밖을 내다봤다. 이렇게 두 사람과 고양이가 지켜보고 있는데 그 남자가 쾅밍의 손을 잡았다.

"두 사람 데이트 중인가 봐요."

"그러네요."

루추의 말에 자무가 멍하니 대답했다.

"두 사람이 어떻게 알게 되었는지 모르겠네요. 데이비드는 호주에서 공부하다 두 달 전에 귀국했거든요."

여기까지 말하더니 자무는 차문을 열었다.

"저 두 사람 훼방 놓으러 가요."

"잠깐만요, 자무 씨. 누나가 남자 손을 뿌리치고 이쪽으로 와요."

루추의 말에 자무가 걸음을 멈췄다. 곧 이어 쾅밍의 질책하는 목소리가 들려왔다.

"집세를 낼 돈이 없어서 부모님께 연락을 못한 것까지는 이해할 수 있어. 하지만 어떻게 나한테까지 연락을 안 해? 내가 몰랐으면 계속 연구실 바닥에서 자려고 했어?"

"돈이 없는 게 아니라 지갑을 잃어버렸다고 하잖아. 다음 달에 월급 나오면 해결될 일이야. 게다가 연구실 바닥이 얼마나 깨끗한지 몰라. 날마다 청소 아줌마가 두 번씩 닦지……."

남자는 뒤쪽에서 보니 호랑이 어깨에 곰의 허리였는데 앞에서 봐도 한 마리 곰 같은 인상이었다. 머리숱이 많고 얼굴은 순박하게 생겼다. 게다가 지금은 어깨를 늘어뜨리고 가련한 모습을 하고 있었다.

"그래도 돈이 없는 건 없는 거라고. 언제까지 변명만 할 거야? 저우쓰위안(周思遠), 너 어딜 보는 거야?"

쾅밍이 드디어 두 사람을 발견했다. 루추가 고양이를 안고 일어나 손을 흔들고, 자무는 두 사람에게 말을 걸었다.

"하이! 데이비드, 하이! 누나."

"제레미(Jeremy)가 남동생이었어?"

남자가 깜짝 놀라며 쟝밍을 쳐다봤다.

쟝밍이 자무를 쳐다보자 자무가 루추에게 해명했다.

"우리 센터에 외국인 연구원이 있어서 평소 호칭을 영어 이름으로 부르거든요."

루추가 고개를 끄덕였다. 자무에게 지금 해명이 가장 불필요한 사람은 자신이라고 말해주고 싶었다. 어색한 분위기에서 쟝밍이 남자를 자무에게 소개했다.

"자무야, 이분은 쓰위안 형이야. 어릴 때 우리 옆집에 살다가 네가 세 살 때 호주로 이민을 떠났어."

이번에는 남자 쪽으로 고개를 돌렸다.

"쓰위안, 얘는 내 동생 자무야. 얘가 세 살 때……."

쟝밍의 빈약한 소개가 끝나기도 전에 두 남자가 동시에 입을 열었다.

"흥! 이 형이 바로 누나가 만나는 남자들마다 질투를 샀다는 그 외국 채팅 친구였어?"

"우리 자무가 많이 변했네. 아기 때 머리 숱이 하도 없어서 커서 대머리되면 어떡하냐고 너네 엄마가 늘 걱정하셨지."

서로 공격을 퍼붓던 두 사람이 동시에 입을 다물었다. 쟝밍은 제 동생을 당장 어떻게 못해서 안달이었고, 자무는 쓰위안의 입을 꿰매버리고 싶은 것 같았다. 쓰위안은 목을 잔뜩 움츠리며 자신의 존재감을 최대한 없애려고 노력하고 있었다. 셋 사이에서 루추는 웃음을 참느라 배가 아플 지경이었다.

잠시 후 네 사람은 새끼 고양이와 함께 아파트로 갔다. 점심은 배달을 해서 먹었다. 다들 겉으로는 화기애애했지만 안에서는 '혈투'가 진행 중이었다. 자무는 저우쓰위안의 페이스북을 뒤져 마침내 금발에 푸른 눈의 전 여자친구를 찾아냈고(큰 곰: 8년 전에 헤어지다!) 좡밍은 머리숱이 없는 자무의 어린 시절 사진이 집에 있는 것을 확인하고 인터넷에 뿌려버리겠다고 위협했다(자무: 영양부족은 내 탓이 아니다!). 루추는 외동딸은 외로우며 형제자매가 있는 것이 부럽다고 눈치 없이 굴어서 좡 씨 남매의 협공을 받았다.

루추는 그 시간이 너무 즐거웠다. 잠들기 전 샤오렌에게 문자를 보냈다.

"형제자매가 있다는 건 참 좋은 일이에요. 자라는 과정을 함께할 수 있으니까요."

몇 분 후 그가 답장을 보냈다.

"나는 어릴 때 형제들과 헤어졌다가 한참 시간이 흐르고 나서야 만났답니다."

"형제가 있어요?"

"쌍둥이 형이 둘 있어요."

루추는 상천자삼검 중의 함광검(含光劍), 승영검(承影劍)과 회사의 인한광(殷含光), 인청잉(殷承影) 형제를 떠올렸다. 그러나 샤오렌은 그들과 성이 다르다. 그는 어떻게 이 세상에 나오게 되었으며, 어떻게 지금까지 살아남았을까? 루추가 샤오렌에게 다시 문자를 보냈다.

"지금 어디 있어요?"

그녀가 잠들 때까지 이 문자는 계속 '읽지 않음' 상태로 있었다.

12
묘연한 행방

샤오롄과 연락이 끊어진 지 사흘 째였다. 그날 이른 새벽, 루추
는 꿈에서 놀라 깨었는데 전신이 온통 땀에 젖었다. 꿈의 내용은
기억이 나지 않았고 두려운 것도 없었다. 그저 중요한 기억을 잃어
버린 것처럼 가슴 한켠이 허전해지며 상실감에 괴로웠다. 잠을 청
했지만 더는 잠을 이룰 수 없었다. 그녀는 아예 일어나 겉옷을 걸
치고 창가에 앉아 귀예이호텔의 변중이 맡긴 은 훈구를 꺼냈다. 날
이 밝을 때까지 그것을 살펴보다가 옷을 갈아입고 출근했다.

회사에 도착하니 8시 20분이었다. 평소와 똑같이 계단을 올라
15층에 도착하자 뜻밖에도 복원실 문이 닫혀있었다. 문에는 작은
쪽지가 붙어있었다. 모든 업무를 일시 중지하고 2층의 특보 쑹웨
란에게 출근 보고를 하며, 별도의 작업지시가 곧 있을 거라는 내용

이었다.

"옥상에 물이라도 새나?"

루추보다 한걸음 늦게 도착한 쉬팡이 걱정스런 얼굴로 창밖을 내다봤다. 하늘에 먹구름이 잔뜩 끼어있는 것이 곧 비라도 내릴 듯한 날씨였다. 루추는 묵묵히 계단을 걸어 내려갔다. 두 층 정도 내려가다 몸을 돌려 13층 안내데스크로 갔다. 그녀는 징충환에게 긴장한 웃음을 지으며 물었다.

"샤오렌 씨 돌아왔어요?"

"그러니까……, 어떤 의미로 말하자면 돌아온 셈이죠."

징충환은 이렇게 대답하며 루추의 뒤쪽을 바라보았다. 루추가 고개를 돌려서 보니 인한광이 엘리베이터에서 나오고 있었다. 그의 표정이 침통했다.

그가 루추의 옆으로 오더니 걸음을 멈췄다.

"샤오렌은 당분간 오지 않을 겁니다."

그럴 리가 없다. 헤어질 때 그렇게 말하지 않았다. 인한광은 회사 고위급 인사로 그의 말에는 권위가 실려 있었다. 루추는 초조함을 누르고 물었다.

"대략 언제쯤 올지 알 수는 없을까요? 그분 아파트 열쇠를 제가 가지고 있거든요."

"이리 주세요. 내가 전해줄 테니."

인한광이 손을 내밀자 루추는 저도 모르게 뒤로 한걸음 물러나며 미세하게 고개를 가로저었다. 그 모습을 본 인한광이 개의치 않는다는 표정으로 손을 거둬들였다.

"마음이 안 놓이면 그냥 갖고 계세요."

그러더니 징충환에게 지시를 내렸다.

"오늘은 아무도 안 만날 거니 그리 알아요."

"아무도 안 되나요?"

"네."

인한광이 말을 마치고는 뒤도 돌아보지 않고 안으로 들어가 버렸다. 루추는 한참을 멍하니 서있다가 도움을 청하는 표정으로 징충환을 바라보았다. 그녀는 어깨를 한 번 들썩하며 아무 도움이 되지 못한다는 표정을 지었다.

"두 주임이 오면 그때 물어봐요."

그러고 보니 오늘 두창평의 모습이 보이지 않는다는 생각이 들었다.

"두 주임은 어디 가셨어요?"

"출장 가셨어요."

이분도 출장을 갔구나 싶어서 루추가 또 물었다.

"그럼 언제쯤 돌아오실까요?"

"두 주임은 틀림없이 곧 오실 거예요."

징충환이 미소를 지으며 루추에게 손을 흔들었다.

"별일 없으니 가서 일 봐요."

그녀의 말에 루추는 얼마간 안심이 되었다. 2층으로 갔으나 쑹웨란의 모습이 보이지 않아서 아직 보고하지 않은 문서의 편집작업부터 처리했다.

12시가 되자 루추는 직원식당으로 갔다. 실내는 평소보다 왁자

지껄했다. 그녀는 심드렁하게 반찬 몇 가지를 골라 앉을 자리를 찾았다. 이때 쨩 사부가 그녀를 향해 손을 흔들었다. 얼굴에는 흥분의 기색이 완연했다. 루추가 그의 옆에서 자리를 잡기도 전에 쨩 사부가 입을 뗐다.

"루추 씨도 사전에 통보를 못 받고 회사에 와서야 쪽지를 본 거 맞지?"

루추가 그렇다며 고개를 끄덕이자 그가 무릎을 쳤다.

"내 그럴 줄 알았다니까!"

뭘 알았다는 말일까? 루추가 서둘러 자리를 잡고 그의 말을 들었다. 쨩 사부는 회사 측이 고객이 맡긴 귀중한 골동품을 분실했고, 이를 감추기 위해 현장을 봉인하고 조사하는 것은 아닌지 의심하고 있었다.

"전에 내 친구가 일하던 곳에서도 비슷한 일이 있었지. 사장이 암흑가 출신이었는데 내부소행을 의심한 거야. 모든 직원에게 손을 들게 하더니 벽에 붙여놓고는 경호원을 시켜 한 사람씩 몸수색을 했지. 내 친구는 젊고 혈기왕성할 때라 도저히 받아들일 수 없었어. 사장에게 그건 불법이라고 했더니 사정없이 따귀가 날아와 얼굴이 퉁퉁 부어버렸어."

쨩 사부는 손짓까지 곁들이며 신나게 말을 이어갔다. 주변에 있던 다른 부서 사람들까지 그의 이야기에 빠져들어 그를 둥그렇게 에워쌌다.

"그래서 어떻게 되었는데요? 범인을 찾았나요?"

"찾았지. 알고 보니 사장 아들이 슬쩍 한 거였어. 스무 살이 되도록 사고만 치다가 도둑질까지 하게 된 거야."

창 사부는 차를 한 모금 마시더니 이렇게 말했다.

"어쨌든 내부소행인 셈이었지."

장내는 웃음바다가 되었다. 루추만 유일하게 웃지 못했다. 샤오렌이 출장을 가서 언제 오는지도 모르고 행방도 묘연한 상태다. 복원실에는 아무도 들어갈 수 없는 데다 두 주임까지 부재중이다. 이 모든 상황이 그녀를 불안하게 했다. 혹시 정말 사고라도 난 것은 아닐까?

식사가 끝난 후 루추는 머릿속이 정리가 안 된 채로 사람들 뒤를 따라 식당을 나갔다. 정신을 차려보니 어느새 엘리베이터에 올라타서 이미 2층을 지난 후였다. 하는 수 없이 계속 올라가기로 한 그녀는 엘리베이터 사고가 연달아 나지는 않을 거라며 자신을 안심시켰다.

엘리베이터가 13층에서 멈추고 문이 열리자 쑹웨란이 뜨거운 김이 나는 텀블러 두 개를 들고 들어왔다. 루추가 그중 눈에 익은 텀블러를 바라보며 "두 주임 오셨어요?" 하고 물었다.

"조금 전에 오셨어요. 식사도 마다하고 문을 닫아걸고 담배만 피우시네요. 저렇게 침통한 표정은 처음 봐요."

쑹웨란이 한숨을 쉬었다.

"컵 하나는 내가 들어줄게요."

"고마워요."

쑹웨란이 두창평의 컵을 루추에게 넘기면서 작은 목소리로 말했다.

"회사에 사고가 났어요. 나중에 얘기해요."

루추는 순간 숨을 멈췄다. 몇 초 후 엘리베이터가 2층에 도착했다. 쑹웨란이 먼저 내렸다. 루추가 그녀를 따라 탕비실 창가로 가서 급히 물었다.

"누구에게 사고가 났다는 거예요?"

"나도 몰라요. 방금 두 주임과 샤 경리가 말하는 걸 들으니 수십 년을 누워 있어야 하니 호적을 그대로 남겨두느냐 업무상 재해로 보고해야 하느냐를 놓고 의논하더라고요."

"수십 년이요?"

루추가 숨을 들이마시며 물었다.

"그래요. 나도 그 얘기를 들으면서 수십 년 누워 있으면 그게 식물인간이지 싶었다니까요. 오늘 휴가를 낸 사람은 두 사람인데 누구인지 생각만 해도 슬퍼요."

쑹웨란이 어두운 표정으로 이렇게 말하자 루추는 손이 떨려왔다.

"그 두 사람에게 전화해보면 알 수 있지 않을까요?"

"그렇지 않아도 아까 13층에서 문자를 보냈는데……."

쑹웨란이 핸드폰을 꺼내 문자를 확인했다.

"두 사람 모두 답장이 왔네요. 그렇다면 사고가 난 사람이 누구일까요?"

그 사람일 리가 없다. 절대 아닐 것이다. 루추는 쑹웨란을 향해 억지로 웃는 얼굴을 지어보이고는 텀블러를 집어 들었다.

"주임님 커피는 제가 갖다 드릴게요."

그녀는 이 한마디를 남기고는 멍해져 있는 쑹웨란을 뒤로 하고 주임의 사무실로 들어갔다.

문 앞에서 루추는 주먹으로 문을 세 번 힘을 줘서 두드렸다. 한참이 지나서야 들어오라는 두창평의 목소리가 들렸다.

루추가 문을 밀고 들어가니 실내는 연기로 자욱했다. 두창평이 미간을 잔뜩 찡그리고 책상 앞에 앉아있었다.

"거기 놓아둬요."

한마디만 건성으로 던지더니 입을 다물어버렸다. 눈치가 있는 사람이라면 바로 나갔겠지만 루추는 오늘 그런 것을 따지지 않기로 했다. 커피를 책상 위에 올려놓고 목청을 가다듬었다.

"주임님, 청동솥은 이미 정리를 다했습니다. 창고에 보관했다가 12월에 세척작업을 하면 될 것 같습니다."

"알았어요."

두창평은 담배를 피우며 이렇게 대꾸할 뿐 그녀 쪽은 돌아보지도 않았다.

"다음 임무는 언제 시작할까요?"

"며칠 후에 합시다."

"그렇다면 복원실에 언제 들어가서 준비할까요?"

"그것도 며칠 후에 합시다. 서두를 필요 없어요."

"샤오렌 씨는 아무 일 없는 겁니까?"

루추는 마지막 질문도 앞의 질문과 같은 말투를 유지했다. 그러나 두창평이 고개를 획 들더니 그녀를 쏘아보았다. 루추는 그의 시선을 피하지 않고 또 물었다.

"그분한테 무슨 일이 있어요?"

두창평은 담배를 끄고 자세를 바로하고 앉더니 한참을 망설이다 입을 열었다.

"몸을 조금 다쳤는데 생명에 지장은 없어요. 우리……, 의사들이 지금 정확한 진단 중입니다."

루추의 가슴이 무너져내렸다. 그녀가 다급히 물었다.

"어느 병원에 있어요? 문병은 언제 갈 수 있어요?"

"문병금지입니다."

두창평이 그녀의 말을 자르더니 말을 이었다.

"앞으로 회사에 나오지 않을 겁니다. 루추 씨가 그분과 가까운 건 알고 있으니 마음의 준비를 하는 것이 좋겠어요."

청천벽력 같은 소식에 루추는 정신이 아득해졌다. 그녀는 몸부림을 치며 물었다.

"앞으로라면……, 언제까지나 이어진다는 의미인가요?"

"십수 년 혹은 수십 년?"

두창평이 잠시 생각하다가 말했다.

"이런 일은 단정 짓기 어려워요. 어쨌든 내가 도움이 될 수 없으니 일단 돌아가 일에나 전념해요."

"네, 알겠습니다."

두창평과 한 달 동안 일하면서 루추는 그가 말을 하지 않겠다면 아무리 애원해도 소용없는 사람이라는 것을 알았다. 그에게서 답을 듣는 것을 단념한 루추는 쑹웨란에게 가서 회사의 계간 출판물에 사용할 사진을 처리하는 일을 도와주었다. 그녀와 대화를 나누며 뭔가 알아내려고 했으나 별다른 정보를 얻지 못했다. 오늘 결근

한 두 사람이 각각 생리통과 발치를 이유로 휴가를 냈다는 사실만 알아냈을 뿐이었다.

오후 세 시쯤 루추는 두 주임 사무실 문을 다시 노크했으나 문이 잠겨있었다. 그래도 단념하지 않고 13층으로 올라갔으나 징충환이 미안한 표정으로 돌아가 달라고 했다. 그런 푸대접 쯤은 아무 것도 아니다. 하지만 알아볼 수 있는 모든 길이 막힌 상황에서 샤오롄의 행방을 어디서 찾는단 말인가!

그녀가 2층 사무실로 들어가니 쟝 사부와 쉬팡이 한참 열변을 토하고 있었다. 한 사람은 이미 도둑의 지문을 채집했을 것이며 사건이 경찰로 넘어갔을 거라고 주장하고, 또 한 사람은 유리창에 누수가 생겼을 거라며 양탄자가 젖었는지 걱정했다.

루추는 그들 옆에 앉아서 두 사람이 하는 말을 멍하니 듣고 있었다. 며칠 동안 복원실에 들어갈 수가 없다. 며칠 후에는 과연 그의 소식을 알 수 있을까? 그녀의 직감이 아니라고 말하고 있었다. 문득 의문이 들었다. 복원실을 긴급 봉인했다면 그 안에 뭔가 있다는 말이 아니겠는가! 이런 생각은 곧 확신으로 굳어졌다. 남은 오후 시간에 루추는 키보드에 손을 올리고 계간 출판물에 넣을 사진의 밝기와 비율을 조정하면서 이상한 낌새를 보이지 않았다.

5시 30분, 퇴근시간이 되자 직원들이 잇달아 사무실을 나갔다. 그녀는 동료들과 함께 문을 나가 평소와 다름없이 버스정류장 쪽으로 갔다. 버스가 오자 줄을 지어 버스에 올라 빈자리에 앉았다. 버스가 다음 정류장에 도착하자 기사는 다른 날과 다름없이 급브레이크를 밟으며 정차했고, 모든 승객들이 이리저리 흔들렸다. 루추는 그 틈을 타서 버스에서 재빨리 내렸다. 잠시 정신을 차린 후 오던 길을 되돌아 평소와 같은 속도로 걸었다. 수시로 좌우를 살펴 자신이 버스에서 하차한 사람들 사이에서 눈에 띄지 않도록 확인했다. 목표는 광샤빌딩 15층, 위링문물보호공사의 복원실이었다.

13
복원

루추가 6시 10분에 광샤빌딩으로 들어갔다. 때마침 같은 동에 있는 다른 회사의 퇴근시간이었다. 로비에는 많은 사람으로 붐벼서 경비원은 루추를 주의 깊게 보지 않았다. 그녀는 바로 계단을 이용해 위로 올라갔다. 9층, 10층, 11층, 한 층씩 올라갈 때마다 잠깐 숨을 돌렸다. 그러나 심장이 방망이치는 것은 어쩌지 못했다. 마침내 15층에 도착했다. 루추는 어두운 복원실 문 앞에서 목에 걸고 있는 출입카드를 꺼내 센서 앞에 대며 망설였다. 카드를 입력하면 기록이 남는데 어떻게 해명해야 할까?

어쩌면 해명을 하지 않고 넘어갈 수도 있다. 지난 한달 동안 두 번이나 핸드폰을 두고 퇴근해서 급히 돌아온 적이 있었다. 그때도 출입카드를 이용해 복원실에 들어왔는데 아무 일도 없었던 것이다. 게다가 도둑질하러 온 것도 아닌데 겁을 낼 필요가 있을까?

그녀가 과감하게 출입카드를 센서에 대고 밑으로 긁었다. 복원실 문이 정상적으로 활짝 열렸다. 성큼성큼 안으로 들어가 문을 닫은 후 모든 조명등을 켜고 사방을 둘러보았다. 유리창은 멀쩡했으며, 칸막이도 그대로였다. 복원지역 외부의 배치도 변한 것이 없었다. 그녀는 호흡을 가다듬고 방직물 복원구역을 지나 옥석, 도자 및 금속유물 복원구역의 나무 칸막이 문을 열고는 자세히 살펴보기 시작했다.

모든 설비와 공구는 원래의 위치에 있었으며, 배치방식도 어제와 다른 점이 없었다. 루추는 한 바퀴를 돌아보고 핸드폰을 손전등 삼아 캐비닛 아래까지 살펴보았다. 먼지가 잔뜩 묻은 장갑 한 켤레가 나왔다. 누군가 떨어뜨리고 눈에 보이지 않아 까맣게 잊었을 것이다. 장갑을 쓰레기통에 넣고 바로 옆방으로 들어갔다. '무차별 응급센터'라고 쓴 나무 팻말 아래서 그녀는 숨을 깊이 들이마셨다.

그녀가 회사에 들어온 이후 이 구역은 완전히 봉인된 상태였다. 아무도 이 구역에 대해 언급하지 않았으며, 들어가는 사람도 보지 못했다. 두창평에게 질문한 적이 있지만 "때가 되면 저절로 알게 될 것"이라는 대답이 돌아왔을 뿐이었다.

오늘이 그때가 아닐까? 루추는 손을 내밀어 조심스럽게 문을 밀어보았다. 문이 스르르 미끄러지며 열리고, 실내가 한눈에 들어왔다. 요란한 이름의 복원실답지 않게 긴 탁자 하나만 놓여있었다. 그 위에는 장방형의 나무상자가 있었다. 그 외에는 다른 설비가 없었다.

나무상자에는 흰 종이로 된 봉인띠가 붙어있었으며, 위에는 아무런 설명도 쓰여 있지 않았고, 주변에 따로 적어놓은 종이도 없었다. 이는 복원실의 수칙을 명백히 위반한 것이었다. 두창평이 그녀의 첫 출근 날 모든 기물에는 먼저 그 출처와 정보가 든 식별 표식을 붙일 것을 당부하지 않았던가!

　따지고 보면 루추가 이곳에 들어온 것부터가 심각한 수칙 위반이다. 루추는 이런 상황에까지 이르고 보니 오히려 침착해졌다. 그녀는 두 손을 나무상자 위에 올려놓았다. 갑자기 귓가에서 무슨 소리가 들려왔다. 꿈속에서 들은 소리와 비슷하면서도 좀 더 격앙된 소리였다. 어찌 들으면 사람이 옛날 방언으로 호소하는 듯한 소리가 금속성과 함께 들려왔다. 그녀는 그 의미를 알아들을 수 없었으나 감성적으로는 느껴졌다. 그것은 간절히 부르는 외침이었으며, 절박하고도 애절한 공감이었다.

　'직' 소리와 함께 루추가 봉인 종이를 뜯고 나무상자의 뚜껑을 열었다. 제일 먼저 눈에 들어온 것은 한 묶음의 중성지(中性紙)였다. 이는 청동기를 포장할 때 흔히 사용되는 소재로 옆방에도 잔뜩 쌓여있다. 귓가에 들리던 소리가 순식간에 멀어졌다. 익숙한 물건은 사람의 마음을 편하게 해준다. 루추가 숙련된 손길로 종이를 꺼내자 바닥에 또 하나의 기다란 비단함이 있었다. 천천히 뚜껑을 벗기니 손잡이가 없는 검은색의 날이 얇은 장검 한 자루가 상자 중앙에 조용히 누워있었다.

　이 장검은 엘리베이터가 추락할 때 그녀를 구한 그 칼이었다. 그러나 정작 마주하고 보니 익숙하면서도 자신과 닿을 수 없는 먼곳에 있는 느낌이었다. 루추는 마음을 가다듬고 검을 꺼냈다. 그러고는 차디찬 검신을 조심스럽게 어루만졌다. 손가락에 닿는 촉감으로 보아 검신에는 길고 짧은 실금이 나있었다. 육안으로는 확실히 볼 수 없지만 검신에 난 많은 상처에 그녀는 가슴이 아팠다. 그러나 문제는 이것이 아니다. 그녀가 검을 뒤집어 뒷면을 보는 순간 가슴이 저리면서 낮은 탄식이 나왔다.

검신의 중앙에 줄이 가 있었다. 상처가 선명한 것이 최근에 생긴 듯했다. 깊지는 않으나 선명하여 보기만 해도 몸서리가 쳐졌다.

"당신 어쩌다 이렇게 많이 다쳤어요?"

그녀가 참지 못하고 얼굴을 검에 대며 낮은 목소리로 중얼거렸다. 금속의 냉기가 뺨에 전해지며 마음이 차분히 가라앉았다. 루추는 검신을 소중하게 한 번 더 어루만졌다. 그러고는 검을 함에 다시 넣어 조심스럽게 들고 금속유물 복원구역으로 돌아왔다.

작업복으로 갈아입고 머리를 질끈 동여매고, 손을 씻은 다음 물기를 말렸다. 이는 매일 되풀이되는 일상이다. 그러나 이번 복원은 조금의 실수도 용납될 수 없으며 그녀 혼자 힘으로는 아무래도 벅찬 일이다.

루추는 작업 테이블 옆에서 장검을 한동안 응시하다가 전화기를 꺼내 영상통화 버튼을 눌렀다. 신호가 몇 번 울리고 통화가 되었다.

"아빠? 저예요. 복원할 검이 하나 있는데 좀 봐주세요."

잉정은 시청하던 정치토론 프로그램을 끄고 발밑에서 꼬물거리는 고양이를 안았다. 그렇게 천 리 떨어진 집의 거실에서 아빠는 딸이 보여주는 검을 자세히 살펴보았다.

"부러지지 않은 걸 보니 상태가 괜찮은 것 같구나. 오래된 상처가 있는 데다 새로 상처가 생긴 거니?"

잉정은 돋보기를 끼며 이렇게 물었다.

"가장 크게 난 부분이 이번에 생긴 상처에요. 하지만 오래된 상처도 있네요."

루추가 검의 양날을 번갈아 살펴보았다.

"방금 상처 부위를 찍은 사진을 보냈는데 받으셨어요?"

"그래, 받았다."

잉정이 핸드폰으로 받은 사진을 확대해서 살펴보다 얼굴에 곤혹스러운 표정이 스쳤다. 형태만으로 판단하면 이 칼은 선진(先秦) 시대의 검이었다. 손잡이에 청금석으로 상감한 것 외에는 다른 문양이 없었다. 이렇게 소박한 칼을 결코 왕이나 귀족들이 사용할 리는 없었다. 그러나 지극히 유려한 검신의 선과 얼굴이 비칠 정도로 윤이 나는 연마 상태를 보면 명장의 작품이 틀림없었다. 이상하게도 사진으로만 보는데도 시퍼런 한기가 전해졌다.

"이 검은 후대사람들이 방제한 것은 아닌가 보구나?"

"그건 아닌 것 같아요."

루추는 질량분석기와 검을 번갈아 보며 원소성분을 분석하지 않기로 했다. 아빠와 자신의 충격을 고려한 것이다. 그녀는 검을 구부려보았다.

"탄력성이 아주 좋네요."

"그 정도는 별 것 아니다. 진시황 1호 고분에서 출토된 청동검은

45도로 구부려도 원래대로 돌아왔지. 어쩌면 같은 고분에서 출토된 검일 수도 있겠구나."

잉정은 웃으면서 가볍게 말했지만 그 속에는 루추에게 너무 놀라지 말라는 의미를 담고 있었다. 오래 전부터 고검을 복원하면서 특이한 칼도 많이 접해보았다. 그의 경험으로 비쳐볼 때 이 칼이 그에게 주는 첫인상은 나쁘지 않았다. 호연지기를 내뿜는 제왕의 검은 아니지만 음험한 기운은 없으니 딸에게 어떤 해를 끼치지는 않겠다고 판단했다.

루추는 검을 조심스럽게 탁자 위에 놓고 말했다.

"이제 시작할까요?"

침착한 모습이었으나 가쁜 숨결이 느껴지는 말소리로 그녀가 얼마나 긴장하고 있는지 알 수 있었다. 처음으로 하는 일에 긴장은 피할 수 없다고 생각한 잉정은 이를 모른 척했다. 그는 먼저 일련의 작업과정을 설명했다.

"이 검은 상황이 나쁘지 않으니 과도한 처리는 필요 없다. 자, 이제부터 하나씩 해결하자꾸나. 먼저 작은 청동망치로 가장 깊은 상처 주변을 가볍게 쳐주어라. 그렇게 하면 상처가 내부로부터 수축해서 줄어든다. 힘을 고르게 주어야 해. 너무 힘을 주면 상처가 더 커지기 때문이란다……."

루추는 아빠의 가르침대로 청동망치를 들었다. 손이 갑자기 떨려오는 것을 느꼈다. 그래서는 안 된다! 그녀는 숨을 크게 들이쉬면서 모든 잡념을 떨쳐냈다. 숨을 가다듬고 정신을 모아 검신을 가볍게 두들기기 시작했다. 복원실에는 시계가 없다. 그러나 세 개의 망치를 바꿔가며 두들기는 동안 팔에 힘이 점점 빠지는 것을 보고 시간이 꽤 흘렀음을 짐작할 수 있었다.

아빠의 목소리가 들렸다. "이제부터는 납땜인두로 메우는 단계다. 조금씩 균열이 메워질 때까지 해야 한다."

마침내 가장 난이도가 높은 단계에 온 것이다. 루추는 목뒤에 달라붙은 젖은 머리카락을 정리하고 용접 토치를 들었다. 오른팔이 시큰거려서 왼팔로 받쳐줘야 안정적으로 힘을 줄 수 있었다. 그러나 용접 토치 끝에서 이글거리는 불꽃이 끝까지 버텨야 어서 그를 볼 수 있다고 말해주는 듯했다.

땀방울이 뜨거운 검신에 떨어지자 치직 소리를 내며 눈 깜짝할 새에 하얀 연기가 피어올랐다. 그러자 장검이 떨며 작은 신음소리를 내는 것 같았다.

"샤오롄 씨?"

그녀가 황급히 손을 멈추었다. 그러나 검은 탁자 위에 그대로 멈춰 더는 아무 소리를 내지 않았다. 이제 작업은 막바지 단계에 와있다. 조금이라도 정신을 분산시키는 것은 용납할 수 없다. 루추도 자신이 잘못 보고 들은 것인지 생각해볼 여지가 없었다. 그녀는 가는 쇠조각을 빨갛게 달궈 충진재를 묻힌 다음 검신의 틈을 메우기 시작했다.

이 단계에서는 시력에 많이 의존해야 한다. 충진재를 아주 조금만 묻혀 크고 작은 상처부위에 마치 잠자리가 수면을 건드리고 날아오르듯 찍어야 한다. 그녀는 먼저 가장 깊은 새 상처 부위를 때운 후 칼날의 면을 뒤집어 오래된 상처를 메웠다. 복잡하게 뒤엉킨 상처가 하나씩 평평하게 메워지는 것을 보면서 그녀는 말할 수 없는 희열과 안온함을 느꼈다.

잉정은 가장 중요한 요령을 알려준 후 전화를 끊고 남은 부분은 루추가 알아서 하도록 했다. 그러나 자정이 지나자 걱정이 된 잉정이 다시 전화를 걸어왔다.

"회사에서 밤새 일을 시키는 건 아니지?"

"음……, 사고가 생겨서 제가 하겠다고 자원했어요."

루추가 손에 든 검을 들고 보충설명을 했다.

"그렇지 않으면 동료들이 고생하니까요."

피곤해 보였지만 환하게 웃는 딸의 얼굴을 보니 회사에서 혹사당하는 것 같지는 않았다. 잉정은 알겠다는 듯 고개를 끄덕였다.

"마지막은 칼날을 사포로 연마하여 광택을 내는 단계다."

"부녀가 이 시간에 뭐하는 거예요?"

두 눈을 크게 뜬 루추 엄마의 얼굴이 화면으로 들어왔다.

"엄마, 지금 회사에요. 아빠한테서 검 수리하는 방법을 배우고 있어요."

루추는 정신없이 바빴지만 기분 좋게 웃으며 대답했다. 그녀는 엄마와 몇 마디를 나누고 잘 주무시라는 인사까지 한 후 비로소 눈길을 장검에 다시 집중했다.

가장 까다로운 공정은 이미 끝났다. 물론 남은 부분도 세심함과 인내로 임해야 하지만 결정적인 실수를 할까 봐 걱정은 하지 않아도 된다. 루추는 장갑을 벗고 공구를 다른 것으로 교체할 준비를 했다. 이때 검 손잡이가 금실로 엮은 가는 띠로 감긴 것을 발견했다. 대부분 녹이 슬었고 표면은 온통 땀자국이었다. 이 금실 띠는 검과 동일한 연대에 속하는 것이 아닌데 어떻게 함께 있는지 이해가 가지 않았다. 루추는 눈에 거슬리지만 어쩔 수 없이 실띠를 풀어서 다시 감아놓기로 했다. 그런데 실띠의 끝부분이 검의 손잡이 안에 단단히 박혀있어서 떼어낼 수가 없었다. 일반적으로 검 손잡이에 실을 감는 것은 검을 쥐기 편하기 위해서다. 그런데 이 실은 재질이나 감는 방식 모두 이 목적에 부합하지 못했다. 장식효과라고 생각하기에는 아름답지도 않았다. 루추는 하는 수 없이 녹이 슨 부분만 닦아내고 실을 원래대로 감아놓았다.

복원작업의 마지막 단계에는 루추와 장검만 남았다. 그러나 그녀는 조금도 외롭다는 생각이 들지 않았다. 과감하게 장갑을 벗고 맨손으로 칼날의 머리부분부터 칼끝까지 어루만졌다. 손가락으로 검신의 보이지 않는 결을 느꼈다. 그러고는 엄지손톱만한 숫돌을 꺼내 가장 부드럽고 차분하게 연마하기 시작했다.

새벽 3시 반, 검은 새것과 다름없이 윤이 났다. 루추는 일손을 멈추지 않았지만 속으로는 검의 복원 여부를 알 수 있는 방법이 무엇인지 생각하고 있었다. 일반적으로 고대 유물의 복원 기준은 대략 두 가지로 구분한다. 하나는 역사적 가치를 보여주는 학술복원이고, 또 하나는 전시하여 감상하는 상업복원이다. 그러나 그녀는 이 검을 위의 어떤 기준에도 적용할 수 없다고 생각했다.

"내게 가르쳐줄 수 있어요?"

루추가 검을 향해 이렇게 자문을 구했다. 검은 아무 반응이 없었다. 그녀는 30분을 더 연마한 후 손을 멈추고 고개를 옆으로 돌려 잘 마무리됐는지 가늠했다.

새까만 검신은 거울처럼 매끄럽고 얼굴을 비출 정도로 반짝였다. 루추는 머리카락을 한 가닥 뽑아 칼날에 놓자 순식간에 둘로 갈라졌다. 검신도 마치 감지를 한 듯 서리같이 차가운 서슬 퍼런 기운을 발산했다.

루추가 검을 들고 의논하는 말투로 말했다.

"내가 할 수 있는 건 여기까지예요."

검은 아무 반응이 없었다.

"당신은 어때요?"

검은 여전히 반응이 없었지만 루추는 말을 이었다.

"내가 뭘 잘못했거나 당신을 아프게 했다면 말해요……."

루추가 장검과 '일문일답'을 하고 있을 무렵, 13층의 소회의실에서는 인청잉이 머리카락을 부여잡고 있었다. 그가 인한광에게 물었다.

"셋째는 상황이 어때요?"

"깨어나 봐야 알아."

인한광이 폐쇄회로 화면을 노려보며 차갑게 말했다.

"하지만 깨어나든 아니든 우리는 당장 그 아이를 보내야지 저렇게 둘 수는 없어."

"그 애 일은 스스로 알아서 하게 돼요."

샤딩딩이 찻잔을 들고 문가에 기대 이렇게 말했다. 그녀는 차를 마시더니 말을 이었다.

"한광 씨, 이렇게 오랜 세월을 끌어왔는데 이제는 내려놓자고."

"하지만 역사는 되풀이되는 것 아닌가요?"

징충환이 맞은편 문가에 기대 엇나가는 모습을 보였다.

이때 갑자기 누군가의 핸드폰이 울렸고, 인청잉이 확인하더니 몸을 일으켰다.

"볜중이 답장을 했는데 펑랑에게 일당이 있다고 하네."

"가자, 궈예이로 가서 확실하게 물어보자."

인한광이 문을 열고 앞장서서 나갔다. 몇 분 후 미니밴 한 대가 인한광, 인청잉, 샤딩딩을 태우고 광샤빌딩 지하 2층 주차장을 빠져나와 시내 중심가로 달려갔다.

15층의 복원실에서는 루추가 장검을 비단함에 넣고 공구들을 정리하기 시작했다. 수도꼭지를 틀어 손을 씻고 있을 때, 탁자 위에 놓인 비단함이 저절로 열리더니 장검이 소리 없이 공중에 떠올랐다. 차가운 빛을 번뜩이며 공중에서 180도 회전하더니 칼끝이 요동치며 루추의 심장을 겨눴다…….

'따르릉!', 핸드폰 벨소리가 넓은 복원실에 울려퍼졌다. 루추가 서둘러 전화를 받자 그녀의 엄마가 다짜고짜 물었다.

"아직도 회사니?"

"곧 나갈 거예요. 엄마 왜 아직도 안 주무셨어요?"

"벌써 자고 화장실 가려고 일어났다. 수리가 다 끝나면 바로 집으로 가야 한다. 꼭 택시를 타거라."

엄마는 처음에는 잠이 덜 깬 목소리였다가 후반부에는 갑자기 또렷해졌다. 루추는 혓바닥을 낼름하고 대답했다.

"알았어요. 어서 계속 주무세요. 굿나잇!"

"무슨 굿나잇이야 굿모닝이라면 몰라도. 너도 어서 가서 자라."

모녀는 동시에 전화를 끊었다. 루추의 등 뒤에서 장검이 흔들거리며 좀 더 다가서고 있었다."

"아참! 이걸 정리한다는 걸 깜박했네."

청회색의 숫돌이 수조 옆에 놓여있었다. 루추는 서둘러 손의 물기를 닦고 숫돌을 들어 서랍에 넣으려고 했다. 그녀가 손을 뻗는 순간 장검은 날카로운 빛을 숨기며 비단함 옆 탁자 위로 떨어지며 둔탁한 소리를 냈다. 루추가 놀라 급히 고개를 돌려보니 장검이 탁자 위로 나와 있는 것이 아닌가! 칼끝이 가볍게 떨며 '웅웅' 소리를 냈다. 틀림없이 안에다 넣었는데 어찌된 일일까?

"내게 할 말이라도 있어요?"

그녀가 장검에 가까이 가서 작은 소리로 물었다. 장검은 아무런 움직임이 없었고, 루추가 잠시 생각하더니 입을 열었다.

"내게 말을 할 수 없다면 움직일 수는 있으니 글씨를 써줄래요?"

장검은 여전히 무반응이었다. 루추는 자신이 무시당하고 있다는 느낌이 들었다. 결국 참지 못한 그녀가 검을 들고 좌우로 살피며 말했다.

"저기요. 내 말은……."

그녀는 샤오렌에게 할 말이 많았다. 그러나 검에 대고 무슨 말을 한단 말인가!

"당신을 만든 사람은 나를 닮아 순수하고 간단한 것을 좋아하나 봐요."

그래서 검에 아무 장식이 없으며 심지어 칼집도 필요 없었나 보다. 단순한 살인병기일 뿐인가 싶었다. 이런 생각을 하자 루추는 가슴이 아팠다. 그녀는 기다렸지만 장검은 그저 장검일 뿐이었다. 말을 하지도, 글씨를 쓰지도 않았다. 루추는 장검을 상자에 다시 집어넣은 후 웃옷을 걸치고 조명등을 껐다.

복원실을 나설 때 그녀는 참지 못하고 돌아보았다. 구름 한 점 없는 하늘에 밝은 달빛이 유리창을 통해 바닥까지 드리우며 탁자의 한쪽 모서리를 비췄다. 나무상자는 조용히 탁자 위에 놓여있고 그 안에는 비단함이 있었으며, 또 그 안에는 검이 들어있었다. 고요하고 아름다운 모습이 한 폭의 그림 같았다. 문만 닫으면 모든 것은 아무 일 없이 평안할 것이다.

"잘 자요."

실내에 가득한 달빛을 향해 그녀가 입가를 미세하게 들썩이며 말한 후 주저 없이 그곳을 떠났다.

14
관심을 쏟으면 마음이 어지럽다

아파트로 돌아온 루추는 챵밍의 잠이 깨지 않게 불을 켜지 않고 깜깜한 거실로 들어갔다. 소파에 널브러진 그녀는 그대로 눈을 감았다. 할 수 있는 일은 다 했다. 남은 일은 그저 기다리는 것뿐이다. 잠을 전혀 자지 않은 것 같은데 그녀가 눈을 떴을 때는 하늘에 희뿌연 빛이 밝아 오고 있었다. 루추는 일어나 물을 마시기 위해 주방으로 갔다. 식탁 위에는 이미 식은 닭수프 한 그릇이 놓여있었다. 어젯밤 챵밍에게 전화해서 밤샘작업 하는 이유를 둘러댔을 때 챵밍이 남겨놓겠다고 한 수프인 듯했다. 루추는 마른 입술을 핥으며 수프그릇을 들었다. 이때 문소리가 나면서 곰돌이 그림이 그려진 잠옷을 입은 챵밍이 나와 하품을 하면서 물었다.

"지금 들어온 거예요?"

"한두 시간쯤 되었어요. 음……, 수프가 맛있네요."

닭수프에는 채소가 꽤 많이 들어있었고 기름도 걷어내서 시원한 맛이 났다. 루추가 수프그릇을 들고 쫭밍의 물음에 대충 얼버무렸다.

"얼마나 배가 고팠길래 찬 스프를 데우지도 않고 마셔요? 다 마시고 어서 더 자요."

쫭밍이 기지개를 켜며 욕실로 들어가려다 이렇게 말했다. 루추가 핸드폰 시계를 확인했다.

"시간이 없어서 조금 있다 씻고 나가봐야 해요."

"밤을 새고 일한 직원에게 다음 날 정상 출근하라는 회사가 어디 있어요?"

쫭밍이 욕실에서 고개를 내밀고 이렇게 말했다.

"아……, 내가 자원한 거예요."

루추는 빈 그릇을 내려놓고 입가를 닦으며 대충 둘러댔다. 이런 변명이 쫭밍에게 통할 리가 없다. 그녀는 전동칫솔을 입에 물고 나와 루추를 위아래로 한참 훑어보았다.

"처음 왔을 때보다 몸이 많이 마른 거 알아요?"

"약간 말랐죠. 하지만 괜찮아요."

"집 떠나 타지에서 일하다보면 스트레스가 많을 거예요. 하지만……."

쫭밍이 무슨 말을 하려다 입을 다물더니 이윽고 한마디 했다.

"루추 씨 회사가 아주 이상하다는 거 못 느꼈어요?"

루추는 가슴이 뜨끔하여 반문했다.

"뭐가 이상해요?"

"꼭 집어서 얘기할 수는 없어요. 사실 루추 씨 상사도 잘해주고 기껏해야 약간 4차원이다 싶은 거지만 회사의 다른 부분이……."

쟝밍이 미간을 찌푸리더니 물었다.

"그 사람들 뭔가 비밀이 많아요. 그래서 아침부터 저녁까지 그렇게 잔뜩 긴장해 있는 거잖아요."

그야말로 정곡을 찌르는 한마디였다. 루추는 어색하게 고개를 끄덕였다.

"잘 봤어요. 딱 그거예요."

쟝밍이 동정의 눈빛으로 그녀를 바라보다가 말했다.

"힘들죠? 조직 내의 정보가 불투명하면 종잡을 수가 없으니까요."

"맞아요."

루추가 대꾸했다.

"하지만 이제 와서 그만둘 수도 없어요."

그를 사랑하는 것을 멈출 수도, 진상을 알아보는 것을 그만둘 수도 없다.

"알아요. 내가 처음 직장 들어갔을 때도 같은 느낌을 받았는데, 시간이 지나면서 소통하는 방법을 터득하고 나니 괜찮아졌어요."

쟝밍은 루추의 어깨를 토닥이며 다 잘될 거라며 위로했다. 쟝밍이 욕실로 다시 들어가고 루추는 남은 수프를 마저 마셨다.

수프 한 그릇과 따뜻한 대화 덕분인지 루추는 어느 정도 기운을 회복했다. 서둘러 출근 준비를 마치고는 버스에 올랐다. 다른 날보다 30분 정도 회사에 일찍 도착했다. 아직 출근하는 사람들이 몰릴 시간이 아니었다. 루추는 휴지통을 청소하는 아주머니에게 아침인사를 하고 엘리베이터를 타고 15층에서 내렸다. 그리고 배낭을 벗어 움켜쥐고는 '무차별응급센터'의 문 앞에 섰다.

그녀가 문을 여니 테이블 위의 나무상자는 여전히 닫혀있었다. 그녀가 어제 놓아둔 상태 그대로였다. 루추는 안심인지 실망인지 모를 감정에 사로잡혔다. 테이블로 다가가 나무상자를 연 루추는 순간 얼어붙었다. 안에 든 비단함이 보이지 않았다. 나무상자 안에는 한 묶음의 중성지만 남아있었다. 루추는 종이를 전부 꺼내고 안에 아무것도 없다는 것을 확인했다. 그래도 믿기지 않아 테이블 바닥과 아래 부분까지 살펴보았다. 10분간 샅샅이 뒤졌지만 아무 것도 찾지 못하고 숨이 차서 허리를 폈을 때는 이마에 땀이 맺히고 심장이 미친 듯이 방망이질했다.

혹시 그녀가 검을 제자리에 놓지 않고 자리를 뜬 것은 아닐까? 한 가닥 희망을 안고 루추는 미친 듯이 평소 작업하는 금속복원구역으로 뛰어갔다. 모든 서랍을 열어보고 있을 만한 곳을 찾아보았으나 아무 소득도 없었다.

그녀가 그를 잃어버린 것인가?

머릿속에 이런 생각이 떠오르자 루추의 눈가가 금세 빨개졌다. 그녀는 성급히 그런 결론을 내려서는 안 된다고 스스로 다짐했다. 그러면서도 다리에 힘이 풀려 하마터면 바닥에 고꾸라질 뻔했다. 그녀는 탁자를 짚고 정신을 가다듬었다.

아래층의 두 주임에게 모든 것을 고백하고 만회할 방법을 찾아야겠다고 결심했다. 그러나 엘리베이터 앞에 왔을 때 그녀는 귀신이라도 들린 듯 숫자 13을 눌렀다.

1분 후 루추는 기대를 잔뜩 안고 13층의 안내데스크 앞에 섰다. 징충환은 오늘 펑크스타일을 하고 왔다. 과장된 아이라인과 눈 화장을 하고 지퍼가 달린 먹깨비 도안의 마스크를 하고 있었다.

그녀는 루추가 입을 열기도 전에 지퍼를 열고 고개를 가로저으며 말했다.

"샤오롄 씨 안 왔어요."

"그렇다면 그분 소식은 있어요?"

루추의 물음에 징충환은 눈동자를 굴리며 무슨 말을 하려고 했다. 그러다 갑자기 입가를 씰룩거리며 마치 일본 고양이 인형처럼 한 손을 흔들며 "안녕하세요!"라고 하는 것이었다. 그러더니 지퍼를 재빨리 채워버렸다.

루추가 돌아보니 인한광과 인청잉이 점잖은 말투로 "안녕하세요." 하고 인사를 했다. 두 사람이 그녀 앞까지 와서 걸음을 멈췄다. 인한광이 그녀를 잠시 살펴보더니 입을 열었다.

"오늘은 하루 쉬어요."

"왜요?"

루추는 경계심이 발동하며 그를 쏘아보았다.

"안색이 좋지 않네요."

대답을 한 사람은 인청잉이었다. 그의 말투에 연민이 묻어있었다.

"아니면 아침식사라도 하고 올래요?"

"고맙지만 괜찮아요. 제가 알고 싶은 건……."

"그럼 알아시 히시고 전 이만⋯⋯."

인한광은 그녀의 말을 자르고 유리문 안으로 성큼성큼 들어가 버렸다. 인청잉은 그녀를 향해 알 수 없는 손짓과 몸조심하라는 입 모양을 만들어 보이며 뒤따라 들어갔다.

잉루추가 입을 반쯤 벌린 채 멍하니 그들의 뒷모습을 바라보았 고, 징충환은 여전히 눈알을 굴리고 있었다.

13층에서 아무 정보도 얻지 못한 루추는 엘리베이터를 타고 2층으로 향했다. 쑹웨란과 쉬팡이 탕비실에서 어깨를 맞대고 앉아 있었다. 두 사람은 심상치 않은 표정으로 목소리를 낮춰 뭔가를 의 논하고 있었다.

"안녕하세요? 무슨 일이라도 생겼나요?"

불쑥 뛰어든 자신이 당돌하다는 것을 알았지만 루추는 그런 것 을 따질 때가 아니었다. 쉬팡이 한숨을 크게 내쉬었고 쑹웨란이 대 답을 해주었다.

"엊그제 경찰이 그 후배를 찾아냈어요."

아무래도 좋은 소식은 아니다 싶어서 루추는 침을 한 번 꿀꺽 삼켰다.

"그분이⋯⋯ 어떻게 됐나요?"

"경찰 말로는 박물관 도난사건이 나던 날 그분은 이미⋯⋯ 불행 한 일을 당하셨답니다."

쑹웨란이 단어 하나하나에 신경을 쓰면서 쉬팡을 힐끗 보더니 빠르게 말을 이어나갔다.

"범인이 시신을 황량한 교외에 유기했기 때문에 이렇게 시간이 지나서야 발견되었대요."

쑹웨란이 말하는 도중에 루추는 놀라서 비명을 지를 뻔했다. 그녀는 손으로 입을 가리고 말을 끝까지 들은 후 비로소 쉬팡을 위로했다.

"정말 안 됐어요."

"난 괜찮아요. 젊은 딸을 먼저 보낸 후배 부모님이 안됐지. 게다가 결혼하기로 약속한 남자친구는 마음이 어떻겠어요."

쉬팡이 한숨을 쉬더니 쑹웨란을 향해 말했다.

"발인 날짜도 아직 정해지지 않았어요. 하지만 가족들에게 전화해서 위로를 전하는 건 괜찮겠죠?"

쑹웨란은 놀란 듯 했지만 재빨리 고개를 숙여 동의를 표시했다. 그러더니 뭔가 홀가분한 말투로 물었다.

"그 후배분은 언제부터 남자친구가 있었대요?"

"꽤 오래되었는데 최근에야 공개를 했어요. 나를 찾아와 회사를 그만둬야 하나 고민이라고 말할 때가 엊그제 같은데 이런 일을 당했으니……."

쉬팡이 계속 말을 이어가고 쑹웨란은 얌전히 듣고 있었다. 그가 말을 하다 잠깐 중단한 틈을 타서 그녀가 루추에게 물었다.

"두 주임에게 볼 일이 있어요?"

루추가 그제야 정신을 차리고 고개를 끄덕였다.

"주임님 오늘은 기분이 아주 좋아요. 어서 들어가 봐요."

잠시 끊겼던 쉬팡의 말이 계속되었다.

"범죄집단이 연루된 것 같지 않아요?"

"그럴 가능성이 기요. 다른 데서 난 사건은 없어요?"

"생각나는 사건이 하나 있어요. 반 년쯤 전에 한 고서소장가가 피살당했는데……."

두 사람이 범인이 누구인지를 놓고 대화를 나눌 때 루추는 이미 탕비실을 나와 두창평 사무실을 향했다. 사무실 문은 반쯤 열려있었고 안에서는 사람들의 대화소리가 들려왔다. 간간히 웃음소리가 섞여 나오는 것을 보니 두창평의 기분이 괜찮은 것 같았다. 루추는 문을 세 차례 가볍게 노크했다. 샤딩딩의 대답소리가 들렸다.

"루추 씨? 어서 들어와요."

어떻게 루추가 오는 것을 알았을까? 의혹이 그녀의 뇌리를 잠깐 스쳐갔다. 문을 열고 들어가니 샤딩딩이 소파에서 몸을 일으키며 두창평에게 말했다.

"아시겠지만 벤중은 청력은 좋은데 사람 얼굴을 식별하는 능력은 형편없어요. 그래서 평랑이 바로 옆에 있는데도 눈치채지 못했다니까요. 하지만 어쨌든 급할 것이 없으니 셋째가 돌아오면 그때 얘기해요."

루추의 눈이 커졌다. 미처 질문을 하기도 전에 샤딩딩은 휘적휘적 걸어나갔다.

루추가 두창평에게 다급히 물었다.

"샤오렌 씨 괜찮아요?"

"아직 몰라요?"

두창평이 의아하다는 표정으로 반문했다. 루추가 망연한 눈으로 고개를 저었다. 두창평은 턱을 만지작거리며 대답했다.

"그렇다면 난 더욱 알 수 없죠."

"왜요?"

두 사람의 시선이 마주쳤다. 두창평은 턱을 한 번 더 만진 후 말했다.

"됐어요. 샤오렌 걱정은 나중에 합시다. 무슨 일로 이렇게 일찍 찾아왔죠?"

아무 일 없었다는 듯한 두창평의 모습에 루추는 샤오렌의 상황이 최소한 더 나빠지지는 않았다는 직감을 받았다. 자신이 이곳에 온 목적이 그제야 생각났다. 입술을 한 번 깨문 후 조심스럽게 입을 뗐다.

"주임님께 보고드릴 일이 있습니다. 제가⋯⋯, 제가 어젯밤에 검한 자루를 수리했는데 아침에 와보니 그 검이 없어졌어요."

그녀는 두창평을 바라볼 용기가 나지 않아 눈을 아래로 향한 채 "죄송합니다." 하고 말을 맺었다.

두창평이 담배를 피워 물더니 담담히 물었다.

"복원실 수칙 제1조가 뭐죠?"

"함부로 건드리지 않는다."

"아는 사람이 그걸 위반합니까?"

"하지만 그 사람이 다쳤잖아요!"

루추가 소리를 지르며 어느새 고개를 들어 두창평의 눈을 마주보았다. 그의 말투에는 질책의 의미가 담겨있지 않았다. 그러나 루추의 행동에 동조하지 않겠다는 눈빛만은 명백했다.

루추가 마음을 졸이며 물었다.

"제가 뭘 잘못했나요?"

그녀가 복원을 해서 돌이킬 수 없는 상처를 초래한 것은 아닐까?

"잘잘못은 두 가지 측면에서 따질 수 있어요. 복원이라는 행동 자체는 큰 문제가 아니에요. 그러나 루추 씨의 태도는 문제가 있습니다."

두창평이 담배에 불을 붙이고 한 모금을 빨아들인 후 담담하게 말했다.

"고대 유물 복원에서 가장 중요한 것은 안정된 마음입니다. 충동적으로 진행한 작업은 설사 그 결과가 좋았다고 해도 나는 찬성하지 않아요. 왜냐하면 평생 충동에 의존해서 복원을 할 수는 없으니까요."

이성적으로는 두창평의 말에 루추도 공감했다. 그러나 그 순간의 그녀에게는 단 한마디만 귀에 들어올 뿐이었다.

"결과가 좋았어요?"

그녀가 다급히 물었다. 두창평이 고개를 끄덕이며 웃음을 지었다. 루추는 무거운 짐을 내려놓은 듯 안도의 한숨을 쉬었다.

"그 검은 지금 어디 있어요?"

"실종됐어요."

"네?!"

루추는 도저히 이해가 가지 않았다. 두창평이 그녀를 보며 재미있다는 듯 말했다.

"아무튼 명심하세요. 복원실의 규정이 존재하는 것은 그럴 만한 이유가 있어서입니다. 긴급한 상황일 때만 예외를 인정해주니까요."

"하지만 어제는……."

"그럼 이제부터……."

두창펑이 그녀의 말을 끊고 담배를 껐다.

"업무상 과실에 대한 시말서를 작성해서 내 책상에 가져다 놓으세요. 이번 일은 이걸로 마무리 지읍시다. 내일부터 새로운 업무가 시작될 테니 오늘은 일단 휴식을 취해요."

그가 말을 마치고는 다른 서류더미를 들더니 읽기 시작했다. 더할 말이 없다는 의미였다. 루추는 그 자리에 한동안 서있다가 입을 열었다.

"주임님."

"또 무슨 일이죠?"

"어젯밤 그 검은 상처가 그렇게 심한데 정말 당장 처리를 하지 않아도 되는 거였나요?"

자신의 행동이 타당하다고 생각해서 루추의 말투가 자기도 모르게 강경해졌다. 두창펑이 고개를 들어 그녀를 바라보더니 반문했다.

"루추 씨, 고향에서 복원했던 한검에 비해 어젯밤 검의 상황은 어땠어요?"

"그렇게 단순한 비교를 할 수 없습니다."

"왜 안 되는데요?"

"왜냐하면……."

왜냐하면 어젯밤 그 장검이 샤오렌이라서? 그러나 과연 그렇더라도 두 주임은 상황을 모르는 건가? 루추의 머릿속이 순간 어지럽게 뒤엉켰다. 두창평이 한숨을 쉬더니 의미심장한 말을 했다.

"천지만물에는 각자 정해진 본분이 있습니다. 돌아가서 잘 생각해보고 관심으로 인해 마음을 어지럽히는 결과가 오지 않게 하세요."

마지막 한마디는 마치 거대한 돌처럼 루추의 가슴을 압박했다. 그녀는 말없이 두창평에게 고개 숙여 인사하고는 15층으로 돌아왔다. 그러고는 업무과실에 대한 시말서를 작성하기 시작했다. 한 자씩 타이핑할 때마다 그녀는 자신에게 물었다. 정말 잘못했느냐고, 그저 모른 척했어야 옳은 거냐고. 사심으로 인해 전문적인 판단을 흐리지는 않았느냐고 끊임없이 물었다.

가슴에 손을 얹고 생각해보니 관심을 쏟으면 마음이 어지러워진다는 말이 맞았다. 두 페이지 분량의 시말서를 다 쓰고 나니 마음이 한결 가벼워졌다. 루추는 휴가신청서를 작성하여 시말서와 함께 두 주임에게 제출했다. 두창평은 두말없이 승인해주었고, 그녀는 대충 짐을 챙겨 사무실을 나왔다.

지금은 출퇴근시간이 아니라 거리를 지나는 행인들도 드문드문 눈에 띄었다. 버스마저 자주 오지 않았다. 택시를 타야 하나 고민하는데 갑자기 뒤쪽에서 귀에 익은 목소리가 들렸다.

"오후에는 일 안 해도 돼요?"

15
고백

"저건 가짜야."

루추가 이렇게 되뇌며 계속 걸었다. 뒤쪽에서 같은 목소리가 또 들려왔다.

"아침 내내 찾았는데 전화기를 꺼놓았어요?"

가짜라도 대답할 필요가 느껴지는 말이었다.

그녀가 고개를 돌리자 샤오렌이 세 걸음쯤 뒤에 서있었다. 그는 단순한 디자인의 셔츠를 입고 손을 청바지 주머니에 꽂고 가을 낮의 빛나는 태양 아래 서있었다. 곧은 몸매에 맑고 투명한 눈매의 그에게서 다친 흔적이라고는 찾아볼 수 없었다.

루추가 어리둥절하여 그를 바라보다가 휘청했다. 샤오렌이 재빨리 다가와 그녀를 부축하며 물었다.

"왜 그래요?"

"당신을 봐서 너무 기뻐서요."

그녀가 눈을 감고 그의 어깨에 머리를 기댔다. 그녀는 기대가 현실이 된 눈앞의 상황에 당황하고 있었다. 잠시 후 그의 품에서 빠져나온 루추는 가방에서 핸드폰을 꺼냈다. 까맣게 된 화면을 샤오렌에게 보여주며 말했다.

"어젯밤 아버지와 통화하고 나서 충전한다는 걸 깜박했네요."

그가 그녀의 머리카락을 어루만지며 낮은 목소리로 말했다.

"고마워요."

"뭐가요?"

루추가 고개를 들고 물었다. 샤오렌이 미간을 찌푸렸다.

"루추 씨가 계속 모른 척하면 나도 포기할래요……. 정말 몰라요?"

그는 도중에 말투가 갑자기 변했다. 마치 몹시 놀란 것 같았다. 루추가 힘없이 고개를 가로저었다.

"어젯밤 칼을 한 자루 복원했는데 방금 시말서를 쓰고 앞으로는 충동적인 행동을 하지 않겠다고 약속했어요. 그밖에는 아무것도 몰라요."

그녀의 집으로 가는 버스가 정류장에 들어왔다가는 부릉하고 떠났다. 루추는 배기가스를 내뿜으며 가는 버스의 뒷모습을 바라보며 계속 말했다.

"내게 말해줄 수 있어요? 어떤 말이라도 좋아요. 그것이 사실이기만 하다면."

밤새워서 작업한 후의 피곤함과 마음고생으로 루추의 목소리는 잔뜩 잠겨있었다. 샤오렌은 한숨을 쉬며 그녀를 꼭 끌어안았다.

"얼마나 알고 싶어요?"

"전부 다."

"욕심쟁이."

샤오렌이 실소하며 손가락으로 루추의 코끝을 톡톡 건드렸다. 마치 떼쓰는 어린아이를 대하듯했다. 루추가 샤오렌을 똑바로 바라보며 말했다.

"당신에 관한 모든 것을 알고 싶어요."

그녀는 사실을 알아야겠다고 생각하면서도 한편으로는 마음의 준비를 단단히 했다. 그가 전처럼 말을 돌려 대답을 피할 수도 있다고 생각했기 때문이다. 그렇다고 해도 상관없다. 시간은 많으니까, 당장 대답을 듣지 못한다 해도 오늘 무사히 돌아온 것만으로도 만족할 수 있었다.

샤오렌은 루추를 잠시 바라보다가 입을 열었다.

"좋아요. 내가 다 말할게요. 그전에 넓고 사람이 없는 곳을 찾아야겠어요."

'사람이 없는 곳'이라는 조건은 이해할 수 있지만 넓은 곳을 찾는 이유는 알 수 없었다.

"넓은 곳은 왜요?"

"그래야 나의 전부를……."

샤오렌은 자기 말투가 이상한지 잠시 멈칫하더니 "보여줄 수 있으니까요"라는 말로 마무리했다.

루추가 적당한 장소를 알고 있다며 그곳으로 갈 것을 제안했다. 교외에 있는 국립삼림공원이었다. 규모가 큰 이 공원에는 댐을 막아 조성한 인공호수가 있는데, 그곳에는 1천 개에 달하는 작은 섬들이 분포되어 있다. 사방이 산으로 둘러싸여 있고 미개발 지역이 대부분인 이 공원은 찾는 사람이 많지 않았다.

그녀는 먹을 것을 좀 챙겨 공원에 가는 게 어떻겠냐고 물었다. 샤오렌도 별다른 이의를 제기하지 않았는데 그녀를 바라보는 눈빛이 기이한 상념으로 차있었다. 주차장으로 가는 도중에 그들은 편의점에 들러 샌드위치와 음료수를 사기로 했다. 마치 소풍을 떠나는 것 같았다. 이렇게 돌아가는 분위기가 아무래도 어색했는지 루추가 변명을 했다.

"스팡시에 오기 전부터 삼림공원에 세쿼이아(sequoia) 숲이 있다는 말을 들어서 한 번 가고 싶었어요. 어쨌든 반나절 휴가를 냈으니까요.

"그랬군요."

샤오렌이 계산을 끝내고 직원으로부터 먹을 것이 든 봉지를 받아들었다.

"궁금해서 그러는데······."

그가 뭔가 말하려다 멈추더니 단어 하나하나를 신중히 선택하며 말을 계속했다.

"내가 루추 씨와 그렇게 큰 차이가 있는데도 이렇게 단둘이 가는 거 괜찮겠어요?"

루추는 자신의 낡은 후드티와 하도 오래 신어서 보푸라기가 생긴 캔버스화를 바라보며 오늘 아침 머리를 감고 말리지도 않고 나온 것이 떠올랐다. 게다가 밤을 샌 후라 피부는 푸석푸석했다. 편의점에 들어설 때 구석에서 잡지를 뒤적이던 여자 셋이 샤오렌을 힐끗힐끗 훔쳐보았다. 그러다 루추를 바라볼 때는 경멸하는 눈빛이 역력했다. 마치 미운 오리새끼가 감히 백조와 어울리다니 하는 표정이었다.

주변의 눈빛에 마음이 편치 않던 참에 샤오렌으로부터 이런 질문까지 받자 루추는 거침없이 대답했다.

"상관없어요. 하지만 아침에 옷을 갈아입고 나올 때만 해도 샤오렌 씨와 함께 가게 될 줄을 몰랐으니까요. 게다가 목적지가 삼림공원이니 활동에 편한 옷이 좋겠죠. 아……! 무섭지 않겠냐고 묻는 거였어요?"

그의 눈빛을 보며 마침내 질문의 의도를 알아차린 루추가 뒤늦게 반응을 보였다.

"나는 살육을 해야 사는 존재입니다."

샤오렌은 담담하게 말하면서도 눈빛에는 비장함이 서려있었다. 루추가 고개를 갸웃하며 작은 목소리로 반문했다.

"그리고 살육을 했기에 살아남았고요?"

예상 밖의 질문에 샤오렌은 잠시 멈칫하다가 대답했다.

"반드시 그렇지만은 않아요. 본성이 그렇다는 거죠."

그는 과연 무엇을 말하고 싶은 걸까? 루추가 느릿느릿 말했다.

"하지만 어제저녁 그 장검의 몸체에 있던 살기는 그렇게 심하지 않았는걸요."

"네……."

긍정도 부인도 아닌 대답에 루추는 뭔가 짚이는 것이 있었다.

"그동안 본성을 계속 억제했던 거예요?"

"숙명에서 벗어나기를 시도한 거죠……, 다 왔어요."

그들은 튼튼한 외형에 차체가 높은 랜드로버 차량 앞에서 멈춰 섰다.

"도중에 마음 바뀌면 언제라도 말해요. 당장 차를 돌릴 테니까요."

그가 문을 열어주며 이렇게 말하자 루추는 어깨를 한 번 으쓱하며 알았다고 했다. 그런 걱정은 필요가 없다는 말을 하고 싶었지만 차라리 행동으로 자신의 마음을 보여주는 편이 낫다고 생각했다. 차에 오르던 루추가 갑자기 몸을 돌려 물었다.

"운전면허는 있어요?"

샤오렌이 마치 사레라도 들린 듯 컥 소리를 내더니 품에서 가죽 케이스를 꺼내 보여주었다. 면허증을 힐끗 확인한 루추가 굳은 표정으로 자리에 앉았고, 샤오렌이 재빨리 차 앞을 돌아 운전석에 앉았다. 그의 입가가 살짝 올라가는 모습을 본 루추가 참을 수 없다는 듯 물었다.

"내가 그렇게 우스워요?"

"당신이 내게 웃음을 일깨워줬어요. 긴 세월 동안 나는 모든 감정을 봉쇄당했죠. 이른바 웃음은 그저 얼굴 근육을 미세하게 움직이는 데 지나지 않았으니까요."

그가 액셀러레이터를 밟자 차는 쏜살같이 주차장을 빠져나가 대로를 달렸다. 루추는 뭐라고 반격하고 싶었지만 그와 대적이 되지 않자 무릎 위에 놓인 두 손을 노려보며 한마디 했다.

"그래요, 계속 그렇게 비웃어요. 속상한 건 잠깐이니까요."

샤오렌은 입을 다물고는 손을 뻗어 그녀의 머리카락을 만졌다.

차는 교외로 향하고 차창 밖의 집들이 점점 뜸해졌다. 샤오렌이 핸드폰을 거치대에 올리고 몇 번 누르자 차 안에는 이름 모를 협주곡이 울려 퍼졌다. 그는 음악에 맞춰 작은 소리로 휘파람을 불었다. 음악을 듣다 보니 루추는 배가 시장기가 느껴져서 편의점에서 산 샌드위치를 한입씩 베어 물었다. 가끔씩 고개를 돌려 샤오렌을 바라보았다.

"궁금한 것이 있으면 기다릴 필요 없이 지금 물어봐요."

샤오렌이 그녀 쪽을 쳐다보지도 않고 이렇게 말했다.

"아까 말하던 거요, 나중에는 어떻게 되었어요?"

감정을 닫아버린 그가 어떻게 지금까지 왔을까?

"나중이라고 할 것도 없어요. 언젠가 인연이 되어 클라리넷을 배우게 되었고, 여기까지 오게 된 거예요."

그는 마치 재미있는 옛일이 떠오르는 듯 눈빛이 갑자기 온화해졌다.

"악기는 본성과는 관계없이 연습을 하지 않으면 실력이 떨어지더라고요."

겨우 그거란 말인가? 더 얘기하고 싶지 않다는 소리인가? 루추는 눈을 깜박이며 말했다.

"선천적인 재능이 부족해서는 아닐까요?"

"당신이 날 겁내지 않는 걸 알고 있으니 굳이 강조할 필요 없어요."

루추가 샌드위치를 다 먹어갈 때쯤 차가 삼림공원으로 들어섰다. 이맘때쯤의 산은 하루가 다르게 경치가 변한다. 은행나무와 단풍나무가 산 전체를 울긋불긋 물들이고, 옅은 안개가 땅바닥에서 올라와 환상적인 풍경을 더해주었다. 샤오렌은 이곳이 익숙한 듯 구불구불한 산길에서도 속도를 줄이지 않았다. 모퉁이를 몇 개 돌자 완만한 평지로 이어지며 아스팔트길은 자갈길로 바뀌었다. 차는 조금 더 가서 속도가 줄더니 길가의 풀밭 위에 멈춰 섰다.

루추는 차문을 열고 내렸다. 사방을 둘러봐도 인적을 찾아볼 수 없었다. 길은 그녀의 오른쪽 앞에서 좁은 구 도로로 갈라졌다. 뒤덮인 돌이 산세를 따라 아래쪽으로 깔려있으며 수십 그루의 붉은 침엽수들이 구 도로 길가에 늘어서 있었다. 곧게 큰 나무들은 사방으로 가지를 뻗으며 위쪽으로 갈수록 가지가 짧아져서 마치 붉은 탑처럼 보이는 것이 여간 장엄하고 아름다운 것이 아니었다.

그녀가 나무를 가리키며 물었다.

"세콰이어 나무인가요?"

"네, 하지만 세콰이어 숲 전체를 감상하려면 아래로 내려가야 하는데 갈 수 있겠어요?"

"물론이에요.

샤오렌의 말에 루추는 어깨에 백팩을 매면서 망설이지 않고 대답했다. 힘들면 그때 생각하자. 그녀는 조심스럽게 걸음을 옮겼다. 돌계단은 만든 지 오래되었지만 상당히 튼튼해서 루추는 마음을 놓고 발을 디뎠다. 하지만 그녀는 의욕만 앞섰을 뿐 얼마 가지 않아 숨이 차서 걷다가 쉬기를 반복했다. 샤오렌은 그녀와 좀 떨어진 뒤쪽에서 그녀의 속도에 맞춰 걸었다. 독촉하지도, 멀리 떨어지지도 않았다. 이것이 그의 방식이었다. 침묵하면서도 존재감으로 충만하여 그녀를 안심시켰다.

그렇게 걷다 보니 새소리에 섞여 졸졸 물 흐르는 소리가 들리기 시작했다. 물소리가 점점 커지더니 새 소리를 덮어버렸다. 어느 순간 루추는 멈춰 서서 고개를 돌아보았다. 햇빛이 나무사이를 뚫고 바닥에 떨어진 단풍잎들에 쏟아졌다. 수많은 작은 금빛 햇살이 샤오렌의 몸에 반사되면서 차가운 기질의 그가 조금은 온화해 보였다.

그런 그의 모습은 루추의 마음을 설레게 했다. 그녀가 들뜬 목소리로 물었다.

"샤오렌 씨 몇 살이에요?"

"스물일곱 살이에요."

이 숫자는 운전면허증에 적혀 있었다. 루추가 한 계단을 되돌아가 고개를 들고 물었다.

"태어나자마자 스물일곱 살인가요?"

"각성이에요."

사오렌이 이 말을 하는 찰나 숲속의 바람도 순간적으로 멈춘 듯했다.

"인간으로 화한 것을 우리 세계에서는 '각성'이라고 해요."

두 사람의 눈이 마주치자 그는 잘 들리지 않게 탄식했다.

"갑시다. 직접 보여드릴 테니."

그는 이렇게 말하고는 구 도로를 지나 숲의 깊은 곳으로 성큼성큼 걸어갔다. 침엽수 잎이 떨어진 바닥은 부드럽고 푹신푹신했다. 샤오렌의 빠른 걸음에 루추는 거의 구르다시피 뒤를 따라갔다. 그가 마침내 걸음을 멈추자 루추도 숨을 헐떡이며 멈췄다. 눈앞이 갑자기 훤히 트였다. 맑은 물이 흐르는 골짜기의 맞은편은 구름을 뚫을 듯 높이 솟은 나무숲이었다. 짙고 옅은 붉은색이 섞여서 불타오르듯 산등성이 전체를 덮었고, 호수에 거꾸로 비친 숲의 모습은 오색구름보다 더 찬란하게 빛났다.

"여기가 바로 세과이어 숲이에요?"

루추가 숨을 몰아쉬며 물었다. 샤오렌은 대답하지 않고 숲 사이 수목이 드문드문 있는 곳으로 한 걸음에 건너갔다. 허공에서 눈 깜짝할 새에 모습을 감추고 그의 셔츠만 바닥에 떨어졌다. 그와 동시에 전체가 칠흑같이 검은 장검 한 자루가 갑자기 루추의 앞에 나타났다. 검은 허공에 떠있었으며, 날에는 그녀가 연마한 흔적이 아직 남아있었다. 다만 어제의 검이 깊이를 알 수 없는 호수처럼 표면에 때때로 어두운 빛이 번뜩였다면, 오늘 이 검은 맑은 샘처럼 차갑게 그 위에서 맴돌며 주위의 공기까지 그 스산한 기운에 물들게 하였다.

루추는 저도 모르게 숨을 죽이고 눈을 검에 고정하고 있었다. 검은 공중에서 잠시 떠 있다가 스스로 한 바퀴 돌았다. 한 무리의 기러기 떼가 갑자기 숲에서 놀라 날아오르며 숲을 떠나갔다.

그녀는 그것에 정신이 잠시 팔리는 순간 칼이 갑자기 위로 튀어오르며 칼끝이 똑바로 그녀를 겨누는 것이었다. 모든 것이 너무 순식간에 벌어져서 루추는 아무것도 보지 못했다. 살기가 얼굴을 스치고 간 느낌을 받았을 뿐이었다. 차갑고 날카로우며 당장이라도 그녀의 심장을 찌르려는 것 같았다.

근처의 나뭇잎이 몇 번 흔들렸다. 이어서 샤오롄의 그림자가 허공에 나타났다가 순간 실체로 변했다. 그는 사람과는 다른 빠른 속도로 그녀 앞으로 다가와 두 손으로 어깨를 붙잡았다.

"다치지는 않았어요?"

루추가 억지로 괜찮다며 고개를 저었다. 샤오롄이 팔을 뻗자 장검은 순식간에 그의 손에 쥐어졌다. 뒤이어 쿵 소리와 함께 높이 솟아있던 나무 한 그루가 서서히 넘어졌다. 놀란 새들이 사방으로 날아오르고, 먼지가 일어나며 나뭇잎과 풀이 어지럽게 날아다녔다. 일대 혼란 속에서 샤오롄은 장검을 든 채 말이 없었다. 루추는 기침을 하면서도 머리를 내밀고 검이 어떻게 되었는지를 살폈다. 샤오롄은 한걸음 뒤로 물러서서 장검을 가로 들어 보이며 말했다.

"나의 본체인 소련검입니다."

루추가 긴장해서 검을 향해 손을 흔들었다.

"안녕! 우리 어젯밤에 만났죠?"

샤오롄이 쓴웃음을 지었다.

"본체는 의식이 따로 없으니 그냥 나한테 말해요."

"아……."

루추가 급히 고개를 들어 바라보았다. 샤오렌이 진지한 표정으로 말을 계속했다.

"내 생명은 두 단계로 나눠져요. 검이 완성될 때 본체와 혼백이 동시에 탄생했고, 이것이 첫 번째 단계예요. 100년 후 각성하여 인간의 모습으로 화하면서 이 세상에 샤오렌이 나오게 되었어요."

루추는 고서에서 설명한 부분이 떠올라 망설이며 물었다.

"혼백이라면……, 검혼을 말하는 건가요?"

"그건 전승자들이 쓰는 말이고, 사람들이 그렇게 말하는 소리는 오랫동안 들어보지 못했어요."

샤오렌이 손을 위로 향하고 힘을 빼자 검이 손바닥 위에 바로 세워지더니 조금씩 투명해졌다. 작은 회오리바람을 일으키면서 눈앞에서 사라졌다.

"루추 씨, 우리 검혼은 인간의 영혼과 같은 개념이 아니에요. 사고를 못하고 희로애락도 없이 원시적 본성을 가진 나만 존재하죠. 그런 '나'는 나 자신의 의식이 사라질 때만 나타나서 본체를 지키는 거, 그것뿐이에요."

비록 샤오렌이 그녀에게 검혼을 왜 설명하는지 알 수 없었지만 루추는 애써 생각해보고 자신이 이해한 것을 이야기했다.

"일종의 자기보호 시스템인가요?"

"비슷해요."

그가 잠시 머뭇거리더니 두 눈을 아래로 향하며 말을 이어갔다.

"어제 복원실에서 내 의식이 즉시 소생하지 않았다면, 저 검이······, 아니 내가 당신을 죽였을지도 몰라요."

마지막 말은 입 밖으로 꺼내는 것이 어려웠지만, 그렇다고 해서 얼버무리지는 않았다. 루추는 그제야 찬 공기를 들이마셨다.

"미안해요. 다시는 그런 일 없을 거예요."

샤오롄의 표정에 결연함이 깃들었지만 루추는 주의를 기울이지 않고 놀라서 물었다.

"내가 뭘 잘못했는데요? 복원과정에 무슨 문제가 있었나요?"

"루추 씨에게는 아무 잘못도 없어요. 이건 전적으로 나의 문제에요."

불길한 예감이 루추의 머릿속에서 자꾸 고개를 들었다. 그녀는 뭔가 말하려다 입을 다물었다. 샤오롄이 고개를 들어 그녀의 모습을 머릿속에 각인이라도 시키는 것처럼 응시했다.

"천 년 전 어느 복원사가 내 몸에 금제(禁制)를 심어놓았어요. 가까스로 벗어나긴 했지만 후유증이 남았죠. 당신에게서 풍기는 전승자의 분위기는 나를 통제하던 그 사람과 똑같아요."

그가 중간쯤 말했을 때 직원식당에서 마주친 날과 같은 눈빛으로 그녀를 바라보았다. 그녀를 바라본다기보다는 그녀를 통해 뭔가를 알아내려는 것 같았다. 루추는 마침내 그 눈빛의 배후에 있는 의미를 알아차렸다. 그러나 차라리 모르는 편이 나을 뻔했다. 그녀는 한숨을 몰아쉬고는 물었다.

"당신이 회사에서 처음 나에게 차갑게 대한 이유도 그것 때문이었어요?"

"그래요."

"하지만 결국 아무 일도 없었잖아요?"

루추가 그의 시선을 견딜 수 없어서 급히 말을 보충했다.

"나는 당신은 물론이고 다른 모든 생명도 통제하지 않을 거예요. 그러니 걱정할 필요가……."

그녀는 말을 끝맺지 않았다. 그녀를 보는 샤오렌의 표정에 일말의 의혹도 없었으며 미안한 표정만 있었기 때문이다.

"내가 걱정하는 것은 당신의 안위에요."

그가 웃으려고 시도했으나 쓰디쓴 미소가 지어졌다.

"검혼은 당신이 위협적인 존재라는 것을 인정해 제거하려고 했어요. 물론 나의 의식이 깨면 모두 억제할 수 있어요. 그러나 만에하나 내가……."

그가 또 손을 뻗어 루추의 머리카락을 쓰다듬으며 말했다.

"나, 회사를 그만둘 거예요."

루추의 머릿속이 잠시 하얗게 변했다.

"어디로 가려고요?"

"지금 런던 쪽을 고려하고 있어요. 크리스티스(CHRISTIE'S)에서 실습한 적이 있거든요."

갈 회사까지 정해놓았다니, 이렇게 급하게, 그리고 철저히 자신과 거리를 둬야 한단 말인가? 루추는 머리가 어지러워져서 손으로나무를 짚고 천천히 물었다.

"오늘 날 찾아온 게 작별인사를 하기 위해서였나요?"

"날 가까이 하면 당신이 위험해져요."

"당신을 가까이 하지 않았다면 엘리베이터에서 벌써 죽었을 거예요."

루추가 그의 말을 자르고 숨이 가쁘게 말을 이었다.

"어떤 복원사가 한 짓 때문에 내가 벌을 받는다면 너무 불공평하지 않아요?"

그가 무기력하게 탄식했다.

"루추 씨, 그건 벌이 아니라 보호에요."

"그렇다면 내가 거절하겠어요. 내겐 싫다고 말할 권리도 없나요?"

순간 공기가 얼어붙었다. 루추는 크게 심호흡을 했고, 샤오렌 눈동자의 푸른 불꽃이 번쩍하다 사라졌다. 그가 다가와 그녀의 손을 잡았다.

"루추 씨, 내 말 들어요. 인간의 목숨은 질기면서도 지극히 약한 존재입니다. 지금의 나는 당신에게 시한폭탄이나 마찬가지예요."

그는 말을 마치기도 전에 자신의 이마를 그녀의 이마에 댔다. 그의 차가운 이마가 닿은 그녀의 이마는 뜨거웠으며 온몸에 불덩이처럼 열이 나고 머리는 어지러웠다. 시선도 흐릿해질 정도였다. 그러나 마음속 유일한 생각은 더욱 뚜렷해졌다. 갈 테면 가라지. 그러나 그녀를 위해서라는 말은 하지 않았으면 한다. 그가 없이는 그녀도 잘 지낼 수 없다.

"당신은 뭘 믿어요?"

루추가 가볍게 샤오렌을 떼어내고 손으로 얼굴을 만졌다. 손이 젖어있었다. 그녀가 운 것인가? 그러나 이는 중요하지 않다. 그녀는 눈을 감았다. 한 글자 한 글자 또박또박 말했다.

"당신은 대답하지 않아도 돼요. 나는 평생 원인이 있으면 결과가 있다는 것을 믿었고, 노력을 해야 소득이 있다고 믿었어요. 하늘이 우리를 만나게 해준 것은 그 이유가 있다고 생각해요."

눈물이 얼굴을 타고 바닥으로 떨어졌다. 그녀가 눈을 뜨고 그를 고집스럽게 바라보며 물었다.

"당신은 믿나요?"

한참 기다렸지만 샤오렌은 아무 움직임이 없었다. 이윽고 그가 갑자기 웃었다.

"나는 신앙이 없어요."

눈물이 또다시 두 뺨을 흘러내렸다. 마음이 아파서가 아니었다. 그녀는 화가 났다.

"하지만 운이 좋으면 귀인을 알아볼 수 있죠."

유식한 문자를 쓰니 알아듣기 어려웠지만 따뜻한 눈빛인 것만은 틀림없었다. 숨을 돌릴 틈도 없이 눈앞에 갑자기 섬광이 번뜩였다. 샤오렌의 얼굴이 급속히 작아지더니 완전히 보이지 않게 되었다. 그의 손을 풀기 전에 루추의 머릿속에 마지막으로 떠오르는 생각은 '아, 그도 당황할 줄 아는구나'라는 것이었다. 이윽고 어둠이 내려와 그녀를 끝없는 심연으로 끌고 들어갔다.

16
금제

그녀는 계속 헤매며 방향감각을 완전히 잃어버렸다. 무수한 문자 이미지가 사방에서 몰려와 머릿속을 금세 꽉 채워버렸다. 몸은 점점 가라앉기 시작하면서 루추는 숨쉬기가 점점 힘들어지는 것을 느꼈다. 두통이 점점 심해져서 더 이상 견딜 수 없었다. 이렇게 하다가는 머리가 터질 것 같았다.

"멈춰!"

루추가 온 힘을 다해 소리 질렀다. 이번에는 어떤 목소리가 들려왔다.

"당신은 자신의 극한을 시험하지 않아도 된다고 확신해요?"

루추는 통증으로 말이 나오지 않아 고개를 세차게 저었다. 목소리가 다시 울렸다.

"안타깝네요."

이어서 문자와 이미지가 썰물처럼 빠져나가고 두 손이 그녀의 뒤에서 가볍게 밀었다. 그녀가 비틀거리며 몇 걸음을 걷다가 어둠 속에서 평지를 디뎠다. 공기에서는 연기 냄새가 났다. 가마에서 장작이 타닥타닥 소리를 내며 타고 있었다. 주위가 조금씩 밝아지면서 루추는 마침내 자신의 주변을 분명히 볼 수 있었다.

그녀는 넓은 초가집 안에 서있었다. 사방 벽은 흙을 다져 쌓아 올렸으며 정면에는 나무 탁자가 하나 있었다. 그 위에는 각종 공구와 열 개의 숫돌들이 가지런히 놓여있었다. 탁자 옆에는 석회벽돌로 쌓아올린 가마가 있었으며, 그 안에서 장작이 타고 있었다. 가마 바닥의 입구가 열려있고 공기를 불어넣기 위한 가죽주머니가 연결되어 있었다.

이것은 역사상 가장 오래된 풀무설계로 기원전부터 기록이 있었으며, 고서에도 유사한 삽화가 있다. 루추는 신중하게 앞으로 몇 걸음 걸어갔다. 갑자기 시야가 환하게 열리며 집의 나머지 부분이 눈앞에 드러났다. 한쪽 모퉁이에는 자갈을 쌓아 만든 작은 연못이 있다. 가장자리에는 외부와 연결되는 대나무관을 통해 물이 끊임없이 연못으로 떨어졌다. 대여섯 살쯤 되어 보이는 여자아이가 낡은 솜옷을 입고 루추와 등을 대고 연못가에 엎드려 물놀이를 하고 있었다.

눈에 보이는 사물들과 그 여자아이에 이르기까지 모든 광경이, 루추는 무척 눈에 익었다. 그녀는 길게 생각하지도 않고 한걸음 앞으로 가서 소녀에게 말을 걸었다.

"저기……."

말이 끝나기도 전에 여자아이가 고개를 돌렸다. 두 사람의 눈이 마주치는 순간 거대한 힘이 루추를 연못가로 끌고 갔다. 그녀는 균형을 잃고 물속으로 빨려 들어갔다. 긴 칼 하나가 연못 바닥에 가라앉아 오싹한 한기를 발산하고 있었다.

다음 순간 루추가 벌떡 일어나 앉았다. 기침이 계속 나오면서 눈코입은 여전히 물속에 잠긴 채여서 견디기 힘들었다. 기침을 멈춘 후 그녀는 사방을 둘러보았다. 자신이 의식을 잃기 전 서있던 곳을 발견했다. 몸에는 샤오렌의 겉옷이 덮여있었다.

멀리 공기를 찢는 소리가 들려왔다. 루추가 고개를 드니 샤오렌이 장검을 밟고 산위에서 그녀를 향해 빠른 속도로 날아오고 있었다. 나뭇가지를 스치면서 나는 그의 모습은 마치 현대의 프로 스키 선수와 흡사하면서도 좀 더 우아하고 침착했다. 마지막 단계에서 가로로 난 나뭇가지에 길이 막히자 샤오렌은 그 위를 살짝 뛰어넘었는데, 사람과 칼이 나뭇가지를 사이에 두고 상하로 갈라졌다가 다시 합쳐지면서 그녀 바로 앞에서 급히 멈췄다. 검은 순간적으로 흔적도 없이 사라졌다.

그가 루추의 이마를 손으로 짚어보았다.

"좀 어때요?"

차가운 느낌이 그의 손에서 이마로 전해지며 루추는 눈을 감고 그 느낌을 즐겼다. 이윽고 기운 없는 목소리로 입을 열었다.

"내가 전승의 문을 열었어요."

고서의 내용이 어느새 그녀의 뇌리에 펼쳐졌다. 책 속의 각 장이 하나의 독립된 공간으로 변했으며, 공간의 입구는 각 장의 제목을 달고 있는 문으로 변했다. 그녀는 문을 열고 들어가 참관하고, 심지어 직접 조작을 하기도 했다. 책의 많은 부분은 그저 붓이 지나간 단락에 불과했으나 지금은 모든 내용이 눈앞에 생생하게 펼쳐졌다.

그중 한 장의 문에는 큰 자물쇠가 걸려있었다. 루추는 그 문의 열쇠를 찾을 수 없어서 아예 그 부분을 생략하고 계속 갔다. 다른 문을 열고 들어간 후 좌우를 둘러보다가 눈에 들어오는 장면이 있었다. 유백색의 긴 두루마기를 입은 서생이 어쩌다 한 무리의 도적을 구해주었다. 그런데 뜻밖에도 그들에게 공격을 당하여 백옥으로 테를 두른 한 자루의 청동 장검으로 변하더니 부러져 버렸다.

순간 루추가 놀라서 눈을 번쩍 떴다. 한 손은 샤오롄의 손을 쥐고 놀라 어쩔 줄 모르는 눈빛이었다.

"왜 그래요?"

샤오롄이 루추의 손을 꼭 쥐어주며 걱정했다. 루추는 숨을 몰아쉬며 세차게 고개를 저었다.

"당신이 아니라……."

그 끊어진 검이 샤오롄의 본체와 닮은 구석이 하나도 없었지만 그녀는 그가 다시 차가운 검으로 화하여 그곳에서 아무 말 없이 누워 있을까 봐 겁이 났다. 그래서 얼른 현실로 돌아와 그가 아직 있는지 확인한 것이다.

그들은 그렇게 손깍지를 끼고 말없이 기대앉아 있었다. 문득 샤오롄이 생각이 났다는 듯 가방 속에 있던 은색 보온병을 그녀에게 건넸다.

"이거 마셔요. 전승을 하느라 체력을 많이 소모했을 거니까."

루추가 병을 받아들며 지평선 뒤로 막 사라지려는 석양을 바라보며 화들짝 놀랐다.

"나 얼마나 누워있었어요?"

"세 시간 조금 넘어요. 의식이 돌아오지 못할까 봐 다른 곳으로 옮기지 않았어요."

그가 그녀의 다리 위에 놓인 자신의 외투를 들어 올려 제대로 여며주었다.

"지금이라도 깨어나서 다행이에요. 날이 어두워지면 청잉 형에게 부탁해서 텐트를 가져다 달라고 할 참이었거든요."

바람이 불어오자 갑자기 한기가 느껴졌다. 루추는 그의 외투 속으로 몸을 잔뜩 움츠렸다.

"그렇게 오래되었어요? 나는 잠깐인 줄 알았어요."

"가장 길게는 하룻밤 하루 낮까지 걸린다고 들었어요. 당신이 어떤 것을 경험했는지 모르지만 많은 복원사들이 버티지 못하거나, 영원히 깨어나지 못하거나, 깨어나더라도 정신이상이 되곤 해요."

어떤 기억을 불러일으켰는지 마지막 말을 할 때는 상당히 처연한 말투였다. 루추는 귀를 세우고 자세히 듣고 싶었으나 샤오렌은 입을 다물고 보온병 뚜껑을 열어 뜨거운 음료수를 따라주었다.

"천천히 마셔요."

보온병 안에 든 것은 핫쵸코였다. 평소 샤오렌이라면 결코 사지 않았을 음료수다. 루추가 주저하며 컵을 받아 한 모금씩 마셨다.

샤오렌은 송이상자에 든 것을 꺼내 그녀 앞에 내려놓았다.

"계속 에너지를 보충해요. 부족하면 산을 내려가서 더 사올게요."

그녀 앞에 놓인 것은 설탕을 묻힌 도넛으로 오리지널, 땅콩, 레
몬 등 다양한 맛이 들어있었다. 에너지를 보충하는 데는 적절한 선
택이지만 그녀는 뭔가 이상하다는 느낌이 들었다.

루추가 눈을 가늘게 뜨며 물었다.

"누가 사왔어요?"

"청잉 형이 사왔어요. 줄을 서야 살 수 있을 정도로 유명한 집이
래요."

샤오렌은 그녀의 표정에서 뭔가 잘못되었다는 것을 느꼈지만
그게 무엇인지는 전혀 몰랐다. 그가 도넛 하나를 집어 들고 한입
베어 물었다.

"아주 부드럽네요. 이런 식감 싫어해요?"

보기만 해도 이가 아플 것 같아서 루추는 한쪽 얼굴을 손으로
괴고 물었다.

"너무 달다고 생각하지 않아요?"

"난 단맛을 못 느껴요. 쓴맛과 짠맛만 느껴요."

샤오렌의 기분이 가라앉는 듯했다. 말을 할수록 자신과 루추와
의 선이 그어지기 때문이다. 루추가 컵을 내려놓고 진지하게 고개
를 끄덕였다.

"전승에서 이 점을 언급하지 않았으니 내가 추가할게요. 샤오렌
의 혀는 차오바와 같다."

"차오바가 누구죠?"

"우리가 구해준 새끼 고양이예요."

샤오렌이 실소하며 고개를 가로저었다.

"내가 아니라 루추 씨가 구해줬어요."

갑자기 분위기가 누그러졌다. 루추는 기분 좋게 도넛을 들어 한 입 크게 베어 물었다. 눈길은 자기도 모르게 샤오렌의 가슴께에 가 있었다. 심장 부근에 금빛으로 번쩍이는 점들이 보였다. 타투인가? 그녀는 눈을 크게 뜨고 보더니 심상치 않은 것을 발견했다. 이 점 들은 비록 금색이지만 조금도 온기가 없이 음산한 기운을 발산하 고 있었다. 작은 범위에서 끊임없이 이동하는 것이 마치 살아있는 듯했다.

루추는 도넛을 내려놓고 잔뜩 긴장하여 그 금빛 점들을 바라보 았다. 샤오렌이 고개를 숙여 내려다보고는 담담히 물었다.

"이게 보이나요?"

"그게 뭐예요?"

"금제예요."

"이미 벗어났다고, 후유증만 남았다고 했잖아요?"

루추는 문득 검의 손잡이에 끼워진 금실 띠가 떠오르며 경악했다.

"내가 금실 띠를 떼내지 않고 오히려 검에 더 단단히 매놓았어요!"

샤오렌이 어쩔 수 없다는 듯 말했다.

"지금은 그래도 많이 약해진 거예요. 평소에는 작용을 일으키지 않으니까요."

루추가 다시 전승의 문으로 들어가 찾아보았으나 금제와 관련 한 부분을 찾지 못하고 찝찝한 기분으로 현실에 복귀했다. 그녀는 금빛 점들을 관찰하다가 문득 고개를 들고 물었다.

"내가 당신 옷을 덮고 있는데 당신은 춥지 않아요?"

샤오렌이 미소를 지었다.

"전승에 기록이 없던가요? 인간으로 화한 후 가장 쾌적함을 느끼는 온도가 섭씨 영하 30도에서 영상 1천도 사이랍니다."

"잘됐네요. 그러면 미안하지만 하나 더 벗어줄래요?"

갑작스런 요구에 샤오렌은 어리둥절했으나 루추는 단도직입적으로 말했다.

"옷 위로는 잘 안 보여서 그래요. 그리고…… 추위는 안 타도 감기는 걸리기도 해요?"

"나는 감기에 걸리지 않아요."

"그렇다면 잘 됐네요. 1분이면 되니 부탁해요."

그녀가 두 손을 모으고 콧소리 섞인 애교를 부리면서도 눈에는 간절한 기대가 서려있었다. 샤오렌이 버티다가 결국 승낙하고 말았다. 그가 단추 몇 개를 풀고 셔츠를 열어 제꼈다. 건장한 상반신이 드러나자 그녀는 자신도 모르게 숨을 죽였다. 과연 심장부위에는 작은 금빛의 점이 체인 모양으로 이어져 있었다. 마치 독사의 비늘처럼 햇빛에 반사되어 무척 아름다우면서도 치명적이었다.

루추는 눈도 깜박이지 않고 그것을 바라보았다. 샤오렌이 민망하여 단추를 잠그려고 하자 루추가 갑자기 손을 뻗어 형태가 없는 체인을 만지려고 했다.

"건드리지 말아요."

그가 신속히 그녀의 손을 잡았다. 엄격한 그의 말투에 깜짝 놀라 눈을 크게 뜨고 변명했다.

"하지만 만지지 않고 어떻게 풀어요?"

"이제 막 전승의 문을 열어놓고 금제를 해제하려고 했어요?"

샤오렌이 웃었다.

"내가 통제력을 잃으면 당신은 달아날 곳도 없게 돼요."

"하지만 그걸 당신 몸에 계속 심고 다닐 수는 없어요."

"그 안에 있은 지 몇 천 년이 되었어요."

샤오렌의 말투가 갑자기 숙연해졌다.

"금제와 관련된 전승을 접촉하지 않겠다고 약속해줘요. 이걸 열겠다는 시도는 더욱 안 돼요."

그녀는 그의 말을 들어줄 수 없었다. 어떻게 하면 화제를 돌릴까 생각하고 있을 때 샤오렌이 말을 이었다.

"설사 어젯밤처럼 복원을 하더라도 내 동의를 거쳐야만 진행할 수 있어요. 내가 허락하지 않으면 당신은 내 몸에 손을 댈 수도 없어요."

그야말로 황당한 말에 루추가 발끈했다.

"당신이 의식을 잃었는데 어떻게 동의를 구해요?"

"우리는 태어날 때부터 자기복원 기능이 있어요. 어제저녁 같은 상처는 길어야 백 년이면 깨어날 수 있어요."

그는 그녀를 바라보았다.

"루추 씨, 당신은 달라요."

백 년이라면 그녀의 평생보다 긴 세월이다. 가슴 한편이 저려왔다. 루추는 입술을 깨물고 한참 그대로 있다가 입을 열었다.

"내가 당신의 말대로 지켜주면 당신은 영원히 내 곁을 떠나지 않을 수 있나요?"

"'영원히'는 좋은 말이 아니에요."

샤오렌이 단추를 채우고 그녀를 쓰다듬었다.

"함부로 만지지 말아요. 안심하고 당신 곁에 있게 해줘요."

이 말은 너무나 유혹적이었다. 루추는 저항할 수 없었다. 그녀는 가볍게 한숨을 쉬고 그의 말을 받아들였다.

"좋아요. 당신이 원치 않으면 금제에 손대지 않을게요. 손들고 맹세라도 할까요?"

그녀가 말을 마치고는 손을 들었다. 그러나 그에 가까이 갔을 때 갑자기 얼어붙었다. 어디를 만지고 어디를 만질 수 없단 말인가? 샤오렌이 단단한 팔로 갑자기 그녀를 끌어다 자신의 품에 안았다.

"명심해요. 나만 당신을 만질 수 있어요."

그가 그녀의 귓가에 나지막이 속삭였다. 해가 지평선으로 넘어가고 밝음과 어둠의 경계가 분명치 않았다. 앞은 미지의 세계이고 뒤로 한걸음 물러서면 인간의 세상이었다. 그녀는 눈을 감고 그의 몸에 기대어 그의 냄새를 느꼈다. 일종의 금속과 광석에 가까운 냄새가 났다. 달지 않으면서도 쉽게 취하는 백주처럼 섬세하고도 차가웠다.

17

펑랑

그날 밤 은백색의 달빛이 거대한 세콰이어 나무사이를 뚫고 되돌아오는 언덕길을 은은히 비춰주었다. 루추는 뭐라고 중얼거리며 꼼짝하지 않고 있던 것만 기억났다. 샤오렌이 장검을 소환하더니 그녀를 안고 검 위에 올라탔고, 유유히 저공비행하면서 차를 세워둔 곳으로 향하는 모습이 마치 꿈속 같았다. 차 안에서 그녀는 잠이 들었다. 도중에 눈을 두세 번 떠본 것이 전부였다. 집에 도착해서는 비몽사몽간에 차에서 내려 열쇠로 문을 따고 들어갔다. 샤오렌이 귓가에서 낮은 소리로 뭔가를 속삭였다.

그가 무슨 말을 했는지 기억나지 않았다. 루추가 눈을 떴을 때는 이미 이튿날 아침이었다. 그녀는 쫭밍의 의혹에 찬 눈길에 해명할 틈도 없이 바쁘게 씻고 출근준비를 한 후 옷을 갈아입고 아파트 문을 나섰다. 길가에는 검은색 차가 그녀를 기다리고 있었다. 그녀가 다가가자 차창이 서서히 열리더니 샤오렌의 완벽한 옆얼굴이 보였다.

그가 그녀를 쳐다보며 반갑게 인사했다.

"잘 잤어요? 아까부터 기다리고 있었어요."

"왜 출장을 또 가야 해요?"

루추가 급히 입을 열었다. 동시에 자신이 어젯밤에 잘못 들었기를 기도했다. 그러나 그럴 리는 없었다. 샤오렌이 당연하다는 듯 대답했다.

"지난 번 출장에서 수확이 없었으니까요."

"하지만 당신은 다쳐서 돌아왔어요."

"지금 상태는 이전 출장 때보다 훨씬 나아요. 그건 루추 씨가 더 잘 알 거예요."

샤오렌이 거침없이 반박했다. 그의 말은 맞다. 그러나 그녀가 밤을 새서 복원한 것은 다음 출장 임무를 당장 수행하기 위해서가 아니었다. 루추가 반박하려다가 문득 다른 더 중요한 일이 생각나서 물었다.

"지난 번에는 어떻게 하다 다친 거예요?"

"그건…… 말하자면 복잡해요."

"출근시간까지 30분이나 남았네요."

루추가 차안의 시계를 가리키며 샤오렌이 다른 말을 할 틈을 주지 않았다. 샤오렌이 웃는 얼굴로 말했다.

"가면서 천천히 이야기하고 회사 근처에서 아침을 먹는 게 어때요?"

팬찮은 생각이어서 루추는 그러자고 하고 조수석에 올라탔다. 샤오렌의 눈이 반짝거리더니 짐짓 정색하는 말투로 물었다.

"오늘은 슬리퍼 신고 출근할 거예요?"

루추가 내려다보니 실내용 슬리퍼 차림이었다. 그녀가 놀라서 소리를 질렀다.

"진작 알려주지 않고. 일부러 그런 거죠?'

샤오렌이 껄껄 웃는 소리를 들으며 그녀는 계단을 다시 올라갔다. 10분 후 굽 낮은 신발로 갈아신은 루추가 무뚝뚝한 얼굴로 조수석에 탔다. 그녀는 앞을 보며 말했다.

"처음부터 말해봐요. 하나도 빠뜨리지 말고요."

그녀는 샤오렌이 아니라 자신에게 더 화가 났다. 이렇게 중요한 일이 어제는 생각나지 않고 그의 말만 듣고 있었다고 생각하니 자신이 너무 바보 같았다.

샤오렌이 웃으며 그녀의 머리에 입맞춤했다.

"칼에 습격을 당해 방어할 틈이 없었어요."

칼이라니? 루추는 숨을 잠시 멈췄다가 서서히 샤오렌 쪽을 돌아보았다.

"사람으로 변신할 수 있는 칼이었나요?"

그들 사이에도 싸움이 벌어지며, 이토록 악랄하게 서로 헤친단 말인가?

"네. 한나라 표기장군(驃騎將軍)의 칼인데 1천 명을 참수한 후 낭거서산(狼居胥山)에 봉인되어 인간으로 화했어요. 이 칼의 이름이 '대하용작(大夏龍雀)'인데 인간으로 화한 후 스스로 '펑랑(封狼)'이라고 부르게 되었죠."

'펑랑'이라는 이름이 루추의 귀에도 익숙했다. 그러나 한나라의 표기장군이 오히려 더 익숙했다. 그녀가 잠시 침묵하더니 경외심을 담은 목소리로 물었다.

"곽거병(霍去病)의 칼이었다고요?"

"그래요."

"무척 강한가요?"

"난 루추 씨가 역사에 대한 토론부터 할 줄 알았는데요?"

샤오렌이 웃음 띤 눈으로 말했으나 루추는 하나도 재미없었다. 그녀가 샤오렌을 바라보면서 말했다.

"샤오렌 씨를 다치게 했다는 것만으로 그 칼을 가마에 집어넣고 다시 만들고 싶을 정도니까 내게 역사적 가치 운운하지 말아요. 설사 곽거병 본인이라고 해도 당신을 다치게 했다면 결코 용서치 않을 거예요."

그녀의 말이 너무 직설적이었다. 샤오렌은 자신을 옹호하는 말을 들어본 적이 없어서 한순간 대꾸할 말을 찾지 못하고 난감한 표정으로 그녀의 눈길을 피했다. 그러다가 한참만에야 겨우 한마디를 꺼냈다.

"우리 세계에서 펑랑이 최강자는 아니에요. 하지만 근래 들어 각국을 전전하며 용병을 업으로 삼고 있죠. 본체를 이용한 작전을 짜며 괜찮은 성적을 유지하고 있어요."

펑랑의 실력을 간접적으로 인정한 말이었다. 그러나 마지막 두

마디를 루추는 이해하기 어려웠다. 그녀가 더 물어보려는 순간 샤딩딩이 그린 두 동강이 난 검을 든 남자가 떠올랐다. 징충환은 목숨으로 목숨을 바꾼다고 말했다. 루추가 차가운 숨을 들이마시며 황급히 물었다.

"박물관에 침입하여 쉬팡 선배의 후배를 죽인 자가 바로 펑랑인가요?"

"박물관 침입사건은 펑랑의 짓이 맞을 겁니다. 그러나 살인한 것까지는 확실치 않아요. 최소한 칼을 쓰는 수법이 다르니까요."

샤오렌이 무심결에 미간을 찌푸리며 말을 이었다.

"사건 전체가 괴이해서 지금까지 단서를 찾지 못했어요. 하지만 너무 걱정하지 말아요. 조만간 진상을 알아낼 테니까요."

루추는 그 일에 관여하지 말고 경찰에 맡기라는 말이 하고 싶었으나 한편으로는 너무 이기적인 생각 같았다. 그녀는 한참을 괴로워하다 낮은 한숨을 내쉬며 입을 열었다.

"몸조심해요."

"걱정하지 말아요. 일단 무슨 일인지 알아보고 펑랑이 나를 다시 공격하지 못하게 막으려고 해요."

샤오렌이 그녀의 손을 잡고 물었다.

"아침식사로 뭐 먹고 싶어요? 호떡? 꽈배기? 만두?"

"다 좋아요."

"알았어요. 세 가지 다 파는 집으로 갑시다."

30분 후, 차를 길가에 세우고 루추는 샤오렌의 뒤를 따라 나무 테이블과 의자가 놓인 복고스타일의 아침식사 전문점에 들어갔다. 주문을 받는 틈을 타서 그녀가 소리를 낮춰 물었다.

　"다 먹고 나서 우리…… 회사에 같이 들어가요?"

　"내키지 않아요?"

　그가 물었다.

　"싫진 않지만, 그러면 회사에 공개하는 셈이 되지 않겠어요?"

　루추가 기대와 긴장으로 주시하는 가운데 샤오렌은 아무렇지도 않게 말했다.

　"우리 둘 사이는 벌써 공개됐어요. 오늘은 공식적으로 인정하는 거고요."

　"네? 언제요?"

　"루추 씨가 병원에 실려간 날의 일이죠. 쑹웨란 씨가 자꾸 묻기에 그냥 웃고만 있었더니 사람들이 상상의 나래를 펼친 거죠."

　샤오렌이 짓궂은 표정으로 말했다.

　"쑹웨란 씨가 뭘 물어봤는데요?"

　"두 사람이 어떤 사이냐고 묻더라고요."

　루추는 반쯤 벌린 입을 한참이나 다물지 못했다. 잠시 후 그녀가 종업원에게 음식을 주문했다.

　"만두 한 접시에 두유 한 잔, 홍차 한 잔 주세요. 그리고 설탕을 좀 많이 주세요."

종업원이 음식과 설탕 여섯 봉지를 가져왔다. 루추는 그 자리에서 설탕봉지를 모두 뜯어 홍차에 넣고 저은 후 샤오렌의 앞에 놓았다.

"맛있게 드세요."

샤오렌이 흥미롭게 찻잔을 바라보다가 응수했다.

"어차피 단맛을 느끼지 못하는 거 알잖아요."

"잘 알아요."

"그렇다면 충치라도 생기기를 기대한 거예요?"

루추가 똑바로 쳐다보자 샤오렌이 웃으며 잔을 들어 한 모금을 마셨다.

"다음에는 좀 더 센 걸로 해요. 소금을 넣는다든가."

"당신을 다치게 하기는 싫어요."

"불가능해요. 소금이나 식초를 쏟아 붓는다 해도 나는 상관하지 않아요."

그가 웃으며 한 모금 더 마셨다. 그를 조용히 바라보던 루추가 기습적으로 물었다.

"여자는 몇 명이나 사귀어 봤어요?"

루추가 노린 대로 샤오렌이 사레에 걸려 켁켁 거리고 있을 때, 지구 반대편의 영국 런던에서 60마일 떨어진 곳에서는 왼쪽 눈 아래에 눈물점이 있는 한 남자가 정교한 칼집 케이스를 들고 900여 년 역사의 앰벌리캐슬(AmberleyCastle)호텔로 들어갔다.

남자는 샤오렌과 비슷한 나이로 보였으며, 큰 키에 긴팔 후드티를 입고 냉담한 표정을 하고 있었다. 윤곽이 뚜렷한 미남형 얼굴에 눈빛이 음울함으로 가득했다. 설사 창문으로 쏟아지는 온화한 햇살 아래서도 범접할 수 없는 차가운 기운을 온몸으로 발산했다. 직원이 신분을 확인한 후 영어로 "어서오십시오, 휘(霍)선생님[곽거병 이름 중 '곽(霍)'의 현대식 발음 - 역주]" 하고 인사하며 그를 2층 복도 끝 방으로 안내하더니 방문을 노크했다.

안에서 나른한 음성으로 들어오라는 소리가 들렸다. 베이징 표준 중국어였다. 직원이 멈칫한 새에 평랑은 스스로 문을 열고 안으로 들어갔다. 실내 한 가운데에 시트가 아무렇게나 엉켜있는 케노피형 침대가 놓여있고, 그 위에는 스무 살 정도 되어 보이는 외모에 우울함이 깃든 얼굴을 하고 머리카락이 왼쪽 눈을 덮은 남자가 쿠션에 기대 앉아 있었다.

그가 바로 하(夏)나라 왕실의 종묘의 상고3도[上古三刀, 용아(龍牙), 호익(虎翼), 견신(犬神) - 역주] 중 가장 막내인 요도(妖刀) 견신(犬神, 현대 인물로 화한 후의 이름은 '취안선' - 역주)이었다.

평랑이 검을 품고 온 것을 보자 그는 손으로 앞머리를 매만지며 시큰둥하게 말했다.

"손에서 잠시도 놓지 않는 걸 보니 정말 보배인가 보군."

"자네 대신 샤오렌을 혼내주고 왔지. 물건은 어디 있어?"

평랑이 무표정하게 묻자 취안선은 짐짓 놀란 표정을 지었다.

"그렇게 가볍게 해결했다고? 그 자가 천년이나 피를 안 마셔서 약해졌나보군. 진작 알았다면 내가 나서서 뼈도 못 추리게 했을 텐데······."

취안선의 목소리는 펑랑의 차디찬 시선을 받자 점점 작아졌다. 이윽고 그는 툴툴거리며 침대 머릿장에서 유백색의 사다리꼴 옥을 꺼내 펑랑에게 던졌다. 펑랑이 이를 받아 가볍게 어루만졌다. 그러다가 뚜껑을 열고 옥으로 만든 칼 장식을 칼끝에 끼워 넣었다.

그러자 검수(劍首), 검격(劍格, 검신과 손잡이 사이의 손을 보호하는 부분 – 역주), 검체(劍璏, 칼 콧등꾸미개 – 역주), 검필(劍珌, 칼집의 장식 – 역주), 이렇게 4옥이 모두 구비되어 마침내 완전한 옥구검을 구성하였다. 펑랑은 그리운 눈길로 칼집 안의 부러진 검을 응시했다. 마치 오래전에 헤어졌다 재회한 연인을 보는 눈빛이었다. 취안선은 하품을 하고 무료한 얼굴로 물었다.

"검을 만든 가마는 찾아냈어?"

"물론이지."

펑랑이 상자를 닫고 원래의 차가운 얼굴로 돌아왔다.

취안선은 눈동자를 굴리며 탐색하듯 물었다.

"그러면 우리······."

"원래 계획대로 진행해야지. 계획 자체에 문제가 없다면 말이야."

펑랑이 여기까지 말하고 날카로운 눈빛으로 취안선을 쏘아보았다."

"문제가 있어? 우리 둘째 형도 이 방법으로 깨어났는데 문제가 있을 리 없잖아?"

취안선이 손으로 머리를 매만지며 태연자약하게 말했다.

"혈제(血祭)는 예로부터 그래왔지. 희생물이 하나로 부족하면

10명을 죽이고, 10명으로 부족하면 100명을 죽이는 거야."

평랑의 얼굴빛이 약간 누그러졌지만 여전히 말을 하지 않았다. 그 모습을 본 취안선이 눈을 번뜩이며 키득거리면서 말을 이었다.

"뭘 걱정해? 너와 나는 물론이고 한광, 청잉, 그리고 주주(祝九)가 각성할 때 살인하지 않은 자가 있었어? 샤오렌처럼 시체가 산을 이루고 선혈이 강을 이루는 처참한 상황에서 빠져나왔으니 더 말할 것도 없지."

"사람 목숨이야 얼마를 죽이든 상관없어. 하지만 실수는 용납하지 못하니 명심해."

평랑이 취안선의 말을 가로막았다.

"옷 갈아입어. 10분 후 공항으로 갈 테니."

평랑이 이 말을 덧붙인 후 소중하게 검을 안고 걸어 나갔다. 취안선은 알았다고 말한 후 슬리퍼를 신은 한 발을 높이 올려 찼다. 슬리퍼 한 짝이 침대 머릿장에 있던 고서에 떨어졌다. 이 책의 표지는 루추가 갖고 있던 책과 똑같았다. 다른 것이 있다면 책 제목 밑에 붉은 전서체로 쓴 '보유(補遺)'라는 두 글자였다.

18
귀예이호텔

11월의 어느 주말에 자무가 왔다. 그가 왔을 때 루추는 방안에서 엄마와 통화를 하고 있었다. 통화를 끝내고 거실에 나와 보니 자무가 소파에서 멍하니 앉아 천장만 바라보고 있었다. 마치 아무런 재미도 없는 모양이었다.

"무슨 일 있어요?"

루추가 옆에 앉으며 묻자 자무가 대답했다.

"중간고사 기간이에요."

시험기간에 밤새 공부했던 대학시절이 떠오른 루추가 부드러운 목소리로 자무를 위로했다.

"기운 내요. 조금만 버티면 곧 지나가요."

"이제 막 시작되었는걸요. 정말 악몽이에요."

자무가 두 손을 머리카락 사이에 찔러 넣고 신음처럼 말했다.

"모두들 아직 시험을 보고 있는데 나만 대학원으로 바로 올라가기 때문에 교수님께 붙잡혀서 고서 정리를 해야 되거든요. 책에 벌레가 어찌나 많은지 평생 그렇게 많은 벌레는 처음 봐요. 군집공포증이 다 생길 지경이라니까요."

고학력 엘리트의 고뇌는 영원히 남다르다. 루추는 안됐다는 마음이 우러나왔다. 그녀는 일어나서 발밑에서 꼬물거리는 차오바를 들어올려서 "안아 볼래요?" 했다.

"이리 줘요."

자무가 얼른 고개를 들었다. 루추가 품에서 가르릉 대는 차오바를 자무에게 건넸다.

"안아 봐요."

자무가 부드러운 고양이털에 얼굴을 대고 중얼거렸다.

"네가 가장 힐링이 되는 존재구나."

차오바가 귀찮다는 듯 앞발로 자무를 밀어냈다. 그 장면이 너무 사랑스러워서 루추는 옆에서 흐뭇하게 지켜보았다. 문득 방금 그가 했던 말이 떠올랐다.

"연구센터에 고서가 또 들어왔어요?"

"교수님 동창분이 소장하던 고서들인데 얼마 전에 돌아가셔서 부인이 기증했어요."

자무가 고개를 들어 루추를 쳐다보았다. 그녀는 어딘지 모를 미안함을 느꼈지만 샤오렌 몸에 있는 금제를 생각하고는 용기를 냈다.

"이번에 들여온 책에 고검에 관한 것은 없었어요?"

"아직 보지 못했어요. 하지만 루추 씨가 필요하다면 정리할 때 눈여겨볼게요."

자무가 느릿느릿 대답하며, 눈빛은 뭔가 탐색하는 기색이 짙었다.

루추는 자무에게 사실을 알려주지는 않았으나 자신에게 악의가 조금도 없다고 생각했기에 "그럼 좀 부탁할게요."라고 했다.

자무가 알았다고 하더니 갑자기 물었다.

"루추 씨, 전에 빌려준 고서에서 사문(邪門)의 느낌을 받지 않았어요?"

"사문이라니, 무슨 소리죠?"

"그 동창 부인이 교수님께 하는 소리를 들었어요. 자기 남편이 그 고서 때문에 사망했다고 주장하더라고요. '사문'이라는 말도 그분이 쓴 거예요."

자무는 자기 말이 가져올 파장을 생각해서 그쯤에서 입을 다물고 루추를 향해 웃었다.

"루추 씨가 문제없다면 됐어요."

책의 내용이나 전승의 내용에서 루추는 사악하다는 느낌을 받지는 않았다. 그녀는 느리게 고개를 가로저은 후 물었다.

"자무 씨는 어떻게 생각해요?"

자무의 논리와 추리능력은 뛰어나다. 고서에 이상한 점이 있다면 그가 눈치를 못 챘을 리 없다. 루추의 신뢰하는 눈빛에 자무는 미안해졌다. 그가 머리를 움켜잡고 말했다.

"교수님은 그 여자분이 남편을 잃은 후 정서불안에 빠졌다고 말씀하시더라고요. 내 입장에서 볼 때 그 말도 일리는 있어요. 하지만 문세는 때로는 미치광이가 어떤 사건을 대하는 눈이 더 날카로울 수도 있다는 거예요."

자무가 여기까지 말하는데 차오바가 갑자기 그의 품에서 빠져나갔다. 녀석은 착지한 후 테이블 위의 먹다 남은 아몬드 어포로 향했다. 날렵한 몸집을 보니 녀석은 아까부터 그것을 노리고 있었던 것이 틀림없다. 루추가 재빨리 낚아채려다 자기 발에 걸려 하마터면 넘어질 뻔했다. 자무가 반사적으로 몸을 날려 그녀를 붙잡았다.

"그냥 먹게 두면 안 돼요?"

"안 돼요. 소금이 든 음식을 먹으면 털이 빠진단 말이에요."

"정말요? 그럼 뺏어야겠네요. 차오바, 꼼짝 마!"

자무가 차오바를 잡으러 가자 차오바는 어포를 입에 문 채 이리저리 달아났다. 이 소란에 방안에 있던 쫭밍과 쓰위안까지 뛰어나와 네 사람이 합세하여 겨우 차오바를 붙잡았다. 그러나 어포는 이미 남김없이 먹어치운 후였다. 네 사람이 거실에서 이야기를 나누다 집을 나섰고, 각자 아파트 입구에서 헤어졌다. 쫭 씨 남매와 쓰위안은 가을에 살이 오른 털게를 먹으러 갔고, 루추는 사뿐사뿐 걸어서 샤오렌의 차가 있는 곳으로 갔다.

그녀가 가까이 가기도 전에 차의 창문이 내려지면서 샤오렌이 그녀를 보고 미소 지었다.

"나는 발소리가 작아서 나 자신도 못 느낄 정도인데 어떻게 알았어요?"

"우리는 오감과 체력이 일반인보다 강해요. 하지만 약점도 있어요."

그녀의 물음에 샤오렌이 이렇게 대답하고는 눈을 몇 번 깜박거렸다.

"알다시피 단맛을 느끼지 못해요."

"약점이라고 느끼지 않아요."

루추가 안전벨트를 매면서 물었다.

"이번에는 펑랑과 마주치지 않았어요?"

샤오렌은 이번에 출장을 떠났다가 3일 만에 돌아왔다. 아무 수확도 없었다는 문자메시지를 보내왔다. 그녀는 무슨 일이 있었는지 모른 채 불안한 마음이었다.

샤오렌이 고개를 가로저었다.

"모든 단서가 끊겨버렸어요. 마지막으로 나타났던 곳이 런던공항이라는 것만 알아냈죠."

"그렇다면 다행이네요. 오늘 우리 뭐 먹을까요?"

펑랑이 부근에 없다는 사실을 알자 루추는 말투까지 경쾌해졌다. 샤오렌이 잠시 망설이다가 미안한 말투로 말했다.

"인간의 모습으로 화한 후부터 우리는 음식으로 열량을 보충하지 않아요. 먹는 것도 그냥 재미로 먹을 뿐이죠. 나는 먹는 걸 좋아하지 않는 데다 음식에 대해 잘 몰라요. 그래서 오기 전에 칭잉 형에게 물어봤더니 자주 가는 곳을 추천해줬어요. 술과 음악도 괜찮은데 음식이 루추 씨 입에 맞을지는 모르겠어요."

"틀림없이 맛있을 거예요."

루추가 얼른 말을 받았다. 그가 함께 식사할 레스토랑을 알아보았다는 사실만으로도 행복했다. 오늘 저녁은 뭘 먹든 맛있을 것이다.

"청잉 형의 미각을 그렇게 신뢰할 줄은 몰랐네요."

그녀의 말뜻을 오해한 샤오렌이 놀랐다는 투로 이렇게 말하자 루추가 눈을 깜박거렸다.

"언젠가 인청잉 씨가 식당에서 요구르트를 밥에 쏟은 후 고기조림에 섞어 먹더라고요. 우리에게는 자신이 여행가서 배운 전통 인도 음식 먹는 법이라고 하지 뭐예요."

"그런 일이 있는지는 모르지만 상상이 가네요."

샤오렌의 표정이 복잡해졌다. 할 말이 많지만 설명할 수 없다는 얼굴이었다. 루추가 손바닥을 펴보이며 말했다.

"그러니 내가 그분의 선택을 어떻게 믿어요. 샤오렌 씨니까 믿는 거예요."

차는 저녁바람을 가르며 달리고 있었다. 샤오렌은 그녀의 말에 무슨 말을 하려다가 입을 다물고는 고개를 돌려 수줍게 웃었다. 그 모습이 마치 사춘기 소년 같았다. 이 순간이 너무 행복해서 놓치기 싫었다. 루추가 손을 뻗어 샤오렌과 손깍지를 꼈다. 바로 이때 핸드폰 벨이 울렸다. 샤오렌이 손을 빼서 스피커폰 모드로 전화를 받았다.

"셋째야, 경찰 내부의 정보를 알아냈다."

전화를 걸어온 사람은 인한광이었다. 그는 잠시 멈추더니 "루추 씨도 함께 있냐?"고 물었다.

루추는 인한광도 인간으로 화한 검이라는 사실을 알고 있었지만 직장의 엘리트 경영진이고 부하직원에게는 가혹한 상사라는 그의 이미지는 변함이 없었다. 루추는 핸드폰을 향해 혀를 한 번 내밀어 보았다.

"인 팀장님, 안녕하세요?"

"안녕하세요. 지금 공항에서 가고 있는데 조금 늦을 거예요. 기다리지 말고 먼저 식사하고 있어요. 만나서 이야기합시다."

냉담하면서 예의를 지키는 인한광의 말투는 여전했다.

"식당에 뭐 새로운 메뉴 없나 좀 물어봐 줄래?"

인한광의 말에 샤오렌이 알았다고 하고 전화를 끊었다. 그들이 탄 차는 교차로를 돌아 눈에 익은 곳으로 서서히 들어섰다. 주차장에서 나와서 걷는 동안 루추는 그곳이 눈에 익은 느낌이었다. 결국 조각 문양이 새겨진 육중한 철문 앞에서 멈춰 섰다.

"귀예이호텔이죠?"

루추의 물음에 그가 고개를 끄덕였다.

"괜찮겠어요?"

"괜찮고말고요. 하지만 여기 레스토랑에서 식사한 적은 없어요."

문을 들어선 루추는 눈앞이 환해져서 저도 모르게 탄성을 질렀다. 도처에 손볼 곳이 많아 쇠락해가던 정원은 두 달 사이에 완전히 달라져 있었다. 바닥에 떨어져 있던 벽돌 조각은 간 데 없고 돌기둥 몇 개가 옹기종기 기댄 꽃나무들 사이에 우뚝 서있었다. 큰 뿔양 모양의 청동상 하나가 분수대 옆에 서있고 양의 주둥이에서 물줄기가 끊임없이 쏟아져 나왔다. 마치 원명원의 옛 풍경을 그대로 옮겨놓은 듯했다.

루추가 샤오렌을 따라 층계를 오르며 두리번거렸다. 벤중이 안내데스크 뒤쪽에서 느릿느릿 걸어왔다. 루추가 그에게 반갑게 손을 흔들며 인사하고 샤오렌도 아는 체를 했다.

"벤 형, 오랜만이네요."

"며칠 전만 해도 상자 안에 누워있는 걸 봤는데, 지금은 괜찮은 거야?"

벤중이 웃으며 묻자 샤오렌이 고개를 끄덕였다. 벤중은 이번에는 눈을 크게 뜨고 있는 루추에게 말했다.

"루추 씨야말로 오랜만이네요. 쓰팡시의 생활에는 좀 적응했어요?"

"적응했어요……. 그런데 샤오렌 씨가 왜 벤 형이라고 불러요?"

"그건 내가 인간으로 변신한 시기가 훨씬 이르기 때문이죠. 뭐 문제라도 있나요?"

벤중이 반문했다. 루추가 고개를 가로저었다가 다시 끄덕였다.

"이 호텔은 새로 단장했나 보네요. 아주 멋지게 변했어요."

"아니에요. 개점할 때부터 계속 이 모습이었는걸요. 인테리어에 손 하나 대지 않았어요."

벤중의 대답에 루추가 한쪽 모퉁이를 가리키며 말했다.

"그럴 리가 없어요. 저쪽에 있는 청동등은 전에는 없었어요. 저쪽에 있는 큰 꽃병도 없던 거고, 그리고……."

루추가 갑자기 말을 멈췄다. 전에 왔을 때는 아직 완공이 안 된 것처럼 보이던 벽이 지금은 각양각색의 부조 조각품으로 가득했다. 외다리 새 한 마리가 그녀의 바로 앞에 서있는데, 정교하게 새긴 모습이 당장 날개를 펼쳐 날아갈 듯 생동감이 넘쳤다. 이 외다리 새는 《산해경山海經》에 등장하는 유명한 불새 필방(畢方)이다. 그밖에 머리가 아홉 개 달린 구영(九嬰), 등에 한 쌍의 날개가 달린 응룡(應龍), 머리가 없고 큰 도끼를 들고 있는 형천(刑天)이 있었다. 모든 조각상은 한 조각가의 작품으로 보였다. 형형색색의 괴수들이 이어지며 호텔 전체를 둥글게 에워싸고 있었다. 마치 신화의 세계가 펼쳐지 듯 기이하고 아름다우면서도 위협적이었다. 조각가는 마치 이 괴수들을 직접 보고 만든 것처럼 하나하나가 살아있는 듯 생동감이 넘쳤다.

루추가 그 모습에 눈을 떼지 못하고 있을 때 샤오렌이 물었다.

"처음 왔을 때 이런 조각들이 보이지 않았어요?"

루추가 얼떨떨해서 고개를 저었다. 그가 다시 물었다.

"모든 변화가 날 만난 후부터 생겼단 말이죠?"

구시가지의 황혼 무렵 광경이 루추의 눈앞에 떠올랐다. 오래된 성벽 옆에 고독한 그림자와 처연한 음악소리, 그리고 그때의 갑작스러운 떨림이 생각났다. 그 뒤에 이어지는 계절의 변화와 시간의 흐름도 생각났다.

"보통 사람들은 먼저 인간으로 화한 존재와 접촉하고 나서야 전승을 여는 기회가 있어요. 이 문을 우리는 '계기'라고 하는데, 샤오렌이 바로 루추 씨의 '계기'였군요."

벤중이 옆에서 거들었다.

"전승의 문을 연 후에는 시야가 넓어지는데 '귀예이'에만 국한되지 않아요."

"그랬군요."

루추가 고개를 들어 맑은 눈빛으로 샤오렌을 바라보았다.

"당신이 나에게 세상의 또 다른 창문을 열어주었어요."

그녀는 일부러 과장을 섞어서 말함으로써 샤오렌이 회심의 미소를 지어주기를 바랐다. 그러나 샤오렌은 가볍게 탄식했다.

"내가 당신을 위험에 처하게 만들기도 했어요."

'또 시작이군'이라는 눈빛으로 루추가 말했다.

"좋아요. 고등학교 안 다니신 분, 내가 고등학교 교과서에 있는 말을 가르쳐줄게요. Don't cry for the split milk. 엎질러진 우유 때문에 울지 말라는 뜻이에요. 알겠어요?"

샤오렌이 두 손을 들어 항복의 몸짓을 했고, 볜중이 옆에서 껄껄 웃었다.

"이제 됐네. 이렇게 대단한 전승자는 처음일세. 과연 시대가 진보했네요."

그가 웃으면서 피아노가 놓인 곳으로 가더니 뚜껑을 열었다. 음계를 한 번 눌러보고서 고개를 끄덕이며 노래와 연주를 시작했다. 첫 곡은 오래된 사랑가였는데 노래가 무척 감동적이어서 사람의 마음을 따뜻하게 녹여주었다. 샤오렌이 루추의 허리에 손을 두르며 약속했다.

"앞으로는 그런 말 하지 않을게요."

"당신을 알게 된 일을 한 번도 후회한 적이 없어요. 그러니 당신도 그런 말 하지 말아요. 너무 슬퍼진단 말이에요."

루추가 그의 가슴에 기대서 낮게 속삭였다.

나비넥타이를 맨 종업원들이 그들을 은밀한 별실로 안내했다. 먼저 부채 모양의 메뉴판을 가져오고 빵바구니를 놓아두더니 이어서 음료수와 물을 따라주는 등 모든 서비스가 일사분란하게 진행되었다. 정갈하고 우아한 분위기는 번화가에 숨어있는 민가를 개조한 레스토랑에 와있는 듯 아늑했다.

루추가 에피타이저를 먹고 샤오렌은 종업원에게 술을 주문하였다. 둘만 남아있게 되었을 때 그녀가 빵을 내려놓고 목소리를 낮춰서 물었다.

"볜 형은 정말 샤오렌 씨보다 나이가 훨씬 많아요?"

볜중의 외모가 너무 앳되어 보이기는 했다.

"맞아요. 볜 형이 세상에 왔다가 인간세상에서 노닐며 자신이 원하는 삶을 살고 있어요. 권세의 영향을 받지 않고 제약과 규범에도 얽매이지 않는 것이 〈격양가擊壤歌〉[요(堯) 임금 시대의 태평세월을 노래한 민요-역주]의 '임금님의 힘 어찌 내게 미친다 하리'의 느낌이에요."

그가 잠시 말을 멈췄다가 물었다.

"볜 형 본체가 뭔지 짐작할 수 있어요?"

"그야 쉽죠. 내가 그렇게 둔한 줄 알았어요?"

루추가 일부러 입을 내밀고 이렇게 말했다.

"변종(邊鍾), 편종(編鍾)이죠."

"그의 본체가 증후을(曾侯乙)보다 한 단계 높은 편종인 건 알아요?"

증후을 편종은 중국 출토 유물 중 가장 오래되고 가장 큰 타악기로, 크기가 다른 10개의 청동종을 3층으로 된 목제 틀에 걸어놓았으며, 양측에는 동으로 주조한 검을 찬 무사가 틀을 받쳐 들어 그 웅장함이 장관을 이룬다. 그 규모가 현대 음악당의 무대 전체를 채울 정도이며, 음역이 8개음 5옥타브를 넘나들어 피아노의 모든 흑백건반의 음표를 모두 연주할 수 있다.

증후을보다 더 높은 수준의 편종을 루추는 상상할 수 없었다. 그녀는 목소리를 낮춰 다시 물었다.

"본체의 기질이 인간으로 화한 후에도 남아있다고 했잖아요."

"벤 형도 유지하고 있어요."

샤오렌이 주저하지 않고 말했다. 루추는 의구심에 차서 그를 쳐다보았다. 샤오렌은 오늘도 검은 옷을 입어 동작 하나하나가 차가우면서도 우아했다. 본체 소련검과 기질적으로 완전히 일치하는 모습이었다. 벤중 본체도 그가 화한 인간과 기질이 일치하다면…….

"샤오렌 씨 말은 하나라의 누군가가 현대의 고등학생 모습의 편종을 주조해냈다는 의미인가요?"

루추는 이 말을 할 때 아주 작은 소리로 속삭였으나, 샤오렌은 피아노 연주소리가 반 박자 느려지는 것을 들었다. 그녀의 발칙한 생각을 벤중이 듣고 노래할 때 하마터면 웃음이 나올 뻔한 것이다.

샤오렌이 가볍게 목청을 가다듬고는 설명을 해줬다.

"기질을 유지하는 데는 여러 방식이 있어요. 벤 형의 본체는 봉황 문양 장식이 있고 가장자리에는 오동나무 꽃 장식이 있는 데다 목소리는 청아하죠. 그래서 인간으로 화한 후에도 "단산의 만 리 길엔 오동나무 꽃이 가득하고, 어린 봉황이 늙은 봉황보다 청아한 소리를 내는구나"[桐花萬裏丹山路, 雛鳳清於老鳳聲(동화만리단산로, 추봉청어로봉성); 당(唐)나라 시인 이상은(李商隱)의 시구 – 역주)"의 의미가 있어요. 원래 만든 사람의 동심이 구현되었을 가능성도 커요.

루추는 알 듯 모를 듯하여 그저 알았다고 대답했다. 흰 모자를 쓴 셰프가 은색 카트를 밀고 들어와서 그들의 대화는 중단되었다. 오늘의 메인요리는 두껍게 썬 티본스테이크였는데 핑크빛이 도는 윤기가 흐르는 육질에 겨자소스를 얇게 묻힌 요리는 무척 유혹적이었다. 루추는 음식을 보자마자 식욕이 발동했다. 샤오렌은 음식을 따로 주문하지 않아 손글씨 휘장을 두른 와인 한 병과 와인 잔 두 개가 배달되었다.

"전 알코올 과민증이 있어서요."

그녀가 종업원이 술을 따르는 것을 손으로 막으며 이렇게 말했다.

"아쉽네요. 삶의 즐거움이 반으로 줄어드는 거 아닌가요?"

샤오렌이 잔을 들어 그녀의 주스 잔에 부딪치며 익살스러운 표정으로 말했다.

그와 있으면 깨어있어도 반은 취해있는 것 같다. 그러나 그녀는 그 말을 결코 입 밖으로 꺼내지 않았다.

"조금 있다 운전해야 하잖아요."

"안타깝게도 난 취하지 않아요."

샤오렌이 잔 속에 든 술을 한 번에 마셔버렸다.

피아노 소리, 포크와 나이프가 접시에 부딪치는 소리가 어울리는 가운데 시간이 지나갔다. 30분 후, 마지막 노래를 마친 볜중이

크리스털 와인 잔을 들고 그들이 있는 방으로 들어왔다. 그는 자리
에 앉아 술을 따르더니 루추에게 물었다.

"음식은 어땠어요?"

"완벽했어요."

루추가 이렇게 말한 후 호기심을 누르지 못하고 물었다.

"벤 형은…… 맛을 느끼지 못하세요?"

"그럴 리가 있나요. 내가 식도락가라서 셰프를 캐나다에서 모셔
올 정도인걸요. 오늘 처음 오셨으니 의견을 들어봐야 다음에 오셨
을 때 입맛에 맞게 조정해드릴 수 있죠."

벤중이 여기까지 말하더니 갑자기 짚이는 구석이 있었다.

"잠깐만……, 내가 샤오렌처럼 혀에 감각이 둔하다고 생각한 거
였어요?"

루추가 머쓱한 표정으로 고개를 끄덕였다. 벤중이 술을 한 모금
마시더니 말했다.

"내 약점은 눈이에요. 안면인식장애가 있어서 사람 생김새를 잘
구별하지 못해요."

"하지만 조금 전에 절 알아보셨잖아요."

루추가 알 수 없다는 듯 말했다.

"그건 목소리로 구분한 거죠. 루추 씨가 말을 안했으면 알아보
지 못했을 거예요."

벤중이 설명을 마치고 샤오렌에게 물었다.

"아참! 물어본다는 걸 깜박했네. 지금 상황이 얼마나 나쁜 거
야? 펑랑을 맞닥뜨리면 달아날 수도 없고 본체를 공격당하게 생겼

으니."

샤오렌이 어깨를 한 번 으쓱하고는 아무 말 하지 않았다. 벤중이 술을 한 모금 마시더니 루추에게 말했다.

"루추 씨는 본적이 없겠지만 샤오렌이 옛날에는 아주 대단했어요. 검에 분신술을 써서 천군만마가 와도 적수가 없을 정도였죠. 그런데 이제는……."

"우리 셋째는 지금도 괜찮으니 탄식할 필요 없어."

인한광의 목소리가 하나의 선처럼 루추의 귀에 꽂혔다. 그녀가 놀랄 틈도 없이 인한광과 가죽 수트를 입은 인청잉이 나란히 별실로 들어왔다.

"새로운 진전이 있었다. 나가서 얘기하자."

인한광의 말에 샤오렌이 움직일 생각을 하지 않았다.

"루추 씨가 알면 안 돼요?"

분위기가 갑자기 경직되었다. 루추가 정원에 나가 산책을 하겠다고 말하려는 순간 인청잉이 목소리를 낮춰서 말했다.

"살인사건이 또 발생했어."

루추가 놀라 헉하고 숨을 들이켰다. 샤오렌이 벤중에게 빈방이 있느냐고 물었고, 벤중은 옆방이 비어있다며 그들을 데려갔다.

벤중이 나가다 말고 루추에게 말했다.

"이번에 온 디저트 담당 셰프 솜씨가 기가 막혀요. 그분이 만든 프랑스식 와인 배조림 맛보실래요?"

"당연히 맛봐야죠."

인청잉이 대답하면서 의자를 잡아당겨 루추의 옆자리에 앉더니 그녀 앞에 놓인 접시를 가리켰다.

"여기 스테이크 하나, 레어로 부탁해요."

모두 그를 쳐다보았다. 루추는 망연자실하게 있고, 인한광은 이마를 문지르고, 샤오렌은 미간을 찌푸렸다. 뻰중이 푸핫 웃음을 터뜨렸다.

모두의 시선을 받으며 인청잉이 짐짓 태연하게 말했다.

"인생은 고단하니 달콤한 디저트를 먼저 맛봐야 해. 와인 배조림 먼저 부탁해요."

19
초능력

와인 배조림은 만들 때 공이 많이 들어가는 디저트로, 약한 불에 뭉근하게 조려 재료에 맛이 스며들게 한다. 와인색의 반투명한 배조림은 서빙할 때 사탕수수의 상쾌한 향을 발산하는 소스를 한 바퀴 두른 후 통계피와 로즈메리를 곁들인다. 그 정교한 아름다움에 선뜻 먹기가 아까울 정도였다.

그러나 루추가 디저트에 손을 대지 않는 것은 그 이유 때문이 아니었다. 그녀는 인청잉의 맞은편에 턱을 괴고 앉아 그의 큰 눈을 한참동안 바라보았다. 이윽고 포크와 나이프를 들어 배 한조각을 잘라 입에 넣으며 물었다.

"검의 분신은 어떤 거예요?"

"셋째가 말해주지 않던가요? 그렇다면 나도 말할 필요가 없죠."

인청잉이 일부러 놀리는 투로 대답했다.

"물어봤으면 말해줬을 거예요. 하지만 상처를 줄 수 있는 질문이라서요."

상큼한 즙으로 유혹하던 와인 배조림이 갑자기 아무 맛도 느껴지지 않았다. 루추는 포크를 내려놓고 인청잉을 똑바로 쳐다보았다.

"불편하시면 굳이 말해주지 않아도 돼요."

"그럴까요."

인청잉이 배 한 조각을 잘라 입에 넣고 천천히 씹었다. 갑자기 그가 손가락을 튕겨 소리를 냈다. 그러자 테이블과 의자가 살짝 기울어지고 중앙의 평평한 대리석 바닥 부분이 위로 조금씩 솟구쳐 올랐다. 대리석 하나가 응력을 견디지 못하고 퍽 소리와 함께 몇 개의 조각으로 갈라졌다.

청잉이 손을 내리더니 말했다.

"인간의 모습으로 화할 때 선천적으로 초능력을 갖고 있어요. 그 능력은 각자 다르며 특별한 규칙도 없어요. 한광 형이 한동안 이를 연구한 결과 초능력은 본체를 만든 장인이 지향하는 것과 관련이 있다는 것을 알아냈어요. 일단은 이 정도로만 알아두세요."

루추는 바닥의 깨진 대리석 조각들을 바라보며 의혹이 가시지 않았다.

"선배님의 초능력이 대리석을 깨는 거라고요?"

인청잉은 잠시 당황한 듯하더니 손가락을 한 번 더 튕겼다. 바닥의 올라온 부분이 갑자기 사라지고 사분오열된 돌 조각만 중앙에 남아있었다. 그가 손을 거두더니 말했다.

"나의 초능력은 산을 옮기고 바닷물을 뒤집는⋯⋯, 농담입니다. 크지 않은 범위 내에서 지표를 변형할 수 있어요. 그 범위는 방금 본 것과 같아요. 한광 형은 작은 범위 내에서 기류를 조절할 수 있고요. 좀 전에도 초능력을 써서 자신의 말소리를 루추 씨 귀에 직접 전달한 거예요. 샤오렌의 경우는⋯⋯."

그가 입을 다물고 루추의 집중한 눈동자를 응시했다.

"샤오렌의 초능력은 바로 그의 검에 있어요."

비록 머리끝부터 발끝까지 건들건들한 인청잉이었지만 루추는 그의 말을 농담으로 듣지 않았다. 평소 가벼운 모습은 일부러 위장한 것임을 알 수 있었다. 진정한 인청잉의 모습은 아마 샤오렌이나 인한광보다 더 엄숙하고 진지할지도 모른다.

그렇다면 오늘 밤 그가 여기 앉아있는 목적은 그녀에 대해 알아보는 것 말고 다른 목적이 있단 말인가?

그녀는 상관없다고 생각했다. 샤오렌은 다른 방에 있으면서도 틀림없이 그들의 대화를 들을 수 있을 것이다. 루추는 최대한 호기심 어린 말투로 말했다.

"전에 샤오렌이 단도를 사용해서 고양이를 수술하는 걸 봤어요. 그게 바로 검의 분신인가요?"

"그거야 일부죠."

인청잉이 싱긋 웃으며 대답했다.

"샤오렌이 전성시기 때는 본체를 수백, 수천 자루의 칼로 분신해 생각만으로 모든 검을 지휘했어요."

"그렇다면 지금은요?"

루추의 물음에 인청잉은 어깨를 한 번 으쓱했다.

"지금은 많아야 두 자루고, 무기로 사용할 때는 한 자루로 차량 한 대를 쪼갤 수 있는 정도에요."

"그래도 대단한 거네요."

"펑랑을 상대하기에는 부족해요."

인청잉이 몸을 뒤로 젖히고는 말을 이었다.

"둘 다 초능력을 사용하지 않는다는 전제라면 샤오롄에게 승산이 없는 것도 아니에요. 하지만 펑랑의 초능력은 순간이동이기 때문에 이걸 해결하지 않으면 가까운 거리에서 붙어봐야 당할 수밖에 없어요."

인청잉의 설명은 매우 정확했다. 루추는 잠시 생각하다가 조심스럽게 물었다.

"샤오롄이 어떻게 해서 초능력을 잃었나요?"

"잃은 것이 아니라 발휘를 못하는 겁니다. 날이 달린 병기는 사용하다보면 무뎌지는 법이니까요."

인청잉은 담담히 말했지만 루추는 이해가 가지 않았다.

"제가 본체를 복원할 때 연마를 제대로 했는데……."

그녀는 머리카락이 두 동강나던 순간을 떠올리며 다급히 물었다.

"어떻게 무뎌질 수가 있죠?"

"연마만 해서는 부족합니다. 개봉(開鋒, 원래는 날을 벼르는 행위인데 여기서는 전승자의 주술적 의미가 추가되었다 - 역주)한 후에는 최적의 상태를 유지하기 위해……."

그는 잠시 머뭇거리며 뭔가 말하는 것을 꺼려하는 듯 보였다.

"셋째가 이것도 말해주지 않았어요?"

"설명해줬는데 내가 제대로 이해를 못했어요."

전승의 일이 머릿속을 스쳐가며 루추는 입술을 깨물었다. 샤오렌이 숙명에 저항을 시도한다고 말했을 때, 그녀는 그저 살육의 욕망을 억제한다는 말 정도로 알아들었는데, 그것이 이렇게 큰 대가를 치르는지는 몰랐다. 그의 초능력은 이로 인해 퇴화되었으며 심지어 괴롭힘을 당하고 상처를 입었다.

그가 너무 가엾지만 아무것도 해줄 수 없는 자신이 서글프다. 루추는 정신을 가다듬고 백팩에서 연필을 꺼내 냅킨에 뭔가를 적으며 물었다.

"이번에 가서서 다른 단서는 찾지 못한 거예요?"

"완전히 엉망이었어요. 도난사건을 펑랑이 저질렀다고 생각했는데 이젠 그것도 확실치 않아요. 하지만 펑랑이 주주의 본체를 가져간 것은 잘했다고 생각해요. 최소한 박물관에 두는 것보다는 잘 보살필 테니까요."

인청잉의 말이 무슨 의미인지 곱씹던 루추는 문득 짚이는 것이 있었다.

"주주가 바로 그 두 동강난 검이군요."

"그걸 이제야 알았어요?"

인청잉이 말도 안 된다는 얼굴을 했다.

"샤오렌이 아무것도 알려주려 하지 않아요."

루추가 볼멘소리를 했고 두 사람은 동시에 입을 다물고 옆방과 붙어있는 벽을 쳐다보았다. 이윽고 루추가 벽을 향해 어색하게 입을 열었다.

"난……, 원망한다는 의미는 아니에요."

"정말요?"

인청잉의 얼굴은 호기심으로 가득했다. 루추는 그를 똑바로 쳐다보며 물었다.

"펑랑이 주주를 원래부터 알았다면 그가 왜 주주의 본체를 훔쳐 갔을까요?"

인청잉이 반문했다.

"루추 씨라면 생사를 같이한 사람의 몸이 박물관에 전시되어 사람들의 구경거리가 되는 것을 받아들일 수 있어요?"

루추가 멍하니 그를 바라보다가 고개를 가로저었다. 이어서 연필을 들고 뭔가 열심히 쓰기 시작했다. 청잉이 물컵을 들고 눈을 가늘게 뜨며 그녀의 동작을 호기심 어린 눈으로 주시했다. 몇 분후 종업원이 스테이크를 가져오자 인청잉은 테이블 위의 초콜릿 소스를 고기에 붓더니 루추를 향해 이를 드러내며 웃었다.

"초콜릿은 고기의 육질을 부드럽게 해주고 맛을 더 좋게 해주죠. 이 레스토랑 셰프는 그걸 모른다니까요……. 그게 무슨 뜻이죠?"

마지막 말을 할 때 인청잉의 목소리가 갑자기 낮아졌다. 루추가 그의 맞은편에서 보여주는 냅킨에 이런 내용이 적혀있었기 때문이다.

'샤오롄의 금제를 해제하는 걸 돕고 싶으세요?'

인청잉이 눈을 가늘게 뜨고 루추를 한동안 바라보다가 천천히 고개를 끄덕였다.

'그럼 목표가 같으니 지금부터는 필담으로 얘기해요.'

루추가 결연한 표정으로 펜을 인청잉에게 넘겨주었고, 그는 눈썹을 위로 치켜뜨며 망설이다가 결국 펜을 받아 냅킨에 뭔가 적기 시작했다.

같은 시각, 벽 하나를 사이에 둔 옆방에서는 인한광이 테이블 위에 늘어놓은 사진을 가리키며 이야기를 하고 있었다.

"죽은 사람의 숨이 끊어진 이후에 총알이 몸 안으로 들어갔어. 비록 일부 조직을 파괴했지만 검시관이 결국 흉기는 칼이라는 사실을 밝혀냈어. 박물관 경비원을 살해한 것과 동일한 종류의 칼이래."

"하지만 이 사람은 쉬팡의 후배가 실종되기 전에 살해되었어요."

샤오렌이 사진을 보고 이해할 수 없다는 듯 말했다.

"이 사람 직업이 뭐였어요?"

"골동품 소장가의 비서로 일하면서 지난 몇 년간 고서들을 경매로 사들였대. 아직까지 펑랑과는 어떤 원한관계도 밝혀지지 않았어."

"펑랑의 본체는 날이 곧은 한검이에요."

샤오렌이 인한광을 일깨워주었다.

"칼등이 상당히 두꺼워서 이러한 상처를 위조해낼 수 없어요."

"쓸데없는 소리."

인한광이 불쾌하게 그를 한 번 째려보았다.

"증거만 봐서는 펑랑이 주주를 빼내갔고, 나중에 너랑 싸운 거야……. 그런데 펑랑과는 어쩌다 충돌하게 됐니?"

"처음부터 끝까지 충돌한 적이 없어요."

샤오렌이 쓴웃음을 지었다.

"내가 도착했을 때는 펑랑이 주주 본체와 함께 있었어요. 그가 생전에 가장 즐겨마시던 분주(汾酒)를 따라놓고는 술잔에 손도 대지 않고 앉아있더라고요. 그 상황에 무슨 말을 건네기도 그래서 잠자코 있는데, 펑랑이 먼저 한 잔하자고 그러더라고요. 그래서 잔을 받았는데 그 순간 공격한 거예요."

"함정을 판 건가?"

"펑랑은 주주를 이용해서 속임수를 쓸 사람이 아니에요."

인한광은 이 말에 반박하지 않고 잠자코 있더니 고개를 가로저었다.

"그는 미치광이야."

샤오렌이 미간을 찡그리며 사진을 보았다.

"그가 뭔가를 숨기기 위해서 본체를 동원하지 않는 거라면요?"

"다른 칼로 살인을 한다고? 그건 더욱 펑랑답지 않아."

"그러네요. 하지만 이번에 그와 접촉하면서 생각이 달라졌어요. 아시겠지만 펑랑이 칼을 휘두를 때는 지극히 악랄하고 침착함이 부족하죠. 그런데 그날은 특별히 감정을 억누르는 것이 마치 방대한 계획 중 하나를 실행하듯이 하나하나가 계산을 거친 것 같았어요."

"계산이라고?"

인한광이 우려하는 눈빛으로 되물었다.

평랑은 인간의 모습으로 화한 후 그 성격이 본체와 비슷했다. 표기장군처럼 도도하고 고독하여 의리와 약속을 중시하는 성격으로 수없이 많은 사람을 죽이면서도 음모나 계략은 하찮게 여겼다. 이 세상에 무슨 허리를 굽히고 계산할 것이 있던가!

"주주를 깨우려는 거네!"

두 사람이 동시에 같은 말을 했다. 이어서 서로의 눈빛에서 더 큰 의혹을 읽어냈다. 샤오롄이 말했다.

"그건 내 금제를 푸는 것보다 더 어려워요. 주주를 만들 때 사용했던 운성을 찾아내지 않는 한 말이에요."

주주의 본체는 다른 운성을 사용해서 만들어졌다. 만약 당시 검을 주조할 때 전부 사용하지 않았다면 남은 재료로 기사회생의 효과를 볼 수 있을 것이다. 그는 이런 가능성을 염두에 둔 것이다.

인한광이 안경테를 위로 밀어 올리며 반박했다.

"정말 그렇다면 그가 하루속히 그 사람을 찾아 복원을 해도 부족할 텐데 너를 교란할 여유가 있겠어?"

이런 말투로 그와 대화한 지도 오랜만이었다. 샤오롄은 코를 한 번 만지고는 대답했다.

"내게 화풀이를 한 거죠. 아니 잠깐만요……, 그러고 보니 나를 공격할 때 심한 상처를 입히지 않았어요. 게다가 내 본체를 귀예이호텔에 가져다줬어요. 그의 공격은 어쩌면 일종의 경고가 아닐까요?"

"펑랑이 뭔가 일을 꾸미는 데 우리더러 상관하지 말라고 경고하는 거로군."

인한광이 사진을 챙기면서 말했다.

"그가 쓰팡시에서 떠나만 준다면 나도 당분간 상관하지 않을 거야. 어쨌든 장차 이 국면을 만회할 기회가 있겠지."

"일이 그렇게 간단치 않을 거라는 느낌이 들어요."

샤오렌이 불편한 표정으로 벽을 쳐다보았다.

"하지만 펑랑은 이번 계획에 차질이 생긴 셈이에요. 루추가 아니었다면 난 얼마나 더 오래 누워있을지 알 수 없었죠."

벽을 사이에 두고 그는 옆방에서 종업원이 식후 음료를 주문받으러 온 소리를 들을 수 있었다. 인청잉이 루추에게 디저트를 더 시키라고 강력히 추천하고 있었고, 루추의 반응이 약간 늦어지며 많은 메뉴 중 어떤 것을 고를지 몰라 "네"와 "정말이네요" 등 별 의미 없는 소리를 연발하고 있었다. 그녀의 기분이 상당히 좋은 듯했다.

인한광도 그를 따라 잠시 듣고 있다가 불가사의한 눈길로 샤오렌을 향했다.

"이런 무료한 대화를 왜 계속 듣고 있는 거지?"

"난 재미있는데요."

샤오렌이 형의 시선을 받으며 편안하게 웃었다.

"으이그! 너 알아서 해라."

인한광은 동생 앞에서 예의를 차릴 필요가 없이 옆방을 가리키며 말했다.

"네가 누구를 사귀든 네 선택이니 더 묻지 않으마. 하지만 전승자가 우리에 대해 아는 것이 많을수록 탐욕이 생기는 것은 철칙이다. 샤딩딩의 상처를 당장 치유하지 않으면 사람으로 화할 수 없게 된다. 사적인 감정으로 일을 망치지 말고 당장 외국으로 가거라. 두 번 말하지 않겠다."

벽 너머에서 루추의 목소리가 들려왔다. 요크셔 푸딩의 맛이 짭짤한지 달콤한지를 놓고 이야기중이었다. 샤오렌이 벽 쪽을 힐끗 보더니 인한광에게 신중히 고개를 끄덕였다.

"알았어요."

그는 잠시 후 한마디를 추가했다.

"루추는 그런 사람이 아니에요."

"어떤 사람이나 같아. 그게 인성이야."

20
이 한평생

　며칠 후 루추는 백팩을 매고 귀예이호텔을 찾았다. 그녀는 정원
에서 나뭇가지를 다듬고 있던 벤중에게 작은 종이상자를 내밀었다.
　"이거 다 고쳤어요. 사실은 일반 생활용품인 줄 알고 현대식 재
료를 사용해서 수리했어요. 죄송해요."
　벤중이 상자에서 유금(鎏金) 은훈구(銀薰球)를 꺼내더니 허공으
로 던졌다가 받았다.
　"원래가 생활용품인데요 뭐. 몇 년도에 만들어졌는지는 중요하
지 않아요. 루추 씨가 연습 삼아 고쳤다면 된 겁니다. 그래, 오늘은
또 뭘 알아보러 오셨수?"
　속셈을 한눈에 간파당한 루추는 머쓱했지만 그렇다고 해서 물
러서지는 않았다. 그녀는 가방에서 고서를 꺼내 두 손으로 받쳐 들

었다.

"이 책에는 나의 전승에 관한 내용이 들어있어요. 한 번 봐주실래요?"

벤중이 받아들고 몇 페이지를 뒤적거렸다.

"글자가 모두 시커멓게 뭉쳐있어서 무슨 말인지 하나도 모르겠네요."

쓰위안과 쫭밍도 비슷한 이야기를 했다. 그러나 자무는 꽤 많은 내용을 이해했다. 같은 책을 두고도 사람마다 이렇게 다르다.

루추가 실망하여 어깨가 축 늘어져 있자 벤중이 말했다.

"글자를 알아본들 소용이 없어요. 예전에 전승자 옆에서 복원을 배운 적이 있어요. 그가 망치질을 하면 나도 따라하고 모든 동작을 따라했지만 전혀 다른 결과가 나왔어요."

그가 책을 덮고 자신의 왼쪽 가슴을 가리켰다.

"문제는 이 가슴에 있어요. 기계적으로 반복하는 것 같지만 모든 동작에는 세밀한 차이가 있어요. 그 차이 속에 음율이 숨어있어요. 음율은 생명의 기본 원소죠."

그녀 혼자만의 길이니 스스로 암흑을 헤치며 홀로 터득하라는 말인가?

루추가 괴로워하며 물었다.

"어떤 종류의 전승을 배우고 싶은데 이 책에 언급만 있고 자세한 설명이 없어요. 어디에서 자료를 찾아야 할까요?"

"어떤 종류를 말하는 거죠?"

"어검술이요. 하지만 난 누군가를 통제하려고 그러는 건 아니에요."

"알아요. 샤오렌의 금제를 풀어주려는 거잖아요."

벤중은 진작부터 알고 있었다는 표정이었다. 그가 이해한다니 다행이다. 루추가 정중하게 물었다.

"살아있는 동안 저는 그에게 자유를 주고 싶어요."

"훌륭한 생각이네요."

벤중이 흐뭇한 표정으로 말했다. 루추가 기뻐할 틈도 없이 그가 말을 이었다.

"하지만 풀어주기 위해서는 통제하는 법부터 알아야 해요. 어검술을 터득한 후 본심을 유지할 자신이 있어요?"

"자신 있어요."

그녀의 대답에는 일말의 망설임도 없었다. 벤중이 빙그레 웃으며 물었다.

"루추 씨가 우리 입장이라도 그렇게 말할 수 있을까요?"

루추가 무슨 말을 하려다가 안으로 삼켜버렸다. 자신 있다는데 왜 저런 말을 하는지 이해가 가지 않았다. 벤중이 책을 루추에게 돌려주고는 말을 이었다.

"우리 세계에는 규칙이 있는데, 인간의 모습으로 화한 후에는 본체에 손상이 없는 한 늙거나 죽지 않는답니다. 인간의 관계로 굳이 비유하자면 우리 세계는 권세와 지위가 존재하지 않는 사회와 같아서 각자 알아서 살아가고 서로 존중해요."

"그래서 설사 내가 당신을 믿는다 하더라도 샤오렌이 자신의 금제에 손대는 것을 원치 않으면 나도 도울 방법이 없어요."

"인간으로 화한 존재는 모두 유일무이해요. 지금 당신이 할 수 있는 유일한 일은 샤오렌을 설득하는 겁니다. 아참! 타오쑤(桃酥, 호두가 들어간 바삭바삭한 과자―역주) 좀 가져갈래요? 오늘 아침에 궁중비법으로 최상품 호두를 넣고 구웠어요. 머리에도 아주 좋은 겁니다."

"고맙지만 사양할래요."

루추는 자신의 거절에 대해 해명할 필요를 느껴서 "그걸 살 형편이 안 되거든요."라고 덧붙였다.

쓰팡시에 처음 왔을 때는 환경에 적응하느라 다른 것을 살필 틈이 없었다. 그런데 며칠 전 이 호텔에서 저녁식사를 할 때 계산서를 슬쩍 보니 그녀 형편으로는 올 수 있는 곳이 아니었다. 그녀는 그들과 여러 측면에서 수준이 달랐던 것이다. 벤중이 껄껄 웃으며 한마디 했다.

"루추 씨, 다른 거 생각하기 전에 일단 월급부터 올려달라고 하세요."

일주일이 또 지나갔다. 11월 말의 쓰팡 거리는 온통 낙엽으로 덮였다. 금빛 찬란한 은행잎이 회칠을 한 벽과 기와지붕 사이를 날아다녔고, 울긋불긋 물든 단풍의 농밀한 색채가 사람들의 시각을 자극했다. '옥석, 도자 및 금속유물 복원구역'에는 손바닥 만한 정교한 청동거울 하나가 들어왔다. 두창평은 이 거울을 특별 제작한 홍단목 받침에 올려놓은 후 스탠드 조명을 직접 거울에 비췄다. 광선이 금속으로 된 거울 몸체를 투과한 것처럼 거울 뒤쪽 흰 벽에 끝없이 이어지는 환 문양이 생겼다. 그 효과가 무척 환상적이었다. 두창평이 조명등을 끄고 루추에게 물었다,

"어떻게 해서 이런 효과가 나는지 알아요?"

루추가 거울을 응시하며 천천히 대답했다.

"이 거울은 청동 투광경입니다. 그 원리는 '견일지광(見日之光)'과 같으며, 공예 측면에서는 이 거울이 좀 더 정교합니다."

'견일지광'은 청동거울로, 그 외부에 새겨진 명문 '견일지광, 천하대명(見日之光, 天下大明, 해가 뿜어내는 빛으로 천하를 밝게 비춘다)'에서 비롯된 이름이다. 이 청동거울은 복잡한 제작과정을 거쳐 거울 면에 육안으로 식별하기 어려운 요철을 형성하고 장시간 수공으로 연마하여 이런 형태를 만들어낸다. 거울 앞면과 뒷면의 문양 사이에 상응하는 곡률(曲率)이 생겨 거울에 비치는 광선이 여러 차례 굴절을 반복하여 투광과 유사한 착각을 일으키는 것이다.

투광거울의 공예는 무척 복잡하다. 100년간 연마해야 거울 면에 '유리곽(琉璃廓)'이라고 하는 금속 보호막 한 겹이 형성된다. 따라서 당시에도 황실에서나 사용하는 사치품이었다. 지금까지 전해오는 투광 청동거울은 하나하나가 진귀한 보물이다.

두창평은 청동거울을 상자에 넣고 목청을 가다듬은 후 루추에게 말했다.

"이분의 증상은 유리곽에 몇 개의 녹이 생긴 건데, 그렇게 심하지는 않아요. 하지만 다른 청동기와 같은 방법으로 처리해서는 안

돼요. 잘 연구해보고 방안을 작성한 후 얘기합시다."

"알겠습니다."

두 손을 무릎 위에 놓고 단정하게 앉아있었으나 루추의 눈은 초점을 잃고 딴생각을 하고 있었다.

"무슨 문제라도 있어요?"

두창펑의 물음에 루추가 정신을 집중하려고 노력하며 대답했다.

"방안을 작성하기 전에 '인터뷰'를 하면 더 도움이 되지 않을까요?"

"누구를 인터뷰한다는 거죠?"

"관련된 사람입니다."

"그런 방법은 처음 듣는군요."

두창펑이 턱을 만지작거리다 입을 열었다.

"알아서 하세요. 지금은 실행 가능한 방법을 알아내는 게 중요하니까요."

두창펑이 저들처럼 인간으로 화한 존재인지 아닌지는 모르지만, 어쨌든 그는 담당 주임이고, 그의 승인이 떨어졌다.

루추는 다음 날 오후 주임 전용의 텀블러를 들고 엘리베이터를 탔다. 13층에 도착해 문이 열리자 샤오렌이 커다란 나무상자를 들고 서있었다. 루추는 순간 당황해서 재빨리 엘리베이터에서 내렸다.

"샤오렌 씨 만나러 온 거 아니에요."

"내가 봐도 그런 거 같네요."

샤오렌이 그녀를 바라보다가 아무것도 묻지 않고 다른 말을 했다.

"오늘은 30분 늦게 퇴근할 기예요."

"그럼 복원실에서 기다릴게요."

그가 고개를 끄덕이며 그녀 곁을 지나 엘리베이터 안으로 들어갔다. 루추는 자신의 볼을 만지며 평소처럼 지나갔다.

두 사람의 교제는 이제 회사에서도 공공연한 비밀이었다. 두 사람은 나란히 출근하고 나란히 퇴근했으나 사람들 앞에서는 둘 사이를 드러내지 않았으며, 일부러 사람들의 이목을 피하지도 않았다. 샤오렌은 출퇴근길을 함께하면서도 루추에게 집착하지 않았으며, 차안에 나란히 앉아서도 함께 음악을 듣거나 회사일과 일상적인 대화를 하는 게 고작이었다.

샤오렌은 고등학교를 다니지 않았으나 대학에서 음악을 전공했다고 했다. 어느 날 형과 크게 다투고 홧김에 기차표를 사서 한동안 여기저기를 돌아다녔다. 그러다 간 곳이 음악의 분위기로 충만한 도시였는데 그곳에서 학생이 되고 싶었다고 한다.

"나는 음악을 전공했어요. 학생회관에 광장을 끼고 있는 긴 복도가 있는데 경치가 근사한 곳이었죠. 어느 해 12월 눈이 많이 내리는 날이었는데, 나는 아침 일찍 학생회관에 연습을 하러 갔어요. 복도 등은 꺼져있고 주위는 지나다니는 사람 하나 없이 조용했어요. 나는 벽에 기대서 클라리넷 몇 소절을 불었어요. 이때 복도와 붙어있던 한 교실에서 누군가 피아노로 반주를 해주는 거예요."

그가 여기까지 말하고 잠시 멈췄다. 그리운 추억을 회상하는 눈빛으로 말을 이었다.

"우리는 그렇게 벽 하나를 사이에 두고 한 악장의 합주를 완성했죠."

그의 얼굴에 헤어진 옛 연인을 그리워하는 모습이 역력했다. 루추가 쭈뼛거리며 물었다.

"그래서 두 사람이 만났어요?"

"물론이죠. 한 악장이 끝나고 누가 문을 열고 나오는데, 음악형식학을 강의하는 나이 많은 교수님이었어요. 그 학기에 나는 과 전체에서 가장 높은 점수를 받았는데, 아무래도 그 교수님의 입김이 작용했을 거라는 의심이 들어요."

샤오렌이 말을 멈추고 그녀를 호기심 어린 눈으로 바라보았다.

"무슨 생각을 한 거예요?"

"나요?"

루추는 그의 높은 콧날에 잠시 시선을 두었다가 황급히 고개를 저었다.

"나도 모르겠어요. 문득 너무 행복해서……."

눈물을 왈칵 쏟으며 우는 루추의 모습에 샤오렌은 어쩔 줄 몰라하며 휴지를 건넸다.

그날 이후 루추는 마음을 고쳐먹었다. 앞날을 두려워하기보다는 함께 있는 순간을 소중히 지내기로 한 것이다. 연인 사이는 술을 빚는 발효과정과 같다. 술을 빚을 때 잠시 딴생각을 하면 식초가 되어버린다. 그녀는 결과에 연연하지 않지만 아쉬움을 남기고 싶지 않았다.

오늘 13층에 온 것은 명목상으로는 회사일이지만 실제로는 자기감정에 충실하기 위해서였다. 루추는 데스크에 다가가 징충환을 향해 손을 흔들어 아는 제했다. 잠시 머뭇거린 후 비로소 입을 열었다.

"얼마 전 복원실에 투광경이 하나 들어왔어요."

"마침내 내 차례가 되었군!"

화들짝 놀란 징충환은 벌떡 일어나며 이런 반응을 보였다.

"어때요? 녹은 깨끗이 없앨 수 있을까요? 그것 때문에 얼마나 고민이 많았는지 몰라요. 한 번 아프면 이가 아픈 것은 아무것도 아니라니까요."

사실 징충환의 신분은 어느새 비밀이라고 할 수도 없게 되었다. 하지만 이렇게 노골적인 반응에 오히려 당황한 쪽은 루추였다. 그녀는 주위를 살핀 후 목소리를 낮춰 물었다.

"이렇게 대놓고 말해도 괜찮아요?"

"걱정 말아요. 여기 아무도 없으니까. 이쪽으로 와요."

안내 데스크에서 나온 충환은 루추를 데리고 텅빈 접견실로 갔다. 둘은 소파에 앉아 이야기를 나눴다. 30분 후 루추는 충환의 출신과 경력, 즉 복원실에 있는 투광경의 출처와 배경을 알아냈다. 또한 그녀에게 모든 생물의 원형을 알아보는 능력이 있다는 사실도 알게 되었다.

"루추 씨는 한 눈에 봐도 그 원형이 사람으로 나타나요. 샤오렌은 한 자루의 검이고요. 하지만 1~2킬로미터 내에서만 확실히 보이기 때문에 복잡한 도시에서는 소용이 없어요. 또 벽으로 가로막혀도 볼 수 없어요."

충환은 팔을 내저으며 아무 거리낌이 없는 말투였다.

"정말 대단하시네요."

루추의 진심어린 반응에 충환이 대답했다.

"사실 이 정도는 대단하다고 말할 것도 없어요. 곧 알게 되겠지만 별로 쓸모가 없는 재주랍니다. 평범한 사람이 더 자유롭지요."

충환은 오늘은 메이드 코스프레를 하고 있었다. 고양이 귀 모양의 헤어밴드는 말을 할 때마다 귀가 쫑긋거리는 것처럼 보였다. 그러나 그녀와 대화를 하면서 애교 넘치는 소녀의 외모 뒤에 숨은 거울의 모습이 느껴졌다. 극단적으로 깊고 무거운 모습이었다.

그들은 어떤 인물과 만나고 어떤 일들을 겪었을까? 루추가 침묵을 지키자 충환이 그녀를 힐끗 쳐다보더니 물었다.

"안 그래요?"

루추는 고개를 가로저으며 쓴웃음을 지었다.

"방금 샤오렌이 떠올랐거든요."

"샤오렌은 대단한 능력을 가졌죠. 하지만 시련도 많이 겪고 있어요. 날 보세요. 나 같은 거울 따위에는 아무도 금제를 걸 생각을 하지 않잖아요. 가만……, 그러니까 날 찾아온 이유가 샤오렌 때문인가요?"

충환이 살짝 흘겨보았다. 자신의 마음을 간파하는 충환에게 루추는 무안한 표정으로 말했다.

"샤오렌과 사귀고 있어요."

"참 일찍도 말하네요. 세상 사람들이 다 알고 있거든요. 최근 인한광 팀장 얼굴이 어두운 것도 못 봤어요?"

충환은 고소하다는 표정으로 웃었다.

"뭘 걱정해요? 킬은 과감해서 상대가 돌아서면 깨끗이 단념해요. 절대로 집착하며 매달리지 않아요."

"난 그 사람이 집착하고 매달렸으면 좋겠어요."

불쑥 이렇게 말해놓고 나니 놀림을 받을 것 같았다. 뜻밖에도 충환은 기지개를 켜더니 소파 팔걸이에 손을 올린 채 재미있다는 표정으로 한마디를 던졌다.

"그렇다면, 루추 씨는 상대를 잘못 골랐어요."

이 정도 반응은 예상할 수 있었기 때문에 루추는 충격을 받지 않았다. 그보다는 말 뒤에 숨은 의미를 알아내려고 했다.

"그 세계에서는 관계가 정해져 있는지 궁금해요. 가령 서로 고정된 관계라든가, 누가 누구에게 충성하거나 사랑하는 관계 같은 거요."

처음 든 예에서 막막해지던 충환의 표정이 마지막에 가서는 갑자기 밝아졌다. 루추가 설명할 말을 찾느라 고심하다가 보충 설명을 했다.

"그러니까 결혼을 자율적으로 할 수 있는 권리 같은 거죠."

"한 생애에 한 쌍?"

충환이 즉각 반응했다. 루추는 고개를 힘주어 끄덕였다. 가장 정곡을 찌르는 반응이었다. 충환이 말을 이었다.

"맺어질 수는 있지만 규칙이 일반 사람들보다 훨씬 엄격해요. 두 사람이 수명을 공유하고, 화복을 함께 감당해야 하죠. 같은 유형을 만나야 가능한 일이에요."

"아! 그렇구나."

루추와 샤오렌은 당연히 같은 무리가 아니다. 루추는 눈을 아래로 향하며 충환의 다음 말을 기다렸다.

"하지만 이를 지키는 경우는 드물어요. 같은 유형을 찾기가 어렵기 때문이죠. 펑랑의 경우는 주주와 맺어지기 위해 온 세상을 떠돌았지만, 결국 헛된 노력으로 끝나고 말았어요."

"그들은 같은 유형이 아니란 말인가요?"

루추가 놀라서 물었다.

"칼과 검이 어떻게 같은 유형이 아니죠?"

충환이 그녀를 하얗게 흘겨보더니 말을 이었다.

"사람을 죽이는 흉도(凶刀)와 인자함을 베푸는 인검(仁劍)인 둘은 서로 배척하는 관계이기 때문에 우리도 좀처럼 이해가 가지 않았죠. 우리들의 차이는 일반 사람들의 인종과 피부색 차이보다 훨씬 크니까요."

루추는 얼떨결에 고개를 끄덕였다. 충환은 신이 나서 이런저런 정보를 더 알려주었다. 병기에서 인간으로 화한 주주는 충환이 생각하는 것보다 세태를 개탄하고 백성의 고통에 공감하는 기질이 강했다. 신망[新莽, 왕망(王莽)이 한나라를 찬탈하여 세운 신(新)나라 ‒ 역주] 시대에 황하가 범람하여 많은 백성들이 돌아갈 집을 잃었다. 그러자 주주는 펑랑과 함께 10여 기의 옛날 묘를 파헤쳐 그곳에서 많은 보물을 출토했다. 자신은 상처투성이가 되면서도 이를 수재민들에게 나눠줬다고 한다.

"착한 사람들은 왜 그렇게 먼저 세상을 떠나는지 모르겠어요. 사실 주주가 지금 저렇게 된 것은 한 마을 사람들을 구했는데 그중 배은망덕한 부리가 그를 해쳤기 때문이에요. 펑랑은 틀림없이 전 인류를 증오하고 있을 거예요. 게다가 예전부터 아주 과격했거든요."

여기까지 말한 충환은 코를 한 번 찡긋하고는 말을 이었다.

"사실 예전에는 나도 주주를 별로 좋아하지 않았어요. 너무 신비주의에다가 위선적이라고 생각했거든요. 하지만 지금은 그가 좋아졌어요. 위선이 세계평화에 도움이 되니까요. 평화를 위해서라면 위선을 껴안아야 해요."

루추는 충환의 말을 들으면서 혼란스러웠다. 자신이 무엇을 생각하는지도 알 수 없었다. 그러다가 문득 정신이 났다.

"그러니까 주주의 몸이 두 동강난 것은 죽었다는 말인가요?"

충환은 눈을 몇 번 굴리더니 대답했다.

"그렇다고 봐야죠. 우리 세계에는 사망이라는 개념이 없으니까요. 주주의 경우 본체는 여전히 존재하지만 의식이 흩어져버렸죠. 이런 상황을 우리는 긴 잠에 들었다고 해요."

"하지만 주주가 긴 잠에 들기 전, 그와 펑랑은 외부의 속박 없이 둘의 성격이 완전히 달라도 오랫동안 함께했잖아요. 안 그래요?"

루추는 강하게 반문했다. 심장이 어찌나 세차게 요동치던지 고막까지 울릴 정도였다.

"물론이에요."

징충환은 이상하다는 표정으로 그녀를 바라보았다.

"마음이 같다는 건 계약보다 중요해요. 진정성은 맹세보다 신뢰할 수 있죠. 당신네 인간사회도 그렇지 않아요?"

루추는 징충환과 좀 더 이야기를 나눈 후에 13층을 떠났다. 발걸음은 경쾌했으며 그녀의 눈은 희망으로 빛났다. 루추가 13층을 떠난 후 샤딩딩이 승마부츠 차림으로 문을 나섰다. 그녀는 미간을 찌푸리며 징충환에게 물었다.

"충환 씨가 사람의 마음을 꿰뚫어볼 수 있다는 말은 왜 하지 않았어?"

"선의와 악의를 판단할 뿐 꿰뚫어볼 정도는 아니니까요. 루추 씨는 악의가 없어요."

징충환이 대수롭지 않게 대꾸했다.

샤딩딩도 알겠다는 듯 고개를 끄덕이다가 갑자기 뭔가 떠올랐다.

"오래 전 펑랑을 만났을 때도 악의가 없다고 하지 않았어?"

"그건 맞아요. 주주를 만나기 전이나 후나 악의는 없어요. 하지만……."

징충환이 짜증이 난다는 듯 헤어밴드를 거칠게 벗어버리고 머리를 좌우로 흔들었다.

"선의가 집념이 되면 그게 더 무서운 법이거든요."

21
수호

고대 유물의 복원에서 가장 중요한 것은 상상력이지만, 가장 금기시되는 것 또한 창작이 가미된 작업이다. 이를 이해하는 사람들은 많지 않다. 국가의 중요한 기물은 역사의 흥망성쇠를 지켜본 존재다. 고대의 유물을 대할 때 복원사가 지킬 것은 수천 년 전의 공예기술뿐만 아니라 수천 년 동안 내려온 역사의 기억이다. 전자는 상상력을 통해 시공을 초월해야 하고, 후자는 존중하는 마음을 담아야 한다. 우선 고증을 거듭함으로써 완벽한 의거를 찾아낸 후 비로소 작업에 착수해야 한다.

징충환을 만난 후 루추의 마음은 꽤 안정되었으며, 일에도 적극적으로 임했다. 그녀는 거울의 녹을 반드시 제거해야겠다고 결심했다. 며칠 동안 머릿속의 전승 내용을 탐색한 결과, 실망스럽게도 자신의 전승 분야가 도검에만 치중됐다는 사실을 발견했다. 병기류가 아닌 청동기에 대해서는 원론적인 지식을 아는 데 그친 것이다. 거울면의 유리곽은 너무 특수해서 루추가 검을 연마하던 방식으로는 복원이 불가능했다.

두창평과 의논하여 많은 고서들을 읽은 끝에 《몽계필담夢溪筆談》의 저자이며 북송의 유명한 학자 심괄(沈括)이 청동거울을 연구했다는 사실을 알아냈다. 그러나 안타깝게도 그 기록은 유실되어 구할 수 없었다.

그래도 단서 하나는 찾은 셈이었다. 루추는 무척 흥분하여 당장 13층으로 달려가 징충환에게 물어보았다. 징충환은 한참 동안 기억을 더듬다가 송대의 장인들이 그녀 본체의 녹을 제거해주었으며, 그 후 100여 년 동안 쾌적한 상태를 유지할 수 있었다고 말했다. 그러나 루추가 그들이 어떤 방법을 썼냐고 묻자 그녀는 두 손을 내려놓고 반문했다.

"루추 씨는 치과에 가면 치과의사들이 충치를 어떻게 때우는지 볼 수 있어요?"

그야말로 우문현답이 아닐 수 없다.

이때 인청잉이 지나가다가 그들의 대화를 들었다. 그는 하얀 치아를 드러내며 루추에게 손을 흔들었다.

"서두르지 말고 천천히 해요. 이를 때우는 방법을 터득한 후 심장수술에 대해서도 의논합시다."

그가 말하는 심장수술이란 두말할 것 없이 샤오렌의 금제를 해제하는 것이었다. 샤오렌의 사무실이 그 안에 있으니 루추는 대답을 못하고 눈만 크게 뜬 재 인청잉을 바라보았다. 그러고는 복원실로 돌아가 계속 일을 했다.

그녀는 모든 것이 노력하기에 달렸다고 생각했다. 옛사람이 할 수 있던 일을 현대 사람들이 하지 못한다는 법은 없다. 그래서 며칠 후 루추는 근대의 소재과학에 관한 문헌을 안고 두창핑에게 징충환 본체의 유리관 구조에 대해 더듬거리며 보고했다. 준비기간이 빠듯한 관계로 그녀의 말에는 두서가 없었다.

"송대의 장인들이 진행한 작업인데 뜬금없는 스탠퍼드 논문까지 동원한 의미가 뭐죠?"

두창핑이 이해가 가지 않는다는 투로 물었다. 며칠간 노력 끝에 이런 평가를 받은 루추는 슬그머니 부아가 치밀었다.

그녀는 《몽계필담》의 관련된 부분을 일일이 그에게 펼쳐 보이며 쏘아붙였다.

"옛날 은둔형 외톨이가 쓴 이 글은 유머감은 훌륭하지만 실제로 참고할 만한 가치는 없어요. 핀잔을 주시려거든 심괄한테나 그러시죠……, 이젠 어떻게 할까요?"

송대의 학자들이 쓴 글은 해학과 풍자의 요소는 풍부하지만 담고 있는 지식은 매우 단편적이었다. 따라서 루추의 말이 틀린 것만은 아니었다.

"다른 건 몰라도 심괄은 무호(蕪湖)에서 제방을 축조하고 양주(揚州)에서 참전했으며, 그 후에는 왕안석(王安石)의 변법(變法)에 참여하고 한림학사의 신분으로 거란에 사신으로 가서 국가의 경계를 확정하는 데 기여한 인물이에요."

두창평이 다리를 꼬고 루추를 쳐다보며 말을 이었다.

"심괄이 평생 걸어 다닌 곳을 루추 씨는 차를 타고도 다 못 다닐 수도 있어요. 은둔형 외톨이라고 함부로 폄하할 사람이 아닙니다."

루추는 할 말이 없어서 한참 만에 거우 입을 뗐다.

"은둔형 외톨이라고 한 말은 취소할게요. 하지만 문제는 여전히 남아요. 그가 쓴 글에 참고 가치가 없다는 점은 변함이 없습니다."

"그렇다면 자료를 계속 조사하고 공부하세요. 성급하게 해서는 청동기를 복원할 수 없습니다. 우물가에서 숭늉 찾는 격이면 곤란해요."

두창평은 이렇게 말하면서 담배에 불을 붙였다. 루추는 광샤빌딩이 실내흡연을 금지한다는 사실을 알고 있었다. 허공으로 올라가는 담배연기를 보며 그녀는 마침내 인내심이 폭발했다.

"주임님 사무실의 화재경보기가 왜 안 울리는지 모르겠네요. 혹시 떼어내 버렸나요?"

"다른 일할 거 없어요?"

과한 호기심의 말로는 주임 사무실에서 쫓겨나는 것으로 끝났다. 루추는 복원실로 돌아와 고서를 계속 들여다보았다. 인터넷의 자료들은 빈약하기 그지없었다. 30분쯤 후, 그녀는 뭔가 떠올라 시립도서관의 고서 소장부에 전화를 했다. 이 도서관은 몇 년 전 다른 곳으로 이전하였으나 고서 소장부서는 그대로 남아있었다. 전화는 몇 사람을 거친 끝에 나이 많은 관장과 연결이 되었다. 그는 이 도서관이 소장하고 있는 문헌들은 천년이 넘었으며, 당시 사람들이 선대의 기록을 손으로 직접 기록하여 정리한 것이라고 했다.

물론 오자나 탈자도 많지만 당시 백성들의 생활상을 엿볼 수 있는 소중한 자료라고 했다. 그들도 이 진귀한 역사자료를 전자파일로 만들어 보존하려고 했지만 인력문제로 손을 놓고 있다고 했다. 게다가 선장본의 경우 유일한 원본이기 때문에 외부에 반출이 안 된다고 했다. 그러므로 관심 있는 독자들은 직접 와서 볼 수 있다고 하면서, 올 때는 신분증을 지참하고 책을 보기 전에 손을 깨끗이 씻으라는 당부도 잊지 않았다.

통화를 끝내고 나니 30분이 훌쩍 지나있었다. 복원실과 관련된 대화는 10분이 채 안 되었다. 내용도 거의 나이든 관장의 잔소리가 많았지만 그의 말에는 선의가 담겨있었으며, 역사와 문화에 대한 따뜻한 시각으로 충만했다. 관장의 분위기는 이 도시가 루추에게 주는 느낌과 비슷했다. 전화를 끊고 나서 그녀는 텅 빈 일정표를 꺼내 토요일의 빈칸에 표시를 했다.

주말 정오에 루추는 차를 두 번 갈아타고 쑤팡시 시립도서관의 구관을 찾아갔다. 이 도서관은 100년 전에 지어졌다. 사진에 있는 초창기 관원들은 만청시대의 변발을 하고 있었다. 3층으로 된 붉은 벽돌 건물에는 영국 엘리자베스 시대의 건축양식이 스며있었다. 조각이 새겨진 흰 원형 기둥이 2층의 발코니를 받쳐 들고 있었으며, 계단 앞에는 오동나무 잎이 어지럽게 흩어진 것이 도서관이라기보다는 임어당(林語堂)의 소설 《경화연운京華煙雲》의 청말 민

초 대갓집 저택처럼 보였다.

마치 시간이 이곳에서 멈춘 것 같았다. 루추는 업무상으로 방문했지만 실내에 들어서는 순간 모든 잡념이 사라져버렸다. 그녀는 이곳 규정에 따라 신분증을 제시하고 서고에 들어갔다. 조심스럽게 선장본을 한 권 한 권 꺼내서 한 페이지씩 펼쳐보았다. 관련된 내용은 여러 책의 이곳저곳에 산발적으로 흩어져 있었다. 그러나 체계가 없는 것보다 생소한 글자가 너무 많다는 점이 고서 읽기의 큰 어려움이었다. 문장부호도 없는 고문은 현대인이 해독하기 어려운 부분이 많았다. 루추는 이런 점까지 고려해 핸드폰의 플래시 기능을 끄고 사진을 찍었다.

오후 3시까지 분주하게 움직인 끝에 많은 자료는 아니지만 연구에 필요한 만큼은 확보할 수 있었다. 루추는 기지개를 켜고 서고를 나와 2층의 나무 바닥 위에서 사방을 둘러보았다. 오래된 건축물의 매력은 생각지도 않던 부분에서 드러났다. 이 도서관은 겉으로 보기에는 작고 정교하지만 내부공간은 바깥과 달리 별천지였다. 2층의 창문은 아치형으로 설계되었으며 실내의 통로에 있는 문들도 모두 아치형이었다. 금속 층계 난간의 아라베스크 문양과 벽면의 바로크 조각장식은 서로 비추며 섬세한 디자인과 솜씨가 어울려 정교한 효과를 드러냈다. 루추는 아치형 문을 따라 걸으며 어느새 통로 끝에 도착했다. 나무 재질로 된 선회형 계단이 완만하게 아래로 향하며 그윽한 공간으로 이어지는 분위기를 풍겼다. 방위로 보아 도서관 후문으로 통하는 길이 틀림없었다.

아래쪽에서 여러 명이 제각기 부는 리코더 소리가 들려왔다. 중간에 어린아이들의 천진난만한 질문이 섞여있었다.

"선생님, 구멍에서 공기가 새는데 어떻게 해요?"

"자, 내 새끼손가락을 잘 봐요. 손가락에 힘을 주고 하나, 둘, 셋에 시작합시다. 하나, 둘, 셋!"

귀에 익은 '작은별'이 울려퍼졌다. 루추는 걸음을 빨리하여 아래층으로 내려갔다. 옛날식 벽난로가 놓여 있고 우아한 나무 격자장식의 긴 창문이 달린 별실이 눈에 들어왔다. 칠팔 명의 초등학교 저학년 아이들이 샤오렌을 중심으로 반원을 그리고 있었다. 그들은 앞에 놓인 악보를 보며 열심히 리코더를 불고 있었다. 샤오렌은 모처럼 검은 옷을 벗어던지고 청색 라운드넥 티셔츠와 운동복 바지 차림으로 마치 이웃집 대학생처럼 보였다. 그는 손으로는 리코더를 들고 발로 박자를 맞추며, 동시에 학생들이 제대로 따라오는지 모든 학생의 움직임을 주시했다.

루추는 걸음을 멈추고 입구와 멀지 않은 곳에서 익숙하면서도 생소한 그의 모습을 바라보았다. 한 곡이 끝나자 관장이 계단으로 내려와 그녀를 지나쳐 문안으로 들어갔다. 그는 조금 전의 합주에 박수로 칭찬하며 샤오렌과도 몇 마디 나눴다. 그러더니 오늘 수업은 여기서 마치겠다고 말했다.

아이들이 여기저기서 "선생님 안녕히 계세요!"라고 외치고 샤오렌은 리코더를 집어넣었다. 별실을 나온 그가 루추의 곁으로 바로 와서는 말했다.

"방금 루추 씨의 걸음소리를 들었어요. 하지만 수업중이라……."

"잘했어요. 덕분에 수업 잘 들었어요."

그녀가 여기까지 말하고는 말투를 바꿨다.

"오늘 일할 거라고 하지 않았어요?"

"자원봉사 일이에요."

아이들이 삼삼오오 그들 곁을 지나갔다. 그가 그녀의 손을 잡고 밖으로 나와서는 입을 열었다.

"이 근처에 보육원이 하나 있어요. 도서관을 다른 곳으로 이전한 후 아이들이 볼 책은 줄어들었고, 그 대신 공간은 늘어났어요. 관장님이 내게 리코더 강습반을 열어보라고 제안했어요. 음악을 배우는 아이들이 나쁜 길로 빠지지 않는다면서요. 그래서 생각지도 않게 샤오 선생님이 되었네요."

샤오롄이 여기까지 말하고 루추가 자신을 주시하는 것을 보더니 물었다.

"왜 그래요?"

"못 본 척 그냥 지나갈 걸 그랬나 생각하는 중이었어요."

그녀는 웃음을 띠고 있었지만 목소리에 슬픔이 깃들어 있었다. 샤오롄이 놀라서 물었다.

"그건 왜죠?"

"내가 당신 생활에 들어오는 걸 당신이 좋아하지 않는 것 같아서요."

그렇게 이야기하며 그들은 도서관 옆의 거리로 걸어갔다. 이 길은 보행자 전용의 차량진입금지 지역으로 길 양쪽에 플라타너스가 열을 지어 있었다. 봄과 여름에는 그늘을 지어 햇빛을 가려줄 테지만 지금은 잎이 다 떨어져서 석양 아래 나무 그림자가 오래된 붉은 벽돌 건물의 벽에 비쳐서 오히려 탁 트인 느낌이 들었다.

두 사람이 나란히 걷는 동안 샤오렌은 잠시 침묵하다가 입을 열었다.

"전혀 그렇지 않아요."

루추가 그러냐고 낮은 소리로 응하고는 고개를 숙여 발아래 작은 돌멩이를 발로 찼다. 샤오렌이 잠시 생각하더니 말을 이었다.

"때로는 내가 어떤 존재인지 모르겠어요. 단지 사람들에게 그런 내 모습을 보이기 싫을 뿐이에요."

"어떤 모습을요?"

루추가 고개를 들어 이해할 수 없다는 표정으로 물었다. 샤오렌이 무슨 말을 하려다 잠시 머뭇거리더니 결국 입을 열었다.

"루추 씨, 내가 각성할 때 형제들과 헤어졌다가 한참 뒤에 재회했다고 한 말 기억하죠?"

그녀가 고개를 끄덕이자 그가 말을 계속했다.

"그러나 혼자서 얼마나 오래 버텼는지는 말 안 했어요."

"얼마나 오래였는데요?"

그가 영문을 모르겠다는 얼굴로 물었다. 그가 잠시 머뭇거리다 대답했다.

"60년이에요."

루추가 작게 한숨을 쉬었다. 샤오렌은 앞쪽을 보며 낮은 소리로 말을 이었다.

"그 세월을 나는 군대에 있었어요. 전쟁터에 나가 사람을 죽였죠. 처음에는 생명이 무엇인지 몰랐고 명령을 이행할 뿐이었어요.

그런데 시간이 지나면서 전쟁이란 황당한 짓이라는 생각이 들었죠. 장군의 명령 하나에 상대를 적으로 대하다가도, 다른 명령이 떨어지면 갑자기 전우로 변하기도 했죠. 그 이유가 뭔지 아무도 묻지 않았어요. 생각을 하는 순간 사는 것이 힘들어지거든요."

루추가 머리를 샤오렌의 어깨에 기댔다. 위로의 몸짓이거나 신뢰의 표현인 듯했다. 샤오렌이 쓴웃음을 지으며 말을 계속했다.

"더 황당한 것은 그런 상황에서 내 초능력은 오히려 갈고 닦여서 절정에 달했다는 겁니다. 마치 내가 태어난 것이 살육을 위해서라는 듯이 말이죠. 한동안 그 운명에 순응해서 살았죠. 병기가 살인하는데 이유가 필요 없다고 스스로 되뇌면서 말이에요."

루추는 한동안 아무 말도 하지 않았다. 잠시 후 그녀가 갑자기 고개를 세차게 가로저었다.

"안 돼요. 정말 그렇다면 샤오렌의 각성이 아무 의미가 없어져요."

샤오렌이 보이지 않을 정도로 미세하게 고개를 끄덕였다.

"그래서 서서히 지금의 나로 변해왔어요. 그러나 칠판에 오선지를 그리고 아이들에게 음악을 가르치는 순간에도 의문이 들어요. 과거의 나는 여전히 내 몸 안의 어떤 구석에 숨어있는 것이 아닐까? 언젠가 과거의 내가 다시 출현해서 지금의 내 몸을 통제하는 것이 아닐까? 이런 느낌을 루추 씨는 상상이나 할 수 있어요?"

두 사람의 눈이 마주쳤다. 샤오렌은 루추가 경악할 것을 예상했으나 그녀의 얼굴은 살짝 붉어지기만 했다. 그녀가 작은 소리로 물었다.

"당신이 그 말을 하기 전에 내가 이미 상상했다면 이상한 일인가요?"

그는 할 말이 없었다.

"무슨 생각을 한 거예요?"

그녀가 머쓱하여 시선을 아래로 떨궜다.

"사실 교실에 있는 샤오렌 씨 모습을 보고 시 하나가 떠올랐어요. 제목은 〈내 안에서 과거, 현재, 미래가 만난다In me, past, present, future meet〉에요."

이 시는 영국의 시인 시그프리드 서순(Siegfried Sassoon)이 1차 세계대전 때 쓴 명작으로, 그가 군대에 있을 때 인성에 대한 깨달음을 노래한 시로 알려져 있어요. 샤오렌이 멍하니 그녀를 바라보았다.

"루추 씨가 상상한 모습은 '내 안에서 호랑이가 장미향을 맡는다(In me the tiger sniffs the rose)'인가요?"

"딱 들어맞지 않나요? '내 눈에는 당신만이 있다.'"

그녀의 눈빛은 맑았으며 숨기지 않은 당당한 사랑으로 충만했다. 샤오렌은 처음으로 피하지 않고 그런 그녀의 눈을 직시했다.

"루추 씨는 언제부터 이런 눈으로 날 바라봤어요?"

그녀가 주저 없이 대답했다.

"처음 만났을 때부터요."

"그런 것 같네요."

두 사람은 손을 맞잡고 계속 걸었다. 루추는 오늘 무릎까지 오는 캐시미어 소재의 치파오를 입고 머리를 땋았으며, 샤오렌은 스포티한 대학생 스타일로 입었다. 각각 복고풍과 현대풍으로 차려

입은 두 사람은 실제 신분과 정반대의 차림을 하고 있었다. 이런 차이 때문일까, 아니면 햇볕이 따뜻하게 두 사람을 비춰주어서일까, 두 사람은 마음의 경계를 완전히 허물었다. 거리를 절반쯤 걸어갔을 때 그녀는 그에게 몇 살이냐고 물었고, 샤오롄은 진실한 대답을 해주었다.

"말하자면 복잡해요."

"왜요?"

샤오롄의 말에 호기심이 발동한 루추가 물었다.

"우리가 상처를 입었는데 복원사가 제때 고쳐주지 않으면 본체로 회귀해 휴면에 들어요. 그렇게 함으로써 스스로 치유하는 거죠. 금제를 설정한 것만으로도 당나라 시기 내내 잠에 빠져있어야 했어요. 그 시간을 나이로 계산해야 할까요?"

그녀는 문득 모든 것을 알 것 같았다.

"그렇다면 언제 인간으로 화한 건지 말해줄 수 있어요?"

"장평대전(長平大戰) 때의 일이에요. 백기(白起)가 조(趙)나라 병사 20만 명을 생매장시킨 그날 밤 나는 전쟁터에서 각성했어요."

《동주東周·열국지列國志》에서는 이때의 역사를 이렇게 묘사한다.

"아들이 아비의 죽음에 곡(哭)하고, 아비는 자식의 죽음에 곡하고, 형은 아우의 죽음에 곡하고, 아우는 형의 죽음에 곡하며, 할아버지는 손자의 죽음에 곡하고, 아내는 지아비의 죽음에 곡하여 온 거리와 장터에 통곡소리가 끊이지 않았다."

루추가 경악하여 숨을 멈췄다.

"당신은 자원입대한 것이 아니라 순전히……."

"그것도 자원입대였던 셈이죠."

그가 웃으며 그녀를 바라보았다.

"각성 초기에는 아무것도 몰랐어요. 세상이 원래 그런 줄 알았으니까요. 나는 시체들 틈에서 기어 나와 죽은 병사의 옷을 입고 진(秦)나라의 병졸이 되었어요."

남이 죽이면 그도 죽였으며 목표도 이유도 없었다. 심지어 적과 아군도 구분하지 않았다. 사람들은 자신의 이념 때문에 싸우거나, 자신의 터전을 지키기 위해 싸운다. 그것도 아니라면 부귀나 생존을 위해 싸우는 사람도 있다. 샤오렌은 남을 모방할 뿐 자신이 뭘 하고 있는지도 몰랐다. 하물며 생명이 무엇인지 어떻게 알았겠는가! 짧은 기간 동안 결사적으로 살아가다 길게는 결국 한줌 흙으로 돌아가는 것이 그가 아는 인간의 삶이었다.

"기물이 인간으로 화하는 과정은 수많은 인명이 희생될 때 발생해요. 나도 예외가 아니었죠. 그러나 그것에 그치지 않았어요. 그날 밤은 죽은 사람이 너무나 많았어요."

그는 말은 그렇게 하면서도 담담한 표정을 되찾았다. 온몸에는 스산하고 적막한 기운이 감돌았다. 루추가 그를 자기 쪽으로 끌어당기려고 팔을 뻗었으나 옷소매만 만져졌다.

중학생 무리가 자전거를 타고 휘파람을 불며 뒤쪽에서 다가왔다. 그중 한 대가 루추와 너무 가까워서 몸을 스치려고 했다. 그 순간 샤오렌이 재빨리 그녀의 허리를 붙잡아 그녀의 몸 전체가 그의 품에 쏙 안겼다.

또 한 무리의 학생들이 그들 곁을 지나갔다. 그들이 안고 있는 모습을 보고는 휘파람과 환호성을 질러댔다. 청춘과 중2 학생들의 치기어린 행동이 절정에 달하는 순간이었다. 그렇게 한바탕 시끄러운 시간이 지나갔고, 루추는 고개를 들고 둘만이 들을 수 있는 소리로 작게 말했다.

"다 지나갔어요."

"음……, 난 60년 동안 전쟁을 하면서 글을 모르면서도 백부장으로 승진했고 관의 식량을 관장하기도 했어요. 나는 몇 년에 한 번씩 군대를 바꿔야 했어요. 한 군대에 오래있으면 변치 않는 내 외모가 사람들의 의심을 살 수 있었기 때문이죠."

루추가 그의 얼굴을 어루만졌다.

"나중에 어떻게 군대에서 나오게 되었어요?"

"한 선배가 나를 찾아내서 전쟁터에서 데리고 나왔어요. 내가 일자무식이라 글씨와 공부도 가르쳐줬고요."

샤오렌이 재미있는 일이 생각난 듯했다. 그의 칼날처럼 날카로운 옆얼굴이 갑자기 온화해졌다.

"그때 붓이 발명된 지 얼마 되지 않았을 때였고, 나는 글씨 연습을 하느라 애를 먹었어요. 그러나 글씨를 연마하면 정신수양을 할 수 있다는 소리를 들었어요. 그건 일종의 자아에 대한 요구였어요. 그래서 붓글씨를 계속 연습했고, 지금은 솜씨가 좋다고 할 수는 없어도 체면치레를 할 정도가 되었어요."

"정말요?"

루추의 눈이 반짝거렸다.

"어떻게 쓰는지 보고 싶어요."

"루추 씨는 내 글씨를 본 적이 있어요. 회사의 채용통지서 봉투를 내가 썼거든요."

미백색 종이에 역동적이고 세속을 벗어난 기운이 느껴지던 필체가 눈앞을 스쳤다. 그녀가 입을 내밀고 중얼거렸다.

"체면치레 정도가 아니던걸요."

그가 눈을 가늘게 뜨고 웃었다.

"우리 세계의 기준은 달라요."

그녀가 그의 손을 뿌리치고 앞서갔다.

"얄미워. 내 손 잡지 말아요."

"손을 잡지 않으면 나무에 부딪쳐요."

그가 손을 내밀어 그녀의 허리를 안았다.

"……"

"사양하지 말아요."

그들은 서로 의지한 채 걸으며 시그프리드 서순의 시에 대해 이야기했다. 두 사람은 상대방이 그 시를 좋아하는 이유가 궁금했고, 루추가 먼저 실토했다. 실은 고등학교 때 영어선생님이 칠판에 써놓고 외우게 했다는 것이다. 샤오렌은 대학교 1학년 영어 수업에서 배운 시라고 했다.

"교수님 말에 따르면, 이 시에는 세 개의 시간 개념이 있대요. 과거의 나, 현재의 나, 미래의 나. 이걸 전생, 금생, 내세에 비유할 수도 있다는 말씀이 가장 인상 깊었어요."

그가 잠시 멈췄다가 말을 이었다.

"각성하기 전에 발생한 일은 전생에 비유할 수 있으니 우리의 성격에 미치는 영향이 가장 커요. 마치 DNA처럼 아무리 노력해도 벗어날 수가 없는 거죠."

루추가 고개를 끄덕이고는 주저하며 물었다.

"왜 벗어나려고 하죠?"

"소련검을 만든 사람으로부터 그 단서를 찾아야 해요. 물론 만난 적은 없지만 그분이 생명에 대한 경외심으로 충만한 사람이라고 느껴져요. 그럼에도 불구하고 정성을 다해서 살상력이 강한 병기를 만들어냈다는 거죠."

샤오렌이 루추를 향해 어깨를 으쓱해보였다.

"물론 누구에게나 자기모순은 존재하니까 이상할 것도 없죠. 그분의 모순이 내 성격에도 반영되었다는 점이 싫을 뿐이에요."

검은 칼이 연못 바닥에 가라앉아 오싹한 한기를 발산하던 꿈속 장면이 루추의 눈앞에 떠올랐다가 사라졌다. 그녀는 한동안 묵묵히 있다가 한마디 했다.

"자기모순에 빠진 사람은 소련검을 만들어낼 수 없어요."

말을 마친 루추가 급히 입을 다물었다. 왜 그런 말을 했는지 자신도 알 수 없는 노릇이었다. 두 사람은 고적으로 등록되었다는 팻말이 붙은 오래된 건물 앞을 지나고 있었다. 정원의 단풍나무에서 빨간 단풍잎 하나가 담 밖으로 날아와 두 사람 앞에 떨어졌다.

샤오렌이 서리를 맞은 그 단풍잎을 집어 들었다.

"내 본체를 복원할 때 그게 보였어요?"

"아니에요. 내 마음대로 추측한 것뿐이에요."

루추는 대답이 궁해져서 어찌할 바를 몰랐고, 샤오렌이 단풍잎을 그녀에게 건넸다.

"그렇다면 다시 추측해 봐요. 자기모순에 갇혀 서서히 무뎌지는 칼의 앞날은 어떻게 될지를."

"무뎌질 테면 무뎌지라고 하죠."

샤오롄의 이 말에 루추가 단정적으로 말했다.

"전쟁은 원래부터 병기의 책임이 아니에요."

"자기 마음대로네요."

샤오롄이 이 말 끝에 가볍게 웃으며 그녀를 감싸 안았다. 그러고는 한마디를 덧붙였다.

"하지만, 한 사람을 수호하는 능력은 아직 남아 있어요."

이 남자는 사랑이 아니라 수호하는 거라고 말하고 있었다.

가을 햇살이, 그리고 샤오롄이 그녀의 눈을 시리게 했다. 루추는 눈을 감았다가 얼른 크게 뜨면서 애써 미소를 지었다. 그러고는 새끼손가락을 내밀며 말했다.

"약속해줘요. 손가락도 걸어요."

이번에는 그녀의 손이 샤오롄의 손보다 차가웠다. 루추는 이런 것에도 스스로 위안을 느꼈다. 그는 평생의 친구, 평생의 수호자가 될 것이다.

22
화복(禍福)은 순식간에 온다

　도서관을 방문한 날 저녁, 루추는 자기 방 침대에 누워 핸드폰을 들었다. 단축번호 1을 누르니 세 번의 신호음 끝에 귀에 익은 목소리와 질문공세가 쏟아졌다.

　"여보세요? 추추니? 밥은 먹었어?"

　"과일로 때운 건 아니야? 운동은 했니? 몸무게 많이 늘지 않았지?"

　엄마의 공식 질문에 그녀는 그때마다 "네", "아니오"로 짧게 대답했다. 대답이 지나치게 형식적으로 들렸는지 엄마가 한마디 덧붙였다.

　"네 몸이니 네가 알아서 해야지……. 혹시 남자친구는 안 생겼어?"

갑자기 복구멍이 시큰해졌다. 루추는 눈을 감고 작은 목소리로 말했다.

"생겼어요."

"잘생겼어?"

생각지도 못한 반응이었다. 루추는 몸을 일으켜 핸드폰을 한 번 쏘아보았다.

"너무 속물적인 질문이라고 생각하지 않으세요?"

"으이그! 처음부터 그 남자 돈은 있냐고 물어보는 게 더 속물적이지. 잘생겼냐고 물어보는 건 상대가 괜찮은 남자인지 네게 말할 기회를 주는 거란다."

정곡을 찌르는 공격에 루추는 잠시 말을 잃었다.

"그 사람 잘생겼다고 말하기에 부족할 정도로 잘생겼어요."

"그렇다면 돈이 없는가보군."

엄마는 일단 결론부터 내리고 질문공세를 계속했다.

"너한테는 잘해주니?"

"잘해줘요."

루추가 잠시 멈췄다가 살짝 잠긴 목소리로 덧붙였다.

"나를 평생 지켜주겠대요."

"그런 말은 진지하게 생각하지 말고 흘려들어야 한다."

"알아요."

"하지만 그런 말도 하지 않는 남자라면 더 교제할 필요도 없지."

"그건 왜요?"

"서로 좋아할 때 추억을 만들지 않으면 어려운 일이 닥쳤을 때 버티기 힘들어지기 때문이야."

엄마는 인생선배의 입장에서 말을 이어갔다.

"하지만 사람을 강하게 해주는 추억이 특별히 휘황찬란할 필요는 없단다. 떠올릴 때 마음이 따뜻해지는 추억이라면 그것으로 충분해."

멋진 말이었지만 그녀의 상황에는 적용이 되지 않았다. 루추가 침대에 도로 누워 공허한 목소리로 말했다.

"그 사랑에 미래가 없다면 어떻게 할까요?"

루추는 말을 뱉어놓고 곧바로 후회했다. 수화기 너머에 잠시 정적이 흘렀다. 이윽고 엄마가 곤혹스러운 말투로 물었다.

"미래가 왜 없는데?"

사실대로 말씀드릴 수는 없는 노릇이다. 게다가 이런 화제는 서둘러 끝내버릴수록 좋다. 루추는 두루뭉술하게 대답했다.

"그냥 이 만남이 결실을 맺을 수 없을 것 같아서 그래요."

"이제 사귄 지 두 달 밖에 안 되었잖아. 그리고…… 너 남자친구 처음 사귀는 거 맞지?"

"그래서요?"

루추가 천장을 쳐다보며 짜증이 실린 목소리로 대꾸했다.

"그래서 실패할 확률이 높다는 말이다. 그리고……."

"실패할 리가 없어요. 그냥 계속 함께할 수 없는 것뿐이라고요!"

큰 소리로 엄마의 말을 막은 그녀는 그제야 샤오렌도 같은 생각을 했을 거라는 생각이 들었다. 그래서 보호해준다는 약속으로 선수를 쳐서 그녀가 현실을 인식하고 스스로 잘 지내기를 바란 것이다. 갑자기 코끝이 시큰해져서 루추는 입술을 깨물었다. 수화기 너머에서 엄마도 침묵을 지키다가 입을 열었다.

"알았다. 그럼 이거 하나만 물어볼게. 반드시 대답할 필요는 없으니 한 번 생각해 봐."

"뭔데요?"

"20년 후에 지금을 회상하며 이 남자를 만난 걸 후회하지 않을 자신이 있어?"

이때 수화기 너머에서 고양이 울음소리가 들렸다. 엄마가 잠시 기다리라고 하고는 고양이 황상의 먹이를 준비하러 갔다. 루추는 전화기를 붙들고 마흔세 살의 잉루추가 어떤 모습일지 상상해보았다. 그녀는 다른 남자를 사랑하는 자신을 상상할 수 없었다. 그렇다면 그때도 혼자일까? 샤오롄은 여전히 젊고 잘생긴 외모를 유지할 것이며, 자신은 그런 그와 거리를 두고 살아갈 것이다. 그리고 함께 늙어가며 의지할 다른 남자를 만나고, 돈이 좀 모아지면 여행도 다닐 것이다.

하지만 20년 후에는 금제가 풀린 상태일지도 모른다. 그러면 두 사람이 어떻게든 연락이 닿을 것이며, 그녀는 도도하게 말할 것이다. 그녀는 그를 깊이 사랑했고, 그에게 자유를 주었다고 말이다.

"……"

몇 분 후 엄마가 고양이 먹이 캔을 따주고 전화기를 다시 들었을 때 루추는 마음을 이미 수습한 후였다. 엄마의 걱정을 덜어주기 위해 그녀는 적당한 이유를 둘러댔다. 남자친구의 나이가 자신보다 훨씬 많아서 자주 다투며, 그러다보니 감정이 상한다는 식으로 말했다.

"연애가 다 그렇지. 엄마라고 연애 안 해봤겠니? 말하지 않아도 안다."

엄마의 목소리가 한결 밝아졌다.

"남자친구는 몇 살이니?"

"스물일곱 살이요."

"그 정도면 나이 차이가 큰 편도 아니네. 이름은 뭐니?"

"샤오롄이라고 해요."

"성격은 어떤 편이니? 너랑 정반대야? 아니면 서로 비슷해?"

이제야 제대로 된 질문이 나왔다. 루추는 어떻게 말할지 망설였으나 한 번 시작하니 말이 술술 나왔다.

"그 사람은 책임감이 강해요. 보수적인 편이라 처음에는 차갑지만 친해지니 따뜻한 걸 알겠더라고요. 또 썰렁한 농담을 잘해요. 대부분 웃기지 않는 농담이지만 어쨌든 나는 계속 웃게 되더라고요."

"그 사람은 경험이 많아서 생각도 많아요. 많은 일을 나와 의논하지 않고 혼자 결정해요. 그런 점은 싫은데 옥신각신하는 일이 없어요. 그래서 나이와 관계없이 소박한 개성에 끌렸어요."

"그 사람은 감기에 걸린 적이 없어요. 부럽지 않아요? 평소 음악 감상을 즐기고 자원봉사로 아이들에게 리코더를 가르치기도 해요. 그 사람과 있으면 마음이 안정돼요. 그리고 요즘은 출퇴근할 때 데려다줘요. 차문도 알아서 열어주고요."

계속 "응, 그래" 소리만 반복하며 듣고 있던 엄마가 이 대목에서 갑자기 큰 소리로 웃었다.

"얼마나 가는지 보겠어. 어느 날 이제는 차문 안 열어준다고 엄마 찾아오기 없기다."

"그럴 리 없거든요."

루추가 짐짓 골이 난 척했다.

"엄마, 부러우면 그렇다고 해요."

"내가 부러울 게 뭐가 있니? 이 집도 내 명의로 되어있고, 네 아빠는 나랑 교제할 때부터 월급을 봉투째 맡긴 사람이야. 이렇게 살아있는 교육을 하는데도 제대로 배우지 못했다니 창피할 노릇이지."

"누가 그런 걸 배워요? 돈 관리가 얼마나 골치 아픈데요."

그날 밤 모녀는 돌아가며 한마디씩 하느라 한 시간 넘게 통화했다. 엄마는 "당분간 교제해보고 판단하라"는 상투적인 충고로 통화를 마무리했다. 루추가 전화를 끊으려다가 문득 아빠의 안부가 궁금했다.

"아빠는 뭐하세요?"

"친구분들과 저녁 모임에 나가셨다. 끝날 시간 다 됐어. 아참! 네가 손가락이 빠르니 내 대신 문자 메시지 좀 보내라. 술 취해서 날더러 데리러 오라고 했다가는 재미없을 줄 알라고 말이야."

"협박할 것까진 없잖아요?"

"남자들은 시치미 떼는 데는 선수지. 너도 나중에 알게 될 거다."

술과 관련한 아버지의 흑역사를 생각하면 엄마의 말에 반박할 수가 없었다. 루추는 엄마가 불러주는 대로 한 자도 빠뜨리지 않고 문자를 보냈다.

잠시 후 잉정은 루추가 보낸 문자를 두 번이나 읽어보았다. 그러고는 술잔을 손바닥으로 막고 마침 종업원이 술을 따르려는 것을 사양했다.

잉정의 저녁 모임은 고전적인 분위기의 식당 별실에 마련되었다. 12명이 앉을 수 있는 테이블에는 50~60대 나이의 남자 8명이 드문드문 앉아있었다. 테이블 위에는 샴페인과 브랜디가 뒤섞여 있고 다 마셔서 거의 바닥이 보이는 고량주 한 병이 있었다. 돌솥 하나 가득한 옌두셴(醃篤鮮, 간이 밴 삼겹살과 죽순, 신선육을 조린 요리－역주)은 거의 손을 대지 않아 종업원이 포장을 하고 있었으며, 테이블 위를 치우고 과일과 후식이 나왔다.

잉정 옆자리에 앉은 라오리(老李)는 머리가 반쯤 벗겨졌으며 이미 술을 많이 마신 듯 혀 꼬부라진 소리를 하기 시작했다. 그는 잉정의 어깨를 툭툭 치면서 불분명한 발음으로 말했다.

"형수님이 잔소리를 하지 않으니 따님이 챙기네요."

잉정이 웃으며 대꾸를 하지 않았다. 사람들의 대화가 이어졌고, 잉정과 눈썹이 짙은 동료 하나가 먼저 집에 가겠다며 자리를 떴다. 샤오자오(小趙)가 술잔을 들고 라오리 옆으로 왔다.

"어제 저녁에 보내준 사진이 뭐였어요? 아무리 봐도 모르겠더라고요."

"사진보다 확실한 실물이 여기 있지!"

라오리가 호기롭게 손을 흔들며 허리를 굽혀 바닥에 놓은 봉지에서 기다란 상자를 꺼냈다. 그가 득의양양하여 뚜껑을 여니 검은 비단 위에 팔면한검이 그 자태를 드러냈다. 검신의 상황은 참혹했다. 둘로 절단되었을 뿐 아니라 여러 군데에 녹과 상처투성이였다. 그러나 정교하고 새하얀 네 개의 옥으로 된 장식물이 검의 손잡이와 칼집 위에 각각 장식되어 있었다. 조명 아래 백옥은 투명하게 빛나며 따뜻하면서도 매끄러운 광택을 과시했다. 그 모습이 갓 잘 라놓은 과일젤리를 연상케 했다.

그 자리에 있는 사람들은 모두 고대 유물 복원의 전문가들이어서 라오리가 뚜껑을 열자 갑자기 분위기가 조용해졌다. 잠시 후 샤오자오가 구레나룻을 만지면서 입을 뗐다.

"옥구검이네요."

사람들이 그의 말에 고개를 끄덕였고, 라오리는 말없이 웃는 것으로 사람들의 반응을 즐겼다. 샤오자오가 가까이 다가오더니 눈동자를 네 개의 옥에 고정하고 중얼거렸다.

"양지백옥? 이…… 이 옥은 서한(西漢)의 황후옥새와 견줄 만하네요!"

서한의 황후옥새는 산시성(陝西省) 셴양(鹹陽)의 한고조(漢高祖) 능원(陵園)의 지하수로에서 출토되었다. 고고학자들은 한고조 유방(劉邦)이 세상을 떠난 후 오랫동안 권력을 장악한 여후(呂後)가 사용한 옥새로 추정하며, 그 재료의 진귀함이야 말할 나위도 없었다. 그런데 눈앞에 있는 두 동강 난 검에 황후옥새와 동급의 옥을 네 개나 사용한 것이다.

샤오자오 외에 모든 사람이 고개를 빼들고 라오리의 설명을 기다렸다. 그도 더 이상 뜸을 들이지 않고 입을 열었다.

"어떤 소장가가 많은 돈을 내놓고 이 부러진 검을 복원해달라고

맡겼네."

그가 목소리를 낮춰서 말을 계속했다.

"나는 이 검이 한무제가 오악(五嶽)에 제사를 지낼 때 사용한 팔복검(八服劍)이 아닌가 하네."

다른 복원사들이 웅성거리기 시작했고, 샤오자오는 침을 꿀꺽 삼켰다. 그가 목울대를 위아래로 움직이며 탐색하듯이 물어보았다.

"돈을 얼마 제시했어요?"

라오리가 웃기만 하고 말을 하지 않자 백발의 노 복원사가 갑자기 물었다.

"고객이 요구하는 복원 수준은 어느 정도인가?"

대체로 많은 돈을 내놓을 때는 그만큼 가혹한 요구를 제시하기 마련이다. 이 검은 손상 정도가 심각하여 완전한 복원은 불가능하다. 이런 상황에서 양심 있는 복원사라면 고객에게 사실대로 알려서 마음의 준비를 하게 한다. 그런데 보아하니 라오리는 그렇게 하지 않은 것 같았다.

노 복원사의 물음에 과연 라오리는 머리를 긁적거리며 눈을 피했다.

"그게……, 그 사람은 이것저것 묻기만 할 뿐 확실하게 말하지 않았어요."

말을 마치고는 제발이 서렸는지 허리를 펴며 한마디를 던졌다.

"일단 좀 갖고 놀다가 복원을 못하겠으면 계약금까지 몽땅 돌려주면 돼요."

자신이 돈이 욕심나서가 아니라 순전히 호기심에 그 일을 맡았다는 것을 내세우는 말이었으나 고대 유물에 대한 고객의 정서는 전혀 고려하지 않은 태도였다. 노 복원사가 말없이 하미과(哈密瓜) 한쪽을 집었다. 검이 있는 방향으로 눈길 한 번 주지 않은 것이 라오리의 행동에 마뜩잖아 하는 태도가 역력했다. 다른 사람들도 대부분 그와 같은 생각이어서 분위기는 갑자기 싸늘해졌다.

사람들의 관심은 다른 화제로 옮아갔고 열띤 분위기는 어느새 싸늘하게 식어있었다. 그렇지 않아도 모임이 끝날 무렵이었고 10분쯤 지나자 종업원이 택시가 도착했음을 알렸다. 사람들은 겉옷을 걸치고 식당을 나섰다.

라오리도 검을 원래대로 포장하고 있었다. 샤오자오가 곁으로 오더니 검의 옥 장식에서 눈을 떼지 못하고 물었다.

"내 차 같이 타고 가실래요?"

"차를 몰고 가겠다고?"

라오리가 검을 품에 꼭 안으며 못 미더운 눈길로 샤오자오를 쳐다봤다.

"안 될 게 어디 있어요? 겨우 샴페인 한 잔 밖에 안 마셨는걸요. 못 믿겠으면 냄새 맡아봐요."

샤오자오가 입을 크게 벌리고 라오리의 얼굴에 입김을 부는 시늉을 했다. 라오리가 한쪽으로 비키더니 웃으면서 한마디 했다.

"저리 치워!"

둘은 웃으면서 주차장으로 갔다. 밤 11시가 다 된 주차장에는 차량이 몇 대 남아있지 않았다. 밤바람이 허공에서 소용돌이를 치고 가로등 아래 두 사람의 그림자가 길게 드리워졌다.

샤오자오가 자신의 낡은 차 앞에 오더니 문은 열지 않고 손을 비비며 입을 열었다.

"형님, 제 친구가 미얀마에서 공장을 하는데 옥에 색칠을 하고 접착제를 주입하는 걸 전문으로 해요."

"무슨 생각을 하는 거야?"

라오리가 불쾌한 얼굴로 응수했다. 샤오자오는 잠시 멈칫하더니 억지웃음을 지어보였다.

"형님이야말로 무슨 상상을 하셨어요? 그 검에 있는 옥 색깔이 별로 좋지 않아서 사기라도 당하실까 봐 걱정이 돼서 그래요. 일을 의뢰받을 때 옥을 자세히 살펴보셨어요?"

라오리는 대답을 하지 않았다. 그러나 검을 움켜쥔 손에 힘을 빼고 뭔가 생각하는 눈치였다. 샤오자오가 그 틈을 놓치지 않고 허벅지를 치며 말했다.

"아무래도 잘못 걸린 것 같네요. 고객이 물건을 찾아갈 때 틀림없이 옥이 바뀌었다며 돈을 요구할 거예요. 계약금 20만 위안은 아무것도 아니죠. 큰돈을 요구할 테니 이제 큰 손해를 보게 생겼어요."

'짝짝짝!' 어디선가 박수소리가 적막한 주차장에 울려 퍼지며 샤오자오의 말이 중단되었다. 오른쪽으로 10여 미터 떨어진 곳에 SUV 차량 한 대가 서 있었다. 박수소리가 멈추자 두 명의 남자가 각자 차문을 열고 이쪽으로 다가왔다.

앞장선 펑랑은 티셔츠의 후드를 뒤집어써서 얼굴이 보이지 않았다. 뒤따르는 취안선은 슬림핏의 은회색 외투 차림이었다. 날렵한 몸매에다 입가에는 미소를 머금고 있었다. 두 손이 가슴팍에 모아진 것을 보니 방금 박수를 친 장본인 듯했다.

평랑이 조명등 불빛 아래까지 오자 후드를 벗었다. 라오리가 어리둥절해서 말을 걸었다.

"훠선생 아니신가요?"

평랑이 검을 노려보며 냉랭한 목소리로 말했다.

"가지고 논다고?"

조금 전 라오리가 식당에서 한 말이었다. 라오리는 대경실색하여 어쩔 줄 모르다가 곧 정신을 차렸다. 생각해보니 어차피 며칠 동안 귀한 검을 만져보고 사람들에게 자랑까지 했으니 충분하다 싶었다. 자신은 복원할 능력이 안 되니 이 기회에 돌려주는 것이 좋겠다고 생각했다. 그러나 자신의 말을 도청하고 미행까지 했다고 생각하자 화가 치밀었다. 그는 검이 든 함을 집어던지며 큰 소리로 외쳤다.

"당신이 아무리 부자라고 해도 난 못해먹겠소. 계약금 20만 위안은 고스란히 돌려드리겠소. 내일 아침에 입금해주겠……."

마지막 말이 끝나기도 전에 약간 휘어진 장검이 은빛 번뜩이며 그의 가슴을 관통했다. 라오리는 입을 벌리고 뭔가 말하려고 켁켁거렸지만 한마디도 할 수 없었다. 그는 마침내 눈을 크게 뜬 채 바닥으로 엎어졌다.

칼은 모퉁이를 돌아 취안선의 손안으로 들어가더니 순식간에 사라져버렸다. 남은 것은 허공에서 뚝뚝 떨어지는 핏방울뿐이었다. 취안선이 손을 들어 앞머리를 가지런히 매만졌다. 그러더니 웃으며 말했다.

"앗! 미안해요. 손이 미끄러워서 그만……."

라오리가 검을 던질 무렵 평량은 순간 이동하여 검이 땅에 떨어지기 전에 낚아챘다. 혹시 손상되었는지 검사하느라 눈앞에서 벌어지는 살인을 못 본 체한 것이다. 팔복검이 무사하다는 사실을 확인한 후 그는 비로소 고개를 돌리고 미간을 찌푸리며 취안선을 질책했다.

"지나친 행동을 삼가라고 했잖아!"

평량은 라오리를 죽일 생각은 없었으며 그저 겁을 주려고 했다. 북쪽에서 남하하는 도중에 취안선은 많은 사람을 죽였고, 그것 때문에 주목을 끌어 골치가 아픈 상황이었다. 그는 이런 정신병자와 동반한 것을 후회했다.

"미안하다고 하잖아요."

취안선이 미간을 구기고 볼멘소리를 했다. 그는 아까부터 혼비백산해 꿇어앉아서 바지까지 적신 샤오자오를 바라보았다.

"이 자는 어떻게 할까요? 이런 인간에게 주주를 도울 능력이 있으리라 기대도 안 해요."

"할 수……, 할 수 있습니다!"

샤오자오가 황급히 말을 받았다. 처음에는 목소리가 제대로 나오지도 않아서 몇 번 기침을 하고는 큰 소리로 말했다.

"할 수 있는 사람을 알고 있어요."

은빛이 다시 한 번 번쩍하며 샤오자오는 의식을 잃었다.

다음 날 아침, 잉정이 식탁을 앞에 두고 핸드폰으로 문자 메시지를 읽고 있었다.

"아이고 어쩌나!"

"무슨 일이 있어요?"

잉정의 처가 샌드위치를 담은 접시를 잉정 앞에 놓으며 묻는다.

"라오리가 죽었다는군."

잉정이 샌드위치를 들어 한입 베어 물었다.

"라오리는 어제 저녁 모임 때만 해도 멀쩡했잖아요."

"화복은 순간적으로 오는 법이야."

이렇게 대답하는 잉정은 만감이 교차했다. 이때 누가 찾아왔는지 초인종이 울렸다. 잉정 처가 문을 열어주자 낯선 남자가 기다란 나무상자를 품에 안고 샤오자오와 나란히 문 앞에 서있었다.

스포츠 머리를 한 샤오자오는 무슨 영문인지 앞머리를 매만지는 시늉을 하더니 멋쩍게 웃었다.

"형수님, 잉정 형님 집에 계십니까?"

23
초대

벌써 12월이 되어 기온이 급강하했다. 루추의 마르세유 비누도 개봉할 시기가 되었고, 청동솥과 청동거울을 세척하는 작업도 이에 따라 본격적으로 진행되었다. 어느 수요일, 그녀가 오후 1시 반이 되어서야 직원식당에 들어섰다. 두세 가지 음식을 잡히는 대로 집어 구석자리에 앉았다. 뜨거운 국을 들고 찬 손을 녹이려는데 샤오렌이 찻잔을 들고 그녀 맞은편에 앉았다.

"주말에 시간 있어요? 우리 일행이 고향에 가는데 함께 가지 않을래요?"

루추는 그의 시선을 피하며 말했다.

"엄마 아빠가 쓰팡시에 오신다고 해서 모시고 저녁식사하기로 했어요."

"왜 나한테 말 안했어요?"

"어제저녁에 급히 결정된 일이에요. 고객이 급히 보자고 했다는데, 나도 확실한 건 몰라요."

"잘됐네요."

샤오렌이 경쾌하게 말했다.

"낮에 함께 우리 고향에 갔다가 저녁에 부모님 같이 만나면 되겠네요."

"우리 엄마 아빠를 만나려고요?"

루추가 놀라서 어색한 눈길로 그를 바라보았다.

"루추 씨가 부모님께 내 얘길 한 줄 알았는데요. 아닌가요?"

샤오렌의 말에 루추의 머릿속이 복잡해졌다.

"잠깐 생각해볼게요."

두 사람은 잠시 침묵을 유지했다. 샤오렌이 가벼운 목소리로 입을 열었다.

"우리 고향은 아주 조용한 곳이에요. 배에서 낚싯대를 드리워놓고 기분전환이나 해요."

"지금 기분도 나쁘지 않아요."

루추가 즉시 부인했다.

"하지만 요즘 나를 계속 피하잖아요. 무슨 이유죠?"

이성적으로는 받아들였지만 가슴은 여전히 미래가 없는 사랑을 직면하기가 두려웠다. 그러나 회사 직원식당에 마주앉아 주말에 서로의 가족을 만나는 이야기를 하다보니 루추는 미래에 대한 불안감을 제치고 이 순간의 작은 행복을 만끽하고 싶어졌다.

그녀는 입술을 깨물고 여성 특유의 애교섞인 목소리로 말했다.

"게다가 2주만 있으면 결과가 나오니 지금부터 걱정이에요."

샤오렌이 어리둥절했다.

"무슨 결과요?"

"입사할 때 3개월 수습사원으로 들어왔잖아요. 이제 그 기간이 끝나가는데 주임님이 다음 계획을 말해주지 않네요."

이 일로 루추가 신경을 쓰는 건 사실이었다. 그녀는 목소리를 낮춰서 말을 이었다.

"아직 거울의 녹을 제거할 방법을 찾지 못했어요. 주임님이 아마도 그것 때문에 제가 마음에 들지 않나 봐요."

"그 일로 진지하게 걱정한 거예요?"

샤오렌이 불가사의한 말투로 물었다.

"당연하죠. 내 직업이잖아요. 샤오렌 씨는 실업을 걱정해본 적이 없어요?"

그가 미간을 좁히며 생각하더니 천천히 고개를 저었다.

"그런 적이 정말 없네요. 하지만 루추 씨가 걱정된다면 내가 넌지시 말해줄 수 있어요. 두 주임은 100퍼센트 루추 씨를 기용할 거예요. 오늘 아침 사무실에서 경영진들이 루추 씨 월급을 올려준다는 얘기를 하는 걸 들었어요."

"정말이에요?"

루추가 눈을 동그랗게 떴다. 그가 활짝 웃으며 고개를 끄덕였다. 생기가 넘치는 아름다운 그의 모습에 루추는 눈을 떼지 못하고 한참을 바라보았다. 어느새 기분도 날아갈 듯 가벼워졌다.

이 순간만은 미래가 희망에 차있었다. 마음대로 되지 않는 일이 많지만 삶은 여전히 아름답다. 그녀는 가족과 친구가 있고 좋아하는 일이 있으며 건강한 신체도 있다. 그러므로 그의 곁에 있는 모든 순간을 소중히 여기리라 다짐했다.

❧

이튿날 루추가 인터넷으로 구입한 방한외투와 모자, 목도리, 오리털 이불이 택배로 도착했다. 세상이 갑자기 포근해진 느낌이었다. 저녁이 되자 그녀는 불안한 마음으로 집에 전화를 걸어 이번 주말에 남자친구와 함께 가겠다고 말했다. 그녀의 부모는 반가워하며 별다른 질문을 하지 않았기에 루추도 한시름을 놓았다. 시간은 하루하루 흘러가고 마침내 주말이 다가왔다. 그녀가 아침 7시 반에 일어나 이를 닦고 있는데 전화벨이 울렸다.

전화를 걸어온 사람은 자무였다. 무슨 일이 생겼나 싶어 루추는 황급히 전화를 받았다. 자무는 흥분되면서도 곤혹스러운 말투로 자신이 다른 고서를 발견했음을 알렸다. 전에 빌려준 책의 유실된 부분을 보충한 보유본(補遺本)이라고 했다.

"빌려간 지 1년도 넘었어요. 어제 내가 예약해놓았으니 책이 도착하면 도서관에서 연락이 올 거예요."

자무의 말투가 약간 괴이하게 들렸다.

"고마워요. 이상한 점이라도 있어요?"

"그 책은 얼마 전 세상을 떠난 교수님 동기가 기증한 거예요."

"그분이 책을 기증한 게 무슨 문제라도 있나요?"

"너무 이상해서요."

자무가 순간적으로 흥분했다.

"내가 알기로는 그분이 사망한 후 그 부인이 책들을 기증했거든요. 돌아가신 분이 생전에 책을 너무 아꼈답니다. 언젠가 교수님이 말하는 걸 들었는데 책을 빌려간 사람이 표지에 조금만 뭘 묻혀도 야단을 했대요. 그런 분이 1년 전에, 그러니까 생전에 그가 아끼는 책을 기증할 리가 없다는 거죠."

자무가 여기까지 말하자 두 사람은 동시에 숨을 몰아쉬었다. 루추가 입을 열었다.

"자무 씨, 그 책 제목을 알려주면 내가 찾아볼 테니 빌리지 말아요."

수화기 너머로 침묵이 흘렀다. 잠시 후 자무가 입을 열었다.

"나도 그게 어떻게 된 건지 궁금해요. 꼭 루추 씨 때문만은 아니고, 나도 나름대로 이유가 있어요."

그가 이렇게까지 말하니 루추는 하는 수 없이 한발 물러났다.

"그럼 조심하세요."

"그럴게요. 걱정하지 마세요."

자무가 잠시 머뭇거리더니 말을 이었다.

"도서관 직원이 책에서 낱장으로 떨어진 종이 몇 장을 찾았는데 장정이 헐거워서 그런 것 같아요. 전에 빌려줄 때는 유의하지 않았는데 책꽂이에 남아 있었대요. 필요하다면 지금 사진을 찍어서 보내줄게요."

"고마워요."

루추는 아무래도 안심이 되지 않아서 당부했다.

"무슨 소식이 있으면 나나 쟝밍에게 알려줘요. 충동적으로 처리하지 말고요."

"내가 충동적으로 행동할 사람처럼 보여요? 절대 아니니 걱정하지 말아요."

자무가 전화를 끊었다. 10분 후 루추는 머리를 묶고 침대에 앉아 핸드폰을 열어보았다.

자무가 보내준 사진은 세로줄로 된 책의 일부로 수기로 작성한 것이었다. 글자를 흘려 써서 식별하기가 어려웠다. 루추는 확대와 축소를 반복하며 식별해내려고 노력했다. 9시까지 전체를 두 번 정도 읽고 나니 내용을 어느 정도 파악할 수 있었다.

여기서 다루는 내용은 고대 검 제작의 마지막 단계인 '개봉(開鋒)'이었다. 여기서 소개하는 개봉의 과정은 루추가 알고 있는 내용과 크게 달랐다. 그중 한 단락에서는 통치자가 도의를 잃고 민심이 흩어진 지 오래되었으니 설사 재주를 드러내 보이더라도 그 사정을 알면 불쌍히 여기고 기뻐하지 않아야 한다고 되어있었다. 일반적인 공정 순서가 아니라 어떤 장인의 개인적 감상을 남긴 것 같다는 생각이 들었다.

자물쇠를 채운 전승의 문이 살짝 흔들리다 만 기분이었다. 루추가 그 문을 열려고 시도했지만 두 개의 문은 굳게 닫혀 조금의 틈도 보이지 않았다. 더 지체하다가는 약속에 늦을 것 같아서 루추는 핸드폰을 내려놓고 옷장에서 입을 옷을 고르기 시작했다.

오늘은 햇빛이 유난히 좋은 날이었다. 샤오롄은 조종사들이 쓰는 편광 선글라스를 쓰고 학생풍의 우각단추가 달린 푸른색 외투를 입었다. 차가운 분위기에 왕실귀족의 고급스러움까지 갖춘 그의 차림은 누가 봐도 여자친구 부모님을 만나기 위해 정장한 모습이었다. 루추는 고개를 갸우뚱하고 그를 바라보며 엄마가 그를 만나는 순간을 상상해보았다. 그러나 좀처럼 상상이 되지 않았다.

그녀가 숨을 크게 내쉬며 차에 올랐다. 예쁘게 포장한 선물상자 하나를 샤오롄에게 건넸다.

"선물이에요."

"나 주는 거예요?"

그가 눈썹을 치켜뜨며 이렇게 물었다.

"가족들에게도 드리는 거예요."

샤오롄의 고향에 간다는 말을 들은 루추 엄마는 루추의 머리모양과 의상부터 걱정하더니, 선물을 잊지 말 것과 식사 후에 설거지를 도우라는 말까지 당부했다. 루추는 그 당시에는 흘려들었지만 전화를 끊고 난 후 고향에서 가져온 차를 짐 속에서 찾아내 박스에 포장해 두었다.

샤오롄은 선물을 보며 아무 말도 하지 않았다. 루추가 설명을 덧붙였다.

"고향에서 올 초에 생산된 꿀향 홍차에요. 채취하기 전에 벌레가 먹은 찻잎인데 꿀 냄새가 배어있어요. 보기는 좀 그래도 맛은 아주 좋아요. 여러 번 우려먹을 수도 있고요. 샤오롄 씨가 홍차를 마시니 가족들도 그러실 것 같아서……."

샤오롄이 쳐다보고 있으니 루추의 목소리가 점점 작아졌다. 그래서 마지막에는 거의 들리지 않게 마무리했다.

"난 선물을 잘 못해요."

"그렇지 않아요. 선물 마음에 들어요."

그는 선물상자를 뒷자리에 놓고 뭔가 생각난 듯 말했다.

"갑자기 생각난 건데 여자를 고향 집에 데려가는 건 처음이네요."

"네⋯⋯."

루추가 잠시 멈췄다가 작은 소리로 말했다.

"나도 남자친구 댁에는 처음 가 봐요."

두 사람의 눈이 마주쳤다. 루추가 입술을 깨물었다.

"떨려요."

"이상하게 나도 그래요."

두 사람이 또 마주보다가 동시에 웃음을 터뜨렸다. 그는 그녀의 손을 잡았다. 차는 교외를 향해 내달렸다. 그의 고향은 삼림공원 안에 있었다. 루추는 그가 산속으로 간다고 생각했는데 공원 내의 산길을 한참 달리다가 도중에 다른 길로 접어들더니 하행하기 시작했다. 마침내 모퉁이를 크게 돌더니 나루터 앞에서 멈췄다. 눈앞에는 끝이 보이지 않는 호수의 푸른 물결이 넘실대고 있었고, 호수에는 순백색의 2층 높이의 요트가 정박하고 있었다. 샤딩딩이 1층 갑판에서 그들을 향해 손을 흔들었다. 인한광의 목소리가 바로 루추의 귀에 꽂혔다.

"루추 씨 어서오세요. 배에 오를 때 발밑을 조심해요."

인청잉은 갑판에서 점프하여 육지로 멋지게 착지하더니 샤딩딩에게 말했다.

"전원 도착했어요. 배에 오를 사다리를 놓아주세요."

"이 배의 사다리가 어디 있더라? 우리는 사용해본 적이 없어
서……."

샤딩딩이 반문했다.

"하긴 그렇군요."

인청잉이 배로 돌아가더니 갑판의 이곳저곳을 뒤졌다. 이 모습
을 바라보던 루추가 샤오렌에게 물었다.

"그동안 고향에 함께 간 손님이 거의 없었어요?"

"25년 전이 마지막이었어요. 쑹웨란 씨 할머니가 아직 걸음마도
안 뗀 어린 웨란을 데리고 가느라 난리도 아니었죠."

샤오렌도 소리를 낮춰서 대답하고는 그녀를 향해 윙크를 했다.

"그때보다 더 난리가 날 텐데 무섭지 않겠어요?"

"하나도 안 무서워요."

루추가 잠시 멈췄다가 한마디를 덧붙였다.

"오히려 기대되는걸요."

샤오렌이 웃으며 한 손으로 그녀의 허리를 잡았다. 루추가 발이
허공에 떴다 땅에 닿았다고 느끼는 순간 어느 새 갑판 위에 올라와
있었다. 안개가 순식간에 흩어지고 모터소리가 나기 시작했다. 요
트가 서서히 나루터를 떠났다.

장검이 아직도 샤오렌의 다리 옆에 떠있었다. 루추가 호기심으
로 물었다.

"마음속으로 생각만 하면 아무리 멀어도 본체가 즉시 나타났다

가 다시 원래의 자리로 돌아갈 수 있어요?"

"무게에 따라 달라요."

샤딩딩이 대답하며 루추에게 따뜻한 차를 건넸다.

"도검류는 상관이 없는데 나 같은 경우는 기중기가 발명되기 전까지 힘든 나날이었다우."

그녀의 말투는 익살스러웠지만 루추는 복원실에서 보았던 옛날 솥을 떠올리며 그녀의 말을 이해할 수 있었다. 인청잉이 다가와 웃음띤 얼굴로 루추에게 말했다.

"이제 루추 씨의 기대를 만족시켜드려야죠."

루추가 자신의 말을 엿들었다고 항의하려는 순간 인청잉이 재빨리 몸을 돌려 샤오롄을 발로 찼다.

샤오롄은 몸을 살짝 비키며 재빨리 주먹으로 반격했다. 두 사람은 바람을 일으키며 각각 주먹과 발로 맹렬한 공격을 주고받았다. 영화에서 본 무술장면보다 더 빠르고 강력한 모습은 그야말로 목숨을 건 혈투처럼 보였다. 루추가 눈을 크게 뜨고 멍하니 보고 있다가 비로소 눈앞에서 맹렬히 싸우는 두 사람을 가리키며 샤딩딩에게 더듬거리며 물었다.

"그냥 보고만 있을 거예요?"

"근육과 뼈를 단련하는 거예요. 우린 자주 봐서 아무렇지도 않아요."

샤딩딩이 미소를 지으며 루추의 팔짱을 끼었다.

"우리는 뭐 좀 먹으러 가요."

요트의 원목바닥에는 L자형 가죽소파가 있었고, 그 옆에는 작은 바가 마련되어 있었다. 그 위에는 보온덮개가 달린 흰색 도자기 찻주전자와 영국식 애프터눈 티세트 3층 접시가 놓여있고, 그 안에는 각종 간식과 과일이 담겨 있었다.

"알아서 골라 먹어요. 사양하지 말고, 루추 씨가 뭘 좋아하는지 몰라서 종류별로 조금씩 준비했어요."

샤딩딩이 길을 가로막은 이젤을 옆으로 옮겨놓았다. 이젤에는 채색연필화가 한 장 걸려있었는데 아직 스케치 단계인 듯했다. 도시의 거리 모습이었는데 정중앙에는 약 20층 정도 높이의 호텔이 서있고, 눈부시게 화려한 정문 앞에는 석사자 한쌍이 위용을 뽐내고 있었다.

"루추 씨가 모르나 본데 나에게는 예지할 수 있는 초능력이 있어요. 그림 형식으로 표현하죠."

"이 그림은 미래 상황을 그린 거예요?"

루추가 그림 쪽으로 고개를 돌렸다. 아무리 봐도 평범한 풍경화였다. 그녀가 그림을 가리키며 물었다,

"이 그림이 예견하는 게 뭐죠?"

"아직 완성되지 않았어요. 나의 예지능력은 단편적으로 나타나기 때문이죠. 마치 어떤 역량이 내가 한눈에 예견하는 것을 막고 있는 것 같아요."

"그림을 어떻게 해독하느냐가 관건이죠."

흰 셔츠에 카키색 바지를 입은 인한광이 품위 있는 몸짓으로 조종간에서 내려오더니 루추를 향해 손을 내밀었다.

"내 이름만 들어도 알겠지만 셋째처럼 날 큰형이라고 불러요."

"근형, 안녕하세요!"

루추가 큰 소리로 따라했다. 샤오렌과 인청잉이 결투하는 중에 발로 차다가 그 바람에 이젤이 배 밖으로 떨어졌다. 샤오렌이 검을 타고 날쌔게 날아가 물속으로 처박히기 직전의 이젤을 붙잡았다. 바람처럼 배로 돌아와서는 이젤을 선미에 놓고 검을 휘두르며 인 청잉을 공격하기 시작했다.

루추는 놀라서 숨을 멈췄다. 그러나 인청잉이 손을 뻗자 어디선 가 금빛의 중검(重劍)이 나타났다. 그는 검을 비껴 잡고 샤오렌에 게 반격을 시작했다. 두 자루의 검이 허공에서 부딪치며 눈부신 불 꽃을 튀겼다.

"저 두 사람은 '운동'을 하는 거예요."

인한광이 그녀에게 설명하더니 찻주전자를 들고 차를 따랐다. 샤딩딩은 기지개를 켜며 이젤을 제자리에 가져다 두었다. 두 사람 은 아무 일도 없다는 표정이었다. 루추는 그들처럼 담담해지려고 노력하며 소파 옆에 서서 샤오렌이 인청잉의 긴 머리카락을 칼로 베는 모습을 지켜보았다. 잘려진 머리카락이 흩어지자 인청잉은 갑자기 중검을 든 자세를 바꿔 샤오렌을 향해 돌진했다. 그의 검은 거센 바람을 몰고 다녔다. 바람이 루추의 얼굴에 닿자 아픔이 느껴 져서 그녀는 저도 모르게 한걸음 뒤로 물러섰다. 바의 의자가 그녀 의 머리 위에서 날아가 바로 옆 갑판에 떨어지더니 박살이 났다. 루추가 한 발 더 물러나 계단 입구에 섰다. 인한광이 찻잔을 내려 놓고 그녀를 안심시켰다.

"걱정하지 말아요. 셋째의 제어력이 훌륭하니까요."

인한광의 말이 떨어지기도 전에 또 하나의 의자가 위로 날아올랐다. 그의 손에서 갑자기 순백색의 반짝거리는 단검이 나타나더니 한 번 휘두르자 의자가 공중에서 두 동강이 났다.

그가 검을 거둬들이고 담담히 말했다.

"혹시 제어가 안 되더라도 내가 있잖아요."

삼형제 중 샤오렌의 외모가 예술품처럼 아름답다면 인청잉은 연예인 얼굴에 모델 몸매를 가졌다. 인한광은 언뜻 봐서는 눈에 띄지 않는 외모다. 그러나 방금 검을 소환해 거둬들이는 행동에서 보이는 귀공자의 풍모에 루추는 눈앞이 환해지는 것을 느꼈다. 과연 그의 이름처럼 따뜻함 속에 빛을 품고 있는 듯했다.

그녀는 감격한 얼굴로 인한광을 바라보며 웃었다. 왼쪽으로 한 걸음 이동하다가 실수로 그림상자를 툭 치게 되었다. 상자가 반쯤 열리며 안에 있던 색이 바랜 그림들이 보였다. 맨 위에 있는 그림은 인물 소묘였다. 긴 머리를 묶고 삼베 끈으로 소맷부리를 동여맨 한 소녀가 가마에 달군 검을 꺼내 모루 위에 놓고 망치질을 하려는 순간이었다. 그림 속 소녀는 긴 눈썹이 귀밑머리까지 닿아 어린 티가 역력했으나 행동은 민첩하고 시원시원했다. 루추가 그림을 한참 들여다보다가 갑자기 고개를 들어 인한광에게 물었다.

"이 아이는 누구예요?"

"전승 내용에 없던가요? 제1부 도검 복원 수첩을 쓴 사람이에요. 알려진 바로는 모든 전승의 맥락을 이 그림 속 여자가 창건했다고 해요."

"내 전승에는 이름을 언급한 적이 없어서 누가 무엇을 했는지 몰라요."

루추의 대답에 한광이 뭔가 짚이는 표정으로 고개를 끄덕였다.

"하지만 다른 신분으로도 존재해요."

"네?"

루추의 의혹에 찬 눈빛을 대하며 인한광이 대답했다.

"그분은 천재 도장공이기도 해요. 아버지를 도와서 함광검과 승영검을 만들었고, 나중에는 혼자서 소련검을 만들었어요."

모터소리가 갑자기 멎고 샤딩딩의 목소리가 조종석에서 들려왔다.

"도착했어요."

24
고향 집

요트가 접안한 지 몇 분 후 모두 우르르 배에서 내렸다. 루추는 샤오렌과 나란히 나루터의 나무 다리 위에 서있었다. 그녀가 그의 손을 잡고 앞을 바라보자 100여 미터 떨어진 곳에 높은 말머리 모양의 담장에 흑백의 대비가 소박한 2층의 별장이 눈앞에 나타났다.

언뜻 보기에는 현대적 건물 같지만 주변 환경과 무척 잘 어울렸다. 흰벽과 조화를 이루는 검은 기와지붕과 처마 끝까지 흐르는 유려한 선은 멀리 보이는 겹쳐진 산과 잘 어우러진 모습이었으며, 정원에는 길게 자란 대나무가 둘러져 있었다. 지형을 따라 졸졸 흐르는 맑은 시냇물은 한적한 분위기를 더해주었다.

"고향 집이라고 해서 오래된 집인 줄 알았어요."

"오래된 집은 맞아요. 이 집에서 천년 넘게 살았으니까요. 물론 수리를 계속했죠. 들어가 보면 알 거예요."

루추의 말에 샤오렌이 그녀의 어깨에 손을 두르며 대답했다.

그들은 이야기를 나누며 어느새 대문 앞까지 왔다. 루추가 문 앞에 서있는 준수한 외모의 중년 남자를 보고 눈을 크게 떴다. 두 다리를 살짝 벌리고 선 자태와 눈에 익은 야상 코트, 담배를 든 손가락까지 너무나 익숙한 모습이었다. 남자는 루추와 눈이 마주치자 태연자약하게 하품까지 했다.

"창펑 씨, 배를 또 수리해야겠어요."

샤딩딩이 남자를 향해 유쾌하게 손을 흔들자 루추는 자신이 잘못 본 것이 아님을 알았다.

"두 형, 안녕하세요?"

삼형제가 동시에 인사를 했고, 그녀가 품은 마지막 의심까지 걷어가 버렸다.

머릿속이 복잡했으나 루추는 출근할 때처럼 그에게 인사를 했다.

"주임님 안녕하세요!"

"배타는 거 재미있었어요?"

두창펑이 담배를 끄고 평소와 같은 말투로 물었다. 루추가 눈을 꿈벅거리며 고개를 끄덕였다.

"아주 근사했어요."

두창펑이 머쓱해하는 샤오렌과 태연한 인청잉을 바라보며 피식 웃음을 터뜨렸다.

"신나게 놀았으면 됐네. 들어갑시다."

그가 앞장서고 루추는 기분 좋게 그들의 뒤를 따라 안으로 들어갔다. 대문으로 들어가자마자 그들을 반기는 것은 옥을 쌓아 만든 가림벽이었다. 전체가 티 한 점 없이 깨끗했다. 아래쪽에는 연대(蓮臺, 연꽃 모양으로 만든 불상의 자리 – 역주)와 같은 형태의 받침이 있고 꼭대기의 처마 모양이 바깥쪽으로 뻗었다. 그 위에 전신이 비늘로 덮이고 머리에 긴 뿔이 달린 청동 괴수가 서 있었다.

사람들이 가까이가자 그 괴수는 갑자기 머리를 들어 콧김을 뿜어내며 앞발로 푸른 기와를 긁어댔다.

"괜찮아, 손님이 오셨으니 조용히 해."

두창핑이 나른한 말투로 당부했다. 괴수는 발짓을 멈추고 고개를 숙였고, 때마침 올려다보던 루추와 눈이 마주쳤다. 둘은 한동안 마주보다가 루추가 확신이 서지 않는 말투로 말했다.

"기린?"

용의 머리, 사자의 꼬리, 사슴의 뿔, 소의 발굽을 한 괴수의 모습은 이화원(頤和園)에서 본 청동기린 신과 비슷했으나, 이쪽이 더 수수하고 고풍스러웠다.

"형태 변신에 실패해서 힘은 유명무실해요."

샤오렌이 짧게 대답했다. 인청잉이 거들었다.

"본체는 의식이 있어서 소통이 잘 돼요. 게다가 강한 초능력을 갖고 있죠. 이름은 린시(麟兮)이고 방어막 구실을 하는 초능력이 있는데, 일단 작동하면 전투기 공습도 문제없어요. 린시, 이거 받아!"

인청잉이 한 발로 구석에 있는 축구공을 차자 청동기린이 갑자기 공을 향해 돌진했다. 그 동작이 무척 빨라서 순식간에 공중에서 공을 물고 네 발로 착지하더니, 갑자기 루추 곁으로 달려와 고개를 늘고 앉았다. 청동기린의 앉은키는 루추의 키와 비슷했다. 얼굴에 표정은 없으나 입가에 긴 수염이 조금씩 움직이는 것이 몹시 즐거운 모습이었다. 루추가 잠시 머뭇거리다가 괴수에게 두 손을 내밀자 기린은 팍 소리와 함께 공을 그녀의 손바닥에 내려놓았다. 그러고는 인청잉에게 뛰어가 주변을 빙빙 돌았다. 이 집에서 인청잉을 가장 좋아하는 듯했다. 인청잉이 괴수의 용머리를 쓰다듬으며 득의만만한 표정으로 루추에게 말했다.

"린시는 우리 집의 막내에요. 셋째보다 훨씬 귀엽다니까요."

"변신에 실패하는 경우도 있어요?"

루추의 관심은 다른 데 있었다. 인청잉은 말이 막혀 가만히 있고 인한광이 한걸음 앞으로 나왔다.

"어떤 일에나 위험은 존재하니까요. 린시, 돌아가!"

기린이 허공을 가르며 가림벽 위로 올라가더니 움직이지 않았다. 샤오롄이 루추의 손을 잡고 실내로 들어갔다. 문을 들어서자마자 넓은 대청이 나왔다. 천장 중앙에는 원형 유리가 끼워져 있고, 그 주위를 정교한 나무 조각으로 둘러쌌다. 상당히 현대적 설계라고 느끼는 순간 자세히 보니 옛날 건물을 개조한 것이었다. 원래 있던 천장에 유리를 설치하여 현대와 고대가 자연스럽게 조화를 이룬 모습이었다.

대청 전체가 커다란 전시관처럼 이들의 본체가 진열되어 있었다. 샤딩딩의 형주정은 한쪽 모퉁이에 서있었고, 징충환의 청동거울은 고색창연한 홍목 화장대에 달려있었으며, 인청잉의 금검과 인한광의 백검은 벽 위쪽에 높이 걸려있었다. 태양빛이 서서히 열

어지면서 실내를 따뜻하고도 밝게 비췄다. 유리 천장의 바로 아래
에는 방대한 청동편종이 자리 잡고 있었다. 이 고대 악기는 길이가
다른 양면의 나무틀이 수직으로 교차하며 L자 형태를 형성하였으
며, 상부에는 크고 작은 100개에 육박하는 청동종이 달려있었다.
가장 큰 것은 수박보다 더 크고, 가장 작은 것은 그녀의 주먹과 비
슷한 크기였다. 루추가 문을 들어서니 편종은 바람이 없는데도 저
절로 몇 개의 음을 연주했다. 마치 그녀에게 인사를 하는 듯했다.

"벤 형?"

루추가 편종 앞으로 한달음에 내달려서는 사방을 돌아보며 벤
중을 찾았다. 샤딩딩이 킥킥 웃으며 말했다.

"벤중은 의식이 여기 없어요. 아는 사람이 오니 본체가 자동으
로 반응한 것뿐이에요."

루추가 중요한 것을 깨달았다는 듯 편종의 틀을 반갑게 쓰다듬
었다. 이어서 한쪽 구석의 술을 넣어두는 캐비닛 뒤에서 검의 긴
울림소리가 들려왔다. 샤오렌이 손을 휘두르자 검은 장검이 캐비
닛 유리문을 열고 섬뜩한 빛을 내며 그의 손안으로 날아들었다. 검
신은 분노한 듯 가볍게 떨다가 이내 조용해졌다.

샤오렌이 검을 내려뜨리고 서랍에서 무늬가 화려한 뱀가죽으로
된 칼집을 꺼냈다. 검을 그 안에 쑤셔 넣고는 유리문이 달린 술 저
장고에 가져다 놓았다. 그러고는 고개를 돌려 그녀에게 말했다.

"미안해요. 아무 일 없을 거예요."

앞에서 벌어진 상황에 다들 아무 말이 없었다. 루추는 입술을
한 번 깨물고 샤오렌에게 말했다.

"나는 상관없어요. 이럴 필요 없어요."

"아니에요. 칼집에 넣어두면 내 오감이 둔해지는 것뿐이에요. 조용하게 두는 것도 괜찮아요."

그가 무기력한 표정으로 물었다.

"사과 먹을래요? 내가 껍질 깎아줄게요."

"그래요."

루추가 샤오롄을 향해 웃어 보이고 그의 손을 잡았다. 몇 발짝을 떼니 장방형의 큰 거실이 나왔다. 동서양이 접목된 실내장식으로, 벽에는 몇 폭의 산수화와 서화가 걸려있었으며, 나루터가 보이는 면은 전체가 통유리로 되어있어서 앉아있으면 호수와 산의 풍경이 한눈에 들어오고, 산을 바라보는 벽에는 복고풍의 나무 격자창이 있었다. 겨울이라 날씨가 추워서 창문은 굳게 닫혀있었으며, 조각된 유리를 통해 멀리 이끼흔적이 남아있는 석벽이 아련히 보였다. 실내 온도는 쾌적했다. 그녀가 오는 것을 알고 특별히 난방장치를 미리 가동해놓은 듯했다.

"어려워하지 말고 편하게 있어요."

두창펑이 루추에게 한마디를 남기고는 담배를 들고 문을 열고 밖으로 나갔다. 샤오롄이 옆에 있는 탁자의 과일바구니에서 빨갛게 익은 사과를 고르더니 소파에 앉아 소환한 작은 칼로 껍질을 깎기 시작했다. 루추가 그의 옆에 앉아서 샤딩딩이 등에 매고 온 화통(畫筒)을 인청잉에게 주고는 경쾌한 걸음으로 주방에 들어가 차를 끓이는 모습을 지켜보았다. 인청잉은 숙련된 솜씨로 화통을 열어 종이를 편 후 창가의 이젤에다 걸었다. 일행은 각자 자기 할 일을 하며 외출에서 돌아온 사람들처럼 자연스럽게 행동했다.

인한광은 방으로 들어가더니 3개의 화면이 있는 데스크톱 컴퓨터 앞에 앉았다. 루추가 호기심으로 슬쩍 엿보다가 깜짝 놀랐다. 화면에는 금융시장의 증시동향이 그려진 그래프들로 채워졌던 것이다.

"딩딩 누나가 예지력으로 시세를 예측하면 그 정보를 이용해 주식선물을 거래해요. 이게 지난 200년 동안 큰형의 오락인 셈이죠."

샤오렌이 다 깎은 사과를 루추의 손에 쥐어주며 설명해줬다.

"또 지난 200년 동안 우리 집안의 주요 경제 수익원이기도 했죠. 엎드려 절이라도 해야 해요. 큰형이 버는 돈이 우리들 수입을 다 합친 것보다 많으니까요."

인청잉이 끼어들며 과일 바구니에서 청사과를 꺼내 샤오렌에게 던졌다.

"셋째야, 나도 사과 좀 깎아줘."

샤오렌은 그 말은 들은 체도 하지 않고 칼끝을 사과에 꽂아서 한입 베어 물었다. 인한광이 고개를 들어 인청잉에게 말했다.

"린치에게 똑바로 서는 거랑 제자리에서 빙빙 도는 거 가르칠 시간에 주식투자나 좀 해 봐. 네가 나보다 나을지도 모른다."

"하지만 린시는 이제 100개 이상의 단어를 알아들어요. 재미있지 않아요?"

인청잉이 포도 한송이를 들고 나와 인한광 옆의 1인용 소파에 앉았다.

"집안에 돈 버는 사람은 한 명이면 충분해요. 다른 사람은 열심히 쓰면 되는 거죠. 이거 드실래요?"

인한광이 싫다고 고개를 저어놓고는 포도 하나를 따서 입에 넣었다. 루추는 사과 한입을 더 베어 물고 샤오렌에게 물었다.

"지난 200년 동안 샤오렌 씨의 오락은 뭐였어요?"

샤오렌이 벽에 기대있는 유리문이 달린 장식장을 가리켰다. 루추가 그의 손이 가리키는 곳을 쳐다보니 그중 한 층에 10여 개의 클라리넷이 낡은 것부터 새것까지 나란히 진열되어 있었다. 얼른 보면 클라리넷의 변천사를 보는 듯했다. 그중 가장 오래된 것은 누르는 부분도 없어지고 몸체에 7개의 구멍이 뚫린 클라리넷이었다. 고색창연한 예술품처럼 보였다. 가장 새로운 디자인의 클라리넷 옆에는 놀랍게도 은색의 색소폰이 놓여있었다.

"색소폰 연주도 해요?"

루추가 묻자 샤오렌은 코를 만지면서 머쓱해했다.

"재작년부터 시작해서 아직은 초급 단계예요."

"한 번 들어보고 싶어요."

"절대 안 돼!"

"NO!"

"제발!"

두창펑, 인한광, 샤딩딩이 동시에 강렬한 반대를 외쳤다. 인청잉은 루추에게 손을 펴보이며 말했다.

"사실 나는 좋아하는데 저 세 분이 색소폰 소리가 날라리 소리 같다며 질색해요. 3대 2로 색소폰은 이 집안에서 장식품 신세를 면치 못하게 된 거죠."

루추가 큰 소리로 웃으며 샤오렌의 옷소매를 잡아당겼다.

"괜찮아요. 다음번 거리 연주 때 연락해주면 가서 들을게요."

샤오렌이 고개를 숙이고 그녀의 이마에 뽀뽀를 했다. 사람들 앞
에서 이런 행동에 루추가 깜짝 놀라 양볼이 빨개졌다. 그녀는 마음
을 진정시키기 위해 벽에 있는 족자를 보며 물었다.

"이 그림에 전고(典故)가 있어요?"

외로이 떠있는 배에서 낚싯대를 드리운 그림이었다. 힘이 넘치
는 터치에 화면은 여백의 미로 충만하며, 한쪽 모퉁이에 일엽편주
를 그려 넣어 강렬한 공간감을 표현했다. 자욱한 물안개가 끝없이
펼쳐지는 강물은 생동감을 과시하고 있었다.

"마원(馬遠) 작품 맞죠?"

샤오렌이 확실치 않다는 표정으로 두창펑을 바라보았다. 루추
가 화들짝 놀라 다시 물었다.

"남송 4대가 중 한 명인 마원이라고요?"

그녀가 앉아있는 소파 옆에 이렇게 유명한 화가의 그림이 있단
말인가?

"맞아요."

이번에 대답한 사람은 두창펑이었다. 루추는 벌떡 일어나 방 전
체를 자세히 살펴보았다. 그녀가 모든 그림을 다 본 다음 두창펑을
돌아보며 경건한 마음으로 물었다.

"여기 있는 그림들이 모두 진품인가요?"

"위링은 위조품은 취급하지 않아요."

두창펑이 미소를 지으며 이렇게 대답했다.

그는 지난번에도 이렇게 말했었다. 그녀가 첫 출근한 날의 일이었다. 루추는 그때만 해도 반신반의했었다. 그러나 오늘은 그의 말에 일말의 의심도 느끼지 않았다.

고궁(故宮) 박물관이 진귀한 작품만을 소장하기에 민가의 흰 벽에 유송년(劉松年), 이당(李唐), 마원, 하규(夏圭)의 작품이 무사히 남아 천 년 전 안개비 속에 흔들리던 풍경을 그대로 보존할 수 있었다.

당시 이러한 명가들의 작품을 소장하는 데는 작품을 보는 눈이 필요했다. 그러나 정처 없이 떠돌면서도 보존하기 어려운 이런 작품들이 온전히 남아있는 것은 전문성과 의지, 진정으로 예술을 아끼는 마음이 있었기에 가능했다.

루추는 두창평을 바라보며 망설임 끝에 바보 같은 질문을 했다.

"주임님도 서화를 복원하세요?"

"나는 뭐든 할 수는 있지만 정교하지는 않아요."

두창평이 샤딩딩이 우린 차를 건네받으며 말했다. 향기를 한 번 맡아보고는 조용히 대답했다.

"하지만 벽에 걸린 저 그림들은 모두 내 친구의 즉흥 작품이에요."

"듣고 싶어요. 부탁합니다."

루추가 합장하는 것이 마치 위링 복원실에 처음 들어간 날로 돌아간 듯했다. 완전히 새로운 세계가 그녀를 기다리고 있던 그날처럼 말이다.

두창평이 미소를 지으며 자신과 가장 가까이 있는 그림 앞으로 갔다. 루추가 그의 뒤를 따라갔다. 설명을 듣다보니 시간이 훌쩍 지나갔다. 사과는 아삭하고 달콤했으며 차는 향기로웠다. 두창펑은 예술계의 일화에 일가견이 있었다. 그는 한 장 한 장의 그림에 얽힌 슬픔과 기쁨, 이별과 만남의 이야기를 흥미진진하게 풀어갔으며, 루추는 샤오렌의 손을 잡고 그의 이야기를 경청하며 가까운 거리에서 작품을 감상했다.

두창펑이 벽에 있는 모든 작품에 대한 설명을 마칠 무렵 샤딩딩이 갑자기 일어나더니 곧바로 화판 앞으로 가서 그림을 그리기 시작했다. 다른 사람들은 일제히 조용해졌다. 샤오렌이 루추를 데리고 급히 밖으로 나갔다.

25
예견의 그림

정원은 지형을 그대로 이용하여 소박하고 깔끔하게 꾸몄으며 식물보다 기암괴석이 많았다. 샤오렌이 그녀의 손을 잡고 돌이 깔린 길의 끝으로 가더니 그제야 걸음을 멈췄다.

"예지력이 작동하면 딩딩 누나가 재빨리 그림을 그려요."

"나도 그럴 거라 짐작했어요. 그러면 우린 이제 어디로 가있어야 해요?"

하늘은 구름 한 점 없이 맑았고 루추와 샤오렌 둘만 남았다.

"검로(劍爐)에 가볼래요?"

샤오렌이 물었다.

"내 본체가 세상에 나온 후 얼마되지 않아 검을 주조한 장인 일족이 모두 남쪽으로 이사했어요. 떠나기 전 그들이 검로에 있던 기

구와 벽돌 하나까지 뜯어가 버려서 이 부근에 원래 모양대로 다시
지었어요.

"어디에 있는데요?"

루추가 사방을 둘러보았지만 건물이 보이지 않았다.

"산에 가려 보이지 않아요."

샤오렌이 집 뒤에 높이 솟은 산봉우리를 가리켰다. 그 산은 산
세가 험준하고 산봉우리에는 바위가 기묘하게 솟아있어서 사람이
걸어갈 만한 길은 보이지 않았다. 루추가 잠시 그런 생각을 하며
아래를 내려다보는데 검은 장검이 두 사람 사이에 나타났다.

"멀지 않아요. 천천히 가도 10분이면 도착할 거예요."

샤오렌이 웃으며 말했다. 루추는 산과 검을 번갈아보며 걱정부
터 했다.

"하지만 높이 날아야 하잖아요."

"그렇긴 하지만 안전하게 갈 수 있어요."

그가 달래는 말투로 대답했다.

"나 떨어지지 않게 한다고 약속하는 거죠?"

"루추 씨가 스스로 떨어지더라도 땅에 닿기 전에 구해준다고 약
속할게요."

그의 말이 이상하게 들렸다. 샤오렌의 유머는 가끔 정말 재미가
없다. 루추기 걱정스럽게 물었다.

"내가 왜 스스로 떨어져요?"

샤오렌이 태연하게 대답했다.

"무중력 비행을 시험할 수도 있죠. 청잉 형이 그렇게 한다며 낙

하산을 매지 않고 떨어진 적이 있어요.”

“샤오렌 씨 형이지만 정말 이상한 분이에요.”

“나도 그렇게 생각해요.”

검이 공중으로 올라간 순간 루추는 자신이 어떻게 설득당했는
지 이해할 수 없었다. 그녀는 검을 딛고 샤오렌의 앞에 서서 그의
가슴에 등을 붙였다. 심장이 두근거리며 몸이 요동치는 것이 느껴
졌다. 바람이 귓가를 스치며 윙윙 소리가 났다.

“아직도 눈 감고 있어요? 좋은 풍경 다 놓치겠네.”

그의 말이 무척 경쾌하게 들려서 루추는 실눈을 뜨고 발아래를
내려다보았다. 과연 그들은 지면과 그렇게 많이 떨어지지 않은 건
물 1층의 지붕 높이에 있었다. 장검의 속도도 빠르지 않아서 길게
자란 대나무 숲 사이로 마치 독수리처럼 선회하며 유유히 날고 있
었다.

“날 꼭 붙들어요. 이제부터 산으로 올라갈 거예요.”

그의 말이 떨어지자마자 장검은 흐르는 물처럼 막힘없이 담을
뛰어넘어 집 뒤의 산 정상을 향해 줄곧 올라갔다. 루추는 놀라서
하마터면 비명을 지를 뻔했으나 샤오렌이 즉시 손을 뻗어 그녀의
몸 전체를 안았다. 루추는 아예 몸을 돌려 얼굴을 그의 품에 파묻
었다. 얼마 후 비행속도가 평온해졌다 싶을 때 그녀는 비로소 천천
히 고개를 내밀었다. 바로 옆으로 운무가 감돌고 발아래는 단풍잎

과 마른 풀이 섞여있었다. 장검은 이미 산 중턱에 와있었다.

"하나도 위험하지 않죠?'

샤오렌이 웃는 얼굴로 고개를 숙여 물었다.

"길이나 잘 봐요."

루추가 긴장해서 작게 외쳤다.

"하늘에 무슨 길이 있다고……. 알았어요. 이제 농담하지 않을게요. 여기는 자주 와서 눈감고 가도 돼요."

말은 그렇게 했지만 루추가 겁을 낼까 봐 샤오렌은 고개를 들어 정면을 바라보았다. 루추는 몸을 앞쪽으로 조금 이동하여 발밑의 풍경을 바라보다가 물었다.

"주임님의 본체는 대청에 없어요?"

샤오렌이 잠시 생각하다가 대답했다.

"두 형의 일은 말하기가 좀 그러네요."

"아! 미안해요. 내가 곤란한 질문을 했네요."

루추가 잠시 멈췄다가 어색하게 말을 이었다.

"사실 배에 탔을 때 알게 된 사실이 하나 있었어요."

"뭔데요?"

"샤오렌 씨는 상천자삼검 중 유일하게 개봉한 검이에요."

그들이 '운동'을 할 때 한광과 청잉이 손에 든 것은 개봉을 하지 않은 둔검이었다. 샤오렌이 잠시 머뭇거리다가 천천히 말했다.

"우리 입장에서 일단 개봉하면 본성이 확립이 돼요. 과정을 되돌릴 수 없죠. 낙인과 같아서 한 번 결정되면 언제까지나 변하지 않으니까요."

"그래서 전에 숙명에 저항한다는 말이 그거였군요. 두 형님들에 게는 그런 문제가 없어요?"

루추가 단어 선택에 유의하면서 물었다. 샤오렌이 고개를 저었다.

"루추 씨도 눈치챘겠지만 그분들과 나는 가족이면서도 섞이지 못하는 면이 있어요."

그가 말을 멈췄다. 뭐라고 해야 좋을지 모르겠다는 모습이었다. 루추는 그의 가슴에 기대어 주변 풍경을 바라보았다. 그들은 산 정 상을 지나 아래쪽을 향해 날아가고 있었다. 그녀가 고개도 돌리지 않고 말을 꺼냈다.

"앞으로 전승의 문에 들어가 그녀를 다시 만나면 샤오렌 씨 대 신 따져줄래요. 왜 한쪽만 편애해서 소련검만 개봉했느냐고요?"

"누구요?"

샤오렌이 영문을 모르겠다는 듯 물었다.

"조금 전에 그림 속에서 본 그 여자요."

"아……, 그 여자요?"

샤오렌이 시큰둥하게 대답했다.

"이제 무섭지 않아요?"

샤오렌의 갑작스런 물음에 루추는 화들짝 놀랐다. 언제부턴가 그녀는 그의 손을 놓고 칼 위에 안정적으로 서있었던 것이다. 그러 나 샤오렌이 그 말을 하는 순간 그녀는 중심을 잃고 흔들렸다.

"굳이 일깨워줄 필요는 없었잖아요……."

그녀가 투덜거리며 손을 뻗어 균형을 잡으려고 했다. 샤오렌이 소리 내서 웃으며 손을 내밀려는 찰나 갑자기 표정이 굳어졌다. 날아가던 검은 허공에서 그대로 멈췄다.

"무슨 일이에요?"

루추는 하마터면 떨어질 뻔했다. 다행히 그가 제때에 그녀를 붙잡았다.

"아래쪽에 평랑이 있어요. 날 잘 잡아요."

샤오렌이 말을 마치자마자 장검의 방향을 틀었다. 그러고는 오던 길로 쏜살같이 내달렸다.

같은 시각, 창가에서 그림을 그리던 샤딩딩이 연필을 내려놓았다. 두 걸음 뒤로 물러나 그림 속의 낯선 남녀를 바라보며 고개를 갸우뚱했다.

"두 형, 이 두 사람 본 적 있어요?"

두창평이 고개를 저었다. 청잉이 힐끗 보더니 그 역시 처음 보는 얼굴이라고 했다. 한광도 고개를 가로저으며 창밖을 내다보았다. 곧이어 샤오렌이 루추를 안고 대문 안으로 날아오더니 장검에서 뛰어내렸다.

"평랑이 검로에 들어갔어요."

루추도 뒤따라 검에서 뛰어내려 중심을 잡고는 일행에게 인사를 하려고 했다. 그런데 샤딩딩 뒤에 있는 화면으로 눈길이 향한 순간 루추의 얼굴에 웃음기가 싹 사라졌다.

"아는 사람들이에요?"

인한광이 묻자 루추가 서로 부축하고 있는 그림 속의 남녀를 손
으로 가리키며 떨리는 목소리로 말했다.

"제 부모님이세요."

그녀가 이번에는 등에 칼을 차고 눈가에 눈물점이 있는 남자를
가리키며 물었다.

"이 사람이 평랑은 아니겠죠?"

인청잉이 차마 못 보겠다는 얼굴로 고개를 끄덕였다. 샤오롄이
한 발 앞으로 오더니 그림 속의 큰 건물을 가리켰다.

"루추 씨 부모님 힐튼호텔에 묵기로 하셨어요?"

루추가 멍한 얼굴로 고개를 끄덕였다. 샤오롄의 손끝을 따라
1층의 간판에서 동그라미 안의 'H'와 '힐튼'이라는 글자를 찾아냈
다. 순간 심장이 멎는 느낌이었다. 루추는 핸드폰을 꺼내 엄마에게
신호를 보냈으나 서비스 지역이 아님을 알리는 차가운 기계음 소
리만 들렸다. 그녀의 아빠에게 전화를 해도 마찬가지였다. 루추는
이번에는 인터넷으로 비행편 정보를 검색하고는 샤오롄에게 말
했다.

"부모님이 탄 비행기가 30분 전에 이미 착륙했어요."

"예견하는 상황은 밤에 발생한다고 나오니 아직은 시간이 있
어요."

샤오롄이 그림을 자세히 살피며 물었다.

"루추 씨, 부모님이 어떻게 평랑과 엮였을까요?"

"나도 몰라요."

루추는 당황하여 어찌할 바를 몰랐다.

"말도 안 돼요. 아! 잠시만요."

며칠 전 엄마가 헤어스타일을 바꿨다면서 사진 몇 장을 보내준 게 생각났다. 그 사진 속 배경이 아빠의 작업실이었던 것이다. 루추는 대화기록에서 사진을 찾아냈다. 그중 한 장의 배경에서 엄마 뒤쪽의 작업대 위에 백옥으로 장식한 장검이 비스듬히 놓여있는 것을 발견했다. 그녀는 떨리는 손으로 핸드폰 화면을 일행에게 보여주었다. 사람들의 얼굴이 일순간 파랗게 질렸다. 샤오롄이 낮은 음성으로 말했다.

"주주네요."

"정말 붙여놓았네."

인청잉이 중얼거리며 루추에게 물었다.

"아버님이 절단된 검을 붙였어요?"

"복원하는 분이니 당연히 검을 용접으로 붙였겠죠. 그게 문제가 될까요?"

루추가 이렇게 반문하고는 전에 들었던 문구가 스쳐갔다. 그녀가 눈을 크게 뜨고 물었다.

"펑랑이 우리 아빠를……, 목숨으로 목숨을 바꾸려는 건가요?"

모두의 얼굴이 어두워졌다. 인한광이 미간을 찌푸리며 말했다.

"아마도 그럴 거예요."

"그렇다면…… 그 자가 우리 아빠를 죽인다고요?"

루추가 작은 소리로 물었지만 이미 답을 알고 있었다. 그러나 기적을 기대하며 아니라는 대답을 듣고 싶었다. 하지만 기적은 결코 발생하지 않았다. 두창펑이 한숨을 쉬더니 그녀를 똑바로 쳐다보며 말했다.

"목숨으로 목숨을 바꾼다는 방식을 구체적으로 어떻게 이행하는지는 나도 몰라요. 다만 피의 제사를 올려 망령에 감사하고 되돌아가 검혼을 새로 만들어낸다고 들었어요.

26
최악의 상황

두창평의 말이 끝날 무렵 전승의 문 하나가 갑자기 열리고 루추를 벽돌로 쌓아올린 불가마 앞으로 데려갔다. 전승자인 한 도장공이 멸문의 화를 당한 일에 보복하기 위해 유서를 남긴 후 몸을 훌쩍 날려 가마에 뛰어들어 조상 대대로 전해지는 장검을 깨우는 장면이 나타났다.

이제 전승은 그 마무리를 앞두고 있었다. 루추는 두 눈을 크게 뜨고 샤오렌의 옷소매를 붙잡고 다급하게 물었다.

"우리가 직접 펑랑을 찾아가면 안 돼요?"

인한광이 루추 쪽을 돌아보며 대답했다.

"안 될 거야 없지만 오히려 펑랑을 자극하게 될 수도 있어서 그 래요. 가장 시급한 목표는 루추 씨와 가족의 안전이에요. 그래야 안심하고 펑랑을 상대할 수 있어요."

루추는 그제야 자신이 전승을 받는 동안 일행이 인한광 주변에 모여 있었다는 사실을 깨달았다. 그들이 의논하는 도중에 그녀가 끼어든 것이다. 하지만 지금은 그런 걸 따질 때가 아니다. 루추는 발끈해서 말했다.

"내가 그를 상대하겠다는 게 아니에요. 그의 행동이 소용없다는 것을 알려주려는 거예요."

"뭐라고 할 건데요?"

인청잉이 물었다.

"목숨으로 목숨을 바꾸려면 희생자가 반드시 스스로 원해야 해요."

무슨 이유인지 루추는 '그리고 반드시 전승자여야 한다'는 조건은 말하지 않았다. 그녀는 몸서리를 치며 말했다.

"무고한 사람을 함부로 죽여서는 아무 소용없어요. 펑랑에게 이 점을 알려줘야 해요."

너무 격정적으로 말하느라 루추는 목이 다 쉬었다. 그러나 다른 사람의 반응은 무덤덤했다. 인한광과 인청잉이 눈빛을 교환하더니 인청잉이 쓴웃음을 지으며 입을 열었다.

"루추 씨에게는 살인이 심각한 일이지만 펑랑에게는 개미 한 마리 밟아 죽이는 것과 다르지 않아요."

"청잉아, 그만해!"

샤딩딩이 인청잉의 말을 막았다. 이번에는 계속 침묵을 지키던 샤오롄이 입을 열었다.

"펑랑이 그걸 모른다고 생각해요?"

루추는 할 말을 잃었다. 어찌할 바를 모르는 루추를 바라보며 샤오롄이 말을 이었다.

"루추 씨 아버님이 정말 주주의 본체를 이어 붙였다면, 펑랑은 성공 확률이 거의 없어도 시도할 거예요. 안 된다는 걸 알면서도 말이에요. 그는 원래 그런 성품이에요."

샤오롄이 여기까지 말하고 멈추자 인한광이 한마디를 덧붙였다.

"펑랑은 다른 사람을 이용해서 루추 씨 아버지가 희생을 자청하게 만들 겁니다. 솔직히 말해서 그는 주주를 위해서라면 어떤 짓이든 할 사람입니다."

루추는 갑자기 쓰팡시에 함께 온 엄마에 생각이 미쳤다. 그녀는 떨리는 입술로 물었다.

"그러면 이제 어떻게 하죠?"

전승의 문 안에서는 그녀에게 복원에 관련된 모든 지식을 가르쳐줬지만 자신과 사랑하는 가족을 어떻게 보호하는지는 가르쳐주지 않았다.

"그건 걱정하지 말아요."

두창펑이 담배에 불을 붙이며 말했다.

"우리가 방금 계획을 세웠으니 그대로 따라주세요. 부모님을 설득해서 우리와 함께 빠져나와 고향 집으로 피하면 됩니다."

샤오롄이 손을 그녀의 어깨에 올리고 설명했다.

"린시가 항전할 때 성을 보호하느라 힘을 다 써버려서 아직까지 완전히 회복되지는 않았어요. 그래서 수비 범위가 크지 않으니 루추 씨는 부모님과 집안에만 있어야 안전해요."

그의 손은 시종일관 안정되고 차가운 것이 소설에서 묘사하는 검을 든 손 같았다. 가슴을 누르고 있던 돌덩이가 그제야 옆으로 이동한 듯했다. 비록 무거운 건 여전했지만 최소한 그녀는 숨 쉴 공간이 생겼다.

몸이 계속 떨려서 루추는 주먹을 쥐고 정신을 차려야 한다고 스스로 되뇌었다.

"얼마나 오랫동안 숨어있어야 해요?"

"그건 나중에 얘기해요. 일단 목숨을 보전하는 것이 우선이니까요."

인한광이 이렇게 말하면서 컴퓨터 자판을 열심히 두들겼다. 옆에 있는 프린터에서 몇 장의 종이가 출력되어 나왔다. 그는 종이를 각자에게 나눠주면서 당부했다.

"이건 호텔의 평면도에요. 도착한 후 내가 후문 물품하역구역에 차를 댈 테니 셋째와 루추 씨가 올라가서 부모님을 모셔 와요. 서둘러야 해요. 루추 씨는 여기 있는 평랑의 얼굴을 익혀둬요."

루추가 고개를 끄덕이고 컴퓨터 화면의 사진을 뚫어지게 쳐다보았다. 조금 전까지만 해도 평랑에 일말의 연민을 느꼈지만 이제는 미움과 원망만 남아있었다.

인한광이 말을 이었다.

"평랑은 루추 씨 얼굴을 모르고 루추 씨는 그를 알아볼 수 있으니 이쪽이 유리해요. 부모님을 모시고 그의 시선에 노출되지 않도록 하세요. 평랑은 순간이동을 할 수 있는 능력이 있어요. 그 이동

범위는 1킬로미터 이내이며, 모든 물체를 뚫을 수 있어요. 그러니까 루추 씨가 어디에 있는지 펑랑이 모르게 해야 한다는 걸 명심해요."

"린시가 막아낼 수 있을까요?"

루추가 불안해서 물었다.

"가능해요. 방어막이 보이지 않는 자기장이라서 펑랑이 감히 건드리지 못해요."

인청잉의 말투는 여전히 건들건들했지만 묘하게 설득력이 있었다.

"나는 딩딩과 작은 배를 몰고 먼저 갈게. 여러분이 빨라서 우리보다 먼저 도착할 수도 있어요."

두창펑은 평면도를 코트 주머니에 찔러 넣고 루추의 어깨를 토닥거리며 웃는 얼굴로 말했다.

"내가 있으니 걱정 말아요."

"고맙습니다."

루추가 목멘 소리로 대답하고는 두창펑과 샤딩딩이 떠나는 뒷모습을 바라보았다. 인한광이 그중 가장 침착해 보였다. 그는 인청잉이 루추의 물음에 대신 대답할 때부터 누군가와 문자메시지를 주고받았다. 두창펑이 떠나자 그는 샤딩딩의 그림에 있는 거리를 가리키며 설명했다.

"호텔에 도착한 후에는 내가 차 안에서 계속 지휘할 겁니다. 루추 씨 부모님을 구해내기 전에는 펑랑과 정면충돌을 피해야 해요. 자세한 것은 가면서 얘기합시다. 질문 있으면 지금 해요."

질문을 하라고? 루추는 시선을 그 소묘 그림에 고정했다. 평랑이 화면 중앙에 있는 호텔 정문 앞 분수대 옆에 서 있었다. 호텔을 등지고 서서 큰길을 건너려는 모습이었다. 루추의 부모님은 평랑과 몇 미터 떨어진 뒤쪽에서 서로 부축하며 호텔 문을 급히 나서고 있었다. 세 사람이 같은 공간에 있지만 아무런 관련성도 찾아볼 수가 없었으며, 하물며 정면충돌은 생각할 수도 없었다. 그녀는 의혹을 누를 길이 없었다.

"이 화면이 정말 반드시 실현되나요?"

"그래요."

대답하는 인한광의 표정에 쓸데없는 질문이라고 쓰여 있었지만 루추는 포기할 수 없었다.

"우리 부모님이 대피하는 모습이기는 해요. 하지만 반드시 평랑과 관련이 있을까요?"

그림 속의 아버지는 미간을 잔뜩 찌푸리고 큰 보폭으로 걷는 중이며, 어머니는 그 옆에서 뒤쪽을 돌아보는 것이 무엇인가에 연연하는 모습으로 보였다. 평랑은 부모님의 앞쪽에 있고, 뒤쪽은 평범한 프랜차이즈 호텔일 뿐인데 부모님을 두렵고 걱정하게 만들 것이 뭐란 말인가? 루추의 질문에 아무도 대답하지 않자 그녀가 인한광에게 다시 물었다.

"그림을 정확하게 해석해야만 미래에 대비할 수 있다고 하셨죠?"

인한광은 미간에 내 천(川)자를 그리며 입을 열지 않았다. 루추가 거듭 물었다.

"혹시 평랑이 그 자리에 있었을 뿐이고, 이 일과는 무관한 것 아닐까요?"

"그건 불가능해요."

딩딩 누나는 그림 속 인물이나 사물과 관련된 사건을 예견할 수 있어요."

인한광이 잠시 뜸을 들이다 말을 계속했다.

"루추 씨, 예견을 하는 그림의 모습은 반드시 일어난다는 사실을 명심해요. 우리는 이 예견 상황이 발생한 후에 비로소 부모님을 안전한 곳으로 모실 수 있을 뿐이에요. 구할 수 있는 기회는 순식간에 지나가니 꾸물거릴 틈이 없어요."

루추가 주먹을 꼭 쥐고 말없이 고개를 끄덕였다. 인청잉이 그림을 한동안 들여다보더니 돌돌 말아 긴 화통에 넣어 등 뒤에 맸다.

"미래를 예측하는 것도 중요하지만 시기를 장악하는 건 더 중요합니다. 이제 출발합시다."

말을 마치고는 성큼성큼 앞장서 대문 쪽으로 걸어갔다. 다른 사람들도 일제히 뒤를 따랐다. 모든 일이 너무 순식간에 벌어졌다. 루추는 이성으로는 모든 것을 받아들이면서도 마음을 진정할 수 없었다. 그녀는 계속 통화버튼을 눌러 엄마 아빠와의 통화를 시도했다. 그녀는 엄마가 쓰팡시에 오지 않았기를, 요즘 보이스피싱 전화가 너무 많으니 타지에서 조심하라는 당부와 잔소리를 해주기를 간절히 소망했다.

"조심해요!"

샤오롄의 목소리였다. 그들은 천장이 있는 대청을 지나는 중이었다. 그녀가 다리에 힘이 풀려 주저앉으려는 순간 샤오롄이 재빨리 붙잡았다. 루추가 힘없이 샤오롄을 향해 웃었다. 그녀를 응시하던 그가 갑자기 손을 뻗었다. 그러자 캐비닛의 유리가 쨍그랑 깨지면서 소롄검이 칼집 째 튀어나오더니 눈 깜짝할 새에 그의 손안으로 들어왔다.

"만약을 대비해서 이걸 갖고 있어요."

검을 루추에게 건네는 샤오롄의 눈에 결심이 배어 있었다. 루추는 어색하게 손을 뻗어 칼의 손잡이를 쥐는데 손목이 저려왔다. 때마침 장검도 낮은 신음소리를 내며 그녀의 접근에 경고하는 듯했다.

"검이 저항하는 것 같아요."

한 손으로는 검을 쥐지도 못하여 루추는 재빨리 두 손으로 샤오롄에게 돌려주려고 했다. 그는 검을 받지 않더니 외투 주머니에서 운전용 가죽장갑을 꺼냈다.

"이걸 끼고 검을 잡아요. 손잡이 안에 있으니 저항하는 힘이 더 세지는 않을 거예요. 펑랑을 정면에서 마주치면 어검술을 써요."

"안 돼!"

"셋째야!"

인한광과 인청잉이 동시에 소리를 질렀다. 목소리에 놀람과 분노가 서려있었다. 루추가 그들을 돌아보며 말했다.

"난 못해요."

"지금은 안 되겠지만 생사의 갈림길에 서면 할 수 있어요."

샤오롄이 그녀의 눈을 들여다보며 흔들림 없는 말투로 타일렀다.

"필요한 순간 칼집에서 칼을 빼내요! 어떻게 하라고 가르쳐줄 수는 없지만 루추 씨는 반드시 잘 해낼 거예요."

"어검술을 쓴 후에 당신은 어떤 모습으로 변하는데요?"

루추가 검을 꼭 쥐고 떨리는 목소리로 물었다.

"아무 일도 없을 거예요. 기껏해야 몇 백 년 동안 깊은 잠에 들겠죠."

그는 이마로 그녀의 이마를 누르며 가벼운 말투로 대답했다.

"영원히 의식을 잃을 가능성도 있어요."

인한광이 끼어들었다. 그의 말투는 얼음보다 차가웠다.

"이것저것 다 따지다가는 아무 일도 할 수 없어요."

샤오렌이 반박하더니 다시 머리를 숙여 그녀에게 희미한 미소를 보였다.

"이 방법을 잘 쓰면 루추 씨 가족이 모두 무사할 수 있어요."

그렇다 하더라도 그녀는 그를 다시는 볼 수 없게 된다. 루추는 이런 생각을 입 밖에 낼 수 없었다. 다시는 그를 볼 수 없게 되더라도 부모님이 무사한 쪽을 택한다면……, 과연 그런 결과를 원한단 말인가! 그녀는 남은 생을 양심의 가책과 고통 속에서 살아갈 것이다. 그렇게 할 수는 없는 일이다. 다른 방법을 찾아야 한다.

그녀는 장검의 반항하는 듯한 낮은 신음을 무시하고 검을 단단히 품에 안았다. 샤오렌이 그녀를 안고 검을 소환하여 빠르게 날아 배의 갑판 위에 도착했다. 인한광은 이미 조종간을 잡고 시동을 걸고 있었다. 이 모든 것이 거의 동시에 이뤄졌다. 인청잉은 닻을 올리고 삼형제는 한 치의 오차도 없이 일을 진행했고, 요트는 빠른 속도로 나루터를 떠났다.

배는 수리할 시간이 없어서 처음의 모습과는 많이 달라졌다. 난간은 반파되었고 소파와 쿠션의 충진재들이 사방에 흩어져있었다. 그러나 이런 혼란 속에서도 갑판용 접의자 하나는 멀쩡했다. 루추는 칼을 품고 그 의자에 앉아 고개를 들고 멍하니 샤오롄을 올려다보았다.

"내 본체를 당신에게 준 건 최악의 상황에 대비하라는 거예요."

그는 한쪽 무릎을 꿇고 그녀 앞에 앉았다. 마치 동화 속 기사가 전쟁터에 나가기 전 공주 앞에 무릎을 꿇고 맹세하듯 늠름한 기개가 넘쳤다. 전쟁을 앞둔 샤오롄의 범접할 수 없는 결의가 엿보였다. 그러나 루추는 그가 평범한 골동품 감정사로 살아가기를 갈망했다. 아니면 그저 떠돌이 악사로 살아가면서 생활비를 버는 것이 가장 큰 고민인 삶이기를 희망했다. 그들은 싸우기도 하면서 그렇게 평생을 살아갈 수 있을 것이다. 결혼을 하든 안 하든, 아이를 낳든 낳지 않든 그런 건 중요하지 않다.

루추는 지금 이 순간 그의 소망도 자신과 같다는 사실을 알았기에 더욱 슬펐다. 그녀는 고개를 세차게 가로저으며 아무 말도 할 수 없었다. 샤오롄이 잠시 후 그녀의 움켜쥔 오른손을 잡고 어루만지며 서서히 주먹을 펴주었다.

"가장 큰 가능성은 루추 씨 부모님을 호텔에서 구해서 고향 집에 대피시키는 거예요. 그럴 경우, 그분들에게 나를 뭐라고 소개할지 생각해봤어요? 그분들은 호수에 있는 작은 집으로 모셔가야 하는 이유는 뭐라고 둘러댈 거예요?"

"난……, 나는……."

입을 여는 순간 자신이 울고 있었는지를 그제야 알았다. 그녀는 소매로 눈물을 닦고 그에게 웃는 얼굴을 보이기 위해 애썼다.

"부모님이 만나려는 사람들이 문화재를 훔쳐 해외로 반출하려는 범죄집단이라고 할게요. 경찰수사에 협조하기 위해 비밀증인 형식으로 두 분을 안전한 곳에 모신다고 하면 돼요."

"괜찮은 아이디어네요. 역시 루추 씨는 상상력이 풍부해요. 그렇다면 나의 존재는 뭐라고 설명할 거예요?"

그가 그녀의 얼굴을 손으로 받쳐 들더니 눈물방울에 가볍게 키스했다.

"위렁이라는 회사 자체를 이중신분으로 위장해야죠. 도난당한 국보를 되찾기 위해 정부가 세운 회사라고 말이에요. 이렇게 말씀 드리면 두 분이 믿을 거예요. 엄마가 추궁하면 나도 잘 모르지만 평소 업무와는 무관하다고 둘러댈게요."

"그렇게 하면 되겠네요."

그가 그녀의 입술에 키스했다.

"당신은 부모님에게 설명하고 설득하는 일만 잘하면 돼요. 나머지는 우리가 다 알아서 할 테니까요."

인청잉이 다가와 이어서 말했다.

"너무 최악의 경우만 상상하지 말아요. 큰형의 계획에 따르면 예견한 일이 발생하는 즉시 루추 씨 부모님을 고향 집으로 모셔갈 거예요. 그러면 평랑의 계획이 틀어지는 거죠. 뛰는 놈 위에 나는 놈이 있다고, 린시가 전적으로 평랑의 공격을 막을 겁니다."

인청잉의 말투는 위트가 넘쳤지만 표정은 진지했다.

루추가 크게 심호흡을 하다가는 더는 참지 못하고 울음이 터져 나왔다.

"고맙습니다……."

바람에 루추의 눈물이 마를 무렵 배가 나루터에 도착했다. 루추는 샤오렌과 주차장으로 날아갔다. 차 문을 열려고 하는 순간 인한광의 목소리가 들렸다.

"모두들 밴에 올라타요. 운전은 셋째가 해라."

"이 차로 속도를 낼 수 있을까요?"

"충분해. 그리고 방탄차여서 충돌에도 강하니까."

이런 것까지 고려할 만한 이유가 있을까? 루추는 감히 묻지는 못하고 고개를 숙이고 차에 올라탔다.

샤오렌이 운전석에 앉더니 곧 속도를 올려 미친 듯이 내달렸다. 루추는 뒷자리에 앉아 부모님과 연락을 시도했으나 전화는 여전히 불통이었다. 이때 생각지도 않은 벤중이 전화를 걸어와 자신이 호텔 로비에 와서 대기중이며, 뭔가를 알아내면 곧바로 연락을 해주겠다고 말했다.

"대기중이라니, 그게 무슨 말이에요?"

루추가 영문을 몰라 물었다.

"무슨 말이긴요, 루추 씨를 도우려고 그러죠."

벤중이 큰 소리로 대답했다. 루추는 그의 말을 잘 알아듣지 못했고 인청잉이 대신 설명해주었다.

"벤 형은 한 번 들은 것은 절대 잊지 않아요. 청력이 수백 미터까지 미칠 수 있어요. 로비에 있으면서 펑랑이 레스토랑에서 기침만 해도 우리한테 전달해줄 거예요."

"고맙습니다. 조심하세요."

루추가 벤중에게 말했다.

"꼭 잡아요."

앞자리에서 샤오롄이 말했다. 자동차는 갑자기 방향을 틀어 호텔 뒤쪽 물품하역 주차장에서 거칠게 멈췄다. 인청잉이 "내가 먼저 갈게!"하며 먼저 하차하고 한광이 운전석에 앉았다. 샤오롄은 루추와 함께 호텔 후문 쪽으로 달려갔다. 후문에서 정문까지 가는 동안 주방과 업무구역을 지나치면서 몇 번이나 사람들과 부딪칠 뻔했다. 두 사람은 "눈을 어디 두고 다니느냐"는 핀잔을 들어가며 가까스로 안내 데스크에 도착했다. 루추가 부모님의 이름을 대자 종업원이 컴퓨터 기록을 검색한 후 직업적인 미소를 띠며 말했다.

"잉 선생님과 부인은 1203호에 투숙하고 계십니다. 필요하면 전화로 연락해드릴까요?"

"그럴 필요 없어요. 제가 직접 찾아갈게요. 고맙습니다."

루추가 다급히 말하고는 샤오롄과 함께 엘리베이터로 달려갔다. 두 사람이 12층에 도착할 무렵 두창펑은 밴을 몰고 호텔의 물품하역 주차장으로 들어갔다. 그가 주차를 끝내자 조수석에 앉아 있던 샤딩딩이 손을 뻗어 미간을 문질렀다.

"새로운 예감이 떠올랐는데, 그림에 한 가지가 빠졌어요……."

27
직면

샤딩딩이 캔버스를 펼치고 있을 때 루추는 1203호 문을 노크하는 중이었다.

"누구세요?"

귀에 익은 목소리가 흘러나오자 루추는 너무 기뻐 눈물을 흘릴 뻔했다. 그녀는 정신을 가다듬고 목소리를 높여 외쳤다.

"엄마, 저 추추에요."

"왜 벌써왔어? 이따가 저녁 먹기로 했잖아."

엄마가 문을 열자 루추와 그 뒤에 서있는 샤오렌을 보고 멈칫했다.

루추가 재빨리 소개했다.

"엄마, 전에 말씀드렸던 샤오렌 씨에요."

"안녕하십니까!"

샤오렌이 어색하게 90도 각도로 고개를 숙였다.

"반가워요."

엄마가 안쪽을 한 번 돌아보고는 다시 루추를 바라보았다.

"네 아버지는 손님이 계셔서, 아니면 먼저 커피숍에라도 내려가 있을까?"

이때 루추의 핸드폰 진동벨이 울렸다. 확인해보니 볜중이 "펑랑 12층에 있음"이라는 문자를 보내왔다.

이미 늦은 것이다! 바람이 불어오며 방문이 열렸다. 조명을 등지고 앉아있던 키 큰 남자가 벌떡 일어나더니 그녀를 향해 미소를 지었다.

"안녕하세요, 미스 잉, 그리고……."

남자는 재미있다는 눈빛으로 뒤에 서있는 샤오렌을 바라보더니 태연하게 말을 이었다.

"샤오 선생."

펑랑이었다. 그를 본 순간 루추는 달아나고 싶었다. 샤오렌이 세 사람을 칼에 태우고 갈 수는 있을 것이다. 비록 엄마의 균형감이 그녀에 비하면 뒤떨어지고 아빠의 심장도 별로 좋지는 않지만……, 펑랑이 순간이동을 해서 공중으로는 날 수 없을 테다.

이때 핸드폰이 울렸다. 뜻밖에도 샤오렌이 보낸 문자메시지였다. '펑랑에게는 살기가 없으니 상대해 봐요.'

루추가 샤오렌 쪽을 돌아보니 그도 때마침 고개를 들었다. 두 사람의 눈이 마주치며 그녀는 마침내 결심을 했다. 그녀가 양해를 바란다는 눈빛을 보내고 방안으로 들어갔다. 평랑 옆에 앉아있던 아버지 잉정과 먼저 아는 체를 하고는 평랑에게 눈을 돌렸다.

"펑 선생님."

"내 성은 휘입니다."

평랑이 재미있다는 듯 웃었다.

"샤오롄이 알려주지 않던가요?"

루추는 들은 바가 없었다. 그래서 솔직히 고개를 가로저었다. 잉정이 옆에서 어리둥절하며 딸에게 물었다.

"아는 사이야?"

루추가 계속 고개를 가로저으며 둘러댔다.

"음……, 듣자니 휘 선생은 아주 유명한 소장가라면서요?"

속으로는 '사람 목숨을 수집하겠지'라고 생각했다.

엄마는 아까부터 신이 나서 샤오롄을 안으로 청해 앉히고는, 루추의 손이 차갑다며 따뜻한 차를 가져와 마시지 않더라도 들고 있으라고 일러줬다. 엄마가 즐거워하며 입을 열었다.

"다들 인사 끝냈으면 함께 저녁이나 먹으러 갈까요? 인터넷을 찾아보니 여기 스카이라운지 레스토랑이 있는데 동서양 퓨전요리를 전문으로 한대요. 참! 그리고 게살로 만든 요리도 있다고 하더라고요."

엄마는 말을 하면서도 핸드폰으로 연신 검색을 했다. 잉정은 어색하게 웃으며 아내의 말이 끝나기를 기다렸다가 샤오롄에게 말을 붙였다.

"샤오 군은 이 고장 출신인가요?"

샤오롄이 그렇다고 하자 잉정이 어색한 대화를 이어갔다.

"이 호텔 스카이라운지에서 식사해봤어요?"

"네, 한두 번 먹어봤습니다."

샤오롄이 예의바르게 대답했다. 샤오롄은 점잖고 겸손한 젊은 이의 역할을 잘 해내고 있었고, 루추 부모님과의 소통도 썩 잘하고 있었다. 그러나 루추는 그들의 대화가 귀에 들어오지 않았다. 그녀는 장검을 품에 안고 펑랑과 마주앉아 허리를 꼿꼿이 펴고 눈은 전방을 주시했다.

펑랑은 그녀 품안의 소련검을 보며 뭔가 짚인다는 듯이 말했다.

"그 검은 운이 좋네요. 복원이 그렇게 빨리 되었으니."

"내가 고쳤어요."

루추가 무뚝뚝한 목소리로 대답했다.

"루추 씨, 왜 그런 말을 해요?"

인한광의 초조한 목소리가 귀에 들어왔다. 그러나 루추는 펑랑의 관심을 자신에게 돌리면 부모님이 무사할 거라고 생각했다. 샤오롄도 이해해주리라 여기면서 그를 힐끗 보았다. 그의 얼굴에는 표정이 거의 드러나지 않았으며, 칠흑 같은 눈동자에 요동치던 폭풍이 지금은 잠잠했다.

"수리를 아주 빨리 했네요. 난 위링에서 청동 복원을 담당하던 복원사가 작년에 퇴직했다고 생각했거든요."

펑랑이 눈을 가늘게 뜨고 말을 이었다.

무고한 사람을 끌어들이지 않아야 한다. 루추는 머리를 들고 펑랑을 노려보았다.

"난 그런 분을 몰라요. 이 검은 나 혼자 하룻밤 만에 복원한 겁니다."

"루추야, 말버릇이 왜 그 모양이니!"

엄마가 그녀의 머리를 쥐어박으며 샤오렌에게 미안한 듯 웃었다.

"학교 다닐 때만 해도 안 그랬는데 집을 오래 떠나있다 보니 버릇이 없어졌네요."

부모란 한편으로는 꾸짖으면서도 다른 한편으로는 자식의 편이 되어주는 존재다. 루추가 눈을 감았다가 서서히 떴다. 펑랑이 소중한 것을 대하는 눈빛으로 자신을 바라보고 있었다. 사냥꾼이 며칠을 찾아 헤매다 마침내 완벽한 사냥감을 발견한 눈빛이었다. 그는 지금 나를 어떻게 죽일까 생각중이다. 이런 생각을 하니 루추는 저도 모르게 목이 움츠려들며 품 안의 검을 움켜쥐었다. 그녀의 동작은 펑랑의 눈에 그대로 노출되었다. 그가 뜻밖에 미소를 지으며 온화한 말투로 입을 열었다.

"난 그 검에는 관심이 없어요."

"아……!."

루추의 목소리가 걸려 제대로 나오지 않았다. 펑랑은 계속 말을 이어갔다.

"단시간에 복원한 수준이 대단하다고 생각할 뿐이에요. 그쪽에 소질이 있는 게 틀림없군요."

그의 말은 겉으로는 칭찬처럼 들렸지만 말투에는 생명 주기가 하루살이와 다름없는 인간과 하층 기술자에 대한 멸시가 배어나왔다. 루추는 그의 말에 화가 나서 머리를 치켜들고 그를 똑바로 노려보았다.

"그래요. 전승은 쉽지 않죠."

그녀의 도발은 펑랑을 자극하기는커녕 더 큰 흥미를 유발했다. 그러나 기괴한 대화와 암투가 오가는 분위기에 잉정은 수상한 낌새를 느끼기 시작했다. 그가 뭔가 물어보려는 순간 핸드폰 벨이 울렸다.

펑랑이 핸드폰을 꺼내 발신정보를 보더니 벌떡 일어나 잉정에게 말했다.

"급한 일이 생겨서 먼저 실례하겠습니다."

"그러면 이 옥구검은……."

잉정도 자리에서 일어나 탁자 위의 검 케이스를 가리켰다. 무슨 영문인지 도통 알 수 없다는 표정이었다. 훠 사장이라는 사람이 먼저 급하다고 사람을 불러놓고는 알 수 없는 말 몇 마디만 남긴 채 가겠다고 한다. 게다가 수리가 끝난 옥구검의 케이스를 열어보지도 않고 가겠다니 이해가 가지 않았다.

"괜찮습니다."

펑랑이 아무렇지도 않게 말했다.

"잉 선생님, 편하게 지내다 가십시오. 출장비는 샤오자오에게 청구하시면 됩니다."

그의 눈길이 잉정의 어깨를 지나 루추를 향했다. 그는 루추에게 웃음을 지으며 성큼성큼 문을 나섰다.

잉정은 그 자리에 서서 웃어야 할지 울어야 할지 모르는 표정이었고, 루추의 엄마는 남편에게 잔소리를 해댔다.

"뭐하는 거예요. 앞으로는 저런 사람 일은 받지 말아요."

루추는 그런 엄마를 만류할 겨를이 없이 핸드폰만 들여다보았다. 1분도 안 되는 시간 동안 수많은 문자메시지가 와있었다.

벤중이 보낸 문자는 "평랑이 주차장으로 순간이동해서 어떤 자와 만났음"이었으며, 인청잉은 "이상하네, 갑자기 사람하고 일을 하다니"라고 보냈다. 벤중이 "더 이상한 것은 이 사람의 목소리를 내가 들어본 적이 있음"이라고 추가했다.

이어서 인한광과 인청잉이 동시에 메시지를 보냈다.

"당장 그 자리를 떠요!"

"꾸물거릴 틈이 없어요!"

그녀도 알고 있다. 그러나 이 짧은 시간에 부모님에게 어떻게 설명한단 말인가? 루추는 침을 꿀꺽 삼키며 아빠에게 입을 열었다.

"아빠 엄마, 긴히 드릴 말씀이 있어요. 사실……, 휘 선생은 현상수배범이에요……."

같은 시간, 호텔의 손님전용 주차장에서는 평랑과 그의 동료가 말다툼을 하고 있었다. 샤오자오가 건들거리며 차에 다가오더니 한쪽 다리를 달달 떨며 말했다.

"난 반댈세. 그 노인의 딸에게 전승능력이 있다고 해도 노인네 하나쯤 더 죽여도 상관없잖아? 조금 전에 손을 썼어야지."

"여기서 일을 내면 보는 눈이 너무 많아서 위험해."

펑랑이 차문을 열고 운전석에 앉아 시동을 걸었다. 그가 고개를 들어 짜증스럽게 샤오자오를 쳐다보는데, 샤오자오는 차에 오르지 않고 혓바닥을 내밀어 입가를 핥았다. 그리고 웃으며 말했다.

"내가 그 방에 올라가서 실력 좀 발휘해도 불만 없지?"

"네 맘대로 해."

말을 마친 펑랑이 액셀러레이터를 밟고 쏜살같이 달렸다. 샤오자오는 비틀거리며 바닥에 고꾸라질 뻔했다. 그러나 그는 개의치 않고 옷에 묻은 먼지를 털더니 노래까지 흥얼거리며 유유히 호텔 쪽으로 걸어갔다.

호텔 뒤편의 주차장에서는 인한광과 인칭잉이 두창펑이 모는 밴의 뒷자리에 앉아 샤딩딩의 예견 그림을 에워싸고 있었다. 샤딩딩이 그림에 새로 추가된 사람을 가리켰다.

"이 사람은 또 누구지?"

"신경 쓰지 말아요. 어쨌든 셋째가 있으니까요."

인칭잉이 어깨를 으쓱하며 아무렇지 않다는 듯 말했다.

인한광의 핸드폰이 울렸다. 그가 전화를 받아서 스피커폰 모드로 전환했다. 벤중이 뛰어가면서 외치는 소리가 들렸다.

"이제 생각났어요, 방금 펑랑과 주차장에서 말을 나눈 자는 취안선이에요. 지금 그 자가 호텔 로비에 나타났어요."

"취안선이라고?"

샤딩딩이 헉하고 숨을 들이켰다.

"그 자는 다른 사람으로 변신해서 기습하는 데 능해요."

취안선, 즉 견신은 용아, 호익과 함께 상고3대 사도(邪刀)로 꼽

히지만 전력은 사실 강하지 않다. 그의 초능력으로 모든 사람의 환상으로 변신하여 속일 수 있기 때문에 대적하기가 어려울 뿐이다.

"펑랑은 순간이동을 했다가 눈 깜짝할 새에 돌아오는 것이 가능하기 때문에 그 둘을 손잡게 해서는 절대로 안 돼! 청잉아, 어서 가자."

한광이 먼저 차에서 내리고 인청잉이 뒤를 따랐다. 두 사람은 급히 호텔 안으로 들어갔다.

차안에 남은 두창펑은 핸드폰을 들고 샤오렌과 통화를 했다.

"빨리 서둘러. 차를 호텔 건너편 큰길에 대놓을 테니 사람들을 데리고 그쪽으로 와."

3분 후, 취안선이 엘리베이터 안에서 거울을 보며 머리를 매만졌다. '딩동' 소리와 함께 엘리베이터 문이 12층에서 열렸다. 그는 좌우를 둘러보며 의미를 알 수 없는 미소를 짓더니 유유히 발을 뗐다. 그러나 엘리베이터에서 내리는 순간 양손에 곡도(曲刀)를 하나씩 들고 한광의 백검과 청잉의 금검에 맞섰다.

"개봉도 하지 않은 무딘 칼로 나를 상대하다니 살고 싶지 않은가 보군?"

여전히 나른한 말투였으나 순식간에 갑자기 훤칠하고 잘생긴 원래 얼굴로 돌아갔다. 그가 입가를 씰룩하더니 쌍칼이 한광과 청잉의 두 검과 부딪치며 불꽃이 일었다. 공격의 처음부터 끝까지 스텝을 계속 바꾸며 쌍칼을 휘두르니 한광과 청잉은 당해내지를 못하고 벽에 부딪쳐버렸다.

"이렇게 멋지게 싸웠는데 구경꾼이 없다니 안타깝군."

취안선이 중얼거리며 양복 호주머니에서 작은 거울을 꺼냈다. 펼치자마자 유리파편이 떨어졌다.

그는 거울을 팽개치고 몸을 엘리베이터로 돌리더니 칼 한 자루를 문 사이에 끼워놓았다. 엘리베이터 문은 닫히다 말고 다시 열리기를 반복했다. 취안선은 태연하게 거울을 보며 싸움을 하느라 헝클어진 머리카락을 매만졌다. 한광은 어깨를 감싸 안고 바닥에 엎드린 채 꼼짝하지 않았다. 인청잉이 몸을 질질 끌고 문 앞까지 와서 권총을 꺼내 취안선을 쐈다. 첫 총알이 적중하려는 찰나 취안선은 뒤통수에 눈이라도 달린 듯 재빨리 옆으로 피했다. 그러고는 몸을 휙 돌려 칼을 휘둘렀다. 남은 다섯 발이 팅팅 소리를 내며 모두 바닥에 떨어졌다.

취안선이 바닥에 침을 뱉으며 경멸하는 눈초리로 칼끝을 청잉에게 겨눴다.

"총을 쓰다니, 아주 타락했군. 너희는 자존심도 없나?"

"개나 줘버렸다."

대답하는 목소리는 뜻밖에도 인한광이었다. 그는 어느새 가부좌를 틀고 반쯤 열린 엘리베이터 문을 향해 앉아있었다. 취안선이 어리둥절하여 아래를 내려다본 순간 화들짝 놀랐다. 방금 청잉이 쏜 총알에서 연기가 피어오르고 있었던 것이다. 한광이 엘리베이터 안의 산소농도를 급격히 올렸다. 작은 범위에서 기류를 통제할 수 있는 초능력을 동원한 것이다.

취안선은 두 형제가 뭘 하려는지 몰라 잔뜩 경계했다. 그는 엘리베이터 문에 끼워놓은 칼을 회수하고 엘리베이터 틀을 발로 찼다. 이어서 쌍칼을 십자가 모양으로 가슴에 대고 위로 올라 공중제비를 돌아 밖으로 나가려고 했다.

그러나 인청잉이 그보다 한 발 빨랐다. 그는 호주머니에서 두창펑이 늘 사용하는 라이터를 꺼내 불을 붙인 후 엘리베이터를 향해 던졌다. 그리고 웃으며 말했다.

"잘 가라!"

맹렬한 폭발음이 나면서 건물이 요동치기 시작했다. 불꽃과 연기가 삽시간에 12층 전체로 퍼졌다. 화재경보기가 울리면서 스프링쿨러에서 물이 쏟아졌다. 객실 문이 잇달아 열리고 비명소리와 어린 아이 울음소리가 복도를 채웠다.

"3개월 동안 이 도시에 엘리베이터 사고가 두 차례나 발생하다니 너무 잦은 거 아냐?"

혼란 속에서 인청잉이 벽을 붙잡고 천천히 몸을 일으키며 인한광을 향해 물었다.

"초능력을 한 번에 소진했더니 지금은 기류를 움직일 힘이 없다. 샤오롄에게 직접 가서 알려야겠다."

28
검로

폭발소리가 나기 얼마 전 잉정 부부는 루추와 함께 호텔을 나가려던 참이었다. 갑자기 펑 소리와 함께 테이블이 심하게 흔들렸다. 그는 비틀거리다가 다행히 샤오렌이 재빨리 뛰어가 부축한 덕분에 넘어지지는 않았다.

"괜찮아요. 고맙네."

잉정이 샤오렌의 손을 톡톡 치며 눈에는 일말의 의혹이 스쳤다.

"지진인가?"

루추 엄마가 가방을 꼭 쥔 채 놀라서 사방을 둘러보았다.

루추가 핸드폰을 확인했지만 도착한 메시지가 하나도 없었다. 어쩔 줄 몰라 하는 데 샤오렌이 큰 소리로 말했다.

"가스가 폭발한 것 같아요. 어머님 아버님, 계단으로 내려가요."

그의 침착한 태도는 안정제 역할을 하여 잉 씨 부부는 서로 부축하며 밖으로 나갔다. 루추도 샤오롄이 내민 손을 잡고 부모님의 뒤를 따라 방을 나섰다.

복도에는 연기가 자욱했고, 천장의 스프링쿨러에서는 물이 끊임없이 쏟아져 다들 온몸이 흠뻑 젖었다. 루추 엄마는 걸으면서도 안심이 되지 않아 계속 돌아보며 루추에게 당부했다.

"추추야 허리를 숙이고 머리를 낮춰라. 그리고 연기를 마시면 안 되니 이 마스크를 쓰렴."

그녀는 말을 하면서 가방을 뒤져 마트에서 파는 평범한 부직포 마스크를 찾아 황급히 루추에게 건넸다. 루추가 손을 뻗어 받으려는 순간 두 다리가 땅에 붙은 듯 떨어지지 않았다. 엄마의 얼굴에 가득 한 걱정과 배려가 예견의 그림에서 나타난 표정과 완전히 일치했기 때문이다. 그림 속에서 엄마를 걱정하게 한 대상은 바로 루추 자신이었던 것이다.

그런데 그림에서는 왜 자신이 함께 대피하지 않았을까? 루추는 그 이유를 이제야 알 것 같았다. 펑랑은 그녀가 전승자라는 사실을 이미 알았으며, 목숨으로 목숨을 바꾸는 희생자로 그녀가 적임자였던 것이다. 그녀는 지금 살인자의 목표물 1호다. 그렇다면 부모님과 떨어져야 그분들이 무사할 것이다. 이런 이치를 왜 여태 잊고 있었을까?

이때 바로 옆 유리창이 깨지면서 여기저기 비명소리가 났다. 젊은 남녀 몇 명이 옷도 제대로 갖춰 입지 못하고 튀어나오는 바람에 루추는 벽 쪽으로 밀려났다. 전방을 보니 키가 큰 두 남자가 부모님에게 다가가는 모습이 보였다.

"형님들이 오셨네요."

샤오롄이 낮은 소리로 말했다.

"나도 그 두 분이라고 생각했어요."

그녀가 고개를 들고 물었다.

"지금인가요?"

"내가 당신을 고향 집에 데려다 줄게요."

그가 루추의 손을 잡고 돌아서더니 몇 걸음 떨어진 객실의 문을 열었다. 사람은 없고 옷과 물건이 어지럽게 흩어져 있었다. 자신의 부모가 그랬듯이 이곳의 투숙객도 급히 대피한 흔적이 역력했다.

샤오롄이 장검을 소환하는 동안 루추는 합장을 하며 모든 사람이 무사하기를 빌었다. 그러고는 장검에 올라 샤오롄과 함께 12층 창문을 통해 날아갔다. 얼마 지나지 않아 샤오롄 고향 집이 있는 반도가 보였다. 발아래로 아름답게 장식한 놀잇배들이 보였다. 등불을 환하게 밝히고 굽이굽이 산 그림자를 따라 칠흑 같은 수면 위를 서서히 이동하는 모습은 아름답고 평화로웠다. 위기에 찬 지금 상황과는 조금도 어울리지 않는 그림이었다.

샤오롄의 핸드폰이 울렸고 인청잉의 피곤한 목소리가 들려왔다.

"좋은 소식이야. 호텔 화재는 완전히 진압됐고 벤중이 루추 씨 부모님을 귀예이호텔에 임시로 모셨어."

"고맙습니다!"

루추가 감격하여 눈물을 쏟을 뻔했다.

"나쁜 소식도 있어. 이번 일로 평랑을 자극해서 그가 검로에 갈

지도 몰라.”

수화기 너머 이번에는 인광의 목소리가 들려왔다. 루추가 깜짝
놀라서 있는데 인광이 샤오롄에게 당부했다.

“넌 루추 씨를 데려다주고 바로 돌아와서 루추 씨 부모님을 모
셔다드려야겠다. 우리는 처음 계획대로 진행한다. 나중 일은 그때
다시 얘기하자.”

“누구와 만난 거예요?”

샤오롄이 물었다.

“취안선과 마주쳤는데, 이미 해결했어.”

마지막 대화를 루추는 전혀 알아듣지 못했다. 그녀가 물을 틈도
없이 샤오롄이 소리를 낮춰 말했다.

“곧 착륙하니 단단히 붙들어요.”

장검이 하강하기 시작했다. 루추가 샤오롄을 안고 아래를 내려
다보니 샤오롄의 고향 집이 바로 전방에 있었다. 지붕 위의 기린이
어둠 속에서 앞발과 머리를 들고 청동 방울만한 큰 눈으로 그들을
바라보았다. 샤오롄은 속도를 줄이지 않고 그대로 문을 향해 돌진
했고, 쾅 소리와 함께 대문이 열렸다. 장검은 순식간에 대청을 지
나 거실로 미끄러지듯 들어가더니 바닥에서 10센티쯤 떨어진 곳
에 급히 멈췄다.

그 바람에 루추가 두 바퀴를 굴러 바닥에 주저앉았다. 샤오롄은
여전히 검 위에서 손을 내밀어 그녀를 부축하려고 했다.

“나는 괜찮으니 어서 가 봐요.”

취안선이 누구인지는 모르지만 그녀와 부모님이 지금까지 무사

한 것은 다른 사람들의 악전고투 덕분이었다. 이런 사실을 아는 그녀로서는 더 이상 폐를 끼칠 수 없었다. 샤오롄이 공중에서 고개를 숙여 그녀를 바라보았다. 급히 오느라고 머리카락이 헝클어지고 양 볼도 추위에 빨갛게 되어 흐트러진 모습이었다. 그러나 정신만은 흐트러지지 않았으며 그녀의 눈에서 두려운 기색을 찾을 수 없었다.

곤경에 빠졌을 때 한 사람의 진정한 본질이 드러나는 법이다. 그녀가 투사라는 것은 의심할 여지가 없었다. 그는 더 말하지 않고 검의 방향을 돌려 공중으로 내달았다. 올 때보다 훨씬 빠른 속도였다. 루추도 이번에는 손을 흔들어 작별하지 않았다. 그녀는 벌떡 일어나 한 걸음에 거실로 돌아가 문을 잠그고 자물쇠를 채웠다. 이 집의 문은 전통 조각문양의 나무로 되어있어 자물쇠는 실용적 기능보다는 장식의 목적이 더 컸다. 위아래를 열심히 더듬어보았으나 문을 채울 만한 자물쇠는 더 이상 없었다. 그녀는 거실에서 소파를 가져와 문을 받치기로 했다. 갑자기 호랑이가 포효하는 듯한 긴 울음소리가 머리 위에서 들렸다.

"크앙!"

청동기린이 대청의 꼭대기로 날아와서는 유리천장을 사이에 두고 루추와 마주보았다.

"그래, 네가 있었지…… 린시!"

그녀가 린시를 향해 손을 흔들어주고 거실로 되돌아갔다. 중간문을 잠그고는 소련검을 안고 소파에 앉아 심호흡을 했다. 불을 켜지 않았지만 나뭇가지에 걸린 커다란 보름달이 실내를 환하게 비줘주었다. 한 시간만 지나면 부모님과 만날 수 있을 것이다. 부모님은 그녀에게 질문공세를 펼칠 것이다. 그때를 대비해서 루추는 아무것도 생각하지 않고 기운을 비축해두기로 했다.

눈을 감고 있던 루추가 잠시 후 눈을 뜨고 사방을 둘러보았다. 커다란 공간에 혼자 있다 보니 불안해서 뭔가 보호조치를 해둬야 할 것 같았다. 그녀가 천천히 일어나 주방으로 갔다. 시선이 싱크대 위에 번쩍이는 칼꽂이로 향했다. 갑자기 자신이 한심하게 느껴졌다. 기껏 생각해낸 것이 과도로 대한(大漢) 명장 곽거병의 칼에 대적한다는 말인가! 하지만 안 될 것도 없다. 게다가 그녀의 등 뒤에는 샤오롄이 준 검이 버티고 있다. 그녀는 주방에서 날카로운 칼한 자루를 재빨리 뽑아서 거실로 돌아갔다. 그러고는 칼을 꼭 쥐고 불도 켜지 않은 암흑 속에 웅크리고 앉아 파도소리를 들었다. 바람이 나무사이를 스치는 소리가 들려왔다. 이따금 학의 울음소리가 길게 들렸으며 올빼미는 낮은 소리로 구구 울었다.

지금쯤 부모님은 어떻게 되었을까? 생각해보니 귀예이호텔에 직접 물어보면 될 일이었다. 벤중에게 자세한 상황을 물어볼 수도 있다. 샤오롄이 그녀를 혼자 남겨둔 것은 린시의 능력에 자신이 있기 때문일 터다. 그녀는 그를 믿어야 한다. 쓸데없는 걱정을 해서는 안 된다. 루추는 칼을 내려놓고 외투 주머니에서 핸드폰을 꺼내측면 버튼을 눌렀다. 화면이 순식간에 밝아지며 위쪽에 '서비스 지역이 아님' 표시가 떴다. 현대적 설비를 갖춘 이곳에서 그럴 리가 없다. 정신없는 와중에 핸드폰을 떨어뜨렸을 수도 있다고 생각했겠다가 켜보기로 했다.

이때였다. 따르릉……! 집에 설치된 유선전화 소리가 질식할 것 같은 정적을 깼다. 바로 앞의 테이블에 고색창연한 구식 전화기가 있었다. 황동으로 된 다이얼 장치에 자단목 받침의 이 전화기는 매우 정교하여 이 집의 가구와도 잘 어울렸다. 루추는 낮에 이 전화기를 보면서 장식품이라고 생각했다. 그런데 끊임없이 울리는 전화벨이 이 전화의 쓰임새를 강조하고 있었다.

받아야 할까? 그녀는 핸드폰을 집어넣고 천천히 전화기 쪽으로 다가갔다. 전화벨이 몇 초간 멈췄다가 다시 울리기 시작했다. 루추는 입술을 깨물면서 수화기를 들어 귀에다 댔다.

"잉루추 씨죠?"

냉담하면서도 예의를 차린 목소리에는 결심과 자제력이 배어났다. 그녀가 들어본 목소리였다. 그것도 조금 전에 말이다. 순간 가슴이 덜컹했지만 이럴 때 약한 모습을 보이면 자신을 더 궁지로 몰아넣을 뿐이다. 루추는 상대와 똑같이 냉담하면서도 예의를 차려서 대답했다.

"휘 선생?"

"내 성을 기억하시네요."

펑랑이 빈정거렸다.

"기억하기 쉬운 성이니까요."

루추는 대답을 하면서 머릿속으로 빠르게 분석했다. 펑랑은 기분이 나쁘지 않은 것 같았다. 어쩌면 이 기회에 그와 이야기를 나눠보면 상황이 바뀔 수도 있다는 생각이 들었다.

펑랑이 온화해진 목소리로 입을 열었다.

"지금 중계방송을 하고 있는데 루추 씨도 관심이 있을 것 같네요."

"네?"

그녀가 반응을 보이기도 전에 전화는 이미 끊겼다. 곧 이어 인한광의 데스크톱 컴퓨터 화면이 켜지면서 산발한 중년여자가 화면 중앙에 나타났다. 화면의 조명이 어둡기는 해도 그 여자가 실내에 있는 것을 알 수 있었다. 집은 몹시 낡았고, 흙을 다진 바닥으로 되어 있었다. 화면 속 여자는 맨발로 바닥에 앉아 고개를 숙인 무력한 모습을 하고 있었으며 눈에 익은 연녹색 정장 차림이었다.

"엄마!"

루추가 화면 앞으로 뛰어가 소리를 질렀다. 그렇게 하면 엄마와의 거리를 좁힐 수 있는 것처럼 말이다.

"추추야!"

엄마가 마치 그녀의 목소리를 들은 것처럼 억지로 고개를 들어 좌우를 둘러보았다. 엄마는 수척한 안색이었으며, 이마에 난 큰 상처에서 피가 배어나오고 있었다.

"우리 엄마를 왜 가둬놓은 거야! 차라리 날 잡아가라고!"

루추가 미친듯이 소리를 질렀다. 눈물이 뺨 위를 흘러내렸다. 갑자기 엄마 얼굴에 강한 조명을 내리쬐자 엄마는 깜짝 놀라 움츠렸다가 갑자기 뭔가 생각난 듯 고개를 들고 불분명한 쉰 목소리로 말했다.

"추추야, 이 사람들은 나쁜 사람들이니 나는 상관 말고 어서 집으로 가거라."

갑자기 화면이 꺼졌다. 루추는 입술을 악물었다. 입술이 터져서 피비린내가 났지만 그녀는 계속 악물고 있었다. 입을 벌리는 순간 통곡이 되어 나올까 두려웠기 때문이다. 울면 안 된다. 방법을 생각해야 한다.

따르릉 따르릉! 전화벨이 또 울렸다. 이번에는 주저하지 않고 뛰어가서 받았다. 그녀가 이를 갈면서 말을 했다.

"우리 엄마는 전승을 하지 않았으니 엄마를 죽여도 소용없어요."

"알아요. 당신 어머니는 무고하시죠."

평랑이 말했다. 그의 말투는 조금 전보다 고압적이면서도 얼마간은 연민의 정을 느끼는 듯했다. 루추는 온몸을 떨었다. 결코 두려워서가 아니라 분노 때문이었다. 그럼에도 불구하고 그와 대화를 나눠야 했다. 그녀는 목청을 가다듬고는 애써 진정했다.

"우리 엄마를 놓아줘요. 당신 목표는 나잖아요."

"그렇게 하죠."

상대가 너무 빨리 대답을 하니 오히려 진정성이 느껴지지 않았다. 평랑이 성의 없는 목소리로 말을 이었다.

"대문을 나가서 나루터 옆에 있는 수상 오토바이를 타요. 열쇠는 조종대에 꽂아놨으니 시동을 거세요. 길은 출발하면 가르쳐줄게요. 그 안에 소형무전기가 있으니 이용하면 돼요."

"시키는 대로 하면 엄마를 풀어줄 거예요?"

"한 목숨으로 한 목숨을 바꾸는 거니 걱정 말아요. 난 의미 없는 살육은 하지 않아요. 설령 당신 목숨을 이용할 수 없어서 주주가 깨어나지 못하더라도 당신 어머니는 무사히 집에 모셔다드릴게요."

"알았어요. 일단 엄마부터 풀어주세요."

그녀는 이 점을 강조하며 핸드폰을 꺼냈다. '서비스 지역이 아님' 표시는 여전했다. 이때 평랑이 입을 열었다.

"당신이 나타나는 순간 어머니는 풀어줄게요. 그리고 누구를 데려오는 건 당신 마음이지만, 여기올 때 혼자가 아니거나 10분 내에 수상 오토바이의 시동을 걸지 않으면 당신 어머니의 생사는 책임질 수 없어요."

말을 마친 평랑이 전화를 끊어버렸고 수화기에서는 뚜뚜 소리만 들려왔다. 잠시 멍하니 있던 루추는 이 전화기를 사용할 수 있다는 데 생각이 미쳤다. 그녀가 샤오렌에게 전화를 하기 위해 다이얼을 돌리려는 순간 귓가에 들리던 신호음이 뚝 끊어지며 아무 소리도 들리지 않았다. 동시에 정원의 잔디밭을 밝히던 조명등도 꺼져버리고 집 전체가 어둠에 휩싸였다.

루추는 전화기를 내려놓고 사방을 둘러보았다. 틀림없이 평랑이 전화선과 전원을 끊어놓았을 것이다. 말로는 누굴 데려와도 상관없다고 해놓고 그녀를 완전히 고립시켜버린 것이다. 비겁하고 부끄러움을 모르는 작자다. 슬픔과 분노가 그녀 머리끝까지 올라왔다. 루추는 하도 악물어서 터진 입술을 하고 고개를 들었다. 그가 치밀한 두뇌를 소유한 미치광이라는 사실을 인정하지 않을 수 없었다. 냉혈한에 인성은 전무하며 목적을 위해서라면 수단을 가리지 않는 자였다. 그가 신용을 지키리라고는 믿지 않지만 그의 말을 따르지 않으면 엄마를 풀어주지 않을 것이다. 10분 안에 가야한다는 생각에 그녀는 벌떡 일어나 대문으로 향했다. 손이 떨려 몇 번이나 헛손질을 하면서 겨우 문을 열었다. 그나마 두 다리의 힘이 풀리지 않아서 나루터까지 뛰는 동안 넘어지지 않았다.

린시가 날아와 그녀 주변을 돌며 포효했지만 루추는 아랑곳하지 않고 수상 오토바이에 올라탔다. 시동을 걸자 안에 있던 무선 워키토키의 벨이 때마침 울렸다.

이번에는 그녀가 먼저 말을 했다.

"시동 걸었으니 이제 엄마는 풀어줘요."

"우회전해서 반도 주위를 따라가요. 방향을 바꿀 때 알려줄게요."

펑랑이 지시한 후 한마디를 덧붙였다.

"루추 씨 어머니는 무사합니다. 약속할게요."

"엄마한테 무슨 일이 생기면 주주를 혼비백산하게 해줄 테니 그리 알아요."

루추가 차갑게 대답하고는 펑랑의 화를 돋우지 않았나 은근히 걱정했다. 그러나 펑랑은 그런 기색은 없었으며 오히려 낮게 한숨을 쉬었다.

"과연 전승자답군요."

루추는 이번에는 잠자코 있었다. 그녀의 가치가 올라갈수록 엄마는 안전할 것이다. 그렇게 믿고 싶었다. 그녀가 펑랑의 지시에 따라 칠흑같이 어두운 수역에서 수상오토바이를 몰았다. 펑랑이 설명을 조리 있게 해주었지만 어둠 속에서 길을 찾는 일은 무척 힘들었다. 좌회전과 우회전을 되풀이하면서 숨차게 달린 지 반시간이 지나자 자신이 어느새 큰 호수에서 빠져나와 한줄기 강으로 접어들고 있음을 발견했다. 강바닥은 얕아서 암초들이 수상오토바이 바닥에 부딪치며 하마터면 차체가 뒤집힐 뻔했다. 그녀는 아슬 아슬 곡예운전을 하면서 마침내 펑랑이 멈추라는 지점에 도착했다. 그곳은 여러 개의 산에 둘러싸인 작은 계곡이었다.

수상오토바이에서 내린 루추는 강물에 발을 담그며 힘겹게 육지로 올라갔다. 몇 발짝을 떼지 않아 12월의 차가운 강물에서 나오는 한기가 온몸을 엄습했다. 그녀는 이를 부딪치며 추위에 떨었다. 사방은 칠흑 같은 어둠이었다. 펑랑은 더 이상 지시를 하지 않았고, 그녀는 핸드폰을 손전등 삼아 자신의 키 높이로 융기한 계곡의 바닥과 전방의 자갈돌이 깔린 얕은 곳을 번갈아 비췄다.

주변 풍경이 어딘지 눈에 익었다. 그곳이 어디인지 루추가 필사적으로 기억을 더듬고 있을 때 전방에 갑자기 불이 환해지며 계곡에서 50미터도 되지 않은 곳에 초가집 한 채가 보였다. 그제야 이곳이 어디인지 생각이 났다. 소련검을 세상에 내보낸 바로 그 검로였던 것이다.

"들어오시죠."

펑랑의 목소리가 안에서 들려왔다. 비록 다음 순간이 어떻게 될지 알 수 없으나 루추는 의연하게 허리를 꼿꼿이 펴고 주먹을 꼭 쥔 채 앞으로 나아갔다.

29
심장의 피

검로의 정문은 나뭇가지를 엮어서 만들었다. 그 나뭇가지들은 굵기가 제각각이어서 중간에 크고 작은 틈이 많았다. 찬바람이 불면 그 사이로 삐걱거리는 소리가 났다. 루추는 조심조심 걸어가다가 불현듯 사람으로 화한 자들은 청력과 시력이 인간보다 뛰어나다는 데 생각이 미쳤다. 자신이 다가오는 것을 평랑은 이미 알고 있을 텐데 조심해봐야 소용없을 것이다.

그녀는 마음을 다잡고 힘차게 문을 열고 성큼성큼 안으로 들어갔다. 엄마는 집안의 중앙에 머리를 아래로 하고 쓰러져 있었는데, 가슴이 심하게 오르락내리락했다. 루추는 눈시울이 뜨거워지며 엄마 쪽으로 뛰어갔다. 두 걸음쯤 갔을 때 바닥에 있던 엄마는 힘겹게 상반신을 일으키더니 희미한 등잔불 밑에서 그녀를 향해 손을 흔드는 것이었다.

"안녕! 추추!"

그 사람은 엄마가 아니었다. 루추는 그 자리에서 얼어붙었다. 온몸의 털이 곤두섰다. 그 사람은 엄마와 똑같은 얼굴을 하고 있었으나 표정이 이루 말할 수 없이 교활했으며, 체형도 훨씬 장대했다.

그는 누구인가? 방금 전에 그녀가 컴퓨터 화면으로 본 엄마가 바로 이 사람이란 말인가? 루추는 한걸음 뒤로 물러나서 경계심이 잔뜩 오른 눈으로 상대를 노려보았다. 상대는 괴이한 웃음을 흘리더니 손으로 가슴을 붙잡고는 서서히 일어났다. 몸에 걸친 연녹색 정장이 순간 그을린 흔적이 가득한 남자용 수트로 변했다. 얼굴이 일그러지는가 싶더니 어느새 말끔한 미남형 남자의 모습이 되었다.

"우리 엄마 어디 있어?"

루추가 눈을 크게 뜨고 물었다. 취안선이 입을 벌렸으나 기침을 심하게 하면서 말을 했기 때문에 무슨 말을 하는지 알아들을 수 없었다. 그녀가 좀 더 가까이 가려는 찰나 취안선이 힘없이 바닥으로 쓰러졌다. 그의 몸이 점점 투명해지더니 마침내 아무것도 남지 않았다. 곧이어 검신에 깊은 상처가 새겨진 쌍칼이 허공에서 나타나더니 쿵 소리와 함께 땅으로 떨어졌다.

이때 한 남자가 벽을 통과해서 들어왔다. 그는 어둠 속에서 쌍칼을 발로 차서 한쪽으로 치우고 루추의 앞에 섰다. 그의 왼쪽으로 입구가 3개인 가마에 순간적으로 불이 지펴지며 검로 전체를 밝혔다. 상대의 얼굴이 불빛에 분명히 드러났다. 펑랑이었다. 그는 회갈색의 거친 옷감으로 된 옷을 입고 있었는데 침착한 분위기에 마치 시간이 응집된 듯한 집요함을 띠고 있었다. 몸에서 살기가 전혀 풍기지 않으며 심지어 우울한 눈빛을 하고 있었다. 그러나 그의 냉철한 표정에서는 흔들림 없는 결의가 느껴졌다. 지금 루추에게 필요한 것은 시간을 끌어 샤오롄 일행이 자신의 실종을 알아채게 하는 것이다. 그러면 살 길이 있을지도 모른다.

그녀는 침착해야 한다고 자신을 타이르며 상대를 직시했다.

"우리 엄마 여기 없어요?"

"어머니는 무사할 거라고 약속했잖아요."

그녀의 물음에 그가 웃으며 대답했다. 그렇다면 굳이 이곳에 머무를 필요가 없다. 루추는 몸을 돌려 달아나기 시작했다. 문은 그녀의 앞에서 달깍 소리와 함께 닫혔고, 평랑의 목소리가 그녀의 뒤에서 들려왔다. 예의를 지키면서도 결연한 목소리였다.

"미안합니다. 하지만 당신의 희생으로 어쩌면 내 친구를 깨울 수 있을지도 모릅니다."

그도 알고 있다. '어쩌면'이라는 것을. 그렇다면 그녀도 '어쩌면' 그를 설득할 기회가 있을 것이다.

루추가 천천히 고개를 돌려 그를 쳐다보았다. 그는 느릿느릿 화로 쪽으로 걸어갔다. 화로 옆에는 장방형의 목제 탁자가 있고, 그 위에는 검의 주조에 필요한 각종 공구들이 가득했다. 쇠메, 모루, 겸자, 가위, 커다란 쇠망치 등 무척 오래된 것들이지만 먼지하나 없이 닦여있었다. 원래 그 자리에 있었는지, 아니면 평랑이 수집해 온 건지 알 수 없었다. 가지런히 놓인 공구 사이에 가죽으로 된 칼집이 고결한 자태로 가로놓여 있었다.

평랑이 칼집을 열자 고색창연한 둔중한 팔면한검이 그 모습을 드러냈다. 칼자루의 백옥은 갓 잘라놓은 양의 기름처럼 섬세한 윤택이 흘렀다. 이와 어울리지 않게 이곳저곳 상처가 나고 울퉁불퉁한 검신은 처참한 모습이었다.

평랑이 품에서 부드러운 실크 손수건을 꺼내 조심스러운 손길로 검신을 닦기 시작했다. 루추는 이곳에 오는 내내 생각한 말이 뇌리에 떠올랐다. 그녀는 전문가다운 태도로 입을 열었다.

"중요한 조건이 성립되지 않으면 비록 내가 백 번 희생하더라도 이 분……, 주주 씨를 불러올 수 없다는 생각을 해보셨나요?"

"주주에 관해 들은 적이 있어요?"

평랑이 미간을 찌푸리며 물었다. 그는 여전히 칼을 바라보고 있었다. 눈빛은 온화함을 넘어 깊은 정이 담겨있었다. 루추는 그런 것을 살필 여유가 없었다. 그녀는 힘주어 고개를 끄덕였다.

"전승의 원칙에 따르면 목숨을 희생하여 목숨을 바꿔오는 것으로 검혼을 불러오려면 전승자가 자원해서 가마에 뛰어들어야 합니다."

그녀가 뛰는 가슴을 진정하며 평랑의 눈을 보며 한마디 한마디를 신중하게 말했다.

"나는 그걸 원치 않으니 희생되어도 효과가 없습니다."

"그렇게 되는 거군요."

평랑의 눈빛에 의아함이 언뜻 스쳐갔다.

"그러니까 당신이 원하면 주주를 깨울 수 있다는 거네요. 한 수 배웠습니다."

그의 말투에 작위적인 냄새는 나지 않았다. 루추는 가슴이 덜컹하여 그를 떠보았다.

"나를 죽여서 목숨을 불러오지는 않겠다는 의미인가요?"

"물론입니다. 저 가마가 산 사람이 뛰어들 크기라고 생각하세요?"

그는 우습다는 듯 반문하더니 말을 이었다.

"목숨으로 목숨을 교환하는 방식은 그 조건이 지나치게 까다로워요. 주주를 구하기 위해 그걸 지킨다는 생각은 하지도 않았죠."

언뜻 들으면 관용을 베푸는 말 같지만 불길한 기운이 은연중에 감돌았다. 루추가 한걸음 뒤로 물러나며 물었다.

"그렇다면 여긴 뭐 하러 오셨죠?"

"당신 아버지의 솜씨가 대단하시더군요."

펑랑이 동문서답을 하더니 동시에 검을 들어 이어놓은 검신을 잠시 감상했다. 이윽고 그녀를 흘끗 보며 쌀쌀하게 말했다.

"루추 씨 솜씨도 그에 못지않을 거라 믿어요."

펑랑의 눈길을 따라 루추는 자신의 등을 만져보았다. 그제야 소련검의 존재를 인식했다.

'어검(禦劍)' 두 글자가 머리를 스쳤다. 그녀는 손을 내리고 창문쪽을 몰래 힐끗 쳐다보았다. 문은 굳게 닫혀있어서 달아날 길은 없다. 그러나 창호지를 바른 창문을 힘으로 뚫고 나가는 것은 가능하다. 한줄기 빛이 그녀 앞에서 번쩍했다. 정신을 차리고 보니 펑랑이 손목을 돌리며 옥구검이 공중에서 아름다운 원을 그리고 있었다. 그러더니 칼끝이 갑자기 아래로 방향을 틀어 그녀의 왼쪽 가슴으로 향했다.

"오래전부터 기다려왔소. 한줄기 희망이라도 있으면 포기하지 않았죠."

그녀가 알아듣지 못할까 봐 걱정이라도 하듯 그가 느릿느릿 말했다.

"당신이 바로 그 희망이라오."

"당신 심장의 피를 마시면 주주의 혼백이 본체에 다시 모일 것이오. 그리고 완전히 새로운 백지상태의 혼백이 되는 거요. 그는 여전히 주주인 거요. 비록 나를 알아보지 못하더라도 살아 돌아와 자신의 힘을 통해 서서히 회복하고 소생하여 인간의 모습으로 화할 것이오."

여기까지 말하고 펑랑이 입을 다물었다. 표정은 온화했으나 눈에는 미치광이 같은 뜨거운 빛이 번뜩거렸다. 전승에는 이 부분을 언급하지 않아서 루추는 펑랑이 무슨 말을 하는지 전혀 알 수 없었다. 그러나 그가 무슨 짓을 벌이는지는 알 수 있었다.

그녀는 한걸음을 더 물러났고, 등이 흙벽에 닿았다. 펑랑은 집중한 표정으로 곧 제단에 바칠 한 마리 양을 대하듯 그녀를 바라보았다.

"당신이 이해해줄 거라 믿어요. 그리고 협조해줘요. 내가 손을 쓸 때 움직이지 말고 그대로 있어요. 아프지 않게 금방 끝내줄게요."

칼끝이 앞으로 오더니 마침내 그녀의 가슴까지 다가왔다. 루추는 저도 모르게 등 뒤의 소련검을 꼭 쥐었다. 펑랑이 그녀를 보며 고개를 가로저었다.

"너무 늦었어요. 처음 들어올 때 어검술을 썼다면 가망이 있었겠지만."

칼끝이 그녀의 스웨터를 뚫고 들어왔다. 차디찬 칼날이 순간 몸을 가르며 들어와 박혔다. 살갗이 얼음처럼 차가워지면서 루추는 눈앞이 점점 어두워졌다. 그녀는 선 채로 꼼짝도 하지 않았다. 그녀가 갑자기 입을 열었다.

"부탁 하나 할게요……, 내가…… 사고로 죽은 걸로 해줘요."

펑랑이 경계의 눈빛으로 물었다.

"왜 그래야 하죠?"

"그래야 부모님의 괴로움이 덜 하실 것 같아서요."

눈앞이 핑 돌고 머리가 어지러워서 그녀는 아예 눈을 감고 운명을 받아들이는 태도로 대답했다.

펑랑은 안심한 듯 고개를 끄덕였다.

"그렇게 할게요."

"그리고…… 샤오렌을…… 마지막으로 만나게 해줄 수 있어요?"

"안 돼!"

대답 소리가 그녀의 뒤쪽에서 약간 비껴간 방향에서 들려왔다. 칼을 든 사람이 창문을 뚫고 돌진하여 펑랑과 부딪쳤다. 가는 대나무 창살과 창호지가 박살나서 날아다녔다. 루추는 본능적으로 팔을 들어 막으면서도 눈은 크게 떴다.

"샤오렌 씨!"

"숨어 있어요!"

30
천년

샤오렌이 와서 국면은 바뀌었지만 평랑의 결심을 되돌릴 수는 없었다. 그가 천천히 옥구검을 칼집에 넣고 오른손을 허공에서 휘두르더니 어느새 칼등이 두껍고 칼자루 끝에 고리 모양이 달린 대도(大刀)를 손에 쥐었다. 고대의 날카로운 병기 중에서 오(吳)·초(楚)의 담로(湛盧)에 필적하는 대하용작(大夏龍雀)은 예리함으로 유명하다. 평랑이 검(劍)을 거두고 도(刀)를 불러오는 틈을 타서 루추는 불가마 뒤쪽으로 달려갔다. 그러고는 춘추오패(春秋五霸) 중 한 명인 진(晉) 문공(文公)의 명을 받아 장인의 손에서 탄생한 뒤, 곽거병과 함께 7만 명의 흉노를 물리친 후 낭거서산에서 하늘에 제사를 지낼 때 각성했다는 명도(名刀) 대하용작을 바라보았다.

도신(刀身)은 곧고 좁으며 칼등이 두껍고 튼튼하다. 그 형태만

놓고 보면 길고 날렵한 검에 비해 도가 싸움터에서 적과 대적할 때 휘두르기에 더 적합하다. 그러나 좁은 공간에서 싸우는 이 순간에 특별히 유리할 것은 없었다. 다만……

루추는 도와 검을 번갈아보면서 심장이 덜컥 내려앉았다. 검의 칼날보다 도의 칼날이 훨씬 날카롭고 빛났다. 다시 말해 평랑의 상태가 샤오렌보다 우월하다. 그녀는 샤오렌의 본체 검을 등에서 떼어내 가슴에 안았다. 평랑이 어쩔 수 없다는 표정으로 샤오렌에게 말했다.

"지금 그대는 내 적수가 안 된다. 그대도 알고 있겠지."

샤오렌은 대답하지 않고 루추를 힐끗 쳐다보았다. 그는 표정을 드러내지 않았으나, 부드러운 눈빛에 이별의 슬픔을 담고 있었다. 루추가 무의식중에 품안의 소련검을 바라보자 샤오렌은 그녀를 향해 보이지 않을 정도로 고개를 끄덕였다. 그러더니 평랑에게 정색하고 말했다.

"다시는 무고한 사람을 살상하지 않겠다고 주주에게 맹세했잖소!"

그의 태도는 평화로웠으나 루추는 그 말속에서 살벌한 기운을 느꼈다. 평랑은 반박하는 대신 고개를 끄덕이며 희미한 미소를 보였다.

"그래요. 나도 이렇게 변덕쟁이가 될 줄은 몰랐소. 주주가 깨어나면 군소리 없이 처분에 맡길 것이오. 하지만 지금은……, 아니야!"

마지막 말과 동시에 샤오렌에게 칼을 휘둘렀다. 이와 동시에 루추의 뇌리에 있는 전승에도 변화가 발생했다. 그동안 보았던 문들과는 다른 금색 대문 하나가 허공에 나타나더니 그녀의 바로 앞에 자리를 잡았다. 문틀의 윗부분에 현판이 하나 달려있고, 그 위에는 붉은색으로 '보유' 두 글자가 쓰여 있었다. 루추가 조심스럽게 문으로 다가가자 종이에 쓴 고지문이 나타났다. 그녀가 읽어보고는 절망하여 두 눈을 감았다. 가슴이 이루 말할 수 없이 아팠다.

샤오렌이 자신을 속인 것이다. 어검을 위해서는 금제를 다시 설정해야 한다. 아무리 강인한 검혼이라도 두 번의 큰 손상을 견디기 어려울 것이다. 그녀가 어검을 시작하는 순간 샤오렌은 완전히 사라져버리고 무적의 소련검만 남아서 그녀의 조종을 기다릴 것이다. 그렇게 되어서는 안 된다. 그 순간 대문이 사라지고 루추가 갑자기 눈을 떴다.

눈앞에는 펑랑이 샤오렌을 향해 달려드는 모습이 보였다. 펑랑은 동작이 빠르지 않았으며, 칼을 쓰는 기술도 평범한 듯 보였다. 그러나 칼끝이 날카로워서 상대에게 틈을 주지 않았으며, 그 위력이 사면팔방에 미쳤다. 구석에 숨어있는 루추까지 그 위세에 압도당해 숨이 찰 지경이었다. 샤오렌은 물러서거나 두려워하지 않고 검을 들고 응수했다. 검과 도가 요란한 소리를 내며 부딪쳤다.

다음 순간 펑랑은 꼼짝하지 않고 서있고, 샤오렌 발아래 검의 그림자가 흔들리더니 그가 세 걸음 뒤로 물러났다. 루추는 그의 표정을 볼 수가 없었으나 품안의 장검이 흔들리는 것을 느꼈다. 그녀가 손을 떨며 칼집에서 검을 절반 정도 꺼내보니 검신은 온통 새로 생긴 상처로 뒤덮여 있었다. 상처가 깊지는 않으나 육안으로 볼 수 있었다.

"어검술을 써요!"

샤오렌이 낮은 목소리로 외치며 열세에도 불구하고 평랑에게 달려들었다.

"난 못해요."

루추가 냉정하게 대답하고는 더 이상 피하지 않았다. 그녀는 공손하게 허리를 굽히더니 바닥에 무릎을 꿇고 활활 타고 있는 가마를 향해 경건한 태도로 앉아 두 눈을 감았다. 윗사람에게 엎드려 절하거나 제사를 할 때만 취하는 정중한 자세였다. 샤오렌이 경악하는 표정을 지었다. 그 바람에 검의 속도까지 느려졌다. 평랑의 표정이 미세하게 흔들렸으나 손끝은 여전히 매서웠다. 휙휙휙 세 번을 연달아 공격하며 순식간에 공세로 돌아섰다.

"루추 씨, 어검술!"

샤오렌이 칼끝에 힘을 실어 평랑을 향해 돌진했다.

"최후의 발악이군!"

평랑이 낮은 목소리로 한마디 했다. 다음 순간 그의 칼이 빛을 내뿜으며 맹렬한 기세로 샤오렌에게 달려들었다. 검과 칼이 다시 충돌하며 그녀 품안의 장검이 '챙챙' 처연한 소리를 냈다. 마치 맹수가 죽음을 앞두고 길게 우는 듯했다. 그러나 루추는 아무것도 귀에 들어오지 않았다.

루추의 의식이 현실을 완전히 벗어나 다시 전승의 세계로 왔다. 그녀가 전승의 문을 열었을 때 들었던 목소리가 담담히 말했다.

"이번에는 생각보다 일찍 만나게 되는군."

"제발 도와주세요."

루추가 울먹이며 매달렸다.

"방금 기회를 주지 않았어? 네가 익히지 않았지……. 그래, 이번 관문은 준비되었는가?"

"네."

루추가 잠시 머뭇거리다가 용기를 내서 한마디 덧붙였다.

"오늘 만나 뵙게 돼서 반갑습니다."

"만나서 반갑다."

목소리가 이렇게 대답했다. 그 말투에는 은연중에 위로가 배어 있었다.

그와 동시에 검로가 그녀 앞에서 빠르게 변화했다. 마치 시간을 거꾸로 돌려놓은 듯 낡은 것들이 새것으로 변했다. 부뚜막 위의 먼지는 사라지고 문양을 새긴 담청색 벽돌이 나타났으며, 연못 바닥의 자갈에 쌓인 이끼들도 조금씩 옅어졌다. 이미 삭아서 끊어진 대나무 관은 다시 이어지고, 맑은 물이 졸졸 흘러 색 바랜 돌은 물을 머금고 선명한 색을 되찾았다.

혈투 장면이 점점 멀어지고 꿈에서 보았던 소녀가 엄마 아빠의 손을 잡고 사립문을 열고 들어와 루추 옆으로 팔짝팔짝 뛰어왔다. 세 식구는 그녀의 존재를 무시하고 문으로 들어선 후 아버지는 쇠를 두드리고 검을 단조하며, 어머니는 한켠에서 공구를 건네주거나 아궁이에 장작을 더 넣었다. 소녀는 한가로이 이것저것을 만지다가 검을 만들기 위해 제작해 놓은 기다란 쇠에 손을 살짝 베었다. 선혈이 쇠에 스며들었다.

"아프지 않니?"

그녀의 어머니가 물었다. 소녀는 이미 봉합된 오른손 집게손가락을 들어 보이며 고개를 가로저었다. 아버지가 웃으며 말했다.

"그 칼과 인연이 있구나."

그 인연이 얼마나 깊고 얼마나 오래 지속될까? 그 당시의 소녀는 결코 이런 질문을 하지 않았다. 그 쇠는 매일 반복되는 모루질 속에서 조금씩 한 자루의 날카로운 검으로 변했고, 그녀도 날마다 성장하여 아리따운 숙녀가 되었다.

주변 세상이 변하고, 아버지의 상(喪)을 입은 소녀는 경건한 자세로 앉아있었다. 그러다가 몸을 기울이며 물었다.

"아무도 필적할 수 없는 병기를 만들면 전쟁의 불길을 멈출 수 있지 않을까요?"

"그렇게 하라!"

임금의 허락이 내려졌다. 그리하여 소녀는 가마에 불을 지폈다. 그리고 샘물에서 반쯤 완성한 검은 장검을 꺼내서 아버지가 쓰던 연장을 꺼내와 모루질을 했다. 이렇게 해서 아버지가 미처 이루지 못한 뜻을 이어나갔다.

계절이 변하고 시간이 흘러 주변 사람들이 왕래했다. 어머니는 비록 백발이 되었지만 여전히 날마다 이곳에 와서 직접 장작을 더 넣고 풍구를 돌린다. 쉬는 틈을 타서 역사 이야기를 딸에게 들려주었다. 이 집안은 4대에 걸쳐 임금에게 천하태평의 약속을 하고, 온 가족이 샘물을 끌어오고 검로를 지었으며, 밤낮으로 쉬지 않고 일했다. 검을 제작하는 것은 그녀 가문의 사명이었다. 그녀 대에 와서 하늘의 인연이 한 소녀의 몸에 깃든 것이다. 가족 중 가장 나이 많은 어른이 지원해주었지만 조정 대신들은 이에 대해 의혹을 제기했다.

"너는 할 수 있어."

어머니가 딸에게 말했다.

"저도 알아요."

딸은 자신 있게 대답했다.

3년 후 천자삼검 중 마지막 하나가 마침내 세상에 나왔다. 삼검에 의지하여 하늘의 때(天時), 땅의 이로움(地利), 사람의 조화(人和)로 군대를 지휘하니 가히 무적이었다.

전국의 백성들이 기뻐서 춤을 추었으나 인간의 야심은 끝이 없었다. '필승'이라는 글자는 태평성세를 가져오지 않았으며 통치자들은 무력을 남용하여 전쟁을 일삼았다. 병사를 훈련시키지 않아도 전쟁에서 쉽게 이기는 상황에서 귀족들은 아예 평민과 노예까지 전쟁터로 내몰았으며, 계급의 차이는 점점 심해졌다. 인명은 경시당하고 부잣집은 술과 고기가 썩어나가는데 길에는 얼어 죽은 시체가 즐비했다. 마침내 어느 날 임금은 인(仁)을 근본으로 하는 천자삼검에 만족하지 못하고 더 날카로운 병기를 요구하여 사람들을 착취했다.

"내가 검을 만드는 것은 국가를 지키기 위해서이지, 무고한 사람들을 함부로 죽이기 위해서가 아닙니다."

황권의 요구를 거부한 결과 일가족은 조정에서 보낸 군대에 포위되어 산 정상에서 꼼짝을 못하게 됐다. 바로 이 초가집에서 '그녀'는 자신이 만든 소련검을 개봉하기로 결심하고, 그렇게 포위망을 뚫고 자유를 얻었다.

"이 검으로 맹세하노니, 오늘의 일전은 우리 백성, 우리 땅, 우리 가족, 우리 국가를 위한 것이다!"

외침과 함께 여자는 제복(祭服) 차림으로 이글거리는 가마의 불을 바라보았다. 모루 위의 검은 장검에 마지막 망치를 휘두르고는 불꽃이 사방으로 튀는 검을 서서히 들어 어깨에 찔러 넣었다. 루추는 숨을 죽이고 그 모습을 지켜보았다.

그 옛날 불꽃이 이글거리는 가마에 몸을 던져 쇳물을 녹였던 것은 장인의 뜻이었다. 그 순간 장인은 죽음으로 생명을 의탁했으며, 이로써 영혼이 없는 기물은 인간으로 화할 계기를 얻었다. 그의 개봉은 뜻밖에도 이것이 원인이었다.

"다 보았느냐?"

머릿속 목소리가 들리면서 검로는 순식간에 원래 상태로 돌아왔고 루추는 갑자기 눈을 떴다. 시간은 조금도 흐르지 않아서 어검을 독촉하던 샤오롄의 말이 아직 메아리가 되어 울리고 있었다. 위기는 해결되지 않았고 혈투는 여전히 계속되고 있었다.

"다시 한 번 기회를 주겠다. 장인정신의 전승은 둘 중 한 가지를 골라야 한다. 어검과 개봉 중 어떤 것이냐?"

머릿속의 목소리가 이렇게 물었다.

"개봉을 한 후 그는 여전히 그인가요?"

루추가 당혹스럽게 반문했다.

"그건 보장할 수 없다. 사람이든 기물이든 능력이 강해지면 마음도 어쩔 수 없이 변하게 된다. 선택에 대한 결과는 자신이 져야 한다."

"개봉!"

목소리가 소근거렸다. 이어서 방금 전에 본 여자가 전승의 문을 뛰어넘어 흐릿한 환영으로 변하여 루추의 옆에 섰다. 루추는 환영의 동작을 그대로 따라했다. 환영이 하는 대로 루추는 서서히 장검을 들고 가마를 향했으며, 검의 날이 자신을 향하게 했다. 손에 힘을 주니 검의 날이 어깨를 뚫고 지나갔다. 검신이 갑자기 형형한 빛을 발하더니 저절로 그녀의 몸에서 벗어났다. 그러고는 한줄기 유성처럼 샤오렌의 손으로 돌아갔다.

루추의 왼쪽 어깨에서 피가 뚝뚝 떨어졌다. 다리에 힘이 풀리면서 루추는 바닥으로 쓰러져 더 이상 기운을 쓰지 못했다. 눈앞의 풍경이 서서히 어두워졌다. 이상하게도 모든 기물이 여전히 그대로인 상태에서 허공에 한 자루의 검이 더 나타났다. 두 자루, 세 자루……, 검의 수는 계속 늘어났다.

누군가 그녀에게 말했었다. 샤오렌이 전에는 얼마나 대단했는지 모른다고. 검의 분신술을 써서 천군만마가 와도 그의 적수가 될 수 없었다고 말이다. 검의 진영이 형성되자 거센 눈보라를 몰고 검이 지나가는 곳은 초토화가 되었다. 샤오렌은 본체 검을 딛고 마치 불상처럼 진영의 중앙에서 검의 진영을 지휘했다. 그의 표정에는 슬픔도 기쁨도 보이지 않았다. 그저 담담한 눈빛으로 정신을 집중하여 평랑을 공격했다. 마치 사자가 토끼를 공격하듯 조금의 흐트러짐이 없이 전력을 다했다.

이것이 그의 진정한 모습이란 말인가? 루추의 시선이 점점 흐려지며 샤오렌의 얼굴이 잘 보이지 않았다. 무슨 이유인지 그의 곧게 뻗은 몸매가 낯설어 보였다. 틀림없이 각도 때문일 것이다. 펑랑은 마침내 바닥에 쓰러졌다. 검의 진영은 순식간에 흔적도 없이 사라졌다. 샤오렌이 본체 검을 들고 그녀에게로 다가왔다. 그가 이겼다. 우리의 승리인가?

이제야 마음이 놓이면서 루추는 사방이 어두워지는 것을 발견했다. 환하게 타고 있던 가마는 빛을 잃었다. 그녀는 힘겹게 입술을 달싹이며 샤오렌에게 자신은 괜찮다는 말을 하려고 했다. 그러나 그와 눈을 마주치는 순간 낯설어진 그의 눈빛에 흠칫했다. 샤오렌의 동공에서 요동치던 푸른 화염이 그의 눈 전체를 덮어버린 것이다. 울타리 문이 열리고 사람들이 뛰어와 그녀의 시선을 가로막았다. 루추가 고개를 들어보니 그중에서 두창펑의 코트 옷자락만 알아볼 수 있었다.

"샤오렌, 정신 차려!"

샤딩딩의 목소리가 마치 멀리서 들려오는 듯했다. 샤오렌에게 무슨 일이 생긴 걸까?

"샤오렌, 나까지 공격하게 만들지 마!"

두창펑의 목소리는 화가 난 듯했다. 이상한 일이다. 펑랑은 이미 쓰러지지 않았던가? 주임은 또 누굴 공격한다는 말인가? 루추는 무거운 눈꺼풀을 억지로 들어올렸다. 인한펑과 인청잉이 본체 검을 빼들고 샤오렌과 대치중이었다. 형제들이 함께 지내는 기회가 많은데 하필이면 이때 운동을 하지? 내 앞에서 한 번 더 보여주려는 건가?

루추는 더 이상 버틸 수가 없었다. 눈앞에 보이던 빛이 사라지고 귓가의 모든 소란은 한순간 정적으로 변했다. 그녀의 의식은 순식간에 시공을 날아 천 년 전 그곳으로 돌아갔다.

검로는 아직 지어지지 않았으며, 지금의 가마터는 울창한 관목 숲이었다. 귀밑머리가 하얗게 된 한 여자가 샘가에 단정한 자세로 앉아있다. 무릎 위에는 검은색 장검이 가로로 놓여있다. 여자는 검을 향해 예를 올린 후 가족들을 지휘하여 지반을 다지기 시작했다.

한 노인이 그녀 곁으로 와서 길게 탄식했다.

"강남은 풍토병이 창궐하여 오래 있을 곳이 아닌 듯하군."

그녀가 빙그레 웃으며 밝은 목소리로 대답했다.

"그렇다면 다른 곳으로 가요. 마음이 편하면 그곳이 고향이지요."

얼굴은 늙어도 마음이 변하지 않으면 될 것이다. 풀들이 사방으로 흩어진 바닥에 누워 루추는 어느새 웃음을 짓고 있었다. 멀리서 둔탁한 소리가 들리는 것을 보니 무거운 물체가 바닥에 떨어지는 소리 같다. 그녀는 눈을 감고 끝없는 꿈속에 안심하고 빠져들었다. 그녀의 오른손 검지가 허공에서 혈흔을 하나 만들어내고 있는 것을 보는 사람은 아무도 없었다.

조금 떨어진 곳에서 '챙' 하는 소리와 함께 한광과 청잉이 잇달아 소련검을 맞고 벽에 부딪쳤다. 이번에는 샤오렌이 몸을 돌려 루추의 몸을 가리고 있는 샤딩딩과 두창평에게 다가가 발을 들어올렸다. 그가 첫걸음을 뗐을 때 동공 속 푸른 화염이 갑자기 요동치며 커졌다 작아졌다 하며 계속 번쩍거렸다. 두 걸음째에서 그는 조금도 주저하지 않았다…….

31
인간세상

혼수상태와 깨어나는 상태가 반복되면서 루추는 자신과 세상이 함께 휘청거리는 느낌이었다. 마치 종이로 만든 기구가 눈앞에서 흔들리며 공기를 불어넣기만 하면 하늘 끝까지 날아갈 듯했다.

"지혈대를 풀고 정맥주사를 준비해요."

권위적인 낯선 목소리가 지시를 하고 차디찬 큰손이 그녀를 꼭 붙잡고 있다.

"상황이 어때요?"

샤오렌의 목소리인가? 그녀가 힘겹게 눈을 떴다. 새까만 그의 눈동자가 자신을 애처롭게 바라보고 있었다. 표정을 보니 상황이 좋지 않은 것 같다. 죽음이라는 문제를 생각해본 적이 없었지만 지금이 그 순간인가 싶었다. 루추는 팔을 뻗어 샤오렌의 얼굴을 만지려고 했다. 그러나 커다란 산소마스크 때문에 팔이 마음대로 움직여지지 않았다. 바로 옆에서 짜증스러운 목소리가 들렸다.

"A형 혈액 3봉지, 14호 바늘, 빨리 줘요. 그리고……, 좀 비켜줘요."

오른손을 잡고 있던 손이 사라지며 허전해지나 싶더니 어느새 왼손을 잡고 있었다.

"나 여기 있으니 안심해요."

그가 그녀의 귀에 낮게 속삭였다. 목소리가 너무 듣기 좋아 탄식이 나올 정도였다.

그녀는 정말 한숨을 내쉬었다. 가슴에 극심한 통증이 전해졌다. 숨쉬기가 어렵고 온몸이 오한으로 덜덜 떨렸다.

"대량 수혈로 폐에 물이 찰 수도 있으니 먼저 100퍼센트 산소를 공급하고 수술한 후에 수혈하고 다시 평가하면…… 가족이 서명해야 해요? 수간호사님, 여기 좀 보세요. 심장박동이 심상치 않아요."

누군가 그녀의 몸에 주사바늘을 꽂았고, 아픔에 잠깐 움츠러들었다. 그 와중에 샤오롄은 그녀의 팔을 붙잡고 귓가에 대고 안심을 시켰다.

"걱정 말아요. 나 아무 데도 안 가고 당신 옆에 있어요."

마지막 순간까지 곁에 있을까? 그녀는 말을 할 수도, 움직일 수도 없었다. 눈가가 빨개지며 그가 떠날까 봐 걱정되었다.

의식을 잃기 직전, 그가 차디찬 입술을 그녀의 이마에 대고 말했다.

"푹 쉬어요. 굿나잇."

의식이 어둠 속에서 떠다녔다. 마치 많은 일을 겪으며 완전한 진공지대에 갇힌 듯 아무 데도 갈 수 없었다. 한순간 루추는 갑자기 밝은 빛이 눈을 자극한다는 느낌이 들었다. 그녀가 눈꺼풀을 움직이려고 애썼다. 외계의 사물이 서서히 눈에 들어왔다. 어두웠던 시야가 천천히 밝아지며 희미하던 것이 분명해졌다. 그러다가 루추는 완전히 눈을 떴다. 그림자가 드리워진 샤오렌의 눈썹과 눈을 바라보았다. 칼로 다듬은 듯 그의 윤곽은 선명했다.

그는 그녀의 침대 옆에 앉아있었다. 그의 뒤에는 닫힌 유리창이 있고, 창밖은 눈이 흩날리고 있었다.

"어젯밤 기온이 갑자기 떨어졌어요."

샤오렌이 담요를 가져와 그녀의 이불 위에 덮어주었다.

"올 가을이 늦게 온다고 했더니 눈 깜짝할 새에 겨울이네요."

그의 일상적인 말투는 그녀의 놀란 가슴을 어루만졌다. 루추는 고개를 움직여 보려고 했으나 사방의 흰 벽만 보였다. 하얀 베개 옆에는 링거걸이가 있고, 그 옆의 모니터에는 심전도가 평온한 곡선을 그리고 있었다. 머리가 터질 듯 어지럽고 관자놀이가 지끈거렸다. 루추가 침대에 팔을 짚고 일어나 앉으려고 하자 샤오렌이 재빨리 그녀를 부축했다.

"움직이지 말아요. 내가 도와줄게요."

그는 조심스럽게 그녀를 안아서 베개를 허리에 받쳐주었다. 가까이서 보니 샤오렌의 얼굴색이 상당히 좋아졌다. 원래 티 한 점 없던 피부에 은은한 광택이 돌았고 목소리도 전보다 힘이 있고 밝았다. 따뜻한 눈빛만은 변화가 없었다. 큰일을 당하고 무사했다는 다행스러움에 전부터 존재하던 아픔이 더해진 눈빛이었다.

자신이 꿈을 꾸는 것은 아닌가 싶어 루추가 손을 뻗어 그의 차가운 볼을 만져보았다. 실재하는 감촉이 마지막 남은 우려를 깨끗이 씻어주었다. 그녀가 미소를 지으며 무슨 말을 하려는데 호흡이 막히면서 갑자기 기침이 시작되었다. 한 번 시작된 기침은 좀처럼 끝나지 않았다. 두통과 흉통, 인후통을 수반하며 심지어 발뒤꿈치까지 울릴 정도로 심했다. 겨우 기침이 멎자 루추는 숨을 몰아쉬며 샤오롄이 건네는 따뜻한 물을 받아들었다. 그러고는 눈물이 맺힌 채 한 모금씩 마셨다. 그가 입을 열었다.

"루추 씨를 병원에 데려와서 보니 온몸이 젖어있었어요. 의사가 원래 감기기운이 있는데다 젖은 옷을 밤새 입고 있어서 급성폐렴이 왔다고 하더군요."

그녀가 여기 누워있는 것이 고작 병에 걸려서라는 건가?

물컵을 내려놓은 그녀는 무의식적으로 왼쪽 어깨에 눈이 갔다. 붕대나 드레싱의 흔적은 없었다. 찔린 자리가 은연중에 아파왔다. 루추가 멍하니 있다가 불현듯 깨달았다.

'병불혈인!'

"개봉한 순간 당신은 나의 주인이 될 기회가 있었어요."

샤오롄이 조용히 말했다.

"그랬으면 당신은 당신이 아니게 되잖아요."

루추가 주저 없이 대답했다. 이 대답에 샤오롄은 조금도 놀라지 않았다. 그는 기이한 눈빛으로 그녀를 잠시 응시하다가 손을 내밀어 그녀의 왼쪽 어깨를 어루만졌다.

"여기는 병원에 도착했을 때 겉으로는 이미 상처가 보이지 않았어요. 하지만 안에는 아직 완전히 치유가 되지 않았어요. 의사는 당신의 뼈에 문제가 없다고 했어요. 하지만 딩딩 누나가 석고붕대라도 해달라고 부탁했지만 소용없었어요."

그가 여기까지 말하고는 쓴웃음을 지으며 고개를 가로저었다. 루추가 궁금해서 물었다.

"그 후에는 어떻게 됐어요?"

"내가 당신 곁을 밤새 지켰어요. 아무도 당신 왼쪽 어깨에 손을 못 대게 하고요. 아주 신경질적인 남자친구 역할을 했죠, 뭐."

루추가 참지 못하고 소리 내서 웃었다. 그러면서 샤오렌의 어깨에 기대서는 기분 좋은 목소리로 계속 말했다.

"보고 싶었어요. 당신이 보고 싶었어요."

그녀는 죽음이 두렵지 않았다. 그러나 푸른 화염이 그의 두 눈을 삼킬 때 그 순간 그녀는 그를 다시는 보지 못할 거라고 생각했다. 그 순간 두려움이 엄습했다. 그녀는 눈을 감기가 두려웠다. 다시 눈을 뜨는 순간 눈앞에 있는 모든 것이 재로 변할까 봐 두려웠기 때문이다.

샤오렌이 손을 뻗어 그녀를 안으려는 몸짓을 보이다 그만두고 낮은 목소리로 그녀의 귀에 대고 속삭였다.

"나 여기 있어요."

루추는 그렇게 한참을 격정에 사로 잡혀 있다가 겨우 감정을 추슬렀다. 샤오렌이 손을 그녀의 이마에 대고 체온을 잰 뒤 물컵을 거둬가고 죽 한 그릇을 가져왔다.

"열은 내린 것 같아요. 의사가 항생제를 처방해줬으니 약을 먹으려면 뭘 좀 먹어야 해요."

그녀가 죽 그릇을 받으며 창문으로 들어오는 빛에 눈을 찡그리자 샤오렌이 블라인드를 닫았다. 루추가 숟가락을 들고 죽을 입에 넣으려는데 손이 갑자기 떨렸다. 샤오렌은 뒤에 눈이 달린 듯 병상 옆으로 순간 이동하여 땅에 떨어지기 직전의 죽 그릇을 받아 들었다. 루추가 멍하니 그를 쳐다보자 샤오렌이 죽 반 숟가락을 떠서 루추에게 한입 먹여주었다.

"개봉한 후 초능력을 회복했어요. 방금 본 것은 80퍼센트 정도 발휘한 거예요."

"왜 80퍼센트 밖에 안 돼죠?"

루추가 영문을 몰라 물었다.

샤오렌이 웃으며 말했다.

"그냥 짐작으로 댄 숫자예요. 금제가 풀리지 않았으니 전부 발휘할 수는 없으니까요."

루추가 알쏭달쏭하여 고개를 끄덕였다. 갑자기 뭔가 생각나서 물었다.

"펑랑은 어떻게 됐죠?"

"지금 '무차별응급센터'에 누워있어요. 지난번에 내가 누워있던 그 나무상자 안에요."

샤오렌의 웃음에는 냉소가 스며있었다.

"두 주임이 그에게 이용가치가 있다고 말리지 않았다면 진작 두 조각을 내서 주주 곁으로 보냈을 거예요."

그의 눈길이 그녀의 왼쪽 가슴에 와 닿자 루추는 그제야 심장 부위에 거즈가 붙어있는 것을 알 수 있었다. 칼날이 몸속으로 들어올 때의 기억이 순간적으로 떠오르며 그녀는 몸서리를 쳤다. 애써 눈을 돌려 그를 바라보며 가벼운 목소리로 물었다.

"샤오렌 씨는 초능력으로 금제에서 벗어날 수 있어요?"

샤오렌이 말없이 고개를 가로저었다. 그러나 그녀를 바라보는 눈은 우수에 젖어있었다. 루추가 불안을 느낄 때 똑똑 문소리가 들렸다. 샤오렌이 보통 사람의 보폭으로 문을 열어주러 가면서 그녀에게 말했다.

"루추 씨 부모님이 오셨나 봐요……. 그리고 검로에서 일이 터진 것은 그저께 밤이에요. 어제가 아니에요."

"내가 하루 반이나 정신을 잃고 있었다고요?"

"그래요. 둘러댈 준비나 하고 있어요."

수수께끼 같은 말을 던진 그는 그녀의 반응을 기다리지 않고 여자친구 부모님을 만나는 젊은이의 미소를 장착한 채 문을 열었다.

그 후 10분 동안 루추는 천국과 지옥 사이를 오갔다. 가장 먼저 뛰어 들어온 사람은 엄마였다. 가방을 들고 그녀의 침대로 엎어지다시피 뛰어온 엄마는 딸의 몸 여기저기를 만져보며 눈물을 쏟았다. 그러면서 "추추야!"를 연신 외쳤다.

루추는 계속 "저 괜찮아요"와 "아무일 없어요"를 반복했으나 엄마는 좀처럼 진정되지 않았다. 엄마의 걱정에 그녀의 눈가도 빨개졌다. 아빠 잉정은 뒷짐을 지고 아내의 뒤에서 침묵을 지키고 있었다. 엄숙한 얼굴로 가끔 딸과 아내의 어깨를 한 번씩 토닥거렸다.

간호사가 카트를 밀고 와서 숙련된 솜씨로 체온과 혈압, 맥박을 재고 환자의 상황을 설명했다. 세 식구는 입을 다물고 간호사가 드레싱을 하는 모습을 지켜보았다. 간호사가 상처는 감염되지 않았고 폐렴은 이미 고비를 넘겼다고 했다. 말을 마친 간호사가 곱지 않은 시선으로 샤오렌을 힐끗 보더니 루추에게 말했다.

"남자친구가 우리를 옆에 오지도 못하게 하지 뭐에요. 경과가 나쁘더라도 병원에 책임을 물을 생각은 마세요."

그녀의 말에 세 식구는 더욱 조용해졌다. 간호사가 약을 두고 방을 나가자 엄마는 눈을 흘기며 딸의 이마에 꿀밤을 먹였다.

"어쩌면 그렇게 바보 같니?"

"왜요?"

엄마의 질책에 루추가 영문을 몰라 샤오렌 쪽을 쳐다보았지만 그는 잡지를 들어 얼굴을 가려버렸다. 엄마는 화가 풀리지 않아 딸을 다그쳤다.

"왜는 무슨 왜야? 우리가 호텔을 빠져나오기 직전에 네가 갑자기 불길로 뛰어들었다면서?"

루추가 입을 반쯤 벌린 채 말을 못했다. 한참 후에야 불가사의한 표정으로 대답했다.

"그러네요. 왜 그렇게 바보 같았을까요?"

"걱정된다고 그렇게 뛰어들면 어떡하니? 아무리 큰일을 당해도 침착해야지. 어릴 때 대형 마트에서 남의 엄마 카트를 따라갔다가 엄마 찾겠다고 안내데스크에 방송할 줄도 알던 애가 왜 커서는 오히려……."

엄마는 여기서 말을 멈췄다. 질책하는 말투는 이미 사라지고 걱정하는 얼굴이 역력했다.

잉정이 옆에서 한숨을 내쉬었다.

"앞으로는 어떤 상황에서도 네 안전을 먼저 챙겨야 한다. 알겠니?"

"알았어요."

눈물이 보일까 봐 루추는 대답을 하며 얼른 고개를 숙였다.

세 식구의 대화는 이어졌다. 대부분 루추 엄마가 혼자 말하고 나머지는 듣고 있었다. 엄마는 인한광과 인청잉이 그들을 데리고 호텔을 빠져나가던 당시 놀라움과 두려웠던 심정을 이야기했다.

"계단을 다 내려오자 인청잉 씨가 날 업고 뛰었지 뭐니. 그분이 기운이 세서 망정이지 얼마나 미안하던지……."

궈예이호텔에 도착했을 때 볜중의 친절한 응대에 대해서도 칭찬을 아끼지 않았다.

"그분 대학에는 갈 생각이 없대? 똑똑한 젊은이인데 아깝네."

잉정은 그 옆에 앉아서 질문을 받았을 때 한두 마디 대꾸해주며, 이따금 뭔가 생각하는 얼굴로 샤오롄 쪽을 쳐다보았다. 루추는 아빠에게 그에 관한 이야기를 정식으로 해야 할지 망설이고 있었다. 그러나 아빠가 샤오롄을 바라보는 횟수가 증가하면서 그녀는 아빠가 딸의 남자친구를 보는 눈길을 거두고 경계와 의혹의 눈길로 그를 관찰하고 있음을 느꼈다. 아빠는 무엇을 눈치챘을까? 아빠가 말이 없고 표정을 드러내지 않는 분이라는 것을 루추는 잘 알고 있었다. 그러나 어떤 면에서는 무서울 정도로 예리한 분이었다. 그래서 엄마가 말을 마치고 일어나 호텔로 돌아가겠다고 했을 때 그녀는 마침내 한숨을 돌릴 수 있었다.

그녀가 이불을 젖히며 말했다.

"배웅해드릴게요."

"무슨 소리니? 넌 얌전히 누워있어. 우린 오후 비행기를 타야해서 인청잉 씨가 공항에 데려다주기로 했어. 넌 아무 생각하지 말고 건강이나 회복하렴."

엄마가 그녀를 눌러 앉히고 잡지의 같은 페이지만 보고 있던 샤오렌을 한 번 쳐다보더니 루추에게 당부했다.

"샤오렌 군이 얼마나 고마운지 모른다. 루추 너도 고맙다는 인사를 해라. 화재현장에서 위험을 무릅쓰고 너를 구하느라 큰일 날 뻔 했단다."

"고마워하고 있어요."

루추도 그를 힐끗 보면서 어찌된 일인지 반드시 알아내야겠다고 결심했다. 도대체 이 사람들이 엄마 아빠에게 어떻게 둘러댔는지 모르겠다.

샤오렌은 어색하게 잡지를 내려놓고 일어났다.

"제가 배웅해드릴게요."

엄마는 루추 쪽을 향해 고개를 끄덕였다. 딸의 남자친구의 예의 바른 모습에 만족한 표정이었다. 루추는 마음 한켠이 시큰해졌다.

세 사람이 병실을 빠져나갔다. 잉정이 입구 쪽에서 루추를 돌아보았다.

"네가 다니는 회사의 두 주임과 얘기를 해보았다."

루추가 화들짝 놀라는데 아빠가 말을 이었다.

"아주 재미있는 사람이더구나. 응?"

긍정적인 말끝에 붙은 '응?' 한마디에 그녀는 가슴이 덜컹 내려 앉았다. 회사를 옮기라고 하시면 무슨 핑계를 댈까 걱정하고 있는데 아빠가 그녀를 향해 손을 흔들었다.

"푹 쉬어라. 몸이 좀 나으면 집에 한 번 다녀가렴."

그 말을 남기고 돌아서는 순간 루추가 말했다.

"아빠, 전 괜찮아요. 사람들이 저에게 잘해줘요."

"그건 나도 믿는다."

잉정이 잠시 멈췄다가 말을 이었다.

"하지만 평안함이 우선이다."

루추의 부모님이 병실을 나서자 샤오렌이 문을 닫고 두 사람의 뒤를 따라 걸었다. 어제의 만남을 통해 그는 루추 부모님과의 소통에 더 자신이 생겼다. 그러나 엘리베이터 앞까지 오자 루추 어머니가 그에게 어서 들어가 보라고 했다.

"내려올 것까지 없어요. 추추 옆에 사람이 있어야 하니 어서 들어가 봐요."

그녀가 이렇게 말하면서 근심과 기대를 동시에 드러냈다. 방금

병실에서는 전혀 보이지 않던 표정이었다. 잉정도 옆에서 고개를
끄덕이며 가세했다. 샤오렌은 잉정이 뭔가를 눈치챘을 거라고 생
각했다. 핏줄끼리는 통하는 법이고, 잉정은 루추의 아버지다.

샤오렌도 배웅은 여기까지만 하기로 했다.

"그럼 두 분 조심해서 가십시오."

인사를 하고 병실 문을 여니 루추가 베개를 던지며 툴툴거렸다.

"우리 엄마 아빠한테 뭐라고 한 거예요?"

그녀의 얼굴에는 혈색이 없었으며 기운도 없었다. 베개는 중간
에서 툭 떨어졌다. 그러나 정신은 아까보다 맑아졌다. 그를 대하는
태도도 점차 그가 개봉을 하기 전으로 돌아갔다.

화가 난 루추를 보면서 그러면 안 된다고 생각하면서도 그는 기
분이 좋았다. 샤오렌은 한 손으로 베개를 들고 침대 옆으로 갔다.
루추의 등에 베개를 받쳐주고는 텔레비전을 켰다. 화면에는 젊은
여자 앵커가 심각한 목소리로 사회뉴스를 보도하고 있었다.

"얼마 전 호텔에서 해고된 데 앙심을 품은 직원이 저지른 호텔
방화사건이 있었습니다. 소방대원들의 구조활동을 통해 사망자가
한 명도 나오지 않은 것은 불행 중 다행입니다. 이 사고에서 화재
현장에 부모를 구하러 뛰어들었던 젊은 여성이 중상을 입었습니
다. 본보 기자가 알아본 바로는, 이 여성은 이미 오늘 오후에 깨어
났으며 회복 속도도 빠르다고 합니다."

그가 텔레비전을 끄고 설명을 시작했다.

"병원에 실려 올 때 청잉 형이 거짓으로 꾸며댔어요. 루추 씨가
부모님을 구하려다 다쳤다고요. 기자들이 그걸 듣고 뉴스로 보도

한 거고, 부모님이 그 뉴스를 보고 자꾸 물어보시니 우리는 더 디테일한 상황을 꾸며낼 수밖에 없었어요."

"무슨 디테일한 상황이죠?"

루추가 의심스럽게 물었다. 샤오렌은 웃음을 참느라 헛기침을 하더니 창잉의 시나리오를 그대로 말해주었다.

"루추 씨가 연기가 자욱한 복도에서 부모님을 찾으러 다니다 넘어졌어요. 하필이면 튀어나온 철근에 찔려 상처를 입었고, 내가 뛰어가서 구한 거죠."

"말도 안 돼요. 내가 그렇게 멍청하다니."

눈을 크게 뜨고 항변하는 그녀의 모습은 털을 잔뜩 세운 고양이처럼 귀여웠다.

"루추 씨 어머니는 믿으시던데요."

"뭐라고요?"

샤오렌이 손바닥을 내 보이며 자신은 어쩔 수 없다는 몸짓을 했다.

"어머님이 루추 씨 잘 돌봐주라고 하셨어요. 어릴 때부터 운동신경이 떨어져서 유치원 다닐 때 자기 발에 혼자 넘어져서 앞니가 빠진 적도 있다면서……."

"우리 엄마가 그런 얘기까지 했어요?"

루추는 창피한 나머지 이불 속에 얼굴을 집어넣고 한동안 나올 생각을 못 했다. 샤오렌이 주저하며 왼손을 뻗어 루추의 머리를 만지려는 순간 손가락이 자기도 모르게 떨렸다. 이런 일은 처음이었다. 그가 상처를 입고 피를 흘리며 두려움과 공포, 아픔 등 여러 감

정을 느껴봤지만 떨어본 적도, 자기 신체의 통제력을 잃은 적도 없
었다. 그러나 루추를 만난 후 모든 일이 예외가 생겼다. 샤오렌은
정신을 가다듬고 손을 다시 내밀어 루추의 머리를 만진 후 잠시
멈췄다가 다시 서서히 그녀의 검은 머리카락을 쓰다듬었다.

"추추!"

루추의 가족을 흉내 내서 자신도 루추의 아명을 작은 소리로 불
렀다. 그녀는 여전히 고개를 들 생각을 하지 않고 오른손을 내밀어
그의 얼굴을 더듬으려고 했다.

"뭐하는 거예요?"

그가 궁금해서 물었다.

"방해하지 말고 가만히 있어 봐요."

그녀의 손가락이 그의 코끝에서 잠시 멈췄다가 별안간 고개를
들었다.

"호흡을 안 해도 되는 거예요?"

그는 그와 그녀와의 차이에 대해 밝히기를 꺼려했다. 그런데 이
제는 때가 온 것이다. 그가 고개를 저으며 그녀의 손을 잡고 침대
귀퉁이에 걸터앉았다.

그녀는 고개를 옆으로 하고 잠시 생각하더니 또 물었다.

"음식을 안 먹으면 에너지는 어디서 보충해요?"

다른 질문에 비하면 그래도 괜찮은 질문이었다. 그가 미소를 지
으며 답했다.

"해와 달의 빛을 흡수하죠."

"태양 에너지?"

"그렇게 이해해도 되겠네요."

완전하지는 않지만 크게 틀린 해석도 아니었다.

"휴식도 필요 없고요?"

"대체로 그래요. 하지만 부상을 당하면 입정(入定)에 들어 체력을 빠르게 회복할 수 있어요.

"그건 사람과 비슷하네요. 좌선을 하면 자는 것보다 휴식과 릴렉스에 더 효과적이라고 들었어요."

"우리는 본체로 돌아가야 좌선이 가능해요."

"한 자루의 검이 그곳에 앉아있다는 의미인가요?"

"루추 씨가 재미있으니 됐네요."

그녀는 많은 것을 물었지만 주로 의식주에 관한 질문이었다. 그의 과거에 대해서는 묻지 않았다. 검로에서 자제력을 잃고 칼끝을 자신에게 겨눈 이유도 묻지 않았다. 그녀도 두렵지 않은 것은 아니었다. 그러나 마치 주술에 걸리기라도 한 듯, 불에 뛰어드는 나방처럼 그에게 다가가려는 집요함을 자신도 어쩌지 못했다.

그도 그녀와 같은 생각이었다.

새로운 안식처

"이사할 집을 보지도 않고 결정하는 건 너무 무모한 모험 아닐까요?"

차가 잔설이 덮인 도로 위로 서서히 굴러가고 있었다. 조수석에 앉은 쾅밍이 고개를 돌려 뒷자리의 루추에게 물었다.

"그렇긴 해요."

루추는 쓰팡시에 처음 올 때 가져온 커다란 여행가방에 기대어 눈을 깜박거리며 말했다.

"하지만 쓰팡시에서 지낸 후로 내가 모험을 즐긴다는 사실을 발견했어요. 누구의 영향을 받았는지는 모르지만요."

"원래부터 그랬어요."

자무가 담담하게 말하며 후사경을 통해 루추를 바라보았다. 그녀는 창밖을 응시하며 그의 시선을 전혀 느끼지 못했다. 오늘은 루추가 새집으로 이사하는 날이다.

2주 전쯤 루추 부모님이 집으로 돌아간 다음 날, 두창펑이 커다란 과일바구니와 산업재해 휴가신청서, 그리고 2년간의 보조 복원사 계약서를 들고 병원에 찾아왔다. 두창펑은 손가락 사이에 담배를 끼우고 병상 앞에 서서 감시의 눈초리로 쏘아보는 간호사에게 해명을 했다.

"습관이라 이렇게 들고라도 있지 않으면 불안해서 그래요."

잘생긴 외모 덕분이었을까, 그의 변명이 통했는지 간호사가 문을 닫고 나갔다. 두창펑은 새 라이터로 담배에 불을 붙이더니 루추에게 말했다.

"여리게 봤는데 강력한 파워가 어디서 나왔죠?"

"민국 이전에 담배가 있었나요?"

루추는 호기심에서 시작된 질문이었지만 갑자기 무서운 생각이 났다.

"혹시 아편도 피워본 건 아니죠?"

두창펑은 막 한 모금을 빨아 뱉기도 전에 사레가 들려서 한동안 기침을 멈추지 못했다. 하룻강아지 범 무서운 줄 모른다는 속담이 괜히 나온 것이 아님을 알 것 같았다. 상상력이 지나치게 풍부해서 보는 것마다 신기한 루추를 두고 하는 말이었다.

그가 주머니에서 서너 번 접은 종이를 꺼내 루추에게 주며 심드렁하게 말했다.

"임대계약서입니다. 서명해주면 내일 회사에 가져가서 처리할게요."

루추가 계약서를 펼쳐보고 반색했다.

"직원 숙소네요!"

임대료가 저렴하고 주소를 보니 회사에서 그리 멀지 않았다. 수도, 전기, 가스와 인터넷까지 포함이라고 했다. 정직원이라면 몰라도 계약직에게 숙소를 제공한다는 것은 파격적인 조건이었다. 그녀는 기뻐서 어쩔 줄 모르며 서명하면서 연신 고맙다는 말을 했다.

다음 날 좡 사부가 회사 전 직원을 대표해서 문병을 왔다. 그는 가기 전 루추에게 회사에서 청동 담당 베테랑 복원사를 채용했다고 알려주었다. 그리고 며칠 후 출근을 하면 그 사람의 지휘를 받을 것이라고 했다.

"능력은 우수한 사람인데 성격이 약간 괴팍하니까 참고해요."

좡 사부가 잠시 멈췄다가 말을 이었다.

"어차피 알게 될 테니 말해주겠는데, 난 그 사람과 일해본 적이 있어요. 하긴……, 그러는 것도 무리가 아니지."

무리가 아니라니 그게 무슨 말일까, 루추는 궁금했지만 물어보지 않았다. 많은 일을 겪으면서 그녀가 터득한 것은 이 세상을 자기 눈으로 직접 보고 판단하라는 것이었다.

이틀 후 샤오렌이 그녀의 퇴원수속을 하러 왔다. 병실에 들어서자마자 그는 무거운 봉투를 하나 건넸다. 루추가 입구를 아래쪽으로 하자 아파트 출입카드와 두 개의 황동 열쇠, 그리고 새집 주소를 붓글씨로 쓴 종이가 나왔다. 힘이 넘치는 필체는 한눈에 봐도 샤오롄이 쓴 것이었다.

"시간도 정해졌는데 이사할 때 내가 도와줄까요?"

샤오롄이 자연스럽게 물었고 루추가 당황해서 눈빛이 흔들렸다.

"짐이 많지 않아서 트렁크 두 개에 다 들어가요. 남는 건 종이 박스에 넣으면 되니 신경 쓰지 말아요."

샤오롄이 붕대를 감은 그녀의 왼쪽 어깨를 바라보았다.

"의사가 당부한 말 기억하죠?"

"네, 힘 쓰지 말라고 했어요."

그녀가 한숨을 쉬었다. 피할 수 없게 된 것을 알고 솔직히 말했다.

"쫑밍이 새집에 데려다주기로 했거든요."

"남자친구를 제쳐놓고 마음대로 집주인하고 먼저 의논하는 게 어디 있어요?"

그가 미간을 찌푸렸지만 반은 농담조였다. 루추는 '남자친구'라는 말을 듣는 순간 문제에 직면할 순간이 왔음을 느꼈다.

지난 며칠간 샤오롄은 생기 넘치는 모습으로 변했다. 그는 광채를 발산하며 처음 루추와 만났을 때의 우울한 거리악사의 모습이 아니었다. 두 사람의 관계가 이것 때문에 변한다면 그 또한 합리적일 것이다.

그녀가 고개를 들고 가벼운 목소리로 물었다.

"우리가 그 전에 했던 모든 약속들이 지금도 유효한가요?"

샤오롄이 모처럼 멍해져 있다가는 쓴웃음을 지었다. 그리고 몸을 기울여 그녀에게 가까이 와서 낮은 목소리로 말했다.

"루추 씨, 나는 개봉을 한 거지 기억을 잃은 게 아니에요."

그의 입에서 직접 이런 대답을 듣고 나서도 루추는 어쩔 줄 몰랐다.

"그렇다면……."

"물론 당신 마음이 변한다면야……."

샤오렌이 말을 마치지 못하게 루추가 그의 목을 끌어안고는 세차게 고개를 가로저었다.

"난 안 변할 거예요!"

왼쪽 어깨에 극심한 통증이 왔다. 연락을 받고 급히 상처의 드레싱을 하러온 의료진이 그렇게 된 이유를 듣더니 아무 말 하지 않았다. 그러나 그들의 표정에는 질책의 빛이 역력했다. 루추는 창피해서 고개를 숙였지만 입꼬리가 저절로 올라가는 것을 막을 수 없었다. 그리고 마음 깊은 곳에서 끊임없이 솟는 달콤함과, 그리고 쓴맛까지도…….

드디어 이사하는 날이 왔다. 2주의 휴가기간이 끝난 후, 곧 눈이 내리려고 하는 토요일 아침이었다. 쫭밍과 루추가 여행가방을 하나씩 들었다. 루추의 짐에는 고양이 케이지도 추가 되었다. 이렇게 자무의 차를 타고 회사 방향으로 가게 된 것이다.

루추는 새로운 거처의 상황에는 관심이 없고 오히려 자신이 살던 곳의 변화에 호기심이 생겼다. 그녀는 쾅밍에게 다가가 작은 소리로 물었다.

"왜 인테리어를 새로 하려고 해요?"

비록 특별히 호화롭지는 않지만 살기에는 쾌적한 집이 아니었던가! 쾅밍의 눈빛이 흔들렸다.

"사실은……, 어쩌면 누군가 들어와 살게 될 것 같아요."

그렇다고 대규모 공사를 하다니, 새로 들어오는 사람이 누구길래 저럴까?

"혹시 쓰위안 씨?"

루추가 이제야 깨달았다는 듯 물었다. 쾅밍이 더욱 당황한 표정을 지었다. 그러나 루추는 뭔가 미심쩍었다. 외모나 옷차림이 개방적이긴 해도 쾅밍은 실상 지독히 보수적이어서 결혼을 하지 않고 동거하는 데 거부감을 갖고 있었다. 그렇다면?

"그분이 청혼이라도 했어요?"

루추가 호들갑을 떨다 하마터면 앞자리 등받이에 부딪칠 뻔했다.

"음……, 그 사람이 이제 나이도 찼고 그동안 사귄 지도 꽤 되었으니…….."

쾅밍이 갑자기 말을 꾸며대며 어쩔 줄 몰랐고, 그 바람에 자무가 더는 못 들어주겠다는 듯이 입을 열었다.

"누나 목에 걸린 목걸이가 쓰위안의 반년 치 월급인데 감히 부인하려고?"

쾅밍이 입을 다물고 자무를 죽일 듯 노려보았다. 루추가 보니 쾅밍이 평소 차고 다니는 가는 금목걸이에 작은 펜던트가 터틀 스

웨터 위에서 반짝이고 있었다. 단순한 디자인의 다이아몬드 반지
였는데 크기는 작지만 찬란한 빛을 발산하고 있었다. 루추는 그 반
지를 바라보며 자기도 모르게 말했다.

"그렇게나 빨리……."

"빠른 것도 아니에요. 때로는 하룻밤 새에 자기 마음을 알 수도
있는 법이죠."

자무가 담담하게 말했다. 감명 깊은 그의 말에도 루추는 자신의
일을 생각하고 있었고, 쫭밍도 화제를 급히 전환했다. 그래서 그의
말을 받아주는 사람이 아무도 없었다. 차안에는 몇 초간 침묵이 흘
렀고, 쫭밍이 뒤쪽을 보며 물었다.

"샤오렌 씨가 문을 열어주겠네요?"

"네, 열쇠를 갖고 있으니까요."

며칠 전 샤오렌이 서프라이즈 선물을 하고 싶다며 열쇠를 가져
갔다. 그 후 아무리 물어봐도 비밀이라며 알려주지 않았다. 그래서
잠시 후 어떤 장면을 보게 될지 루추도 무척 궁금해하던 차였다.

자동차가 멈추고 자무가 핸들을 툭 쳤다. 그러더니 볼멘소리로
말했다.

"도착했습니다."

"이 아파트에요?"

루추가 내다보니 작은 길을 사이에 두고 1층의 출입문이 열리
며 검은 옷을 입은 샤오렌이 걸어왔다. 그는 오늘따라 멋져보였다.
손을 바지 주머니에 찌르고 흩날리는 눈 속을 우산도 없이 성큼성
큼 걸어와서는 반쯤 열린 차창을 노크했다.

"어서 와요."

"샤오렌 씨도 여기 살지 않아요?"

루추는 보면서도 믿기지 않았다.

샤오렌이 웃으며 대답했다.

"5층에 살아요."

"그럼 나는……."

"3층이에요. 이 아파트는 4층이 없으니 루추 씨의 집이 바로 아래층이죠. 이제 이웃이 되었네요."

그러니까 이 아파트 동은 위링의 직원 숙소란 말인가?

"야옹! 야옹!"

그동안 조용해서 존재감이 없던 고양이 차오바가 소리를 냈다. 루추가 창문을 열어두니 바람이 들어와 추웠나 보다. 사람이 추운 거야 상관없지만 고양이를 춥게 놓아둘 수는 없었다. 샤오렌이 여행가방 두 개를 들고 자무는 종이상자를 들었다. 쫭밍은 차오바와 헤어지기 섭섭하다며 고양이 케이지를 뺏어서 자신의 품에 안았다. 루추는 빈손으로 앞의 세 사람을 따라 계단을 올라 앞으로 살 집으로 향했다.

샤오렌이 익숙한 손길로 문을 열고 주인인 루추에게 먼저 들어가라고 했다. 루추는 갑자기 두려운 생각이 들어 문 앞에 잠시 서 있었다. 용기를 내서 한 걸음에 문을 넘었다. 집 구조는 샤오렌의 집과 같았지만 인테리어는 전혀 달라서 완전히 다른 세계 같았다. 그녀의 복식 아파트는 간결하고 깔끔하게 꾸며져 있었다. 베이지색 벽에 옅은 갈색의 원목 바닥을 배치했으며, 거실에는 천 소파가

있고, 그 위에는 오렌지색의 고양이와 커피색의 강아지 모양 쿠션
이 나란히 마주보고 있었다.

식탁 위에는 고풍스러운 함석 물뿌리개를 화분 삼아 심어놓은
다육식물이 한 개 놓여있었다. 통통한 연녹색 잎이 무척 소박한 모
습이었다. 루추가 다가가 함석 주전자를 들어보는데 샤오렌이 말
했다.

"딩딩 누나 선물이에요."

"와!"

루추가 그 자리에서 한 바퀴 돌고는 기쁨에 겨워 외쳤다.

"마치 꿈을 꾸는 것 같아요."

"두 형은 텔레비전을 선물했고, 큰형과 청잉이 소파를 선물했어
요. 쿠션은 징충환 씨가 골랐어요. 가시가 있으니 조심해요."

샤오렌이 그녀의 손에서 함석 화분을 받아 내려놓았다.

"내 선물은 발코니에 있어요. 볼 준비 되었어요?"

루추가 힘차게 고개를 끄덕이자 그가 그녀의 손을 잡고 성큼성
큼 발코니로 갔다. 그가 서서히 문을 열자 루추는 눈앞의 광경에
입을 다물지 못했다. 그러다가 주방의 가스렌지 스위치를 점검하
던 쫭밍을 불렀다.

"쫭밍 씨, 차오바 데리고 이리 와 봐요!"

"무슨 일인데요?"

쫭밍이 고양이 케이지를 들고 한달음에 달려왔다. 고개를 내밀
어 발코니를 본 그녀도 입을 동그랗게 벌렸다. 원목으로 제작한 캣
타워에 고양이 모래상자, 고양이 집을 결합한 대형 고양이 랜드가

발코니 정중앙에 서있었다. 가장자리의 나무 판에는 고색창연한 은훈구를 매달고, 그 안에는 고양이 잔디를 깔아놓았다. 은훈구는 가볍게 흔들거렸다.

"벤 형이 루추 씨 이사한다는 소리를 듣더니 이 훈구를 주더군요. 옷장에 갖다놓을래요?"

"아니에요. 여기다 둘래요. 여기가……."

루추는 표현이 떠오르지 않아 한참만에야 겨우 마무리를 했다.

"완벽해요."

"야옹! 야옹!"

고양이 울음소리에 루추가 케이지에서 차오바를 내려놓았다. 사람들이 지켜보는 가운데 고양이는 으쓱거리며 모래상자로 가더니 용변을 보았다. 이어서 간식을 몇 입 맛보더니 훌쩍 뛰어내려 부드러운 양모 쿠션이 깔린 고양이 집으로 들어갔다. 그러더니 태연하게 앞발을 핥으며 시중드는 집사들 쪽에는 눈길 한 번 주지 않았다.

루추가 말없이 지켜보더니 한마디 했다.

"제 집에 왔네!"

"루추 씨도 그러기를 바라요."

샤오렌이 그녀의 귀에 대고 작게 속삭였다.

가스렌지 위에는 새 법랑주전자가 있었다. 짐 가방에 홍차가 있었으므로 루추는 물을 끓여 차 한 잔씩 대접할 생각이었다. 그런데 쨩 씨 남매가 가봐야 한다고 나섰다. 자무는 떠나기 전 갑자기 샤오렌에게 말했다.

"루추 씨는 정리할 물건이 많을 거예요. 우리 나갈 때 함께 가시죠."

그의 말투는 온화했으나 눈빛은 도발의 기색으로 가득했다. 루추는 흠칫했다. 생각해보니 이 말이 이 집에 들어온 후 자무의 첫마디였다.

"나도 곧 가야죠."

샤오롄이 무표정하게 대답했다.

루추가 쟝 씨 남매를 배웅하고 문을 닫는데 큰손 두 개가 그녀의 머리를 감싸 안는 것을 느꼈다.

"나야말로 가야 해요……."

그가 그녀의 머리에 입을 맞추며 이렇게 말했다. 그랬다. 병에서 회복된 후 그녀는 그가 자신을 보는 눈빛이 전보다 훨씬 뜨거워졌고, 그럼에도 그녀와 단 둘이 있는 것을 피한다는 느낌을 받았다.

그녀는 그 이유를 알 것 같지만 진실을 대하기가 겁이 났다. 그녀가 고개를 숙이고 낮은 목소리로 말했다.

"그러면…… 정말 갈 거예요?"

샤오롄이 탄식처럼 그렇다고 하고는 한마디 덧붙였다.

"바로 위층에 살고 있잖아요."

루추가 그의 가슴에 기대서 조심스럽게 심장부위를 피했다. 두 사람은 그렇게 기댄 채 한참 있었다. 그녀가 먼저 몸을 떼며 말했다.

"알았어요. 무슨 일 있으면 빗자루로 천장을 칠게요."

그가 소리 내서 웃으며 그녀의 이마에 입맞춤했다. 그러고는 문을 열고 떠났다. 갑자기 아파트 안에는 그녀 홀로 남았다. 자무의 말도 틀린 것은 아니었다. 잡다한 일들이 많았기 때문이다. 그러나 그녀는 정리할 기분이 사라졌다. 문을 들어섰을 때 따뜻하다고 느꼈던 조명등이 지금은 처량하게 보였다.

루추는 주방에 멍하니 앉아 있었다. 히터의 열기에 목안이 건조해지자 종이상자에서 집에서 가져온 보온컵을 꺼내고 물을 받아서는 불을 켰다. 물은 금세 끓었다. 그녀가 뜨거운 김이 피어오르는 컵을 들고 테이블 앞에 앉으려는 순간 머리 위에서 클라리넷 소리가 들려왔다.

음악은 은은한 금속의 질감을 띠고 끊어질 듯 이어지며 들려왔다. 그 분위기는 그녀를 단단히 붙들어 빠져나오지 못하게 했다. 그녀도 발버둥치지 않을 것이다. 루추가 앉아서 한 곡을 다 듣고 나니 다른 곡으로 바뀌었다. 갑자기 장난기가 발동하여 주방의 구석에 있는 빗자루를 가져왔다.

순간 그녀가 멈칫했다. 그의 청력으로 그녀가 무엇을 하는지 알 것이다. 그 생각을 하니 정신이 번쩍 들었다. 루추는 노래를 흥얼거리며 짐 가방을 열어 옷을 한 벌씩 옷장에 걸기 시작했다.

벽 하나를 사이에 두고 샤오렌의 기다란 열 개의 손가락이 악기 위를 날렵하게 오갔다. 담청색의 화염이 동공 깊은 곳에 서서히 나타났다. 어두운 금제가 마치 살아있는 금빛 뱀처럼 심장에서 차디찬 빛을 발산하고 있었다.

(1부 끝)

검혼여초 1

劍 魂 如 初

1판 1쇄 **인쇄** 2020년 2월 1일
1판 1쇄 **발행** 2020년 2월 7일

지은이 화이관
옮긴이 차혜정

발행인 양원석 **편집장** 최두은
디자인 남미현, 김미선 **영업마케팅** 양정길, 강효경, 정문희

펴낸 곳 ㈜알에이치코리아
주소 서울시 금천구 가산디지털2로 53, 20층 (가산동, 한라시그마밸리)
편집문의 02-6443-8844 **도서문의** 02-6443-8800
홈페이지 http://rhk.co.kr
등록 2004년 1월 15일 제2-3726호

ISBN 978-89-255-6875-1 (03820)

※ 이 책은 ㈜알에이치코리아가 저작권자와의 계약에 따라 발행한 것이므로
  본사의 서면 허락 없이는 어떠한 형태나 수단으로도 이 책의 내용을 이용하지 못합니다.
※ 잘못된 책은 구입하신 서점에서 바꾸어 드립니다.
※ 책값은 뒤표지에 있습니다.